1450 VERLAG
BRINKHAUS

1450 VERLAG
BRINK HAUS

Die Dunkle Seite des Lichts

Ein Survival Report

von Oskar Freysinger

« *Das Gemeine gibt stets dem Anschein die Schuld und urteilt nur nach dem Ereignis* »

~ Niccolò Machiavelli

Vorwort

Seit genau 20 Jahren rutsche ich auf dem Glatteis der Politik herum. War ich für eine solche Karriere prädestiniert? Sicherlich nicht. Als ich mich mit siebenunddreissig Jahren zum ersten Mal für die Kommunalwahlen zur Verfügung stellte war dies eine verspätete Reaktion auf eine Kampagne gegen eine Schulreform (Education 2000), die vom Volk zu 73% abgelehnt wurde, während ihr das Parlament fast einstimmig zugestimmt hatte. Es handelte sich dabei um eine jener egalitären Reformen, die an vielen Orten eine verheerende Nivellierung nach unten zur Folge hatten. Die Schüler werden dabei ins Zentrum des Nichts gerückt und die Lehrer zu verbeamteten Coaches umdisponiert. Dies geht mit der fortschreitenden Entpersönlichung der pädagogischen Tätigkeit einher, die man zu einer exakten Wissenschaft erklärt hat, um die Programme, die Methoden und das Bewusstsein wirksamer zu harmonisieren (im Sinne von kollektivieren wohlgemerkt). Die teilweise Rettung der Schule in meinem Kanton war damals der entschlossenen Reaktion der Bürger und dem natürlichen Widerstand der Lehrer zu verdanken. Obwohl man in der Folge versuchte, die Reform über eine Salamitaktik einzuführen, verstanden es die Lehrpersonen trotzdem, jenseits der alleinseligmachenden «Sensibilisierung» im Bereich der Sozialkompetenzen, ihren Schülern eine wesentliche Wissensgrundlage zu vermitteln, insbesondere in den Grundlagenfächern Muttersprache und Mathematik.

An jenem Tag sagte ich mir, dass die Politik eine zu ernste Sache sei, um ausschliesslich den Politikern überlassen zu werden. Damals dachte ich, dass es in der Gesellschaft grob gesehen zwei Kategorien von Menschen gibt: die Volksvertreter und das gemeine Volk. Ich beschloss aufgrund des Einflusses, den die Politik auf mein Leben und das meiner Familie ausübte und aufgrund der Tatsache, dass es nichts bringt, immer nur zu meckern, ohne sich selbst einzubringen, den Schritt in das Vorzimmer der Macht zu wagen. Zuerst hatte ich eine ebenso kurze wie frustrierende Erfahrung im Rahmen der CVP. Dann gründete ich mit einigen Freunden die kantonale Sektion einer politischen Partei, die seither zu einer der wichtigsten des Kantons wurde und der grössten Partei der Schweiz angegliedert ist. Für die Öffentlichkeit mag dieser Schritt nicht sehr bedeutend gewesen sein, für mich persönlich hatte er jedoch gewaltige Folgen.

Tatsächlich stieg ich aufgrund einer Reihe politischer Unfälle, von denen einer abenteuerlicher und haarsträubender war als der andere, alle Stufen des öffentlichen Lebens hinauf, bis zur Kantonsregierung und stellte mich sogar als Kandidat für den Bundesrat zur Verfügung. Auf diesem langen Weg habe ich mehrmals versucht, aus dem Spiel auszusteigen, doch jedes Mal veranlassten mich ein besonderes Ereignis, ein seltsamer Umstand oder ein brutaler Angriff dazu, weiterzumachen. So kam es, dass ich als Politiker Karriere machte, ohne dies geplant zu haben, ohne einem vorgegebenen Schema zu folgen und ohne das Erreichte abzustützen.

Was mir von diesem langen Werdegang im Gedächtnis haften bleibt ist kein Erfolg, kein Sieg, kein Triumph, obwohl einige davon aufsehenerregend waren. Nein, woran ich mich immer lebhaft erinnern werde, ist paradoxerweise eine Niederlage. Aufgrund ihres besonders brutalen und grotesken Charakters war sie das Schwierigste, aber gleichzeitig auch das Bereicherndste, was ich je erleben durfte. Indem sie den Schlusspunkt unter mein politisches Engagement setzte, kam sie mir vor wie das fatale Ende nach einer langen Krankheit. Mit dem Unterschied, dass der seinem Leiden erlegene Kranke nicht mehr da ist, um sich zu erinnern. Ich dagegen wurde wie durch ein Wunder geheilt und entkam meiner seltsamen Erkrankung, die vor allem meiner Einbildung entsprang. Meine Psyche ist zwar noch stark von der durchschrittenen Hölle geprägt, aber mir bleibt, zusätzlich zur Erinnerung an das Erlebte, auch noch ein Sammelsurium von schriftlichen Spuren dessen, was ich durchgemacht habe. Sowie eine ganze Reihe von Gedichten.

Vor allem die Gedichte.

Mein politischer Untergang war homerisch, brutal, von starken Emotionen geprägt, und von überraschenden Wendungen, Dramen und drastischen Umschwüngen gekennzeichnet. Es war das würdige Ende eines höchst ungewöhnlichen individuellen Epos, und zwar nicht nur für den Politiker, der ich war, sondern auch für meinen Kanton und mein Land, die so etwas noch nie gesehen hatten. Es war, als ob sich die Realität in einen Thriller verwandelte und meine Fantasie sich vor meinen Augen materialisierte. Zu gewissen Zeiten wusste ich nicht mehr, ob mein Leben ein Albtraum war oder der Albtraum Wirklichkeit wurde. Oft kam es mir vor, als spielte ich in einem langen, sehr langen Spielfilm mit und hätte das falsche Drehbuch eingeübt.

Auf dem Grabstein des Politikers, der ich war, stelle ich mir folgende Inschrift vor. Man möge mir den Anflug schwarzen Humors verzeihen:

« *Hier ruht*
der Politiker
Oskar Freysinger
1997-2017
Aus Versehen geboren und
versehentlich gestorben
RIP »

In der Tat beruhen sowohl meine sukzessiven Wahlerfolge als auch mein endgültiger Fall auf einem Missverständnis. Ich erkannte mich ebenso wenig in dem Bild des Mannes, der immer wieder in den Himmel gelobt wurde, wie in demjenigen, der im März 2017 in Ungnade fiel. «Ich» war ein anderer.

Nun muss aber diese schmerzhafte Erfahrung irgendeinen Sinn haben. Denn ich bin überzeugt, dass nichts aus Zufall passiert, und dass das, was geschehen muss, immer geschieht, egal was man tut. Sind manche Mechanismen erst einmal ausgelöst, enden sie zwangsläufig dem Gebot ihrer inneren Logik entsprechend. Ausserdem bleiben sie nie auf halber Strecke stehen, sondern setzen ihren Weg konsequent bis zum bitteren Ende fort. Danach kann ein anderer Mechanismus angekurbelt werden und alles beginnt von neuem, vorausgesetzt, das betroffene Subjekt hat überlebt.

Wenn mein politischer Werdegang von einer Besonderheit geprägt war, dann vom Mist und von der Gülle, mit denen ich in regelmässigen Abständen bedacht wurde. Beleidigungen, Verachtung, Hetze, Aggressionen, Eifersucht, Ehrabschneidung, körperliche und verbale Angriffe verbreiteten ihre Wirkung nicht nur in der Wirklichkeit, sondern über sämtliche Kommunikationskanäle, um das kollektive Unterbewusstsein zu manipulieren. Das alles war und ist noch immer mein täglicher Dünger. Doch was sollte ich während und nach den Vorfällen mit diesen ekelerregenden Ausscheidungen tun? Sie ignorieren? Im Ofen des Vergessens verbrennen? In der Säure des Zynismus auflösen? Sie mit ein paar zusätzlichen Güllespritzern versehen und an die verschiedenen Absender zurückschicken? Nichts von alledem: Damit der Mist zu etwas Nutz ist beschloss ich, auf ihm Rosen zu züchten.

Es ist erwiesen, dass Rosen nirgendwo besser wachsen als auf dem Mist. Dies beweist, dass sowohl die Rosen als auch der Mist im Leben wichtig sind. Sie bilden ein Ganzes. Die Belanglosigkeit des Mists ist der Nährboden des Samens, aus dem das Allumfassende spriesst und in der Schönheit der Blüte ihre Vollendung findet. Daher sollte der Mist trotz seines üblen Geruchs nie geringschätzt werden. Ohne ihn gäbe es zwar weniger Gestank, doch würde auch der berückende Duft der Rosen fehlen. Eins darf dabei in keinem Fall vergessen werden: Der für die Rosenblüte zu zahlende Preis beschränkt sich nicht auf den Mist, er schliesst auch die Dornen mit ein. Sonst wäre das Leben zu einfach!

«Die Hölle, das sind die anderen», schrieb Sartre in seinem Stück «huis clos». Das ist zugleich richtig und falsch. Aufgrund meiner Erfahrung wage ich zu behaupten, dass die Anderen nur für denjenigen die Hölle sind, der ihnen erlaubt, zu seiner Hölle zu werden, und dass der Mist nur für jene eine gewöhnliche, übelriechende Fäkalmasse bleibt, die nicht in der Lage sind, darauf Rosen zu züchten.

Demzufolge könnte das *annus horribilis,* das ich gerade erlebt habe, nichts als einen Misthaufen zurücklassen, der sich langsam unter der Sonne zersetzt und dessen im Boden versickernde Jauche das Grundwasser verseucht. Nun ist es mir aber gelungen, den Mist des vergangenen Jahres umzuwandeln, indem ich ihm einen Nutzen abgewonnen und ihm durch das Pflanzen von Rosen einen Sinn gegeben habe. Daraus entstand eine befreiende, vier Jahreszeiten umspannende Geschichte, die den Todeskampf, das Sterben, die Wiedergeburt und die Verklärung eines Menschen beschreibt.

Natürlich mag das, was ich erlebt habe, völlig trivial erscheinen, denn schliesslich geht es ja um Politik. Trotzdem war es ein aussergewöhnliches Abenteuer. Und ich muss es noch einmal unterstreichen: Dank der Poesie kann das Gewöhnliche dem Universellen als Sockel dienen. Das ist das Ziel dieses Buches, meines mit Abstand persönlichsten Buches. Um es zu schreiben habe ich die Feder ausschliesslich in den Schweiss, die Tränen, die Angst und die Hoffnungslosigkeit meiner eigenen Erfahrung getaucht. Dies ermöglichte es mir, das Unvermeidbare zu akzeptieren, mich von meinen Gespenstern zu befreien und mein Leben harmonischer zu gestalten. Als ich, meine zahlreichen Notizen zur Hand nehmend, die in aller Eile auf verschiedene Unterlagen gekritzelten Gedanken entzifferte und die mangels Zeit nicht verarbeiteten täglichen Eindrücke durchging, wurde mir der Sinn dessen, was ich erlebt hatte, allmählich in seiner ganzen Klarheit bewusst.

Dann las ich die Gedichte durch, die ich während des vergangenen Jahres geschrieben hatte. Das erste entstand Ende Juni 2016. Erstaunt und überwältigt stellte ich fest, dass mein Unterbewusstsein das, was ich jeweils erlebte, in diesen Texten bestens entschlüsselte, und dass alles, was noch auf mich zukommen würde, sich dort schon bis ins kleinste Detail abzeichnete. Mit diesen Gedichten setzte ich dem tödlichen Wort, den hohlen und verdorbenen Satzfetzen der sozialen Netzwerke und der Medien das kreative, das lebendige Wort gegenüber. Ich setzte dem schalen Wortersatz der Moderne, jenem von Banausen und Dummköpfen verunstalteten und achtlos verbreiteten sprachlichen Brei das sorgsam ausgefeilte, «wohl gemeisterte», von einer langen Geschichte und Kultur geprägte Wort entgegen. Ich setzte der Masslosigkeit das Mass entgegen, den Piktogrammen die Abstraktion, den von einer diffusen und aggressiven Menge produzierten sprachlichen Rülpsern und Fürzen den Gesang der Welt. Denn während die Barbarei einen Kulturverlust, eine Art «selbstverschuldete Enthirnung» darstellt, die einen Prozess der Entmenschlichung auslöst, ist unsere Menschlichkeit eine kulturelle, auf dem schöpferischen Wort beruhende Tatsache.

Kurz, ich versuchte dem arg gebeutelten Wort seine verlorene Ehre zurückzugeben.

Während dieses Schreibprozesses kam mir als Sinnbild für den Antagonismus zwischen dem zerstörerischen und dem schöpferischen Wort der hinduistische Lingam in den Sinn, der den Gott Shiva symbolisiert. Dieser riesige vertikale Phallus ist mit seinen beiden unermesslichen Enden sowohl Lebenserzeuger als auch Todbringer und Zerstörer. Analog dazu bestehen die Sätze, die töten und diejenigen, die retten – obwohl sie völlig gegensätzliche Wirkungen haben – aus demselben Stoff und entspringen derselben Quelle.

Was die Textpassagen in Prosa angeht, so ist deren Erzählperspektive völlig subjektiv. Meine Betrachtungen entspringen den Stimmungen des Moments sowie meiner damaligen Wahrnehmung und schliessen auch die damit einhergehenden Beurteilungsfehler mit ein. Es handelt sich bei diesem Werk weder um den Bericht eines allwissenden Erzählers, der die Ereignisse im Nachhinein und mit dem notwendigen Abstand in eine objektive Analyse kleidet, noch um eine reine Aufzählung von Fakten. Die technischen Details der Geschehnisse und die knappe Beschreibung der Umstände sind per se nicht wichtig. Sie dienen lediglich dem Verständnis der inneren Reise eines Menschen, der einem furchtbaren Druck ausgesetzt ist und zu überleben versucht. Was mich interessiert, sind die Mechanismen und deren Auswirkungen um mich herum und in mir. Die Politik dient mir als Auslöser, als Dünger, um im Unsichtbaren Rosen zu züchten. Es ist nicht meine Absicht, mein Handeln zu rechtfertigen, mit meinen Gegnern abzurechnen oder das Geschehene aus «wissenschaftlicher» Sicht zu analysieren. Der Wunsch zu gefallen oder irgendetwas zu verbergen liegt mir ebenfalls fern. Nein, es handelt sich bei dieser völlig subjektiven Berichterstattung um eine

Art enthüllenden inneren Monolog auf der Grundlage meiner täglich verfassten Notizen und Gedichte. Diese Vorgehensweise ermöglicht es mir, eine zu einem bestimmten Zeitpunkt hinter den Kulissen vorherrschende Realität zu beschreiben, die nur meiner Familie mehr oder weniger bekannt war. Ich habe mich dafür entschieden, über jedes vernünftige Mass hinaus alles offenzulegen, was in mir vorging, um mich auf diese Weise vom falschen Schein und der Oberflächlichkeit der Politik abzusondern. Dieser Prozess setzt eine Stimme jenseits der Welt frei, die zwei Bewusstseinsebenen vereinigt: Jene der Eindrücke, die im Verlauf der täglichen Ereignisse wahllos aufeinander folgen und von Gedanken begleitet sind, die der Handlung unmittelbar entspriessen, und jene der Poesie, die aufgrund ihrer formellen Anforderungen nach dem Universellen strebt.

Es handelt sich um meine ganz persönliche Art, der Hölle einen Sinn zu geben.

Bei einem solchen Unterfangen kommt es auch vor, dass das Wort denjenigen zum Narren hält, der mit den Worten spielt.

Letztendlich war die Politik nur ein Zwischenspiel in meinem Leben – wenn auch ein recht langes. Und meine Zeit in der Regierung war lediglich ein Zwischenspiel in diesem Zwischenspiel. Nie hat die Politik mein ganzes Leben ausgemacht. Daher war ich stets in der Lage, meine Erfahrung als Staatsmann in eine erweiterte, tiefgründige Dimension einzufügen, um ihr einen universellen Wert zu verleihen. Da mir immer völlig klar war, dass die Politik nichts als Blendwerk ist, war ich stets in der Lage, Distanz zu wahren und mich von einer umfassenderen Dimension inspirieren zu lassen. Dieser Prozess liess mich der Intensität und der Tiefe meines Innenlebens bewusstwerden, das sich unbewusst im Schatten der Medienscheinwerfer entfaltete, während sich deren grelles Licht damit begnügte, die Oberflächlichkeit des politischen Spiels auf obszöne Art und Weise in Szene zu setzen.

Letztendlich ist dieses Buch auch so etwas wie eine kleine Überlebenshilfe.

Die Methoden, Techniken und Strategien, die ich bewusst oder unbewusst angewendet habe, um zu überleben, lassen sich sicherlich nicht eins zu eins auf andere Menschen oder Situationen übertragen. Aber sie ergeben ein Bild der Fantasie, der Widerstandsfähigkeit und der Genesungsfähigkeit eines Menschen, der an seine Grenzen getrieben wurde.

Darüber hinaus gelang es mir beim Verfassen dieses Buches, die wesentlichen Kräfte zu erkennen, mit deren Hilfe ich in der durchlaufenen Hölle zu widerstehen und zu überleben vermochte: Die Liebe meiner Familie, der Glaube an eine höhere Macht und die Transzendierung durch die Poesie. Daneben konnte ich die elementaren Techniken des psychischen Überlebens identifizieren, wie etwa die Aufrechterhaltung der Analysefähigkeit, um die Ereignisse mit einem gewissen Abstand betrachten zu können, die Fähigkeit, Energien zu verwandeln oder sich in eine Art geistiges Refugium zurückzuziehen.

Hier also der erstaunliche Bericht über ein völlig verrücktes, verheerendes Jahr, das zugleich schrecklich notwendig war. Was die Erzählgattung angeht, so kann ich diese schwer definieren, da ich in der Literatur nichts Vergleichbares gefunden habe, ausser dass eine entfernte Ähnlichkeit mit gewissen Erzählwerken deutscher Romantiker wie Novalis oder Eichendorff vorzuliegen scheint.

Ende Juni 2016. Ich sitze an einem Strand in Korsika und fühle mich ausgelaugt, denn mein Regierungsamt lastet schwer auf meinen Schultern. Umso mehr freue ich mich auf ein paar Wochen Ruhe und Erholung. Hoffentlich kommt nicht irgendetwas Unangenehmes dazwischen, wie das in der Vergangenheit viel zu oft der Fall war.

Was mich jedoch im Moment besonders freut, ist das für einen Dichter aussergewöhnliche Erlebnis, das mir während der nächtlichen Überfahrt auf der Fähre von Savona nach Bastia zuteil wurde. Vom Meer sanft geschaukelt träumte ich, ich würde ein Gedicht verfassen. Beim Aufwachen erinnerte ich mich noch an drei Viertel des Textes, was sehr aussergewöhnlich ist. Sofort notierte ich die Verse, die ich noch im Kopf hatte, auf ein Stück Papier, um sie später zu vervollständigen. Darum sitze ich hier, an diesem verlassenen Strand, irgendwo zwischen dem Rauschen der Wellen und dem Gezirpe der Zikaden, die den Pinienwald entlang der Küste in Beschlag nehmen. Aufgrund der Metrik und der Reime ist der Text des Gedichts leicht zu rekonstruieren. Während meiner Arbeit stelle ich fest, dass der Rhythmus der Verse die unabänderliche Bewegung des Meeres perfekt wiedergibt. Irgendwann muss ich daraus ein Lied machen.

Ich komme nun schon das siebte Jahr mit meiner Familie nach Korsika. Obwohl meine Kinder erwachsen sind, verbringen alle drei noch regelmässig einige Tage mit uns. Auch unsere Pflegetochter ist fast jedes Jahr dabei.

Meine Gedanken schweifen ab. Ich muss mich wieder auf meinen Text konzentrieren. Ich möchte, dass er die geheimnisvollen Übereinstimmungen widerspiegelt, die das Meer und die Gezeiten mit dem Mondrhythmus und den Wasseratomen in meinem Körper verbinden. Vor allem soll er jedoch den Ewigkeitsgedanken im unaufhörlichen Spiel der Wellen zum Ausdruck bringen, die sich am Strand brechen.

Jede Welle ist ein Leben, ein Schicksal, ein unerfüllter Wunsch. Immer diese Suche nach Ekstase, dieses Verlangen, im Augenblick des Orgasmus an das Unendliche zu rühren, dann den «kleinen Tod» zu sterben, um anschliessend ins Leben zurückzukehren. Und in den Raum. Und nach der nächsten Ekstase zu schmachten.

Bei diesen Gedanken kommt mir das berühmte Gedicht Nietzsches in Erinnerung, das in einen Felsen von Sils-Maria gemeisselt wurde und von Mahler in seiner dritten Symphonie musikalisch umgesetzt wurde:

> ***Das trunkne Lied***
> *O Mensch! Gib Acht!*
> *Was spricht die tiefe Mitternacht?*
> *«Ich schlief, ich schlief –,*
> *Aus tiefem Traum bin ich erwacht: –*
> *Die Welt ist tief,*
> *Und tiefer als der Tag gedacht.*
> *Tief ist ihr Weh –,*
> *Lust – tiefer noch als Herzeleid:*
> *Weh spricht: Vergeh!*
> *Doch alle Lust will Ewigkeit –,*
> *– will tiefe, tiefe Ewigkeit!»*

---

aus **Also sprach Zarathustra**,
Vierter und letzter Teil, Das Nachtwandler-Lied, Kapitel 12

Die Ewigkeit breitet sich vor meinen Augen aus.

Sie schmeckt salzig. Wie das Salz des Lebens. Sein Iod sättigt die Luft.

Hier ist sie, die zeitlose Bewegung, die sich selbst erneuert, hier ist das Perpetuum mobile, das zwischen Leben und Tod hin und her schwingt.

Hier umgibt mich der Gesang der Natur, der ewige Ruf, der den Menschen auf sich selbst und seine Endlichkeit zurückwirft.

Er lässt die Ekstase aus ihrer Asche aufsteigen, die von einem nie gestillten Durst nach Ewigkeit getriebene Lust, die immer wieder von der Grausamkeit des unvermeidlichen Erwachens auf den Boden der Tatsachen zurückgeholt wird. Damit alles bis zum Erlöschen der Sonne stets von vorne beginnen kann.

Ich spüre, wie die Wellen in mir ansteigen. Und wieder zurückfliessen. Ansteigen, dann zurückfliessen.

Ruhe breitet sich in meiner Seele aus.

Ich bin in Frieden mit mir selbst.

Das Meer wartet auf mich.

Es wartet seit Anbeginn der Zeit.

Das Meer wird immer auf das Leben warten, das seinem fruchtbaren Bauch entsprungen ist.

Alles kommt von dort. Alles kehrt dorthin zurück.

Ich denke nicht mehr, ich drifte in mich zurück und beuge mich wieder über meinen noch unfertigen Text.

Scripta manent.

> ***Die Gezeiten***
> *Es kommt und geht, es geht und kommt*
> *Im ewig gleichen Schritt und Tritt,*
> *Es kommt und geht, es geht und kommt*
> *Es bringt nichts und es nimmt nichts mit.*
> ...

Es kommt und geht, es geht und kommt,
Es rührt sich und strebt doch nicht weiter,
Es kommt und geht, es geht und kommt,
Ist zugleich Pferd, Galopp und Reiter.

Es drängt heran mit grosser Wut,
Schäumt auf und fliesst doch ab alsdann,
Auf jede Ebbe folgt die Flut,
Es kann auch wenn es nicht mehr kann,

Ein Schritt nach vorn, ein Schritt zurück,
Es brandet auf und legt sich nieder,
Erobernd gibt es Stück für Stück
Vom schwer umkämpften Strande wieder.

Mal ist es still, mal wird es munter,
und nimmt sich was es nie verlor.
Mal geht es rauf, mal geht es runter,
Der Mond gibt hier den Rhythmus vor,

Stets anderswo ist es doch da
Und bleibt, es lässt sich nicht verwehn,
Mal ist es fern, mal ist es nah,
Es fließt und kann doch nicht vergehn.

Es kommt und geht, es geht und kommt,
kein Mensch, der das verstehen kann,
Es kommt und geht, es geht und kommt,
Willst du es fassen, denk nicht dran.

Morgens, bevor ich zum Strand gehe, schreibe ich. In den letzten Tagen habe ich einen Roman mit dem Titel *Cendre rouge* beendet. Die Geschichte spielt in der Zeitspanne zwischen der russischen Revolution und der Stalin-Ära. Zwei Schachspieler treffen in einer gnadenlosen Partie aufeinander, in der es – wie kann es anders sein – um Leben, Tod und Liebe geht. Nachdem ich das Typoskript an einen Pariser Verleger verschickt habe, wende ich mich wieder «Bergfried» zu, einem auf Deutsch verfassten Roman, den ich vervollständigen muss. Er handelt von einer alten Frau, die hingebungsvoll das Grab ihres kurz nach der Hochzeit verstorbenen Mannes pflegt. Da taucht ein Baulöwe auf, der den kleinen Bergfriedhof stilllegen will, um darauf einen Hotelkomplex zu bauen. Doch die Alte lässt nicht locker und der Konflikt artet aus. Zu dieser Geschichte hat mich der reale Leidensweg einer alten Dame inspiriert, die man für verrückt erklären möchte, um an ihr Erbe zu kommen. Als ich die Frau beim Versuch, sie diskret zu unterstützen, zum ersten Mal traf, wusste ich sofort, dass ihre Geschichte meine schriftstellerische Fantasie nähren würde.

Es wird mir bewusst, dass die Helden oder Anti-Helden meiner Geschichten stets Rebellen oder Sonderlinge sind, die sich der Selbstentfremdung widersetzen. Der Bienenzüchter in Wabers Schwarm ist ein Neurotiker, der von seinen Bienen unbewusst auf eine Initiationsreise entführt wird, der Grossvater im Löwenzahn ist selbstmordgefährdet, bevor er seinen grünen Daumen entdeckt, der Held in *garce de vie* ist ein vom Leben gebeutelter Mensch, der durch die Ankündigung seines bevorstehenden Todes aus seiner Lethargie gerissen wird, und der Detektiv in *Luca* ist ein einsamer, in seiner

Ehe unglücklicher Mensch, der sich gegen die Ungerechtigkeit der Existenz auflehnt. Nicht zu vergessen den alten Indianerhäuptling in *Quesada,* meinem ersten Musical. Die Worte, die er an die spanischen Eroberer richtet, drücken meine eigenen Sorgen und mein tiefstes Bedauern aus:

> *Votre âme est morte et votre corps pourrit*
> *Vous respirez l'air sans le sentir,*
> *Semblable à une souche qui moisit*
> *Vous décomposez vos souvenirs.*
> *Quand le dernier animal sera mort,*
> *Le dernier arbre se sera flétri,*
> *Ne pouvant pas vous nourrir de votre or*
> *Votre vie ne sera plus que survie.* [1]

Jede dieser Figuren spiegelt auf ihre Art und Weise eine Facette meines Charakters wider. Zusammengenommen stellen sie die Grundlage meines Wesens dar, das Wesen eines Romantikers, der versucht, den kategorischen Imperativ von Kant tatsächlich zu verwirklichen, um seine Ängste zu unterdrücken und seinem Leben einen Sinn zu geben. Das Ergebnis ist ernüchternd. Der Sinn wird regelmässig von der gnadenlosen Realität in der Luft zerrissen, die Widerstände mehren sich und die Ängste werden grösser. Ich bin zum Schluss gekommen, dass das Heilmittel schlimmer ist als das Übel. Doch ich kann nicht aus meiner Haut raus.

[1] *Übersetzung als Anhang am Ende des Buches.*

Ach, wie sehr liebe ich die Tage der Ruhe und Gelassenheit auf dieser Insel, die mir wie eine mitten ins Meer versetzte Alpenwelt vorkommt. Was für ein Geschenk, ohne Druck schreiben zu können, die Ideen und Worte nach und nach entstehen zu lassen, sie nicht beschleunigen oder zwingen zu müssen, sondern ihnen Zeit zu geben, wie klares Quellwasser hervor zu quellen. Den Rest des Jahres über bin ich, abgesehen von einigen kurzen Ruhepausen, in ein teuflisches Geflecht von Verwaltungsproblemen, zahlreichen Anträgen und politischen Konflikten verwickelt, die mir höchstens Zeit für ein paar kurze wöchentliche Fussmärsche zwischen Sitten und Savièse und das sporadische Verfassen einiger weniger Gedichte gewähren. Die restliche Zeit ist den Staatsgeschäften gewidmet, was mich zu einem öffentlichen Menschen macht, das heisst zu einem Macher und Bühnenkünstler. Obwohl ich mich nach romantischer Besinnlichkeit sehne, bin ich an eine Art *Sturm und Drang* gekettet, dessen Intensität niemals nachlässt.

Als ich im Parlament sass war es anders, denn da konnte ich mir die Scherereien selbst aussuchen. Ausserdem ermöglichten mir die paar Stunden Unterricht, die ich bewahrt hatte, meiner schon immer gehegten Leidenschaft zu frönen: der Literatur. Während ich versuchte, meinen Schülern diese Leidenschaft zu vermitteln, schuf ich ein Gegengewicht zur Politik und einen Ausgleich für meine Seele.

Seit ich Regierungsmitglied bin, besteht dieses Gleichgewicht nicht mehr. Die Sorgen fliegen mir täglich in Schwärmen um die Ohren, ohne mir eine Wahl zu lassen. Daher sind die wenigen Wochen Ruhe und Entspannung auf der *île de beauté,* die ich schreibend im Schatten der Pinien verbringe, überlebenswichtig für mich.

Zwischen zwei Kapiteln meines Romans verleitet mich meine ausschweifende Fantasie dazu, einige Gedichte auf Französisch zu schreiben. Neben dem berauschenden Gefühl, das ich beim Wechsel von der deutschen Prosa zur französischen Poesie empfinde, vermittelt mir dieses wundersame Hin und Her, das mich immer wieder zwingt, meinen Gedanken und Gefühlen einen strengen formellen Rahmen zu geben, ein Gefühl von Sicherheit. Zudem erfüllt es mich auch mit intensiver Freude, wenn ich die eben erst entstandenen Verse meinem Umfeld, in erster Linie meiner Frau, vorlese. Das heute Morgen kurz vor Sonnenaufgang unter dem Vordach unseres Bungalows geschriebene Gedicht sage ich leise für mich selbst auf, denn die Familie schläft noch:

Ein Leben

Ein Traumbild tief im Felsen sein,
das werdend durch die Hülle dringt
Sich lösen aus dem Urgestein,
Bevor der Efeu es umringt.

Der Ungestalt als Form entspringen,
Unter des Künstlers fester Hand
Das Innere zur Reife bringen,
Erlösen, was dort längst bestand.

Dann aber ohne Hast vergehen,
sich nicht gegen die Risse wehren,
Der Angst im Herzen widerstehen,
Erfüllung suchen und sich leeren.

Der Sandburg gleich, am Meeresstrand,
Im Wasser aufgehn und verschwinden,
Sich namenlos und unerkannt
Allmählich mit dem All verbinden.

Was sollen Stolz und Widerstand,
Was soll der Wunsch nach Wiederkehr,
Ein jedes Korn in mir wird Strand
Ein jeder Tropfen strebt zum Meer.

Immer öfter empfinde ich den Wunsch nach Verzicht, überkommt mich eine sanfte Melancholie. Die Thematik und der Ton des Gedichts überraschen mich. Sie geben nicht die geistige Verfassung wieder, die man von einem Politiker erwartet, der sich bald einem gnadenlosen Wahlkampf stellen muss. Doch ich weiss, dass die Poesie nicht lügt. Ich muss mich wieder in den Griff bekommen und zwar schnell! Zu meinem Leidwesen überdeckt dieser Zwang, mich aufraffen zu müssen, statt mich gehen zu lassen, die erhoffte Unbeschwertheit der Ferien mit einer bedrohlichen Wolke.

Einige Tage später sitze ich am Ufer des Baches, der vom Col de Bavella nach Solenzara hinunterfliesst und betrachte mein Spiegelbild im Wasser. Vom Kontrast zwischen der Bewegungslosigkeit meines Abbilds und der Bewegung des Wassers darunter inspiriert greife ich zu Stift und Papier. Ich schreibe im Schatten der Trauerweiden, die das Ufer säumen und der paar Pinien, die sie überragen. Die Wasseroberfläche glitzert unter der Mittagssonne und blendet mich ab und zu, wenn das Kräuseln einer Welle oder das leichte Schwingen der Äste im Wind einen Sonnenstrahl auf mein Gesicht lenken.

Spiegelung

Oft sitze ich am Fluss und schau dem Wasser zu
Auf dem mein Spiegelbild wie unbeteiligt schwebt,
Die Strömungen darunter kommen nie zur Ruh,
Doch scheint das Bild dem Strome fremd, der es belebt.

Das Wasser fließt unter der Spiegelung vorbei,
Nichts hält sein Fluten auf, der Hang lockt den Verprasser,
Es haftet sich nicht fest an meinem Konterfei,
Denn in demselben Fluss ist nie dasselbe Wasser.

Ach hätte ich mich doch der Illusion entzogen!
Die Wahrheit liegt im Fluss, der Schein hat mich getrogen,
Enteilt ist, was der Alterung zu trotzen schien,

Mein Spiegelbild im Strom ist anders als zuvor,
Es trägt nunmehr die Spur der Zeit, die ich verlor,
Ich fühle kalt den Fluss durch meine Adern ziehn.

Ich entgleite meiner kreativen Blase und lese den Text leise vor mich hin. Keine Besserung in Sicht. Nicht die geringste Spur von Entschlossenheit und Tatendrang. Damit lässt sich wohl kaum eine Wahl gewinnen.

Abends lese ich das Sonett meiner Frau vor, die es mit einem Seufzer quittiert. Ihr Blick bestätigt mir, dass auch sie jene Zwischenphase des Lebens erreicht hat, in der man zwar noch nicht alt, aber auch nicht mehr wirklich jung ist. Die Lebensphase, in der man sich unmerklich von der materiellen Welt loslöst, in der man lernt loszulassen, um die inneren Landschaften seiner Seele zu erkunden.

Während ich mich meinen Gedanken und der Kontemplation hingebe, spüre ich immer deutlicher den Schatten einer Bedrohung über mir. Seltsam. Denn bisher scheint alles ruhig zu sein. Ruhiger als in den Ferien der vergangenen Jahre, die regelmässig von Pseudo-Skandalen und den unaufhörlichen Anrufen der Medien unterbrochen wurden, deren grösste Sorge darin zu bestehen schien, das Sommerloch zu stopfen und auf meine Kosten Papier zu verkaufen.

Doch dieses Gefühl, auf der Schwebe zu stehen, dieser Eindruck der Ruhe vor dem Sturm hält an, obwohl ich in Korsika bin, dieser oft eroberten, nie unterworfenen Inselfestung eines freien und stolzen Volkes, dem es alle Völker der Erde nachtun sollten, wenn sie ihre Seele nicht verlieren wollen. Hier spielt alles zusammen, um die Geschichte, die Traditionen und die Identität zu schützen und zu bewahren: Sowohl die schroffen Berge, das dichte Gestrüpp des Maquis als auch das entschlossene Wesen der Einwohner. Hier hat die Geziertheit des politisch Korrekten keine Chance. Hier fassen die Verkäufer künstlicher Paradiese nur schwer Fuss, Minarette haben keinen Bestand und islamistische Prediger reisen, kaum haben sie ihren Gebetsteppich neben den Badetüchern am Strand ausgerollt, sofort wieder ab in Richtung Marseille.

Ein Korse erklärte mir dieses Phänomen einmal in seinem unnachahmlichen Akzent und meinte schonungslos, dass die Dealer und Prediger halt nicht schwimmen könnten und die Minarette von ganz allein umfallen würden. So sind sie halt, die korsischen Insulaner: burschikos und deutlich. In Korsika sind die Korsen zu Hause, da stellt man nicht die Füsse auf den Tisch.

Am Strand, kurz nach Mittag. Von Zeit zu Zeit lassen durchziehende Wolken den Sand in flüchtigem Dämmerlicht erscheinen.

Von den meinen umgeben sitze ich am Strand. Über uns scheinen sich Himmel und Meer gegenseitig widerzuspiegeln. Hinter uns die schroffen Felsen der Insel, die jeden gastfreundlich aufnimmt, der sie respektiert und jeden gnadenlos abstraft, der ihr keinen Respekt zollt. Ich überlasse mich vertrauensvoll der Trägheit dieser zugleich schönen und rauen Bastion der Freiheit, die der Schöpfer schelmisch zwischen zwei blaue Ewigkeiten gesetzt hat. Doch ich ahne, dass der Friede in meinem Herzen vergänglich und bedroht ist.

Da ergreift mich das zwingende Verlangen, meinen Stift in die Hand zu nehmen und Bilanz zu ziehen.

Bilanz

Gezähmt, sozialisiert, in eine Form gepresst
Baute ich jeden Tag an meiner Existenz,
Ich lernte schnell und gut und biss mich eisern fest
Und breitete mich aus bis hin zur Quintessenz.

Ich pflanzte manchen Baum und baute mir ein Haus,
Ich zeugte Kinder gar und schrieb und reimte munter,
Doch frag ich nach dem Sinn, dann schaut es düster aus,
Geht doch des Menschen Werk am Ende immer unter.

Wozu sind Spuren gut, wenn sie der Wind verweht,
Was soll ein Ritual, das mit der Zeit versteinert
Und wozu eine Schrift, die kaum einer versteht,
Weil der moderne Mensch fest an der Dummheit schreinert.

Wir irren durch den Wald unserer Bilderwelten
Und schrauben an der Zeit in der wir uns verlieren,
Gedanken, die am Undenkbaren stets zerschellten
Verwehren uns den Sinn nach dem wir ständig gieren.

Warum nur schieb ich meinen Stein den Berg hinauf
Wo ich doch weiß, dass er unmöglich oben bleibt,
Warum forciere ich den schnellen Lauf der Zeit,
die mich dem Todesengel in die Arme treibt?

In allen Gärten häuft sich kalter Wüstensand,
Und meinen Lebensmut befällt ein rauer Rost,
Bald ist das Sonnenlicht aus dieser Welt verbannt,
Dann klirren nur mehr irre Schatten schrill im Frost.

Trotz allem strebe ich stets neuen Zielen zu
Und klettere empor an meiner Hoffnungsleiter,
Ich finde vieles, doch ich finde keine Ruh,
Die Suche nach dem Einen treibt mich immer weiter.

Das Schicksal baut in mir, während ich an ihm baue
Eine Bastei, von der aus ich die Ewigkeit
Und ihre stillen, zauberhaften Lande schaue
Und jenes Licht, das meinem Leben Sinn verleiht.

...

Ich sehe endlich klar und fühle kein Bedauern,
Denn was mir widerfährt ist längst in mir geboren,
Was ist und war wird dereinst sein und ewig dauern,
Es lässt sich nicht gewinnen und geht nicht verloren.

Der Arbeit schönste Frucht liegt in der Arbeit selber,
Und in der Leidenschaft, wenn ich zu Werke geh,
Drum macht es mir nichts aus, werden die Ähren gelber
Und beugen sich dem Frost, denn einmal schmilzt der Schnee.

Ich bin die unsichtbare Spur, die nie vergeht,
Grad unter meinem Schritt lauert die Ewigkeit,
Es bleibt sich alles gleich, wie stark der Wind auch weht,
Das wahre Wesen widersteht dem Biss der Zeit.

Im winzig Kleinen steckt das unermesslich Große,
Der Augenblick enthält den Anfang und das Ende,
Drum ist es, wenn ich einst zu meinen Ahnen stoße,
Als ob ein Samenkorn den Weg zur Erde fände.

Nun ist es soweit - das Ende der Waffenruhe wird von einer langen E-Mail meines Generalsekretärs eingeläutet. Er erstellt darin einen Lagebericht über die Dienststelle für Unterrichtswesen, bei weitem die grösste der elf Dienststellen, die zu meinem Departement gehören.

Sofort zieht sich mein Magen zusammen. Ein schmerzhafter Druck lastet auf meinem Zwerchfell.

Das Problem ist der Dienstchef, ein Mann, der es immer eilig hat und überall aneckt, wo er vorbeikommt. Er hat die schroffe Art eines Offiziers, entbehrt des elementarsten Fingerspitzengefühls, verhält sich vor seinen Vorgesetzen unterwürfig und gegenüber seinen Untergebenen kompromisslos. Kommt hinzu, dass er sich in seinem Kopf Filme vorzuspielen scheint, die er mit der Wirklichkeit verwechselt, vielleicht als Schutz vor dem Druck einer auf die Nachlässigkeit einer ausserparlamentarischen Kommission zurückzuführenden Steueraffäre, die während der ersten Zeit meines Mandats gegen ihn aufgebauscht wurde, um mich politisch zu schwächen.

Doch die Majestätsbeleidigung, die ihm zum Verhängnis zu werden droht, ist sein kürzlich unternommener Versuch, die pädagogische Hochschule (PH) neu auszurichten. Bei der PH handelt es sich um eine Institution, deren grösste Fehlentwicklung der letzten Jahre in der Akademisierung des natürlichsten zivilisatorischen Aktes der menschlichen Spezies liegt: die Erziehung. Mein Dienststellenleiter wagte es, dagegen vorzugehen und wollte die PH näher an die Praxis heranführen indem er versuchte, der Hochschule durch die Stärkung ihres Status als berufliche Ausbildung einen pragmatischeren Charakter zu verleihen.

Doch anstatt behutsam vorzugehen, polterte er in Offiziersmanier los und schoss gleich mit scharfer Munition. Das war unbedacht, denn einige Abgeordnete, die an der PH arbeiten, wollen ihm nun an den Kragen, um dadurch indirekt meinen politischen Untergang herbeizuführen. Das ist der Schluss, zu dem mein Generalsekretär gekommen ist, ein vertrauenswürdiger Mann mit gesundem Menschenverstand.

Ich bin niedergeschlagen und enttäuscht. Eine dumpfe Angst schnürt mir die Kehle zu. Dieser Dienstchef wird langsam aber sicher zur Achillesferse.

Mit seinen ständigen Konflikten und Problemen erinnert er mich an ein Bonbonpapier, das an den Fingern kleben bleibt und man einfach nicht loswird. Man mag die Hände schütteln wie man will, es haftet fest und wenn man nach zahlreichen Versuchen glaubt, es losgeworden zu sein, stellt man fest, dass man sich draufgesetzt hat und es jetzt am Hintern klebt.

Wahrlich ein bitteres Bonbon!

Der gute Mann ist eine Zeitbombe, die ich von meinem Vorgänger übernommen habe. Er hatte ihn 2011 zum Generalsekretär ernannt, ohne dass dies für Unruhe gesorgt hätte. Als er jedoch zwei Jahre nach meiner Wahl (mit gleichem Gehalt) in die Dienststelle für Unterrichtswesen versetzt wurde, löste dies einen beispiellosen Medienrummel und einen politischen Amoklauf ohnegleichen aus. Wen wundert's! Meine Gegner nehmen halt das, was sich ihnen bietet, um mir zu schaden. Und da sie keine gravierenden Probleme finden, um mich anzuschwärzen, stürzen sie sich auf Themen ohne jeglichen seriösen Inhalt, die sich jedoch leicht aufbauschen lassen.

In seiner E-Mail drückt sich mein Generalsekretär klar und deutlich aus: Das Haus brennt und es gilt, schnell zu handeln, denn die feindliche Meute steht kurz davor zuzuschlagen. Es ist ihm zwar gelungen, eine Galgenfrist auszuhandeln, um mir die Zeit zu geben, das Problem zu beheben, doch ab Ende Juli kann er nichts mehr garantieren.

Nun sitze ich ganz schön in der Klemme. Mit der Sorglosigkeit und Musse der letzten Tage ist es vorbei. Die Zeichen stehen auf Sturm, auf Kampf um das politische Überleben.

Nachdem ich die Problematik den ganzen Tag im Kopf hin und her gewälzt habe, gehe ich lange nach Mitternacht ins Bett. Der Schlaf lässt lange auf sich warten, denn ich habe keine Ahnung, wie ich gleichzeitig die privaten Rechte des Beamten schützen und die Interessen des Staates wahren kann. Die Gesetze sind nun mal wie sie sind und erweisen sich als äusserst komplex. Erst gegen Morgen sinke ich für einige Stunden in einen unruhigen Schlaf. Trotzdem stehe ich früh wieder auf, denn ich werde im Halbschlaf von Versen getrieben, die mir keine Ruhe lassen. Als ich in den Spiegel sehe erschrecke ich vor meinem halluzinierten Blick, dessen Starre durch tiefe Augenringe noch betont wird. Die Zukunft ballt sich zur dunklen Drohkulisse zusammen. Wie soll ich das mir bevorstehende Verhängnis bannen, wenn nicht durch verzweifelte, von Schopenhauers «optimistischem Pessimismus» inspirierte Verse?

Nicht so schlimm

Hör auf, Dir Pillen zu besorgen,
Das Glück kennt nur, wer es verlor,
Mach Dir für Morgen keine Sorgen,
Das Schlimmste steht Dir noch bevor.

Hör auf, Dich selber zu beklagen
Ist auch das Leben mit Dir hart,
Das Schicksal hat Dich heut zerschlagen
Und doch das Schlimmste aufgespart.

...

Verzweifle nicht an jedem Zank,
Versink nicht in ein tiefes Loch
Wenn Du Dich elend fühlst und krank,
Das Allerschlimmste kommt ja noch.

Vergiss das Alter und die Gicht,
Verzweifle nicht an Deinem Leid,
Was heute schmerzt hat kein Gewicht,
Das Schlimmste kommt erst mit der Zeit.

Genieße heute, was Du bist:
Ein Nichts, ein Wicht, ein Krüppel gar,
Wenn Du Dich morgen selbst vergisst
Nimmst Du das Schlimmste nicht mehr wahr.

Schreiben tut mir gut. Das Ringen mit den Wörtern lenkt mich von den ebenso zahlreichen wie komplexen Problemen ab, die das wirkliche Leben für mich bereithält. Raum und Zeit sind ausgeschaltet. Es gibt nur noch das geschriebene Wort und die Fülle, die es mir zur Ernte anbietet.

Die besorgniserregenden Nachrichten aus der Schweiz werden immer zahlreicher und drängender. Mein Dienstchef scheint den Boden unter den Füssen zu verlieren. Seine Entscheidungen werden irrational, die Verzweiflung der Mitarbeiter wächst. Mir bleibt nichts Anderes übrig, als die Dienststelle für Unterrichtswesen von Korsika aus selber zu leiten und den Dienstchef durch Mittelsmänner zu umgehen.

Anstatt mich zu erholen sitze ich die meiste Zeit vor dem Computer oder ich hänge am Telefon. So stellte ich mir meinen Aufenthalt auf Korsika nicht vor. Doch ich habe keine Wahl, wenn ich verhindern will, dass die Situation völlig aus dem Ruder gerät.

Eine tragische Ablenkung kommt von einer entsetzlichen Begebenheit, die sich völlig anderswo abgespielt hat: Als ich an diesem Morgen auf meinem Handy den Pressedienst lese, bin ich bestürzt. In Nizza ist ein islamischer Terrorist mit einem LKW in eine Menschenmenge gefahren und hat dabei um die zweihundert Menschen getötet oder verletzt. Grauenvoll! Und wieder einmal stimmt der Chor der Gutmenschen sein Lied vom eigentlich friedlichen Islam an. Ich bin überzeugt, dass sie sich an dem Tag, an dem man ihnen das Messer an die Kehle setzt, darüber beklagen werden, dass die Klinge nicht scharf genug ist. Peinlich! Und keiner will erkennen, dass die unverantwortliche Politik der NATO, die Scheinheiligkeit der Grossmächte, die den islamischen Staat mit der einen Hand bekämpfen und ihn mit der anderen unterstützen, zusammen mit der Feigheit der europäischen Regierungen Unschuldige, Frauen, Kinder und Männer in der Blüte ihres Alters ins Verderben stürzen. Es ist unglaublich naiv zu glauben, man könne die todsüchtigen Fanatiker zähmen, indem man ihnen den Bart krault oder ihnen Honig um den Mund schmiert. Wie immer müssen Unschuldige den Preis dafür zahlen, dass der Mittlere Osten und Nordafrika angeblich mit Raketen befriedet werden sollen, wo es doch nur darum geht, sich auf Kosten der eingeborenen Bevölkerung den Zugang zu den dort reichlich vorhandenen Rohstoffen zu verschaffen. Dass der verlogenen Übung zudem das Mäntelchen des «arabischen Frühlings» umgehängt wird stellt den Gipfel der Scheinheiligkeit dar. Die Realpolitik ekelt mich zusehends an. Immerhin - und ich schäme mich, es zugeben zu müssen - hat mir diese Tragödie erlaubt, meinen nichtigen und lächerlichen Problemen als Walliser Staatsrat für einige Stunden zu entkommen.

Immer noch tief bewegt öffne ich meinen Laptop, um mich in die einzige Welt zurückzuziehen, in der ich mich mit dem Unerträglichen konfrontieren kann, ohne daran zu verzweifeln. Was mir angesichts des Chaos und des Verderbens in den Sinn kommt ist erstaunlicherweise ein klassisches Sonett. Möglich, dass mein Geist auf diese Art das Grauen zu strukturieren versucht.

Eroberer

Sie kommen von weit her, vom Wüstenwind getragen,
Und bahnen sich den Weg zu fruchtbaren Gestaden
Wo Menschenbrüder sie an ihre Tische laden
Damit sie sich mit Gier den magern Bauch vollschlagen.

Es sind Eroberer, die sich in Lumpen hüllen,
Sie pochen auf das Recht, das sie mit Füssen treten,
Sie leiern ihren Frust herunter in Gebeten
Und suchen durch den Tod ihr Schicksal zu erfüllen.

Am Himmelsbaldachin verblassen alle Sterne,
Der Halbmond gähnt, er löscht seine Laterne,
Die Bärte wachsen schnell, der Glaube wird Fassade,

Wie dunkle Schatten ziehn die Krieger in die Schlacht,
Doch wiedersteht der Geist dem Ausdruck ihrer Macht,
Nach tausendeiner Nacht gewinnt Scheherazade.

Bewunderungswerte Scheherazade, wohltuende Ikone aus jener Zeit, in der Arabien sich selbst zu erzählen wusste und zum Träumen anregte. Dieser bewundernswerten Frau gelang es, ihr Leben zu retten, weil sie den Sultan dank ihrer Intelligenz, ihrer Fantasie und ihrer Kreativität dazu führte, sich in sie zu verlieben. Von dieser Figur könnte der Aufstand gegen den religiösen Dogmatismus ausgehen, der frustrierten Zeloten als Vorwand dient, um jeden Fortschritt zu verhindern. Dieser scheinheilige Dogmatismus verschleiert übrigens nur notdürftig die Angst der arabischen Männer vor ihren Frauen. Ihr Machtgehabe ist nichts anderes als das Eingeständnis ihrer Machtlosigkeit.

Scheherazade, dieser Hoffnungsschimmer gegen den Islamismus, ist keine von der westlichen Welt importierte Fantasiefigur, sondern das Symbol dessen, was die arabische Welt hätte sein können oder werden könnte, würde man es den Frauen erlauben, die dem Leben innewohnenden Kräfte ins Lot zu bringen: Yin und Yang, Animus und Anima, Mann und Frau. Wenn man jedoch dem erdrückenden Patriachart der bärtigen Gotteskrieger nichts anderes als die Gender-Theorie entgegenzusetzen hat, ist die Partie von vornherein verloren. Dem unerträglichen Druck eines militärisch organisierten Dogmatismus kann nicht durch ein Vakuum standgehalten werden, denn die Natur verabscheut die Leere.

Nur wenn wir uns wieder auf unsere eigenen geistigen Kräfte besinnen, die, von einem Kreuz ausgehend, auf Demut und Liebe beruhen, wird es unserer Zivilisation gelingen, dem Ansturm des islamistischen Wahnsinns zu widerstehen. Es nützt nichts, sich ständig für alles und nichts zu entschuldigen, sich selbst zu geisseln, und im Namen einer zur heiligen Kuh erklärten kulturellen Vielfalt jede Abartigkeit zu dulden und zu entschuldigen. Handelt man dermassen fahrlässig, dann verschwindet gerade diese Vielfalt hinter dem Schleier vermummter weiblicher Gestalten, die mit ihren eigenen Schatten verschmelzen und der Dominanz bärtiger Männer unterstehen, welche ein todbringender Fanatismus dazu verdammt, sich wie Rohlinge zu benehmen.

Überall wo der Islam sich ausbreitet nehmen die kulturelle und religiöse Vielfalt ab und steigt die Gewalt. Dabei ist keine der sechsundfünfzig Nationen der Organisation für Islamische Zusammenarbeit fähig, auch nur ein Automodell zu entwerfen und zu produzieren. Was die Bärtigen möchten, ist eine Art *back to the future*, eine Verlagerung sämtlicher technischer Errungenschaften der Moderne ins 6. Jahrhundert. Und diese Rückkehr soll im Rolls Royce vor sich gehen, mit westlichen Chauffeuren und Technikern als Sklaven. Ein wahrlich berauschendes Programm!

Aber wozu wiederhole ich das? Seit fünfzehn Jahren prangere ich diese Fehlentwicklung - wie andere kritische Denker - an, und nichts hat sich verändert, weil das globale Dogma von der Abschaffung der Grenzen und Identitäten zu mächtig ist. Ich bin pessimistisch, was die Zukunft der Zivilisation von Sokrates, Erasmus, Spinoza, Shakespeare, Voltaire und Goethe angeht. Nicht weil ich hellsehen kann – Kassandra konnte es auch nicht – sondern weil es mir genügt, die Zeichen der Gegenwart zu erkennen und deren Energien zu erfühlen, um mir deren Auswirkung auf die künftige Welt vorzustellen. Ich kann mich natürlich auch täuschen. Doch hat die Geschichte immer wieder gezeigt, dass sich der hohle Bauch des trojanischen Pferdes nur sehr selten in ein Füllhorn verwandelt. Leider bin ich vom Kassandra-Syndrom betroffen, einem Syndrom, das mich dazu verdammt, die richtigen Schlüsse zu ziehen, ohne etwas verhindern zu können, weil es niemanden gibt, der tauber oder blinder ist als derjenige, der auf den Abgrund zusteuert und gleichzeitig davon überzeugt ist, schnell genug zu sein, um der Katastrophe zu entkommen, die weit vor ihm auf ihn wartet.

Ich gewinne immer mehr den Eindruck, dass eine Welt im Begriff ist zu versinken – eine Welt aus klar erkennbaren Leitbildern, sicheren Werten, Verantwortung, tiefgründiger Reflexion. Sie überlässt ihren Platz einem Rad, das sich zu schnell dreht, als dass man ihm trauen könnte, und sein Tempo aufgrund der immer glatteren Oberfläche noch beschleunigt. Von dieser Irrfahrt erfasst hätte es der kleine Prinz von Saint-Exupéry schwer, seinen Fuchs zu zähmen. Natürlich werden jene «aufgeklärten» Menschen, welche die drohenden Flächenbrände nie verantworten werden, die sie entfacht haben, behaupten, ich sei völlig auf dem Holzweg. Als Antwort darauf fällt mir ein sehr altes chinesisches Sprichwort ein, das ich eben erfunden habe: «Mitten im Sumpf sucht der Weise auf dem Holzweg Zuflucht ».

Am selben Abend greife ich in der erdrückenden Hitze des korsischen Sommers, umgeben vom frenetischen Schattentanz der Falter, die dazu verdammt sind, sich am Licht die Flügel zu verbrennen, auf die überwältigende und unwandelbare Kraft zurück, die der einzige Hoffnungsschimmer für meine gebeutelte Seele ist: die Poesie.

Ein Gebet

Oh Herr, vom Wind ins Ohr gerauntes Wort,
Du Fleisch, das leidend unter uns geweilt,
Sei für mein angsterfülltes Herz ein Hort,
Zeig mir den Sinn, der meine Zweifel heilt.

...

Du hast mir zwar die Sprachgewalt geschenkt,
Doch ist verräterisch der Worte Spiel,
Und trotz des Glaubens, der mein Leben lenkt,
Verfehle ich zu oft das wahre Ziel.

Du gabst mir einen Leib als schwache Hülle,
Er bildet mit dem Tod ein Notgespann,
Du gabst mir durch die Sinne eine Fülle,
Die viel versprach und immer nur zerrann.

Ich bleib der Welt trotz aller Gaben fremd,
Weil sie sich nicht um ihre Kinder schert,
Sie bietet eine Vielfalt, die mich hemmt
Und mir die Tür zum Lebenssinn verwehrt.

Auch die Natur, das große Bilderbuch,
Spricht eine Sprache, die ich nicht versteh,
Das Baumgeflüster in den Nächten ist ein Fluch,
Der nichts vermittelt als ein tiefes Weh.

Oh Herr, du bist so nah und doch so fern,
Uns trennt nur eine unsichtbare Wand,
Erleuchte meine Nacht durch jenen Stern
Der über Deiner Krippe Wache stand,

Zersplittere um mich herum das Eis
Und schenke meinem Herzen etwas Wärme,
Damit ich dich auf immer in mir weiß
Wenn ich durch tote Welten lärme,

Bring meinen Wankelmut wieder ins Lot
Jag endlich mein verkehrtes Wesen fort,
Damit ich nicht als Toter wandle vor dem Tod,
Und zeige mir den Weg vom Sinn zum Wort.

Es ist höchste Zeit, in die Schweiz zurückzukehren, denn in den letzten Tagen haben sich die Ereignisse überstürzt. Ich habe erfahren, dass der Leiter der Dienststelle für Unterrichtswesen zuhause einen Zusammenbruch erlitten hat und notfallmässig ins Krankenhaus gebracht werden musste. Zudem hat der Druck seitens seiner Kritiker massiv zugenommen. Als ich den Staatsdiener endlich an der Leitung habe und mich über seinen Zustand beunruhigt zeige, erhalte ich die übliche Antwort: «Keine Sorge Chef, alles läuft wie am Schnürchen». Aber ich kenne meinen Pappenheimer. Er gehört zu den Leuten, die aus dem zehnten Stock springen und auf der Höhe des ersten Stocks erklären, bisher laufe alles gut. Das geht schon zweieinhalb Jahre so. Bei jedem Streit, jedem Konflikt, jeder Katastrophe läuft für ihn alles bestens. Nie würde er einen Fehler oder eine Schwäche zugeben! Er erinnert mich an gewisse Kinder, die einen sehr strengen Vater hatten und ein Leben lang von einem unerbittlichen Über-Ich erdrückt werden. Ich habe keine Wahl: Ich muss meine Ferien abbrechen und das Problem ein für alle Mal lösen.

In aller Eile haben wir zwei Plätze auf der ersten verfügbaren Fähre nach Savona gebucht und das ligurische Meer überquert. Zurzeit ist es fast zwei Uhr morgens und wir durchqueren schweigsam die Po-Ebene. Wie immer fährt meine Frau. Erstens mag sie das und zweitens findet sie meinen Fahrstil zu ruppig.

Ich bin schon so manches Mal aus Korsika zurückgekehrt. Aber diese Rückreise wird mir für immer als die düsterste, beängstigendste, trostloseste in Erinnerung bleiben. Ich errate instinktiv, was mich erwartet. Der unhaltbare Druck, die Tiefschläge, die Ausbeutung meiner kleinsten Schwächen lasten bereits schmerzlich auf meinem Zwerchfell. Doch ich habe keine Wahl. Ich muss das irgendwie durchstehen. Also, die Zähne zusammengebissen, Augen zu und durch! Das ist die dunkle Seite meines politischen Engagements, der Preis, den ich als Emporkömmling bezahlen muss, weil ich es gewagt habe, im Licht zu stehen.

Es gelingt mir für kurze Zeit, ein wenig zu dösen, doch Angst und Furcht gewinnen schliesslich die Oberhand. Wenn ich nicht in mich zusammenfallen will, muss ich meinem Gehirn eine anders geartete Nahrung bieten.

Stimmungen

Die gleiche Feuerkugel schiebt sich alle Tage
Über die selbe abgegriffene Kulisse
Vor der ich schwer an meinem Schicksalsbündel trage:
Wie ich den Zauber meiner Kinderzeit vermisse.

Und doch entsteht stets eine neue Welt in mir,
Von meiner bangen Seele hoffnungsvoll erträumt,
Mein Geist strebt immer weiter und bleibt trotzdem hier,
Wo mich das Umfeld formt, das meine Schritte säumt.

Soll ich den Kreislauf der Natur von Herzen hassen
weil er mich altern lässt und selber ewig ist?
Und macht es einen Sinn, den Augenblick zu fassen,
Wenn er sich, während ich ihn ernte, selbst zerfrisst?

Ich male mit dem Blick die Schönheit, die ich sehe
Und ziehe Stimmungen aus meinen Emotionen,
Auf dass ich dem Diktat der Wirklichkeit entgehe
Versuche ich in diesen Stimmungen zu wohnen.

Doch es sind Blasen nur, sie platzen viel zu leicht,
Ich springe von der einen leichtfüßig zur andern,
Wenn jedoch meine Sprungkraft manchmal nicht ganz reicht
Muss ich bedrückt in seelenlosen Räumen wandern.

Ach, könnte ich die Welt mit Traumfäden durchweben
Und mich wie eine Seidenraupe darin hüllen,
Ich würde wohl behütet durch das Leben schweben
Und schließlich mein Geschick als Schmetterling erfüllen.

Um drei Uhr morgens sind wir in Savièse angekommen und haben uns für ein paar Stunden aufs Ohr gelegt. Um elf Uhr kommt der mehrere Departemente einbeziehende Krisenstab bei mir zusammen, den ich von Korsika aus organisiert habe. Die Männer am Tisch sind alle hochkarätige Spezialisten im Bereich des Personalmanagements. Zwei von ihnen sind erfahrene Juristen. Versammelt sind der Leiter des Personaldienstes, ein gutmütiger Mann aus dem

Oberwallis, sowie der Leiter der rechtlichen Abteilung für Personalfragen, der keine Mine verzieht, sich jedoch als aussergewöhnlichen pragmatisch und intellektuell brillant erweist, mein Generalsekretär und ich. Zwei Tage lang versuchen wir, die Kaffeemaschine schonungslos strapazierend, den juristischen Knoten zu entwirren, der eine vernünftige Lösung fast unmöglich macht. Wie kann man das kostspielige und langwierige Verfahren verhindern, zu dem uns das Personalgesetz verdammt? Wie sieht der Handlungsspielraum für eine gütliche Lösung aus?

Schliesslich bereiten wir eine radikale Lösung in Form einer sofortigen Suspendierung, gefolgt von einem Kündigungsverfahren vor, lassen die Tür jedoch für einen ausgehandelten Rücktritt des Beamten offen. Letzteres wäre eine schnellere, günstigere und würdigere Lösung.

Auf die zahlreichen Telefongespräche mit dem im Krankenhaus liegenden Dienstchef, die hartnäckige Verhandlung mit seinem Rechtsanwalt, die Diskussionen mit der entweder per E-Mail oder telefonisch benachrichtigten Regierungspräsidentin und meinen Kollegen gehe ich nicht weiter ein.

Zu guter Letzt wird der Beschluss nach langem Tauziehen und zahlreichen Phasen des Zweifelns von beiden Seiten unterzeichnet. Der Mann reicht mit sofortiger Wirkung seine Kündigung ein und kehrt als Lehrer ins Gymnasium zurück. Dies ermöglicht mir, die Stelle schnell wieder zu besetzen und kostet den Staat keinen Rappen. Eine sofortige Kündigung hingegen hätte ein Verfahren ausgelöst, das sich über drei Jahre hätte hinziehen können und aus juristischer Sicht sehr ungewiss gewesen wäre. Meine Mitarbeiter erzählen mir von einem vergleichbaren Fall, der sehr schlecht ausging. Hätte der Dienststellenleiter keine gesundheitlichen Probleme gehabt, wäre es für ihn eigentlich von Vorteil gewesen, sich für den Rechtsweg zu entscheiden. Glücklicherweise konnte ich ihn davon überzeugen, dass ein halbwegs günstiger Vergleich aus menschlicher und medizinischer Sicht besser sei, als ein nicht enden wollender Kampf vor Gericht.

Meine Erleichterung ist gross. Ich fühle mich ein wenig wie Herkules nach der Erledigung seiner zehn Aufgaben.

Dennoch habe ich den unangenehmen Eindruck, dass die Sache noch nicht ausgestanden ist. Sie wäre es, wenn ich nicht im Fadenkreuz sämtlicher guter Seelen wäre, die den Staat von meiner schändlichen Präsenz befreien wollen. Da ich nun mal der verhasste Freysinger bin, mache mir keine Illusionen: Sie werden scharf schiessen. Doch bevor ich im Kugelregen stehe öffne ich eine Flasche Wein, um trotz allem auf unseren Erfolg anzustossen.

In diesem Moment kommt meine Frau hinzu. Ich setze sie kurz über das, was verhandelt wurde, in Kenntnis. Sie sieht mir in die Augen und erklärt mit ernster Stimme, dass sie als meine persönliche Beraterin gezwungen ist, diese Lösung politisch gesehen als grosse Dummheit zu bezeichnen, dass sie aber als Frau und Bürgerin zugeben muss, dass meine Entscheidung eines Staatsmannes würdig ist. Die drei Funktionäre stimmen mit einem leichten Nicken zu, aber ich weiss auch ohne diese Zustimmung, wie Recht sie hat.

Einmal mehr habe ich es abgelehnt, den vorgezeichneten, einfachen Weg zu gehen. Ich habe alles getan, um der Würde und der Menschlichkeit den Vortritt zu geben, obwohl ich mir bewusst bin, dass der zu zahlende Preis hoch sein wird. Aber ich gehe vom Prinzip aus, dass jeder Mensch, ungeachtet seiner Fehler und mag er auch noch der grösste Schelm sein, das Recht hat, würdevoll behandelt zu werden. Daran erkennt man den Rechtsstaat. Gestrauchelte

Menschen oder Menschen, die einen Fehler begangen haben, endgültig fertig zu machen, ist die Charakteristik totalitärer Systeme. Ich werde niemals dem Gejohle der Meute auf Kosten der Gerechtigkeit nachgeben. Die wahre Charakterstärke eines politischen Entscheidungsträgers liegt in seiner Fähigkeit zu widerstehen, nicht im Kopfnicken. Sich der öffentlichen Lynchjustiz zu widersetzen kostet sicherlich mehr Kraft, als sich der Stimme des Volkes zu beugen, doch nur so findet die Seele ihren Frieden. Und was habe ich in diesem elenden Leben Kostbareres zu bewahren als meine Seele?

Später an diesem Abend greife ich zu Stift und Papier, um einige Verse aufzuschreiben, die ich dann in den Computer übertrage, um sie auszufeilen. Was dabei herauskommt stimmt mich nachdenklich:

Treibholz

Ich bin ein Treibholz nur,
Das sich im Kreise dreht,
Ob diese Prozedur
Noch lang so weitergeht?

Ich drehe meine Runden
Unter dem Wasserfall,
Kaum scheint er überwunden
Zieht mich zurück sein Schwall.

Erneut tauche ich unter
Und dreh wieder im Kreis,
Das wiederholt sich munter,
Da ich nicht weiterweiß.

Mich graust der kalte Dunst
Im Kreislauf der Kaskade,
Ich lechze nach der Gunst
Tiefliegender Gestade

Mein Herz träumt von den Buchten
Der sorglosen Kykladen,
Doch gehen meine Fluchten
Trotz aller Mühe baden.

Ob sich bald etwas tut?
Ich bin das Kreisen leid,
Wann kommt die Wasserflut
Die mich davon befreit?

Der Abend senkt sich über Vercorin. Das kleine, idyllische Dorf krallt sich zwischen Himmel und Erde an die Bergflanke. Es ist eine Art kleiner Balkon, der einen uneinnehmbaren Blick über das Zentralwallis gewährt. Wie jedes Jahr werde ich anlässlich des schweizerischen Nationalfeiertags eine öffentliche Ansprache halten. In den vergangenen Jahren wurde ich eher in den deutschsprachigen Teil des Kantons eingeladen: Gampel, Visp, Brig-Glis, das Goms. An diesem Abend ist die Atmosphäre besonders herzlich. Der Organisator sagt, es seien so viele Leute gekommen wie noch nie. Dieser Umstand übt einen gewissen Druck auf mich aus, denn ich schliesse daraus, dass die Erwartungen hoch sind. Meine Hände zittern, als ich aufs Podium steige, die Blätter für meine Rede aus der Jackentasche ziehe und sie aufs Rednerpult lege.

Die ersten Sätze meiner Ansprache verlieren sich etwas im Stimmengewirr, das mich umgibt. Der Organisator hatte sich schon im Voraus für den Lärm spielender Kinder auf den Hängen rund um den Platz entschuldigt. Zur Aufheiterung der Zuhörer beginne ich spontan mit einigen Spässen und lasse ein Gedicht folgen, das ich meinem Heimatkanton gewidmet habe. Ich gebe hier nur die drei ersten Strophen wieder:

Les oiseaux de chez moi
N'ont jamais froid aux yeux.
S'élevant de mon toit
Ils repeignent les cieux.
Ils caressent mes jours
Du frisson de leurs ailes
Et m'envoient faire un tour
Dans la neige éternelle.

Les rochers de chez moi
Cognent aux portes du ciel
Décorés d'une croix
Ils sont couleur de miel,
Mais quand la nuit descend
Sur leur front enneigé
Ils se couvrent du sang
De l'instant crucifié.

> *Les eaux vives, chez moi*
> *Ont creusé un chemin*
> *Où j'avance à l'étroit*
> *Dans l'oubli des ravins.*
> *Plus le gouffre est béant,*
> *Dans le cirque rocheux,*
> *Plus le ciel est présent,*
> *Quand je lève les yeux.* [2]

Die Poesie tut ihre Wirkung und es stellt sich eine fast religiöse Stille ein. Ich spüre, wie die Energie der Zuhörer sich meiner bemächtigt, mich trägt und ermuntert, das Beste von mir zu geben. Ich lege mich also mächtig ins Zeug und fühle mich von der Aufmerksamkeit und der aussergewöhnlichen Empfänglichkeit der Zuhörer getragen, die ich im Halbdunkel erahne. Ich spreche über ihr Leben, die Hoffnung, die die Schweiz, dieses mit keinem anderen vergleichbare, Land, ihnen bietet. Ich fühle wie die Worte durch die hereinbrechende Nacht zu den Menschen schweben, dort wie Samen auf fruchtbaren Boden fallen und in den überfliessenden Herzen ein kleiner Funke aufglüht.

(...), diese Erde, die wir von unseren Eltern geerbt haben, werden wir unsererseits an unsere Kinder weitergeben. Dadurch legen wir der Zukunft, legen wir unseren Kindern die Schätze der Vergangenheit als einzigartiges Erbgut in die Hand. Ohne dieses Erbe sind sie wurzellos, ohne dieses Erbe irren sie in einer Welt ohne Zugehörigkeitsgefühl, ohne Traditionen oder Verankerung umher. Ohne diese bewährte, anerkannte und geliebte Vergangenheit sind sie die Sklaven einer ewigen Gegenwart und können ihre Zukunft nicht zur Vergangenheit ihrer Nachfolger machen. Sie werden keine Spuren hinterlassen, in die die künftigen Generationen treten

[2] *Übersetzung als Anhang am Ende des Buches.*

könnten, bevor sie den schwierigen Boden des Fortschritts betreten werden. Da sie die Schulter des sie tragenden Riesen verschmähen, werden sie unter seinen Füssen zermalmt werden.

Ein Mensch ohne Vergangenheit hat auch keine Zukunft. Die Geschichte prägt die Identität der Völker, sie schmiedet unseren Charakter, verleiht uns unsere Menschlichkeit und unsere Besonderheit. Ohne sie werden wir mit allem identisch und lösen uns demzufolge in nichts auf.

Manche werden sagen, dass dies nur eine Illusion ist, dass es sich hier um einen von unserer Fantasie geprägten Mythos handelt. Ich gebe zu, dass es sich tatsächlich um einen Mythos handelt, weil jeder Mensch, mag er sich noch so gegen diese Idee wehren, seine Weltanschauung auf persönlichen Mythen aufbaut. Doch der schweizerische Mythos ist alles andere als eine Lüge. Er ist wahrhaftiger als die Realität. Er prägt sie auf unsichtbare Weise und verleiht ihr eine Seele.

Die Lüge begnügt sich damit, die Oberfläche der Welt zu streifen. Der Mythos hingegen kommt aus dem Weltinnenraum und prägt sich unserem Unterbewussten über unsere Gefühle, unseren Durst nach Unbedingtheit, unsere kreative Fantasie unauslöschlich ein. Darum sind Mythen unsterblich. Moden hingegen verschwinden, denn sie stellen nichts als abwechslungsreiche aber leere Formenvarianten dar. Indem die Globalisierung versucht, «Weltbürger» zu züchten und alle Grenzen abzuschaffen, vergreift sie sich am Geistigen, an der Identität, an den Wurzeln, die den Menschen mit der Erde seiner Vorfahren verbinden.

Die Befürworter der Globalisierung bezeichnen den Mythos als Lüge, weil sie wissen, dass sich ein Mythos nicht bekämpfen lässt, während eine Lüge in ihr Gegenteil umgekehrt werden kann, also auch in Wahrheit. In eine Wahrheit jedoch, die zwangsweise einer totalitären Ideologie als Mäntelchen dient, weil sie vom Menschlichen, von der Erde, vom Leben losgelöst ist.

Der Mensch ohne Identität, der globalisierte Mensch, definiert sich über eine Ideologie, die den Anspruch auf Objektivität erhebt. Dabei ist sie nur eine Subjektivität unter anderen, die versucht, die Macht des Abstrakten über das Konkrete, den Diskurs über die Realität zu setzen.

Was ist eigentlich der Pass mit dem weissen Kreuz, der unsere Identität so klar definiert? Eine Fessel? Ein Sesam-öffne-dich? Ein von einem Stück Papier attestierter Verwaltungsakt?

Ich sehe darin eher das greifbare Zeichen dessen, was wir sind. Das Symbol unseres gemeinsamen Willens, eine Gemeinschaft zu bilden, die gewisse, sich in Gesetzen und Regeln niederschlagende Werte, teilt.

Unser Pass hat eine integrative Funktion. Derjenige, der ihn sich erwünscht, muss eine innere Wandlung durchlaufen haben, wie jeder, der einen Berg erklimmt. Kein Schweizer ist von Geburt an Schweizer. Er wird zum Schweizer, indem er die Erde seiner Vorfahren unter die Füsse nimmt, er wird zum Schweizer, weil er umsorgt und gehegt wird, weil er von einer Geschichte, von Traditionen, von einem familiären Umfeld getragen wird.

Der Fremde, der sich dieser geistigen Gemeinschaft anschliessen möchte, der den Mythos unseres souveränen und unabhängigen Landes zu dem Seinen machen möchte, ist herzlich willkommen. Doch er muss seinen Willen dazu kundtun, er muss beweisen, dass er würdig ist, ein Mitglied der Gemeinschaft des weissen Kreuzes zu werden, dass er bereit ist, die Werte anzuerkennen, die dessen Grundlage sind, bereit, sich einzubringen, um seinen Teil zum Aufbau der Gesellschaft beizutragen.

Die Staatsbürgerschaft ohne Forderungen anzubieten, sie gar leichtsinnig zu verramschen, gefährdet den Zusammenhalt des gesellschaftlichen Gefüges. Schweizer zu werden bedeutet, weitreichende Rechte zu geniessen, aber es bedeutet auch, die damit verbundenen Pflichten zu erfüllen.

Wenn wir akzeptieren, dass gewisse Menschen ihren Bürgerpflichten nicht nachkommen und sich, aus welchen Gründen auch immer, dem

Rechtssystem nicht beugen, schaffen wir eine Dissonanz, eine schizophrene Gesellschaft, und laufen Gefahr, den Geist zu schwächen, der unser Land geprägt hat.

Dies umso mehr, als die schweizerische Gesellschaft nicht auf einer einzigen Kultur und einer einzigen Sprache basiert, sondern auf einer Vielfalt, deren zahlreiche Komponenten übereinkamen, eine Einheit, eine Schicksalsgemeinschaft zu bilden. Dieser gemeinsame Wille wird durch eine gewisse Anzahl fester, in der Verfassung verankerter Werte gestützt.

Wir verlangen von niemandem, dass er seine Wurzeln, seinen eigenen fernen Hausberg, die emotionale Landschaft seiner Kindheit verleugnet. Wir verlangen von ihm nur, dass er seine Träume mit den unseren teilt, unsere kulturelle Landschaft durch seine bereichert und zwar konfliktlos und mit Respekt. In seiner Andersartigkeit stellt der andere eine Bereicherung dar. Er soll nicht dazu gezwungen werden, sich zu verleugnen, um seinen Platz bei uns zu finden. Doch was wir ihm zugestehen, muss er auch uns gewähren: Das Recht, uns nicht verleugnen zu müssen, um ihm zu gefallen, das Recht, unsere Traditionen zu pflegen, das Recht, von ihm zu verlangen, dass er wie die Menschen hier seine Pflicht gegenüber der Gemeinschaft erfüllt und nicht zu einem zerstörerischen Faktor wird.

Bis heute wurden die Schweizer der Herausforderung gerecht, patriotisch zu sein und nicht nationalistisch, umsichtig zu sein ohne sich abzuschotten, offen zu bleiben, ohne die eigene Seele zu verraten. Sie haben verstanden, dass ihre Staatsbürgerschaft weltweit einzigartig ist, dass sie mit weitreichenden politischen Rechten verbunden ist, und dass dieses Gut nur solange seinen Wert behält als wir den Mut haben, es gegen jeglichen Versuch der Erpressung, der Herabwürdigung oder Aufgabe zu verteidigen.

Die hier in den Alpen vorherrschende Gesinnung ist, wie in allen Gebirgen der Welt, von den Anden bis zum Himalaya, von den Rocky Mountains bis zum Ural, die einer geistigen Suche und der Selbstüberwindung.

Der Berg ist kein Hindernis, sondern ein unvermeidlicher Übergang, bei dem unser Wille gestärkt wird, das Schicksal nicht einfach nur zu erdulden, sondern einen einzigartigen und persönlichen Weg zu wählen, wie der Bergsteiger, der einen Felsen erklimmt. Nur so können wir uns dem Schatten der tiefen Täler entziehen und zu den lichtumflorten Gipfeln empor streben.

Liebe Mitbürgerinnen, liebe Mitbürger, liebe Zuhörer von hier und anderswo, meiner Ansicht nach fehlt dem von Brel besungenen «plat pays» eine Dimension – und zwar diejenige, die die Seele erhöht und die wahre, die einzig mögliche Freiheit bietet – die durch innere Läuterung erreichte Selbstüberwindung. Eine Läuterung, die bewirkt, dass jeder Mensch, der einen Berg erklimmt, auf dem Gipfel zu sich selber findet.

Oft wird behauptet, dass die Schweiz im Vergleich zu ihren Nachbarländern klein sei!

Aber ein Land ist ebenso wenig aufgrund seiner Fläche gross, als die wahre Grösse eines Menschen von seinen Körpermassen abhängt. Die wahre Grösse eines Landes oder eines Menschen liegt in der nicht greifbaren Dimension, die sich hinter seiner sichtbaren Gestalt verbirgt.

Dort ruht die Seele der Welt.

Doch nicht genug damit: Versuchen Sie sich unsere kleine Schweiz einmal ausgeklappt vorzustellen, so platt gewalzt wie die weiten Flächen ringsumher – dann wäre sie ebenso gross wie halb Frankreich.

Wenn die Schweiz ihre felsige Stirn runzelt, dann nur, weil sie sich nicht damit begnügen will und kann, einfach nur ein flaches Land zu sein.

Sie hängt an ihrer Tiefendimension, die im Kreuz auf ihrer Flagge durch die Vertikale symbolisiert wird, die sich mit der Horizontalen kreuzt.

Durch diese dritte Dimension, durch seine tiefen Kluften und hohen Gipfel wird unser kleines Land zu einem metaphysischen Raum, zu einer Art Himmelstor.

Um dies besser verstehen zu können muss man sie erklommen haben, die schneebedeckten Riesen, die schroffen Felsen, die bei jedem Sonnenaufgang den Himmel aufschlitzen. Man muss sich den Kopf an diesem klaren und kalten Himmel angestossen haben, der so nah ist, dass er in der Seele des Gratwanderers für immer blaue Flecken zurücklässt, wenn er wieder in die Menschenwelt hinabsteigt.

Ich liebe dieses Land, weil es wie das Leben aus Höhen und Tiefen besteht, weil es sich erodierend erhebt, weil meine Augen in seinen zerklüfteten Tälern gelernt haben, jenseits des Horizonts zu blicken und mich meine Füsse von Jugend an über die Gipfel getragen haben, um die Grenzen der Wirklichkeit zu überschreiten.

«Pourtant, que la montagne est belle», sang Jean Ferrat.

Ja, der Berg ist schön, aber zugleich angsterregend und friedlich, sanft und schneidend, hoch und tief, eisig und glühend heiss. Er ist alles und nichts.

Denn der Berg ist das Leben.

Unser Leben.

Und das Leben ist heilig.

Darum ist es unsere Pflicht, die Erde unserer Vorfahren zu bewahren.

Denn dadurch bewahren wir unsere eigene Seele.

Nach den letzten Worten hält die Stille noch ein paar Sekunden an, als wäre sie ein Wassertropfen, der zögernd am Dach hängen bleibt, bevor er wieder zu Bewegung wird und seine Reise zum Meer fortsetzt. Dann wird es auf dem Platz plötzlich lebendig. Der tosende Beifall will nicht mehr enden. Zahlreiche Menschen kommen auf mich zu und gratulieren mir. Ich komme mit dem Händeschütteln gar nicht mehr mit. Als ich an den Tisch zurückkehre, an dem ich mit den Mitgliedern des Gemeinderats gesessen bin, wird mir warmherzig gedankt. Da ist kaum Schmeichelei im Spiel, denn keiner ist Mitglied meiner Partei. Einer sagt mir, dass er von einem Politiker bisher noch nie eine solche Rede gehört habe. Ich schätze das Kompliment, aber ich weiss auch, dass mich das System aus ebendiesem Grund hasst.

Mitte August in Prag. Im Herzen der Nacht. Meine Frau und ich haben soeben einen Jazzclub am Ufer der Donau verlassen, eine Art auf dem Wasser schwimmender, am Ufer vertäuter Bootsanleger. Die Musik war so laut, dass wir uns Ohrenstöpsel aus Papierservietten in die Ohren stopfen mussten. Trotzdem war die Lautstärke dermassen unerträglich, dass es uns verleidete und wir beschlossen, der Tortur ein Ende zu bereiten. Zum Teufel mit der vom Schweizer Botschafter versprochenen Aftershow-Party an der Bar. Der charmante Gaukler, der seiner diplomatischen Langeweile dadurch zu entkommen versucht, dass er den Aufenthalt der Walliser Regierung mit Ehegatten in ein Programm für abenteuerhungrige Hinterwäldler verwandelt, wird es uns verzeihen. Seine Charmeoffensive ist übrigens eher gelungen. Wir bekommen die vielen Vorzüge Prags und seiner Umgebung auf einem Tablett serviert: Besichtigung des Nationalmuseums, des *Hradschin*, der Silberstadt *Kutnà Hora,* des Klosters und der Bibliothek von *Strahov,* Abendessen über den Dächern der Stadt bei flammendem Sonnenuntergang, prächtiger Empfang in der Botschaft und so weiter und so fort. Das ganze gewürzt mit Anekdoten und lustigen Geschichten.

Doch an diesem Abend steigen meine Gattin und ich aus diesem Programm aus und beschliessen, zu Fuss durch die Nacht und die städtischen Randviertel zum Hotel zurück zu gehen.

Wir brauchen diesen gemeinsamen Moment der Ruhe, das nebeneinander Herlaufen, den Einklang der Schritte und des Atems. Während dieses nächtlichen Spaziergangs fällt fast kein Wort. Wir begnügen uns damit, die Gegenwart des anderen jenseits des sprachlichen Austauschs zu spüren, denn Worte entpuppen sich immer mehr als Fallstricke zwischen uns. Gestern haben wir uns gestritten. In den achtundzwanzig Jahren unserer Ehe habe ich zum ersten Mal geschmollt, ein Verhalten, das ebenso wenig zu mir passt wie ein Kamel zur Arktis. Und das in Prag, DER Stadt für Liebespaare. Ich verstehe mich selbst nicht mehr. In der Nacht habe ich lange darüber nachgedacht und dabei wurde mir klar, dass meine furchtbar schlechte Laune auf ein Telefonat meines Generalstabs zurückzuführen war, der mich über lästige, aber letztendlich recht banale Probleme in der Verwaltung meines Departements informierte. Ich muss etwas in der Art ändern, wie ich die öffentlichen Geschäfte angehe. Wenn ich es zulasse, dass berufliche Probleme mein Privatleben vergiften und meine Ehe trüben, laufe ich Gefahr, eine einfache Zyste in einen bösartigen Tumor zu verwandeln.

Wir steigen eine ziemlich steile Treppe zu einer Art Plattform hinauf, von der aus wir die zahlreichen Lichter Prags unter uns glitzern sehen. Ich greife nach der Hand meiner Frau und spüre den aufgrund der Anstrengung erhöhten Puls. Über meine Wange läuft eine in der Dunkelheit unsichtbare Träne und ich weiss nicht, ob es eine Freudenträne oder eine Träne der Verzweiflung ist. Ich tröste mich und sage mir, dass dieser funkelnde Tropfen, in dem sich die Lichter Prags spiegeln, von einer unendlichen Quelle herrührt, die unsere gegenseitige Liebe nährt. Solange sie fliesst ist noch nichts verloren.

Heute beginnt der ehemalige Dienstchef, als Lehrer im Gymnasium der Abtei St. Maurice zu unterrichten. Ich bin zusammen mit der Walliser Regierung sowie dem Erzbischof und dem Bischofsrat unterwegs auf der Belalp. Die Landschaft ist herrlich und der Himmel mittelmeerblau. Doch ich nehme weder die strahlende Sonne, noch das zerklüftete Eis des Aletschgletschers, noch die Kiefernwälder an dessen Rand wahr, weil ich die ganze Zeit nur nervös an meinem Handy herumfummle.

Seit Wochen treiben sich die politischen Parteien sowie das Parlament nach einem bewährten Grundmuster gegenseitig an, um die Vereinbarung zwischen dem ehemaligen Chef der Dienstelle für Unterrichtswesen und der Regierung zu kippen. Ziel ist es, den Staatsrat dazu zu zwingen, den endlosen und langwierigen gerichtlichen Weg einzuschlagen. Dies würde mir dauerhaft schaden, denn es wäre ein Leichtes, mir für die entstandenen Unannehmlichkeiten den schwarzen Peter zuzuschieben. Und dies über einen sehr langen Zeitraum hin. Meinen Gegnern läuft bei dieser Perspektive bereits das Wasser im Mund zusammen. Dass dies den Staat mit grosser Wahrscheinlichkeit ein Vermögen kosten und der Schule schaden würde, stellt für diese Leute nur einen bedauernswerten aber notwendigen Kollateralschaden dar, der weitgehend durch den Todesstoss wettgemacht wird, den sie mir zu versetzen hoffen.

Den Monat August verbrachte ich damit, mit sämtlichen Mitgliedern der betroffenen Organismen und Organisationen zusammen zu sitzen: der Geschäftsprüfungskommission, den Gewerkschaften, der Leitung des Gymnasiums, den Eltern der Schüler, den Lehrern und den Schülervertretern. Unermüdlich versuchte ich zu erklären und Überzeugungsarbeit zu leisten. Das Tauziehen war ermüdend. Die Parteien, zahlreiche Parlamentarier sowie die Medien - ihre besten Verbündeten – versuchten, den Beschluss zu kippen, indem sie den abgesetzten Dienstchef bei den Schülern und Eltern auf völlig unverhältnismässige Art anschwärzten. Diese sollten dazu bewogen werden, nicht nur in Interviews und Pressemitteilungen zu protestieren, sondern eine Kundgebung zu organisieren, um den arg Gebeutelten daran zu hindern, seine neue Stelle anzutreten. Stell die vor, da ist nichts und alle gehen hin …

In der Vorahnung, dass sich die Medienvertreter in der Hoffnung auf eine massive Kundgebung vor dem Eingang des Schulgebäudes zusammenrotten würden, um die «allgemeine Entrüstung» zu filmen, wiesen wir den künftigen Lehrer in Einverständnis mit dem Rektor des Gymnasiums an, sein Fahrzeug eine Stunde vor Unterrichtsbeginn im Innenhof des Gebäudetrakts zu parken. Von dort wurde er über den Eingang der Abtei in das Schulgebäude eingeschleust.

Da ich bis halb zwölf noch immer keine Nachricht erhalten habe rufe ich den ehemaligen Dienstchef an um zu erfahren, ob er es überlebt habe. Was für eine Erleichterung! Die Schüler, die Eltern und die Lehrer haben Wort gehalten. Getreu dem Geiste der altehrwürdigen Institution – die Abtei wurde 515 gegründet! – haben sie dem Mann, der sicher grosse Fehler hat aber immerhin achtundzwanzig Jahre ohne Probleme unterrichtete, bevor ihn mein Vorgänger vor vier Jahren ins Bildungsdepartement berief, seine Chance gegeben.

Ich bin froh, als ich erfahre, dass die direkten Betroffenen dem Sirenengesang der Medien und Politiker nicht erlegen sind. Gleichzeitig bin ich todmüde und ausgelaugt. Denn zur Lösung einer Krise, die sich jahrelang hätte hinziehen können, war ich gezwungen, die ganze Energie aufzubrauchen, die ich während des verpassten

Urlaubs nicht wieder auftanken konnte. Darüber hinaus war ich die letzte Zeit fast ständig auf dieses eine Problem fokussiert, was meine Konzentration permanent in Anspruch nahm. Dies zwang mich dazu, einen Monat lang eine durch die Unmittelbarkeit des politischen Überlebenskampfes bewirkte, unerträgliche Entfremdung zu erdulden.

Der Preis ist so hoch, dass ich mich des Eindrucks nicht erwehren kann, einen Pyrrhussieg errungen zu haben. Noch ein paar Siege dieser Art und ich bin erledigt, bevor der Gegner sein schweres Geschütz aufgefahren hat. Trotzdem ist mir bewusst, dass dieser bittere Sieg einer für die Institutionen schmachvollen Niederlage vorzuziehen ist.

Umso ärgerlicher ist es, dass die Hindernisse, die mir in den Weg gelegt werden, an sich bedeutungslos sind. Meinen Gegnern geht es nur darum, Lappalien aneinander zu reihen und aufzubauschen, bis sie einen Leviathan bilden, der mich in seinen Ringen zermalmt.

Aus diesem Grund hat man mir ein Riesendepartement zugeteilt, aus diesem Grund werden meine Stellungnahmen unablässig von den Medien und vom Parlament bombardiert. Sie wollen mich nicht aufgrund dessen, was ich tue aus dem Weg räumen, sondern aufgrund dessen, was ich bin. Mag meine Arbeit noch so erfolgreich sein, es tut nichts zur Sache. Hinzu kommt, dass ich ihnen ihre Zermürbungsstrategie dadurch vereinfache, dass ich als einsamer Wolf arbeite, ohne Fangnetz, ohne mich zu schützen, ohne Sicherungen für den Krisenfall vorzusehen. Das Volk hat mir eine Verantwortung übertragen, die ich unabhängig von den Konsequenzen und ohne Zögern wahrnehme. Das ist der Preis, den ich für meine Freiheit zu bezahlen habe. Es ist zwar hart und unverhältnismässig brutal, aber angesichts meiner Weltanschauung unumgänglich!

Ich sammle die mir verbleibende Energie und hole den Laptop hervor um meiner geistigen Verfassung einen poetischen Ausdruck zu verleihen. Manchmal schaue ich auf der Suche nach einem Reim auf meine Frau, die an ihrem Computer die sozialen Netzwerke durchkämmt um herauszufinden, welche neuen Geschütze die ach so toleranten und «wohlwollenden Geister» des Kantons gegen mich aufzufahren gedenken.

Irrender Ritter

Und immer wieder diese Leere
Die sich durch meine Hoffnung frisst,
Der Sieg, den ich umsonst begehre,
Weil alles schon verloren ist.

Immer das gleiche Strafgericht:
Das Schwert, das nur mit Schatten ficht
Und trotz der Sehnsucht nach Verzicht
Auch noch das eigne Herz durchsticht.

Das ausgedörrte Selbstvertrauen,
Der Kloss in meiner Kehle drin,
Die Flucht nach vorne vor dem Grauen
Dessen Gefangener ich bin.

Doch dann, als letzter Hoffnungsstrahl
Dein Blick, der meine Seele rührt
Und mich aus diesem Jammertal
In eine andre Welt entführt.

Heute ist ein herrlicher Septembertag. Wir sind in der Berghütte eines urigen Walliser Country-Musikers eingeladen, der in Cowboystiefeln herumgeht und einen Hauch Nashville versprüht. Um den Tisch sitzen für einmal lauter warmherzige und wohlwollende Menschen. Einer der Gäste ist Meisterkoch in einem der besten Restaurants des Kantons und assistiert dem Sohn des Musikers - der auch Koch ist - bei der Vorbereitung des Fleisches.

Es ist Abstimmungstag. Das Volk entscheidet über ein Thema, das mir sehr am Herzen liegt, weil es mit der Tragödie des kleinen Luca verbunden ist. Luca, siebenjähriger Sohn italienischer Einwanderer, wurde im Februar 2002 nackt und unterkühlt in der Nähe von Veysonnaz im Schnee aufgefunden. Eine Reihe grober Fehler - sowohl auf polizeilicher als auch juristischer und medizinischer Ebene - führten zur Erblindung und Ganzkörperlähmung des Kindes. Der oder die für das Drama Verantwortliche(n) konnte(n) nie ausgemacht werden. Man zog es vor, den Hund schuldig zu sprechen und das Dossier ad acta zu legen. Mich auf die dicke Akte zu dieser schmutzigen Affäre stützend veröffentlichte ich 2013 unter dem Pseudonym Janus einen Roman (*Canines, Verlag Xénia*), in dem ich die Angelegenheit wieder aufrollte. Der Roman löste eine Petition mit 12.000 Unterschriften aus, welche die Walliser Justiz zwang, das Verfahren wiederaufzunehmen. Seitdem hat sich leider wieder eine bleierne Stille über die Angelegenheit gesenkt. Da ich in der Zwischenzeit in den Staatsrat gewählt wurde lag es mir am Herzen, mein Wahlversprechen zu halten und einen *Justizrat* zu gründen, ein unabhängiges Kontrollorgan der Justiz mit konkreter Überwachungs- und Sanktionsbefugnis. Dies mit dem Ziel, im Wallis auf immer eine zweite *Luca-Affäre* zu verunmöglich, aber auch um Luca aufzuzeigen, dass die doppelte Ungerechtigkeit, die ihm widerfuhr, immerhin zu einer Reform der Institutionen führte.

Gegen vierzehn Uhr lassen die ersten Ergebnisse trotz der Opposition der beiden christdemokratischen Parteien des deutschsprachigen Wallis auf eine breite Zustimmung zum Verfassungsartikel schliessen. Schliesslich sprechen sich 67,8% der Bürger des Wallis für eine verstärkte Kontrolle der Justiz aus, dem einzigen der drei Machtorgane, das in seiner täglichen Geschäftsführung nicht kontrolliert wird.

Wir lassen die Champagnerkorken knallen. Mein Musikerfreund spielt uns, von seiner Tochter auf der Gitarre und seinem Sohn am Bass begleitet, einige seiner Country-Kompositionen vor. Das Bild dieser eng verbundenen Familie, deren Harmonie in der Musik einen treffenden Ausdruck findet, wird mir noch lange in leuchtender Erinnerung bleiben. Schade, dass sich so viele Paare unter dem Druck einer angeblich befreienden Ideologie trennen, die alle Leitbilder der traditionellen Gesellschaft auszulöschen versucht, ohne in der Lage zu sein, einen hoffnungsträchtigen Ersatz zu bieten.

Am nächsten Tag veröffentlicht die lokale *Prawda* ausnahmsweise ein Interview des Abstimmungssiegers. Dies habe ich nur dadurch erreicht, dass ich infolge eines verlogenen und verletzenden Artikels des Chefredaktors, der meinen Sohn mit einbezog, mit einer Strafklage gedroht habe, falls ich wie üblich übergangen würde. Muss in diesem Land zu solchen Mitteln gegriffen werden, damit ein Journalist seine Arbeit korrekt, ohne vorgefasste Meinung und frei vom Druck seiner Arbeitgeber ausführt? Ich verlange keine bevorzugte Behandlung, sondern nur, wie jedes andere Regierungsmitglied behandelt zu werden. Denn ich weiss, dass Spezialbehandlungen immer dazu führen, dass man von der Norm erdrückt wird.

Doch der Chefredakteur der lokalen Zeitung, die derart pluralistisch ist, dass sie sich allem Ausserordentlichen verweigert, hegt einen abgrundtiefen, mit Eifersucht gepaarten Hass gegen mich. Mehrere seiner Mitarbeiter haben mir bestätigt, dass sie angewiesen wurden, alle meine Erfolge in der Führung meines Departements auf ein Minimum zu reduzieren und alles aufzubauschen, was als Skandal verwertbar ist. Da meine Erledigung der Staatsgeschäfte eher erfolgreich ist gilt es zu beweisen, dass ich FORMELL nicht das Zeug zum Staatsrast habe. Daraus ist zu schliessen, dass sich eine Regierungsaufgabe heutzutage nur noch auf das Tragen eines Anzugs und eines Aktenkoffers beschränkt, auf dem zwar das Wort «Gemeinwohl» steht, der aber mit den Forderungen massgeblicher Clans und Interessengruppen vollgepfropft ist.

Immer wenn es darum geht, sich dem vorherrschenden Dogma unterwürfig zu zeigen, erweist sich der Chefredaktor als Meister seines Fachs. Seine Toleranz ist so breit gefächert, dass er sich allen gegenüber tolerant zeigt, die so denken wie er oder nicht denken, wie er. Ich gehöre nun einmal nicht dazu. Anlässlich der Übergabe eines Sportpreises wurde meine Person kunstgerecht aus dem in der Zeitung veröffentlichten Bild herausgeschnitten. Leider vergass der zuständige Journalist auch meine Hand, die den Preis hielt, mit der Hilfe von *Photoshop* zu entfernen. Dies erinnert mich ein wenig an die im Stalinismus immer wieder retuschierten Fotos, wenn sich Josef Wissarionovitsch Dschughaschwili, genannt Stalin, wieder einmal eines seiner Waffenbrüder entledigt hatte, nur dass bei den Kommunisten keine Hand zurückblieb. Ein andermal entschloss sich der Chefredaktor - als Meister der graphischen Verschleierung - anlässlich einer von mir organisierten Pressekonferenz, welche die Schule und die Polizei in Sachen Verkehrsprävention einbezog, eine ganze Seite mit Fotos und Interviews zu veröffentlichen. An sich schon ein aussergewöhnliches Ereignis! Ich glaubte zuerst an einen Systemfehler, an eine vorübergehende Schwäche des Journalisten, ja sogar an eine völlig neue Einstellung der Zeitung mir gegenüber! Doch als ich genauer hinsah, musste ich verblüfft feststellen, dass ich meiner eigenen Pressekonferenz, ohne es zu merken, ferngeblieben sein musste. Weder wurde mein Name erwähnt, noch war auf einem der Fotos die Spur meiner Hand zu sehen. Nichts. «Ich» war kein anderer, ich existierte schlichtweg nicht. Ein Meisterwerk des modernen Journalismus! Jahrelang haben mein Pressebeauftragter und ich einen ganzen Ordner mit Beispielen dieser Art gefüllt. Manchmal blättern wir ihn durch, um uns von unserer Desillusionierung durch Heiterkeit zu kurieren.

Anfang Oktober. Es ist bereits kalt und die Tage vergehen immer schneller. Doch die Sonne, welche die Farben des absterbenden Chlorophylls an den Berghängen hell aufleuchten lässt, behauptet sich trotzig am blauen Himmel.

Ich bin heute Morgen sehr früh aufgestanden, denn ich muss die schmerzhafteste Grabrede meines Lebens schreiben. Mein Vater ist gestern auf der Intensivstation des Sittener Spitals verstorben. Er war fünfundachtzig Jahre alt.

Er war von jener hart arbeitenden Generation, die sich für die Familie und die eigenen Ideale aufopferte. Er war auch der Mann einer einzigen Liebe, einer Liebe, die er 60 Jahre lang mit meiner Mutter teilte. Seine Erziehung war streng, doch im Nachhinein bin ich ihm dafür unendlich dankbar, denn nur ihr ist es zu verdanken, dass ich später den aussergewöhnlichsten wie auch überraschendsten Herausforderungen gerecht werden konnte und den erbarmungslosen Druck auszuhalten vermochte, der meine politische Laufbahn prägte.

Mein Vater war ein Beispiel von Geradlinigkeit und intellektueller Redlichkeit. Er war der Anker im Sturm, derjenige, der für jedes Problem eine Lösung fand, der immer bereit war, seinen Kindern zu helfen, der uns aber lehrte, es zuerst einmal selbst zu versuchen. Ich weiss noch, wie ungeschickt er war, wenn es darum ging, uns Kindern seine Gefühle auszudrücken. Meist liess er es lieber bleiben. Wir mussten die indirekten Zeichen seiner Zuneigung selbst entziffern, was nicht immer einfach war. Zudem war er ein Sanguiniker und konnte, angesichts der Schreie und Streitereien der vier Energiebündel, die Mama zur Welt gebracht hatte, ganz schön wütend werden. Doch selbst wenn er streng mit uns war und uns bestrafte, konnten wir ihm nicht wirklich böse sein, denn zu sich selbst war er noch viel strenger.

Unter der rauen Schale dieses Tiroler Tapezierers, den die Unwägbarkeiten der Geschichte in die Schweiz verschlagen hatten, schlug ein grosses Herz voller Empathie und Liebe. Ausserdem hatte er viel zu viel Respekt vor anderen, um sie daran zu hindern, ihre eigenen Entscheidungen zu treffen. Seine Devise lautete «Leben und leben lassen», denn er selbst hatte während seiner Kindheit in Österreich sehr unter der Quälerei des Hitlersystems gelitten. Ich sehe noch seine Tränen vor Gericht, als der Urheber gewisser Schmähplakate, die mich an der Seite von Hitler darstellten, gerichtet (und in letzter Instanz vom Bundesgericht verurteilt) wurde und Papa als Zeuge auftreten musste. Seine Tränen drückten so viel Verzweiflung und Fassungslosigkeit aus, dass ich zutiefst betroffen war.

Nach einem leichten Schlaganfall verschlechterte sich seine körperliche und geistige Verfassung zusehends. Während unserer wöchentlichen Saunagänge sagte er oft, dass er ein schönes Leben gehabt habe, und dass jetzt die Zeit gekommen sei, zu gehen. Das Einzige, was ihn hier noch hielt, war der Gedanke, Mama schmerzerfüllt zurückzulassen, seine über alles geliebte, wunderbare Frau, mit der er so glücklich gewesen war. Aufgrund unerwarteter innerer Blutungen mussten ihn die Ärzte in ein künstliches Koma versetzen, aus dem er nicht mehr erwachte.

Ich kann es noch gar nicht fassen, dass diese Kraftwurzel nicht mehr lebt. Aber das Schlimmste für ihn war, dass er, nachdem er alle Viertausender des Wallis bezwungen hatte, die letzten Jahre bei jedem Schritt auf ebenem Boden gegen Schwindel anzukämpfen hatte, dass er auf Stöcke angewiesen war und jede noch so kurze Treppe für ihn zu einer Eigernordwand wurde. Letztendlich wurde er vom Alter und nicht von den Bergen in die Knie gezwungen.

Zahlreiche Erinnerungen – Bilder und damit zusammenhängende Stimmungen – gehen mir durch den Kopf. Ich sehe ihn noch vor mir, beim Skifahren, Schwimmen, beim Hantieren am Grill vor dem Chalet. Ich sehe ihn in seiner Werkstatt, spätabends, beim Nähen, Nageln, Kleben. Ich sehe seine festen und schwieligen, von Narben durchzogenen Hände, seine Hände mit dem eisernen Griff, die im Alter sanft und unsicher geworden waren.

Ja, seine Hände waren die gefügigen Instrumente seines unerschütterlichen Willens. Denn er definierte sich nicht über das, was er sagte, sondern über das, was er vollbrachte. Er gehörte zu denen, die ihren Worten Taten folgen lassen.

Vati, zum Geleit

Eine Spende war Dein Leben
An die Ehe, an die Kinder,
Alles hast Du uns gegeben,
Deine Hände wurden linder.

Stark warst Du als wie ein Baum,
Spät erst kam ein leichtes Schwanken,
Weiter wurden Weg und Raum,
Enger schienen nun die Schranken.

Trotzdem bliebst Du niemals stehn,
Gingst auf dem geraden Weg,
Wolltest auch im Sturm bestehn
Auf dem engen Lebenssteg.

Jedes Jahr ist wie ein Wind,
Jeder Tag streut Schnee ins Haar,
Doch die Liebe macht nie blind
Für all jenes, was einst war.

Meist macht Liebe sogar sehend,
Zeigt uns auf das wahre Sein,
Kommt der Herbst, alles verwehend,
Bleibt mehr als nur Asch und Bein.

• • •

Denn die Liebe, die Du schenktest
Wirkt nunmehr auf Dich zurück,
Uns're Schritte, die Du lenktest,
Sie begleiten Dich ein Stück.

Nähre Dich von unserm Wesen
So wirst Du im Innern weit,
Gibt die Liebe Dir Geleit
Wirst auf ewig Du genesen.

Mehrmals pro Woche steige ich zu Fuss durch die Rebberge zwischen Sitten und Savièse hinauf. Dieser vierzigminütige sportliche Fussmarsch befreit Körper und Geist. Wenn mich, wie heute, mein Kommunikationsbeauftragter - der nebenbei auch noch Verleger und Autor ist - begleitet, sprechen wir auf weniger steilen Wegstücken über Gott und die Welt. Die heutige Diskussion dreht sich um den Zusammenhang zwischen der inneren und der äusseren Welt. Ich habe den Eindruck, dass sich mein Leben mit dem Alter verinnerlicht hat, dass es weniger von der äusseren Realität als von meiner Fantasiewelt geprägt wird. Ich habe immer mehr das Gefühl, dass sich meine Existenz in meinem Kopf, in meinem Geist abspielt, dass die Stofflichkeit der Dinge nach und nach an Bedeutung verliert, während die Intensität dessen, was ich in der Gedankenwelt erlebe, Tag für Tag wächst. Obwohl mein Wandergenosse sieben Jahre jünger ist als ich, bestätigt er ein ähnliches Empfinden. Es ist ein wenig wie ein persönlicher Übergang der *Sturm und Drang*-Zeit der Jugend, dieser Explosion des Verlangens, der überwältigenden, von der Realität hervorgerufenen Gefühle, zur Romantik des reifen Alters, in der die menschliche Seele auf der Suche nach der Quelle des Lebens ihre Flügel ausbreitet, um die Ruhe der inneren Lande zu durchfliegen, wie es Josef von Eichendorff so treffend in seinem Gedicht *Mondnacht* beschreibt. Mit dem Alter wenden wir uns von Jupiter ab und dem Mond zu, die Nacht erscheint uns faszinierender als der Tag, der Schatten geheimnisvoller als das Licht, der Geist faszinierender als die Materie. Das soll nicht heissen, dass die äussere Welt nicht mehr zählt, doch deren Wahrnehmung hat sich verändert. Sie wird zu einer Art Medium. Sie weist einen Weg zu etwas Anderem, öffnet eine Tür zu einer unbekannten Dimension, zu einem Universum, dessen Schlüssel in unseren Träumen, unserem Wunsch nach Entgrenzung, unserem Durst nach Unendlichkeit, kurz, im *Fernweh* liegt, das die deutschen Romantiker so treffend zu besingen wussten. Die Abstecher in die reale Welt kommen mir immer öfter wie Vorstösse in feindliches Territorium vor. Ich verbringe unendlich viel Zeit damit, in der Wirklichkeit Brückenköpfe in imaginärem Feindgebiet zu bilden. Doch erst dann, wenn ich zum Wesentlichen, zu meinem wirklichen Ich zurückkehre, finde ich die Ruhe, Gelassenheit und Faszination des wahren Wesens, das nichts erwartet, erzwingt oder verurteilt. Erst dort finde ich die wahre Freiheit, die definitiv ein Geisteszustand ist und keine materielle Wirklichkeit. Doch diese Freiheit ist gleichzeitig auch unbändig und spielt mit demjenigen, der sie zu verführen sucht. Freiheit will verdient sein. Sie verweigert sich demjenigen, der sie an sich binden will, sie verabscheut Gemeinplätze und Oberflächlichkeit. Mit Scheinwerfern, Ehrungen und blossem Schein kann sie nichts anfangen. Die Freiheit ist nicht das Tageslicht, sie ist ein Funke, der die Nacht braucht, um sich zu offenbaren.

Mein Begleiter bleibt plötzlich stehen, wirft mir einen seltsamen Blick zu und sagt: «Du bist definitiv kein Politiker, sondern ein Dichter.»

«Warum sagst du das?»

«Weil du im Stande wärst, ein Kaiserreich für einen Reim oder ein Bonmot zu opfern.»

Kann sein, dass er Recht hat.

«Übrigens», fährt er fort, «haben sämtliche Probleme, auf die du bei deinem politischen Werdegang gestossen bist, mit der Sprache, also mit deinen Worten und nicht mit deinen Taten zu tun. In den Augen der Menschen zählt nicht das, was du tust, sondern das, was du sagst und das, was du aufgrund deiner Worte bist.»

«Aber das Wort hat in der modernen Welt doch sosehr an Bedeutung verloren. Heutzutage bestimmten Bilder die Kommunikation…»

«… und lassen in Vergessenheit geraten, was wirklich zählt», unterbricht er mich.

Ich weiss, dass er Recht hat. Es ist nicht irgendeine von aussen kommende Barbarei, die unsere Zivilisation bedroht, sondern die fortschreitende Leere in unseren Köpfen und unseren Herzen. Wir lehnen das Wesentliche unter dem Vorwand ab, dass es unnütz sei. In diesem Sinne sind Schriftsteller, also diejenigen, die den Weg des geringsten Widerstands ablehnen, Überbleibsel aus vergangenen Zeiten. Sie schreiben für Leser, die es bald nicht mehr geben wird. Heutzutage liegt der offiziell abgesegnete Irrglaube nicht mehr im Vergessen, sondern in der Weigerung, die von der modernen Entkultivierung bewirkte Amnesie zu akzeptieren. Für das System ist derjenige der Ketzer, der es vorzieht, weiterhin Perlen vor die Säue zu werfen, weil er sie als von Circe verhexte Reisende betrachtet und weiss, dass es Odysseus erst dann gelang, seine Kameraden zu befreien, als er sich mit der Zauberin im Liebesakt vereinte hatte.

Wohlgemerkt: Hier ist von einer befreienden Initiationsreise die Rede und nicht von der Reise träger Massen, die vom ewig Gleichen zum ewig Gleichen fliegen, vom Kuoni-Katalog zum Programm des «Club Med». Das Kaleidoskop des touristischen Angebots bietet ständig neue Konstellationen an, doch die farbigen Glasstücke am Ende des kurzen Rohrs sind immer die gleichen. Sie ermöglichten es schon den spanischen Eroberern, den Indianern das Gold zu einem Spottpreis abzukaufen.

Was für eine Vergeudung! Keine organisierte Reise wird je einer Reise in die Tiefen der Seele, in den Weltinnenraum gleichkommen, wo Entzücken, Weisheit und Schicksal unserer harren. Leider haben die genau abgesteckten Wege der Moderne seit langem der Ära der echten Abenteurer ein Ende bereitet. Es gibt sie nicht mehr, die Waghalsigen, die ferne Länder durchstreiften, um sich selbst zu entdecken und sich ohne Reiseversicherung in die weite Welt hinauswagten.

Als ich wieder zuhause bin, kritzle ich ein paar Worte auf einen Zettel, um daraus nach dem Abendessen ein Gedicht zu verfassen.

Ich notiere mir «Perle», «Vergessen», «verfehlte Erziehung» und «Marktgesetze». Ich hoffe, aus diesen Stichwörtern etwas herausholen zu können.

Perlentaucher
Einst haben die Menschen nach Perlen gefischt,
Das Muschelfleisch ließen sie liegen,
Sie rangen im Sturme mit Wellen und Gischt,
Die Möwen sind um ihre Segel gezischt
Sie wollten vom Abfall was kriegen.

...

Die Perle allein gab der Muschel den Wert
Der Rest war den Vögeln ein Futter,
Es hatten die Väter die Söhne gelehrt,
Dass ein ehrbarer Fischer die Perle begehrt
Und den silbrigen Glanz der Perlmutter.

Doch änderte sich mit der Zeit dieses Ziel,
Sein Sinn kam den Fischern abhanden,
Es tauchten die Menschen zwar immer noch viel,
Doch die Lust an der Schönheit der Perlen entfiel
Bis sie nach und nach alle verschwanden.

Die Märkte begehrten jetzt Muschelfleisch nur,
Die Perlen warf man vor die Säue,
Es wollten die Menschen zurück zur Natur
Dank Omega 3-Öl und Frischzellenkur,
Dem Schönen hielt keiner die Treue.

Es glänzen die Perlen zwar weiter im Meer
Und werden beglotzt von den Fischen,
Was kümmert's die Menschen, die träumen nicht mehr,
Sie trinken Champagner, sind eitel und leer
Und lassen sich Austern auftischen.

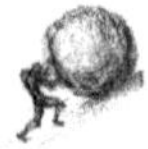

Ich sitze im Flugzeug nach Berlin. Es kommt nicht in Frage, dass ich mich der Zensur beuge, dem lautstarken Protest der «ach so Gewissenhaften» und dem Gebell der Medien nachgebe, die jede

NATO-kritische Stimme zum Schweigen bringen möchten. Das Globalisierungsdogma ist keine heilige Kuh und die «Wir-schaffen-das-Mentalität» der meisten Parteien, die der drohenden Katastrophe mit einem Beschwichtigungspflaster beikommen wollen dient nur dazu, die Massen ruhig zu stellen. Wollen wir unsere Rechte und unsere Menschlichkeit bewahren, dann müssen wir genau das, was mit Verboten belegt ist, den drei Affen ins Gesicht schreien, die in der westlichen Welt auf den Bäumen der politischen Korrektheit herum klettern.

Das Kolloquium, zu dem ich eingeladen wurde, hätte im September in Köln stattfinden sollen, doch der Eigentümer des vorgesehenen Saals hat trotz der offiziellen Genehmigung, dem rechtmässig unterzeichneten Vertrag und dem bezahlten Geld den Schwanz unter dem Druck und den Drohungen der *Antifa* eingezogen. Die *Antifa*, das sind jene extremen Linken, deren Verhalten paradoxerweise an die Braunhemden erinnert, die Hitler an die Macht brachten. Sie verhöhnen die Prinzipien, die sie angeblich verteidigen, denn vor lauter Solidarität und Toleranz zerschlagen sie Schaufenster und Windschutzscheiben, zerstechen Reifen und verprügeln die wenigen Kritiker, die sich treffen, um die Auswüchse der modernen Welt anzuprangern. In ihrem von Drogen vernebelten Verständnis ist die moderne Welt so *brave* und so *new*, dass sie keinerlei Kritik verträgt. Die «Bösen» müssen daran gehindert werden, sich zu versammeln, denn sie könnten den letzten reaktionsfähigen Menschen des Landes Flausen in den Kopf setzen und sie dazu verleiten, sich dem geplanten «höllischen Paradies» zu widersetzen.

Als ursprüngliches Thema des Kolloquiums war die direkte Demokratie vorgesehen, doch angesichts der Ereignisse entschied sich der Organisator für das Thema der Redefreiheit. Aufgrund des Umstandes, dass mein Haus wegen eines satirischen Gedichts vor Jahren in Flammen aufging, konnte ich diese Einladung nicht abschlagen. Die Konferenz findet nun in Berlin statt, wo ironischerweise der einzige Raum, der trotz aller Drohungen und Aufrufe zu Demonstrationen zur Verfügung stand, sich in einem Hotel befindet, das der sozialistischen Republik Vietnam gehört! Die Nachkommen von Giap und Ho Chi Minh erweisen sich im Bereich der Redefreiheit scheinbar mutiger als die ach so demokratischen modernen Deutschen, die sich immer noch in Zerknirschung üben und sich für ihre jüngere Vergangenheit selbst kasteien. Ich sage mir, dass dies ein weiterer Grund ist, an diesem Kolloquium teilzunehmen. Umso mehr, als der Organisator, Gründer und Redakteur des Magazins *Compact* vom linken Politspektrum herkommt und seine Zeitschrift – die offensichtlich von der offiziellen Presse verteufelt wird – eine kritische und notwendige Alternative zu den Mainstream-Medien darstellt, die ihre Rolle nicht mehr spielt wie sie sollte und sich blindlings gewissen sogenannt *höheren Interessen* beugt.

Als mich das Taxi einige Stunden später in der Nähe des Hotels absetzt, stosse ich auf ein beeindruckendes polizeiliches Aufgebot, das mühelos eine relativ dünn gesäte Vereinigung von Trauergestalten zurückhält, die mir eher wie in die Jahre gekommene Strassenstrolche vorkommen als wie frisch geschlüpfte Revolutionäre. Die Gendarmen haben eine Sicherheitszone gebildet, die zum Schutz der Teilnehmer durch Metallgitter eingegrenzt ist. Unter den Buhrufen der Menge und den Splittern berstender Flaschen, die so leer sind, wie ihre Werfer voll sind, strebe ich mit den anderen Gästen dem Eingang zu. Im Hotel herrscht eine freundschaftliche Atmosphäre. Die Reden der anderen Referenten erweisen sich als qualitativ hochstehend. In meinem eigenen Vortrag analysiere ich die degenerativen Symptome unserer Gesellschaft, welche unserem menschlichen Verfall den Spiegel vorhalten.

Sehr geehrte Damen und Herren, einige Jahrhunderte vor unserer Zeitrechnung erschien ein befreiender Funke im griechischen Himmel. Sokrates war sein Sprachrohr und der Logos sein Name. Diesem Funken entsprang die Urform der angewandten Demokratie und eine radikale Befreiung des menschlichen Bewusstseins.

Später kam das fleischgewordene Wort hinzu.

Beide zusammen begründeten ein außerordentliches zivilisatorisches Abenteuer, dessen Erben wir sind.

Ich gebe zu, in der langen europäischen Geschichte wurden schwerwiegende Fehler begangen. Es gab immer wieder Kriege, Genozide und finanzielle Zusammenbrüche.

Trotzdem erlosch der Funke nicht.

Er erlosch weder an der Somme, noch in Verdun, weder in Stalingrad noch in Auschwitz, auch nicht im Dresdener Inferno, in Katyn oder im Bauch der Wilhelm Gustloff.

Brände und Flutwellen kamen und gingen, doch der Funke tanzte trotz der schrecklichen Verirrungen weiter über den Wassern und über unserer abendländischen Erde.

Er begründete unseren prometheischen Willen, das eigene Schicksal in die Hand zu nehmen und als schmerzlich durchseuchte Götter, wie es bei Gottfried Benn heißt, ein völlig neues Verständnis des Zusammenlebens zu begründen.

Dieser Funke entsprang im alten Griechenland nicht nur dem Geist des Sokrates, sondern auch bei Sophokles dem furiosen Streitgespräch zwischen Antigone und Kreon, er sprang auf uns über aus dem Zusammenprall zwischen der Hybris des Gottmenschen Kreon und den ungeschriebenen Gesetzen der Antigone, denen wir unsere Menschlichkeit verdanken.

Dieser Funke war jedoch noch nie sosehr vom Erlöschen bedroht als seitdem eine Abspaltung stattfand und im Westen, jenseits des Atlantiks, eine neue Welt, eine neue Gesellschaft erschien. Eine pubertäre, jugendliche, dynamische und brutale Gegenwelt, in der Kreons Hybris allein das Zepter führt: die Vereinigten Staaten von Amerika.

(...)

Die USA belegen seit dem zweiten Weltkrieg zahlreiche Länder der Welt mit Bomben, sie morden in letzter Zeit wie Auftragskiller mit Drohnen tausende von Widersachern, ohne sich die Hände beschmutzen und Risiken eingehen zu müssen, sie spionieren ihre so genannten Verbündeten aus und erpressen sie, sie schaffen Monster wie Al Qaida und den islamischen Staat, die sie dann wieder in ihrem eigenen Blut ertränken, sie bringen wie in Ägypten Islamisten an die Macht und stürzen sie wieder, sie behaupten, der Weltpolizist zu sein und schaffen doch nur Chaos, weil ihr Tun nicht im Dienste des Menschen sondern im Zeichen seiner Versklavung steht.

Dass die europäischen Staaten im Rahmen der NATO bei sowas mitmachen attestiert den moralischen Niedergang des alten Europa.

Dabei droht der zivilisatorische Funken in unseren Herzen zu erlöschen.

Erinnert euch an die denkwürdigen Sätze Nietzsches in seinem Text ***der tolle Mensch****:*

Wohin bewegen wir uns? schreibt er. Fort von allen Sonnen? Stürzen wir nicht fortwährend? Und rückwärts, seitwärts, vorwärts, nach allen Seiten? Gibt es noch ein Oben und ein Unten? Irren wir nicht durch ein unendliches Nichts? Haucht uns nicht der leere Raum an? Ist es nicht kälter geworden?

Kommt nicht immerfort die Nacht und mehr Nacht?

Und wo bricht diese Nacht an, wenn nicht in uns selber, in unseren Herzen, weil wir vermeinen, das Maß aller Dinge zu sein?

Darum töten, lügen und schweigen wir auf Befehl.

Immer zeichnet die Hybris für solche Verhaltensweisen verantwortlich.

Wo Macht und Geld nur Selbstzweck sind zerstört bald die Form den Inhalt und nimmt dessen Stelle ein.

Die Wahlkampftheater in den USA und Frankreich sind nichts anderes als der Anschein von Demokratie, sie ersetzen die Zirkusspiele des alten Rom und nehmen, Friedrich Dürrenmatts Aussage gemäss, das schlimmst mögliche Ende, indem sie zur Groteske verkommen.

(...)

In einer solchen Welt werden Werte nur mehr in den Zahlen der Geldscheine und Bilanzen geduldet. Der Gott Mammon wird zur absoluten Pflicht erklärt.

Weh dem, der das Karussell des leichten Geldes verpasst. Er versinkt im Nichts. Die willigen Lakaien aber werden belohnt.

Als Beweis dafür rufe man sich in Erinnerung, dass immer mehr politische Senkrechtstarter früher einmal bei Goldman Sachs gearbeitet haben ...

Werte Zuhörer, woran krankt unsere Gesellschaft?

An der Willfährigkeit der Medien!

An der Unterwürfigkeit von rückgradlosen und korrupten Politikern!

An der Feigheit der Verbände, der Eliten und der Kirchen!

Das alte Europa nährt seine angeblichen äußeren Feinde am eigenen Busen!

Der Islamismus ist nur darum stark, weil wir schwach geworden sind. Weil wir der plumpen Gewalt der gewalttätigen Jihad-Kämpfer auf der einen und der langsamen aber stetigen Islamisierung durch die Fundamentalisten auf der anderen Seite nichts Anderes entgegenzusetzen haben als geistige Leere.

Diese geistige Leere lädt die Barbarei geradezu ein, das Vakuum zu besetzen, das wir geschaffen haben, denn die Natur hasst die Leere und füllt sie mit dem auf, was am dichtesten drängt!

Aus Unachtsamkeit und Trägheit haben wir unsere Grenzen und Identitäten, haben wir unser Miteinander zerstört und durch ein ständig wachsendes Gegeneinander und Chaos ersetzt.

Tausend Wüsten stumm und kalt sind aber kein Freiheitsraum, sondern ein riesiges Gefängnis, in dem nur die Stärksten überleben.

Und daran sind wir selber schuld, niemand anders.

Während wir ziellos unseren Lippenbekenntnissen hinterher rennen, setzt der Islamismus rücksichtslos seine Agenda durch, weil er ein Ziel hat und diesem Ziel alles unterordnet. Auch uns. Auch unsere Werte. Und unsere Rechte.

Ja, meine Damen und Herren, der zivilisatorische Anfangsfunke war noch nie so bedroht wie heute.

Wir können hier Kassandra spielen so viel wir wollen, und vor dem trojanischen Pferd warnen, Europa wird fallen, wenn wir uns nicht selber beim Schopf packen und dort zu handeln anfangen, wo niemand mit seinem Besen für uns die Arbeit verrichten kann: vor unserer eigenen Türe!

Zwei Materialismen halten den griechisch-christlichen Funken in der Zange.

Zwei Barbareien. Zwei entmenschlichende Entwicklungen.

Die von C.S. Lewis angekündigte abolition of man *ist in vollem Gang und wir stehen gelähmt wie die Maus vor der Schlange.*

Dabei bräuchte es nur ein Aufleuchten des kleinen, unter der Asche verborgenen Funkens, um uns wieder zu beleben und widerstandsfähig zu machen.

Dieser Funke glüht zurzeit noch in meinem Herkunftsland, in der Schweiz.

Zwar ist er auch dort von der grassierenden Feigheit und Unterwürfigkeit gewisser Eliten bedroht, doch hat er bisher überlebt, weil sich die Schweizer Bürger von Anfang an vor Machtballungen und vor der Perversion der Macht in Acht zu nehmen wussten.

Sie schufen ein den Zyklen und organischen Mechanismen der Natur abgeschautes System, das sich selbst regeneriert und Ungleichgewichte immer wieder harmonisch ausbalanciert.

Der menschlichen Hybris wurden durch dieses System Grenzen gesetzt, die der einzelne Mensch, insbesondere der Machtmensch, sich selber nicht zu setzen vermag.

In der Schweiz wurde das Dharma des Buddha auf seltsame Weise zur Wirklichkeit. Die ungeschriebenen Gesetze der Antigone wurden zur Wirklichkeit.

Statt wie in üblichen demokratischen Systemen auf eine Sukzession von Konfrontationen zu bauen, setzte man in der Schweiz auf den Einbezug aller signifikanten Kräfte in die Staatsgeschäfte, auf Zusammenarbeit und Kollegialität.

(…)

Die Menschen in der Schweiz sind nicht besser oder intelligenter als die Menschen anderer Länder, aber sie haben es verstanden, ihre Schwächen durch selbst bestimmte Regeln zu korrigieren, ihren Machttrieb zu zügeln und ein Kollektivwesen aufzubauen, dass jedem Bürger Pflichten auferlegt und ihm weitgehende Rechte gewährt, ohne dass die Individualität des Einzelnen eingeschränkt wird oder sich im Gegenteil erdrückend auf die anderen auswirkt.

Kommen wir nun kurz zurück auf das Streitgespräch zwischen Antigone und Kreon und auf die vor den Mauern der Stadt Theben faulende Leiche des Polyneikes, des Bruders der Antigone. Kreon möchte, in seiner Hybris, die Leiche faulen und von den Schakalen zerrissen sehen. Antigone ihrerseits beruft sich auf die ungeschriebenen göttlichen Gesetze, auf den Zeus im menschlichen Herzen, und will ihren Bruder begraben.

Auf dieser Leiche, auf die später jene des Gekreuzigten folgen wird, beruht unsere Zivilisation und insbesondere die Schweizer Demokratie.

Wie, werdet ihr jetzt ausrufen, unsere Zivilisation soll auf zwei Leichen beruhen?

Nicht auf den Leichen selber, sondern auf das BEGRABEN der Leichen.

Denn das Begraben der Toten bedeutet zugleich Vergebung und Neuanfang.

Solange Polyneikes Leiche in der Sonne fault, fault es auch im Herzen der Lebenden und der Gesellschaft weiter. Das von der Leiche ausströmende Todesprinzip erstreckt sich über die Welt der Lebenden. Darum sterben Haimon, der Sohn Kreons und Antigone am Ende von Sophokles Tragödie.

Das Begraben der Toten, insbesondere die Grablegung des Erlösers, bedeutet zudem eine Öffnung zum Unendlichen. Ohne Karfreitag keine Ostern. Ohne Bestattung kein Leben im Diesseits und kein ewiges Leben im Jenseits.

Warum soll aber nun insbesondere die Schweiz ein Heilmittel für unsere irregeleitete Zivilisation darstellen?

Weil in der Schweiz die Leichen nicht mit sich herumgetragen, sondern sofort begraben werden, was neues Leid verhindert.

Die Schweiz ist das Paradebeispiel des Ars vivendi, der Lebenskunst.

Der Islam ist im Gegensantz dazu ein Ars moriendi.

Dort wird ständig getötet und gewaltsam gestorben, dort sind Ehrenmorde und Blutrache konstitutive Elemente des Weltverständnisses.

Darum kommt die islamische Welt nie zur Ruhe, darum wird es immer wieder Selbstmordattentate geben, deren Opfer in überwältigender Mehrheit die Moslems selber sind.

Was unsere eigene, moderne, das heißt atheistisch-materialistische Welt angeht, steht es nicht besser. Nur ist dort die Unterscheidung zwischen

Tod und Leben hinfällig geworden, weil die lebendig Toten allmählich überhandnehmen.

Dabei gäbe es einen dritten Weg zwischen dem Nihilismus des Wertrelativismus und dem engstirnigen Dogmatismus der Islamisten.

(...)

Denken wir an die drei Versuchungen Christi in der Wüste, als ihn der Teufel auf den Berg entführt: Die wirtschaftliche Versuchung (Steine in Brot verwandeln), die technologische Versuchung (ins Leere springen und von Engeln aufgefangen werden) und die politische Versuchung (sich vor dem Teufel verbeugen).

Christi lehnt alle drei ab, denn seine Macht ist eine andere. Vor ihr verblassen die herrlichsten Teufeleien.

Doch genau diese drei Versuchungen sind die Götzen, denen die moderne europäische Gesellschaft zum Opfer gefallen ist.

Der Glaube an die Allmacht der Wirtschaft und der Technologie führt uns im Verbund mit unserer Unterwerfung unter eine sich selbst genügende Machtballung zur Sklaverei und zur Entmenschlichung. Was uns blüht, ist eine seelenlose Existenz als Instrumente in den Händen selbsternannter Gottmenschen. Je mehr sie die Natur zu unterwerfen glauben, desto stärker werden sie von ihr unterworfen, wie das C.S. Lewis in seinem Essai the abolition of man *treffend aufgezeigt hat.*

Christi Freiheit ist eine völlig andere. Sie kennt keine Grenzen und Bedingungen. Sie schafft Harmonie und lehnt sich respektvoll an die Natur an. Sie blüht im liebenden Herzen des Menschen. Auch die vor lauter Missbrauch abgewetzten Begriffe Freiheit, Brüderlichkeit und Gleichheit, sind kein Ersatz für die vorbehaltlos liebende Seele. Denn Freiheit ohne Nächstenliebe zerstört die Brüderlichkeit durch Isolierung und Materialismus und zersetzt die Gleichheit durch Neid und Eifersucht.

Soll aber unsere Menschlichkeit nicht zwischen zwei Grenzlosigkeiten, zwei globalen Materialismen aufgerieben werden, müssen wir uns auf unsere Grundwerte zurückbesinnen, müssen wir die Leere auffüllen, die in unseren Seelen entstanden ist.

Thukydides, schon wieder so ein alter Grieche, schrieb einst, dass die Stärke einer Stadt weder in ihren Mauern noch in ihren Kriegsschiffen liege, sondern im Charakter ihrer Bürger. Charakter haben bedeutet aber weder, allen gefallen zu wollen, noch sich vor den Mächtigen zu verbeugen, noch jedes abnorme Verhalten aus Feigheit und Trägheit als Norm zu akzeptieren.

Charakter haben bedeutet Widerstand üben gegen das Oberflächliche, gegen das zu Einfache und Gemeine.

Dabei geht es nicht darum, selber zu Göttern zu werden, nur weil wir den Gott unserer Väter von seinem Sockel gestürzt haben.

Es geht darum, Menschen, zu sein.

Und was verhilft uns zu unserer Menschlichkeit?

Die schon erwähnten ungeschriebenen Gesetze in uns, Zeus in uns!

Der Funke Ewigkeit, der tief in uns drin liegt und uns doch unendlich übersteigt.

Dieser uns übersteigende göttliche Funke ist es, der uns wirklich frei macht, weil er sich jeder Kontrolle entzieht, weil er weder der Zeit noch dem Raum unterworfen ist.

Es geht nicht darum, die Natur zu beherrschen, sondern sie als Partner zu betrachten, als fruchtbaren Schoss, dem wir entsprungen sind und der uns Zeit unseres irdischen Daseins den Spiegel für unser Selbstverständnis vorhält.

Es geht nicht darum, alles zu tun, nur weil es technisch möglich ist, sondern sich selber Schranken aufzulegen.

Technisch lässt sich dieser Planet durchaus in die Luft sprengen, was wir bisher nur darum nicht getan haben, weil wir uns der Folgen bewusst waren. Doch wer wird morgen die Macht haben, den Knopf zu drücken? Ein Sadist? Ein Wahnsinniger? Ein Clown?

In einer Welt, in der der Schein das Sein ersetzt hat, ist alles möglich.

Wir Menschen spielen immer wieder mal Zauberlehrling, weil wir uns nicht selber betroffen fühlen, oder weil wir zu feige und zu träge sind, um zu reagieren.

Wollen wir verhindern, dass der Schrecken ohne Ende in ein Ende mit Schrecken mündet brauchen wir uns als Menschen nicht neu zu erfinden, wir brauchen nur zu uns selber zurück zu finden.

Dazu müssen wir zu unseren Wurzeln, unseren Traditionen und unseren Werten zurückfinden.

Den Kindern in der Schule muss wieder ein Geschichtsbewusstsein vermittelt werden.

Und das geht nur über die kritische Aneignung von Wissen zwecks Kenntnis der historischen Abläufe.

Die Kinder müssen wieder zur Beherrschung der Tiefgründigkeit und der Feinheiten ihrer Sprache zurückgeführt werden, damit sie über ein wirksames Instrument für ihre Kritikfähigkeit verfügen.

Die Sprache löst zwar nicht alle existenziellen Probleme, aber sie macht uns zu Menschen.

Vergessen wir nie: Zuerst war das Wort und durch den unauslöschlichen Funken in uns ist es Fleisch geworden.

Wo aber das Wort vernachlässigt wird quillt das Fleisch über und die Menschenmetzger wetzen wieder ihre Messer.

(…)

Kurz nach dem Ende meiner Rede im Schatten der Bronzestatue von Hi Chi Minh, noch während ich mich zehnmal für die endlose Standing Ovation bedanke, mit der mich das eher mittelständige Publikum belohnt, holt mich ein Anruf aus der Schweiz in die harte Realität zurück. Die Walliser Polizei setzt mich davon in Kenntnis, dass eine Gruppe von Neonazis, deren Versammlung im Kanton Waadt verboten wurde, auf dem Weg ins Wallis ist, um dort ein Meeting abzuhalten. Als Vizepräsident einer kollegialen Regierung setze ich umgehend die Präsidentin davon in Kenntnis. Wir vereinbaren gemeinsam, aufgrund der interkantonalen Polizeizusammenarbeit das, was der Nachbarkanton bei sich verbietet, bei uns auch nicht zuzulassen, zumal bei den betreffenden Gemeindebehörden keinerlei Anfrage auf eine Genehmigung eingegangen ist. Manche sehen darin sofort einen Widerspruch: Staatsrat Freysinger preist in Berlin die Redefreiheit an und verpasst den Bürgern in seinem Kanton einen Maulkorb. Und, oh Gipfel der Ironie, beides auch noch gleichzeitig! Ich brauche gar nicht erst die Erklärung zu wagen, dass der Organisator des Berliner Kolloquiums ebenso wenig ein Neonazi ist wie der Mahatma Gandhi, und dass ihm von den Behörden eine rechtmässige Genehmigung erteilt wurde, denn das interessiert niemanden. Die Medien setzen sofort ihre Giftspritzen in Bewegung. Sie konzentrieren sich vor allem auf die Konferenz in Berlin und nicht auf die verbotene illegale Versammlung im Wallis. Denn durch Letztere bin ich schwer in Misskredit zu bringen. Trotzdem wollen manche ein zu spätes Eingreifen der Polizei oder eine zu früh abgebrochene Beaufsichtigung festgestellt haben, denn einige abgewiesene Teilnehmer treffen sich daraufhin in einem Weinkeller in Fully, um dort Raclette zu essen.

Was für ein Skandal – eine Polizei, die das Raclette-Essen nicht verbietet!

Einige Tage später prasseln im Parlament die Attacken auf mich nieder. Was ist das denn für ein Staatsrat, der es sich in seiner Freizeit und auf eigene Kosten erlaubt, die Regierung in Verruf zu bringen, indem er auf Einladung die Redefreiheit verteidigt?!

Man sagt mir, ich hätte es dem Organisator verbieten müssen, meinen Status als Mitglied der Walliser Regierung anzugeben. Nun hatte sich dieser nichts Böses dabei gedacht und es im Vorfeld nicht für nötig empfunden, mir den Flyer zukommen zu lassen. Scheinbar finden es die Abgeordneten seitens eines Walliser Regierungsmitglieds überhaupt nicht kollegial, wenn er im Ausland die Grundprinzipien der Schweiz verteidigt. Das könnte einige totalitär denkende Menschen irgendwo auf der Welt verletzen.

Es ist zweifellos einfacher, *to be a Berliner,* als ein Mitglied der Walliser Regierung zu sein.

Ich verjage diese Gedanken aus meinem Kopf und sage mir, dass mir meine Feinde schon so oft Riesenskandale untergejubelt haben, die sich in nichts auflösten, dass auch diese Polemik im Kabinett der erfundenen Skandale Staub ansetzen wird. Dort liegt bereits die Bismarck-Flagge, aus der man mir nichts, dir nichts, eine Nazifahne machte. Hinzu kommen die Kinder von illegalen Einwanderern, die angeblich denunziert werden sollten, die behinderten Kinder, die ich vermeintlich nicht in die Klassen integrieren wollte, die mutmasslich unangebrachte Nutzung des Dienstwagens, der Zugang zum Departement, den ich dem Kind eines Mitarbeiters gewährte, das Doppelmandat (Nationalrat und Staatsrat zugleich, wofür ich freiwillig 35'000 CHF in die Staatskasse zahlte… es ist verrückt, für ein Übermass an Arbeit auch noch bezahlen zu müssen, damit die bösen Zungen schweigen), meine Vizepräsidentschaft der schweizerischen Volkspartei, eine vorgeblich ungenau formulierte Ausschreibung, um vermeintlich einen Parteifreund zu bevorzugen usw. Die Liste ist so lang, dass ich hier auf eine Fortsetzung verzichte. Keine dieser Anschuldigungen hatte irgendeinen Bestand. Nicht eine konnte erhärtet werden. Sie waren wie gefüllte Tomaten ohne Füllung.

Ausserdem betrafen zahlreiche dieser ungerechtfertigten Kritiken Geschäfte, die überhaupt nicht in den Bereich des Grossen Rates gehören. Mehrmals stimmte das Parlament sogar über ein Geschäft ab, das sich seiner Rechtsprechung völlig entzog. Die Nichtigkeit der Abstimmung spielte keine Rolle, denn das Ziel lag einzig und allein darin, mir zu schaden und mich mürbe zu machen. Meine vier Kollegen hingegen blieben von solchen Scharmützeln verschont. Zu meinem Leidwesen dauert das leidige Spiel immer noch an, wobei der Ablauf immer derselbe ist: Entweder ist es das Parlament, das den Coup landet und die Medien, die den Todesstoss versetzen oder umgekehrt. Der Mechanismus läuft wie geschmiert und ermöglicht es, mangels eines echten, widerlichen Skandals grösseren Ausmasses, kleine erfundene oder verzerrte Nichtigkeiten zu einem Scheiterhaufen anzuhäufen, auf dem mein Ansehen angeschwärzt und verbrannt wird.

Ich habe den Eindruck, dass auf jedes meiner Worte, auf die kleinste Handlung meiner Dienststellen ein elektronisches Mikroskop mit einem Riesenbildschirm, einem Mikrofon und Lautsprechern gerichtet ist. Das geringste Detail wird schamlos aufgebauscht und in den Schmutz gezogen, um jede positive Wahrnehmung meiner Arbeit als Regierungsmitglied zu verhindern.

Wie bei einem Ehepaar sind es die Kleinigkeiten, die alles vergiften. Ausserdem ist dieses Mikroskop ausgesprochen selektiv: Gibt es im DFS ein Problem, wird alles auf mich als Departementvorsteher fokussiert. Ist aber zum Beispiel meine sozialistische Kollegin betroffen, dann ist es ein Fehler der gesamten Regierung und sie selbst wird nicht erwähnt. Die gute Frau scheint unter *Heimatschutz* zu stehen.

Mein grösster Fehler liegt darin, der zu sein, der ich bin und nicht in dem, was ich tue. Würden die gleichen Amtshandlungen wie die Meinen von einem systemkompatiblen Kollegen ausgeführt wäre das kein Problem, ja sie würden sogar in den Himmel gelobt.

Lange nachdem ich an diesem Tag das Parlament verlassen habe spüre ich noch die vorherrschende Feindseligkeit in den Knochen, ohne dass mich ein konkreter Umstand über das übliche Mass hinaus unter Druck gesetzt hätte. Ich habe den Eindruck, zahlreichen Energieströmen ausgesetzt zu sein, die sich zu einem Grundstrom zu sammeln trachten, um mich hinwegzufegen. An der Oberfläche gelingt es mir, die Angriffe abzuwehren, indem ich faktisch bleibe. Doch wird es mir immer bewusster, dass das Faktische nicht in die Tiefe geht, dass eine grössere, wahrhaft chthonische Kraft keine dauerhafte Verankerung der wahren Sachlage im kollektiven Unterbewusstsein zulässt. Diese Energie ist körperlich spürbar, ich lese sie aus den Blicken heraus und habe sogar den Eindruck, sie in gewissen Sitzungen mit den Händen fassen zu können, selbst wenn der Ton anscheinend neutral bleibt. Immer ist sie da und lauert im Verborgenen auf ihre Stunde.

Blicke

Die Blicke stechen zu,
Weil jeder sich was traut,
Sie geben keine Ruh
Und dringen in die Haut.

...

Die Haut ist zäh und dick
Und macht sich nicht viel draus,
Sie spürt zwar jeden Blick,
Doch hält sie vieles aus.

Das Gift dringt trotzdem ein
Und staut sich in der Seele,
Ich fühle eine Pein
Die ich mir schlecht verhehle.

Die Angst verseucht mein Blut
Und drängt sich schwarz zum Herzen,
Ich werde in dem Sud
Mein wahres Ich verscherzen.

Wie soll ich mich verhalten
Um nicht zum Tier zu werden?
Wie zähme ich Gewalten,
Die sich so wild gebärden?

Ich hetze wie ein Reh
Des Nachts durch fahle Felder
Und lindere mein Weh
Im Schatten tiefer Wälder.

Ich habe keinen Geschmack mehr an den einfachen Dingen des Lebens. Mein Körper hat keine Freude mehr an Sauna, Sport oder Holzhacken. Ich empfinde kein ungeduldiges Kribbeln mehr, wenn ich mich am Ende eines anstrengenden Marsches meiner Berghütte nähere. Selbst meine Sinne sind abgewetzt. Unter Dauerfeuer stehend wälze ich die Bedrohung gedanklich endlos im Kopf herum, als könnte ich sie dadurch mürbemachen. Dabei werde ich selber mürbe.

Der Stössel ist aus Granit, der Mörser aus Lehm.

Ergibt sich manchmal eine Verschnaufpause, dann falle ich um wie ein Sack und tauche tief in die dunklen Gewässer eines unruhigen und wenig erholsamen Schlafs hinab. Mein Körper kommt mir wie eingerostet vor und meine Gelenke schmerzen höllisch. Darüber hinaus machen sich meine Herzkreislaufprobleme wieder schmerzhaft bemerkbar.

Ich bin so geworden wie ich mich fühle: alt und abgenutzt.

Heute Abend liegen meine Nerven blank, denn ich bin für die Aufführung *I tre tenori* arg verspätet, zu der mich die italienische Gemeinschaft des Wallis eingeladen hat. Ich mag die Italiener sehr - ihren Übermut und ihre Lebensfreude - und vor allem mag ich die singenden Vokale, die lautlichen Salti und die Tremoli der italienischen Sprache.

Der Auftritt beginnt um acht Uhr. Um sieben stehe ich immer noch unter der Dusche und seife mich ab, als sich unerwartet ein italienischer Satz in meinem Kopf festsetzt: *l'Italia è lo stivale di Dio per camminare sull'aqua*. Verdammt nochmal! Während ich vorhatte, anstatt einer Rede einige improvisierte Worte auf Italienisch an das Publikum zu richten, fühle ich nun den unwiderstehlichen Wunsch, diesen Satz literarisch voll auszunutzen. Das ist bei mir zwanghaft. Den Ruf einer plötzlichen Eingebung unerhört verhallen zu lassen ist unmöglich, so gross ist nachher das Bedauern, den Zauber des Augenblicks nicht genutzt zu haben. Noch vor Wasser triefend stürze ich mich auf meinen Laptop, um in aller Eile eine vollständig ausformulierte Rede einzutippen, deren gedruckte Form ich danach im Auto hektisch von Hand korrigiere. Am Steuer sitzt meine Frau und schüttelt amüsiert den Kopf.

Um es kurz zu machen: Die drei Tenöre und der sie begleitende Klavierspieler sind *molto bravi* und erhalten den tosenden Beifall, den sie verdienen. Zum Schluss holt mich der Vorsitzende der Organisation auf die Bühne und bittet mich wie verabredet, ein paar Worte an die dreihundert Anwesenden zu richten.

Ecco: [3]

L'italia è lo stivale al piede di Dio per camminare sull'acqua.

L'italia è il capolavoro che dà senso alla luce del sole.

Bè, meglio illuminare un paradiso che il deserto dei tartari di Dino Buzzatti.

Una volta che Dio aveva creato il suo stivale italiano per camminare sul mare mediterraneo sotto un sole benefico ma caldissimo, era totalmente assettato.

Incapace di chinarsi verso l'acqua sotto il suo stivale senza cadere nel mare e annegare, inventò la bottiglia. Per proteggere il suo contenuto dei raggi del sole l'intornò di un fiasco.

È molto malizioso, il signore Dio.

E mentre era creando questa protezione si diceva che non ne valeva la pena solamente per un po di acqua. Dunque trasformò l'acqua in chianti, barbera o montepulciano e tutti quanti.

Questo ci da la prova che il sangue di christo che beviamo in chiesa è senza dubbio un vino italiano.

[3] *Übersetzung als Anhang am Ende des Buches.*

Dopo, visto che lo stivale era cosi bello fra il blu del cielo e quello, simile, del mare, decidì di non affligere la gente che ci viveva dell'amarezza della vita usuale negli altri paesi.

Creò solamente una piccola amarezza al gusto di mandorle chiamata »amaretto".

Il miracolo nascosto in questa bibita è che rende sopportabile anche la politica e la mafia.

Se non mi credete, provate à bere dell'amaretto. Dopo due bottiglie Pepe Grillo assomiglia à l'archangelo Gabriele.

Ma Dio, quando vedì che la mafia e la politica riunite lasciavano sparpagliati montagne di sporcizie nel paradiso da lui creato, decidì di inventare il calcio!

Ecco! Se l'Italia ha tanti bravi calciatori è perchè ci sono tanti pezzi di sporcizie e spazzatura à mandare sulla luna con un gran colpo di piede per mantenere pulito lo stivale di Dio.

Se non è vero è ben trovato!

Quando Dio creò gli italiani, creò prima la MAMMA! E solamente lungo tempo dopo il padre e i bambini.

Per aumentare la dolcezza ambiente gli dò à tutti una lingua che è molto di più di una lingua, è un canto!

Si, è un canto. Ecco la ragione perchè gli italiani, quando parlano, si dirigono loro stessi colle mani.

Questa lingua che è un canto è la sola nel mondo nella quale si può dire »va fanculo", »che cazzo me ne frego" e »testa di merda" senza parere essere Donald Trump.

Un giorno, vedendo la felicità degli italiani nel loro piccolo paradiso, Dio decidò di creare una copia.

Ma questa volta sbagliò tutto.

Di rabbia, spiegazzò il suo progetto e lo buttò nell'acqua.

Questo progetto mancato comunque non finì nel mare, finì sullo stivale italiano dove si trova oggi ancora.

Questo paese spiegazzato si chiama la Svizzera e la parte la più sgualcita, il vallese.

Ecco la ragione perchè gli italiani esiliati nel vallese sono felici di vivere quà: Questa copia dell'italia, sebbene sbagliata, gli ricorda il paradiso originale dal quale sono venuti.

Zu Beginn meiner Ansprache sind die Gesichter fassungslos. *Ma che tipo di ministro è quello?* Dann höre ich hier und dort Gelächter aufflackern und schliesslich verwandelt sich die Redeübung in eine Apotheose der Ausgelassenheit.

Der brausende Beifall am Ende erreicht die Stufe neun auf der Richterskala des Enthusiasmus. Wie ein Irrer stürzt der Präsident auf mich zu und schüttelt mir derart kraftvoll die Hand, dass ich von Kopf bis Fuss erbebe und eine Gehirnerschütterung befürchte. Als ich es endlich schaffe, ihm meine Flosse zu entziehen und in den Saal zurückkehre, falle ich einem Senator in die Hände, der eigens zu diesem Anlass aus Rom angereist ist. Auch wenn ich ihm noch so versichere, dass das Blatt in meiner Hand voller Fehler und Streichungen ist, entreisst er es mir dennoch und verkündet, er habe noch nie eine derart komische und treffende Darstellung seines Landes gehört. Es fehlt wenig, und er verliehe mir einen Orden.

Wie auch immer: *Stasera sono un italiano. Va bè!* [4]

Das grausame und faszinierende am Leben ist die Tatsache, dass man schonungslos zwischen Freud und Leid, Aufregung und

[4] *Übersetzung als Anhang am Ende des Buches.*

Niedergeschlagenheit, Glückseligkeit und Melancholie hin- und hergerissen wird. Leben und Tod liegen so nah beieinander, dass einem alles bedroht und zerbrechlich vorkommt. Vor meinen Augen geistert das Motiv des Totentanzes, bei dem die Lebenden und die Skelette sich in einem Höllenreigen die Hände reichen.

Doch nie ist diese Nähe zwischen Leben und Tod grösser als im Herbst, in jener kurz bemessenen Zeit, in der sich der Tod in das Gewand des Lebens hüllt, um es in tausend Farben und Nuancen wild aufleuchten zu lassen. Es ist, als müsste er sich für das weiss gebleichte Totentuch entschuldigen, das er bald über die Erde legen wird. Nein, der Tod ist kein Sensenmann, der an unsere Türe klopft, er ist kein fahler Reiter, der uns auf seinem Pferd entführt und er ist auch kein Schädelhaufen im Beinhaus. Der Tod schlummert im Leben selbst, in jedem Atom unseres Körpers. Es ist ein Prozess, von dem wir in der Regel nur den mehr oder weniger brutalen Ausgang berücksichtigen. Jede Sekunde erstirbt in unseren Adern, jeder Augenblick ist ein Altern. Der Tod ist hinterhältig, selten spektakulär, doch er erteilt uns eine bedeutsame Lektion: Unser Wesen lässt sich nicht einlagern oder konservieren, das Leben will im Augenblick gelebt werden und ist vergeudet, wenn man versucht, es wie ein Eigentum an sich zu reissen.

Diese Gedanken gehen mir durch den Kopf, während ich auf zweitausend Metern Höhe den Holzvorrat vor meiner Almhütte für den Winter aufstocke. Weit unter mir liegen, wie achtlos hingeworfene Würfel, die Häuser von Varen und knapp darunter mäandert die Rhone über die Sprachgrenze. Wie immer halte ich es mit den Ameisen und bereite mich vorsorglich auf den Winter vor, als wäre mein Leben ein langer Fluss, der ewig von der Quelle zum Meer fliesst. Im Nebel, der vom Tal heraufsteigt, werden die Lärchen allmählich zu Schatten. Es ist kalt, doch die Arbeit hält mich warm. Hier oben vermeine ich in jedem Balken, in jedem Stein die Gegenwart meines Vaters zu spüren. Mein Blick fällt auf so viele Gegenstände, die er berührt hat oder die ihm gehörten. Wenn ich das - leider viel zu seltene - Glück habe, mich in dieser Hütte zu erholen, dann verdanke ich das meinem Vater und der Arbeit seiner Hände.

Spätherbst

Ein letztes Mal die dürren Ähren,
Ihr Gold im matten Sonnenschein,
Die Übelkeit, das letzte Gären,
Die Angst, doch nicht bereit zu sein.

Der Wind zerfetzt ein letztes Blatt
Das sich der Kälte widersetzt,
Wie hab' ich dieses Wehen satt
Das durch die bange Seele hetzt.

Jetzt kommen reifschwangere Nächte
Und Tage, die sich selbst verdrießen,
Das Eis hängt gläsern an der Flechte,
Der Bach am Hang will nicht mehr fließen.

Ich blicke auf das starre Land
In dem ich dich verloren hab
Und suche im vereisten Sand
Für mein verwaistes Herz ein Grab.

Manche Menschen tragen so viel Licht in sich, dass sie vor Glück strahlen, obwohl sie ihr ganzes Leben lieber im Schatten bleiben. Zu diesen Menschen gehört mein Schwiegervater.

Er ist ein erstaunlich diskreter Mann, ist in Rat und Tat verlässlich und hängt an seiner Familie wie an seinem Augapfel. Er ist ein herzensguter Mann, der immer zu seinem Wort steht und eine bemerkenswerte Gradlinigkeit und Ehrlichkeit an den Tag legt. Zudem ist er ein unermüdlicher, hart arbeitender Schaffer, steht jeden Morgen um fünf Uhr auf, obwohl er theoretisch im Ruhestand ist, und strotzt mit neunundsiebzig Jahren noch vor Energie und Unternehmungslust. Zu Beginn meines Mandats als Staatsrat wurde bei ihm Lungenkrebs diagnostiziert. Seither verbringt meine Frau die meiste Zeit damit, mit ihm zusammen im Garten zu arbeiten. Die beiden schneiden Hecken, Büsche und Rosen zu, pflanzen und hegen Gemüse und Salat, ästen Bäume aus, entfernen Gestrüpp, mähen den Rasen, legen Terrassen an, renovieren und bauen allerhand an. Um die Gnade des unzerreissbaren Bandes zu erfassen, das einen Vater und seine Tochter verbindet, muss man sie gesehen haben, wie sie Seite an Seite still zusammenarbeiten. Die Symbiose zwischen den beiden ist total. Ihre Seelen sind sich so nahe, dass sie ihre gegenseitigen Gefühle nicht mit Worten auszudrücken brauchen.

Seit einiger Zeit sagt mir meine Frau abends im Bett, sie wisse sehr wohl, dass die Tage ihres Vaters gezählt sind, dass seine dem Tod abgetrotzte Lebensfrist zu Ende geht. Frauen haben einen Instinkt für so etwas. Da sie die Zeit nicht aufhalten kann, verdichtet sie sie durch die Intensität der gemeinsam erlebten Augenblicke. Es ist das einzige, was sie mit dem Todgeweihten wirklich teilen kann. Wenn ihr Papa uns eines Tages verlässt, soll zur Trauer nicht das Bedauern hinzukommen, etwas verpasst zu haben.

Doch der heutige Tag, ein Samstag im Spätherbst, ist ein Festtag für René und seine Familie. Mein Schwiegervater stellt seine Bilder und eine Serie kleiner Miniaturhäuser aus, mit denen er die Gärten seiner Nächsten und Freunde auszuschmücken pflegt. Geduldig bildet er seit Jahren historische oder markante Gebäude der Gemeinde originalgetreu nach. Manchmal entstehen unter seinen Händen verschwundene Häuser aus seiner Kindheit oder aus seiner Fantasie. Er hat mit seinen Brüdern auch den Teil der Eisenbahnstrecke im *Swiss vapeur parc* eingerichtet, der durch Almen, Reben und Suonen führt. Selbst den *Torrent neuf* in Savièse hat er mit seinen Kreationen bestückt. René ist ein akribischer Arbeiter, der weiss, dass sich der Wert eines Werks im Detail wiederspiegelt. Er zählt die Arbeitsstunden nicht, er scheut weder Mühe noch Plagen und ist im wahrsten Sinne des Wortes ein Perfektionist. Dennoch ist er kein Pedant, denn er kann jederzeit loslassen, wenn es das Leben von ihm verlangt.

Seit Wochen schon bereitet er mit meiner Frau diese Ausstellung vor. Während ich ihn beobachte wie er, klein und schmächtig und etwas verunsichert, zwischen seinen vielen Freunden und Bekannten fast verschwindet, bin ich tief bewegt. Sein von der Krankheit gezeichnetes Gesicht strahlt vor Glück. Diese Ausstellung, diese Vernissage, zu der er all jene eingeladen hat, die ihn kennen und lieben, ist der Höhepunkt seines Lebens. Und dennoch scheint er inmitten der Menge etwas verloren, verlegen sogar, weil er der Mittelpunkt des allgemeinen Interesses ist. Neben ihm steht seine Frau Marie-Jeanne, die sich rührend um ihn kümmert und ihre Liebe durch kleine, diskrete Gesten zum Ausdruck bringt. In ihrem Gesicht wechseln sich Trauer und Freude ab wie Wolken und Sonnenschein. Seitwärts hinter ihnen kämpfen mein Schwager und seine Familie mit ihren Emotionen.

Die Hommage, die meine Frau Ghislaine ihrem Papa erweist, ist rührend und strahlt Liebe und Respekt aus. Sie lässt zahlreiche Erinnerungen aus ihrer glücklichen Kindheit in einer durch unauflösbare Bande verbundenen Familie wiederaufleben. Ihre Stimme zittert nicht. In solchen Momenten ist meine Ehefrau unglaublich stark. Trotzdem vermag sie einen Ton des Bedauerns, einen Hauch von Nostalgie nicht zu unterdrücken. Sie spricht mit einem lachenden und einem weinenden Auge. In ihrem Willkommensgruss an das Publikum ist die Befürchtung eines baldigen und endgültigen Abschieds miteingeschlossen.

Als René das Wort ergreift, muss man gut hinhören, um zu verstehen, was er sagt, denn trotz des Mikrofons wird seine von Natur aus diskrete Stimme unter dem Einfluss der Emotionen noch leiser. Ach, wie liebe ich diese gerollten «R», nach *savieser* Art. In ihnen erklingt das Lied der heimatlichen Erde und des *patois*. Sie beschwören eine längst vergangene Welt herauf, in der der Mensch in Einklang mit den natürlichen Zyklen ein- und ausatmete! In seiner etwas holprigen Ausdrucksweise schwingen seine Verehrung für seine Wurzeln und die Hochachtung mit, die er seinen Vorfahren entgegenbringt. Seine Worte strömen eine Natürlichkeit aus, die den heutigen Rednern völlig abgeht.

Renés Ansprache ist kurz, einfach und herzlich. Seine Bescheidenheit ist so gross, dass man den Eindruck hat, er entschuldige sich dafür, vor so vielen Leuten das Wort zu ergreifen, die wichtiger sind als er. Wichtiger? Von wegen! Nichts ist wichtiger als die Ehrlichkeit eines reinen Herzens. Nichts ist würdevoller als ein Mann, der sich dem Tode geweiht weiss und seinem Ende ohne Verzweiflung entgegensieht.

Ich freue mich sehr für ihn und dennoch laufen mir Tränen über das Gesicht. Ich ahne dunkel, dass das Gedicht, das ich vor ein paar Tagen zum Gedenken an meinen Vater geschrieben habe, auch für ihn bestimmt ist.

Diese Woche ist einfach schrecklich. Ich fühle mich von einem Mahlstrom fortgrissen, ohne wirklich zu verstehen, was mit mir passiert. Es ist, als zersetzte eine schwarze Magie mein Umfeld, meine Kommunikationsmittel und meine Abwehrmechanismen. Am Montagvormittag ging mein Handy kaputt. Das Ersatztelefon, das man mir zur Verfügung stellte, funktioniert die meiste Zeit nicht, ausser für Anrufe. Am Dienstag liess ich meinen Laptop im Bundesparlament liegen. Ich fand ihn am nächsten Tag wieder, doch wurde er mir kurz darauf im Zug gestohlen. Ausserdem platzt mein Terminkalender aus allen Nähten. Ich habe nicht eine Minute, um auf etwas Unvorhergesehenes reagieren zu können, weil sich die Sitzungen und Termine in einem rasanten Rhythmus abwechseln. Als würde das noch nicht reichen, wurde unsere Katze von einem Kater aus der Umgebung angegriffen, der ihr dabei drei Knochen der linken Vordertatze brach. Wir lassen sie trotz der hohen Kosten im Tierspital in Bern operieren, weil wir sehr an ihrer anschmiegsamen und diskreten Gegenwart hängen. Sie ist eine würdevolle und stolze Dame, die mit der Zeit zum guten Geist unseres Hauses wurde. Wir verstehen uns so gut, dass es keiner Worte zwischen uns bedarf. Es tut mir weh, sie so hinken zu sehen.

Doch Unglück kommt selten in gelichteten Reihen! Just in dem Moment, in dem ich mit meinen Nerven am Ende und was die Elektronik angeht sozusagen blind und taub bin schlägt mir eine abartige und unerwartete politisch-mediale Offensive mit voller Wucht entgegen. Ich weiss für einmal weder ein noch aus.

Bisher fasste ich den Heiligen Georg als furchtlosen Ritter auf, der seine Lanze ins Maul des Drachen stösst. Doch nun hat San Giorgio, sein moderner italienischer Avatar, das eigene Schlachtross durchstochen. Ist es Ungeschicktheit oder Böswilligkeit? Ich weiss es nicht. Mein Umfeld tippt auf Böswilligkeit, denn ab eines bestimmten Grades an Schädlichkeit wird es schwierig, von Dummheit zu sprechen. Auf jeden Fall wird dieser Überlebenstheoretiker, den die Sicherheitsmilieus gerne für Konferenzen und Gutachten einladen, für mich zum Todesengel. Weder mein Generalsekretär noch ich haben etwas kommen sehen. Zu unserer Entlastung ist zu sagen, dass diese Person in den letzten Jahren sowohl von der Offiziersgesellschaft von Lausanne als auch vom neuen Armeechef - ehemals Kommandeur einer Brigade - und vom Zivilschutz des Kantons Freiburg eingeladen wurde, was zusätzlich zu seinen gut dokumentierten Veröffentlichungen eine Gewähr für seine Vertrauenswürdigkeit zu sein schien. Aus diesem Grund erklärte ich mich vor einem Jahr dazu bereit, eine kleine Videobotschaft mit ihm aufzunehmen, um die Problematik der kommenden Gesellschaftskrisen zu thematisieren, auf die wir uns vorbereiten müssen.

Es sieht aber so aus, als könnte die ganze Welt mit San Giorgio zusammenarbeiten, ohne dass dies zu einem Skandal führen würde, ausser ich.

Dabei ist der Sachverhalt von geringer Bedeutung: Zweimal, im März und im April, hat sich eine Kommission, die mit der Ergänzung der Sicherheitsdatenblätter für gesellschaftliche Krisen betraut ist, an ihn als ausgewiesenen Spezialisten gewandt, um die Ergebnisse ihrer Arbeiten begutachten zu lassen. Er führte diesen Auftrag für die bescheidene Summe von 1'600 Franken aus. Eine Lappalie.

Zur Präsentation der ersten Fiche und des vorgesehenen Aktionsplans habe ich eine Pressekonferenz organisiert und den Fehler begangen, den besagten Überlebenskünstler hierzu einzuladen.

Ergebnis: Der Kern der Nachricht wurde von den Medien völlig übergangen, weil es viel medienwirksamer schien, den Übermittler der Nachricht zu lynchen. Ich muss zugeben, dass dieser ihnen die Peitsche hingehalten hat, um sich auspeitschen zu lassen, als er einen Tag nach der Pressekonferenz auf seinem Blog eine Aufnahme mit einer äusserst zweifelhaften Passage postete, in der er, offensichtlich betrunken, albernes Geschwätz von sich gibt.

Von einer Welle der Entrüstung überrumpelt beende ich umgehend jegliche Zusammenarbeit mit ihm. Das Problem an sich ist somit geregelt. Doch ich weiss, dass die Medien die Angelegenheit weiterhin aufblasen werden und dass es sich das Parlament nicht wird nehmen lassen, den Imageschaden maximal breitzuschlagen. Ja, so läuft das heutzutage: Das Parlament lässt sich seine Agenda von den Medien diktieren und die Medien stehen ihren Auftraggebern zu Diensten. Es geht schliesslich darum, eine unkontrollierte Streuung der Ideen zu verhindern… Heutzutage bestimmt nicht mehr die Gewichtigkeit der Fakten das Ausmass eines Skandals (sonst wären einige meiner Kollegen in der Regierung politisch bereits zehnmal gestorben), sondern das, was die Medien daraus machen. Die Form läuft dem Inhalt den Rang ab. In einer Welt sich rasch abwechselnder Bilder zählen Vernunft, Proportionalität und Fairness nicht mehr. Was zählt sind die Einschaltquoten und die gezielt geschürten Emotionen, die sie in die Höhe treiben.

Vor vier Jahren hat ein in der Türkei unvorsichtig mitgenommenes Säulenfragment entscheidend zum Scheitern meines direkten Gegners bei den Wahlen beigetragen, obwohl die Sache an sich völlig belanglos war. Damals habe ich davon profitiert. Die Medien boten mir haufenweise Kolumnen und Fernsehdebatten an, wobei ich bei letzteren das Thema und die Teilnehmer selber bestimmen konnte. Ausserdem stellten sie während der gesamten Kampagne ihre üblichen niederträchtigen Angriffe gegen mich ein. Meine schlimmsten journalistischen Kritiker luden mich zum Essen ein und fragten mich, auf welche Weise sie mir dienlich sein könnten, um meine Wahl zu fördern. Ich traute meinen Ohren nicht. Zum ersten Mal in meiner politischen Karriere war nicht mehr ich das Freiwild, sondern mein Gegner. Ich schwebte auf einer Wolke, was keine Mühe bereitet, wenn man vom Geheul der Meute und den dominanten Strömungen getragen wird …

Kaum hatte mein Gegner nach dem ersten Wahlgang das Handtuch geworfen wurde ich sofort wieder zum Bösewicht, den es zu vernichten galt.

Ich sage mir, dass mein damaliger Gegner zumindest ein Gesetz gebrochen hatte, als er das Säulenfragment mitgehen liess, während ich persönlich im Falle von San Giorgio nichts Skandalöses oder Strafrechtliches gesagt, getan oder bestätigt habe. Ausserdem ist das Problem in Rekordzeit gelöst worden. Natürlich hätte ich einige kostbare Stunden gewinnen können, wenn ich an diesem Tag nicht mit Sitzungen und Terminen überhäuft gewesen wäre und über mein Laptop und ein funktionierendes Telefon verfügt hätte. Doch selbst wenn eine Tagesfrist in der realen Welt mehr als angemessen erscheint, um eine unmöglich gewordene Zusammenarbeit zu beenden, so stellt dieser Zeitraum in der Welt der Netzwerke eine Ewigkeit dar, umso mehr, wenn man es mit einem organisierten System zu tun hat, das jede Ihrer Gesten verfolgt, um sie in Sekundenschnelle zu verbreiten und aufzubauschen.

Seit einiger Zeit fühle ich mich wie ein Mensch, der sich in einen Spiegelsaal verirrt hat, in dem die Spiegelungen augenblicklich und bis ins Unendliche die kleinste Bewegung zurückwerfen. Die Unmittelbarkeit ist der Nährboden des Systems. Überlegung, Besonnenheit und Behutsamkeit sind überholt. Derjenige, der nicht sofort reagiert, mag zwar tausendmal Recht haben, seine Unschuld interessiert an jenem fernen Tag, an dem ihm möglicherweise Gerechtigkeit widerfährt, niemanden mehr. Der Schaden ist ein Kind des Augenblicks und wirft seinen Schatten wie ein Schandmal auf die Zukunft des Verdammten, um ihn auf ewig zu brandmarken. Der Pranger kommt sofort, die eventuelle rechtskräftige Verurteilung hinkt nach, wenn überhaupt. Doch auf die Schnelle ist keine Gerechtigkeit mehr möglich. Der Rechtsstaat ist ausgehebelt. Es gibt auch keine Erlösung mehr, wenn sich der Augenblick wie Leim oder Teer über die Zeit ausbreitet. Da können so viele Federn durch die Luft wirbeln wie Sie wollen, es werden keine Flügel draus. Kein Mensch kann entschweben, wenn die Zeit in der Schwebe bleibt.

Sicher hätte ich meinem stark lädierten Image mit etwas mehr Eifer zu Hilfe eilen können. Sicher hätte ich die Finsternis der ungerechtfertigten Kontaktschuld mit einer brennenden Fackel zum Rückzug zwingen können, doch seit einiger Zeit hat sich etwas in mir verändert. Ich stehe mit der Schminke des Scheins und der Oberflächlichkeit des Spiegels auf Kriegsfuss. Obwohl ich tief in mir drin eine panische Angst verspüre, die Bürger abzuschrecken, habe ich paradoxerweise damit aufgehört, gefallen zu wollen. Ich weiss sehr wohl, dass das Missfallen ein aristokratisches Privileg ist, mir ist jedoch auch bewusst, dass der Preis für dieses Privileg darin besteht, beim Souverän in Ungnade zu fallen. Vor nicht so langer Zeit hätte ich das erlittene Imagedefizit kompensiert und ein Mittel gefunden, den Schein wiederherzustellen und mein «Image aufzupolieren», wie man sagt. Jetzt nicht mehr. Dieses Spiel erscheint mir plötzlich frivol und albern.

In dem Augenblick, in dem mein Image definitiv zum Teufel geht – ich höre ein beunruhigendes Krachen im Gebälk des kollektiven Unterbewusstsein, das man gemeinhin «öffentliche Meinung» nennt – weigere ich mich plötzlich, auf mein Charisma und meine Sprachgewalt zu setzen, Emotionen zu wecken oder Ausflüchte zu suchen und entscheide mich für das Schlimmste, was man in solchen Situationen tun kann: ich argumentiere. Kein Zweifel, ich muss verrückt geworden sein, denn die Medien und die Öffentlichkeit wollen keine Argumente, sie wollen ein Schauspiel sehen, ein Drama, sie wollen Blut riechen. Argumente weisen auf einen tieferen Sinn hin, die Posse nährt sich von der Oberflächlichkeit. Eine sorgfältig abgestützte Aussage beruht auf Worten, doch das Wort ist schon längst von der Bildwelt verschluckt worden. Stellen Sie sich vor, Mister Jekyll würde versuchen, Mister Hyde zur Vernunft zu bringen! Das Resultat scheint von vornherein klar.

Hinzu kommt, dass dieser *San Giorgio* mit seinem Glatzkopf, seiner beunruhigenden Visage und seinen alarmierenden Thesen, gepaart mit dem rossschwanztragenden Minister, der es gewagt hat, sich an ihn zu wenden, den Gutbürgern die Stimmung verdirbt, am Lack der fröhlichen Dekadenz kratzt und gar den programmierten

Untergang durcheinanderbringen könnte. Was hat dieses warnende Sandkorn im perfekt geschmierten Räderwerk des Verfalls zu suchen? Um dieses Alarmsignal abzustellen gibt es nur ein Mittel: Aus dem Sandkorn muss ein Elefant gemacht, die Tatsachen müssen bis aufs Äusserste aufgeblasen werden, der Strich muss verdichtet, das sterile Detail durch den Stachel des Skandals zur Schwellung gebracht werden. Das ist nicht viel schwerer, als die Elefanten in den Ställen der politisch korrekten Politiker zu einem Sandkorn schrumpfen zu lassen. Los geht's, der gestiefelte Kater und der Oger haben es vorgezeigt: Im Dienst der gerechten Sache muss das unendlich Grosse winzig klein und das winzig Kleine unendlich gross gemacht werden. Und was dem System nicht dienlich ist, muss überhört werden.

Diese Gedanken lassen mich den ganzen Tag nicht mehr los. Abends schreibe ich in mein Notizbuch: *«Für manche ist das Gewicht des Sandkorns erdrückend, während der Elefant für andere nicht ins Gewicht fällt»*. Allmählich bahnt sich der Gedanke in meinem Unterbewussten seinen Weg. Am nächsten Morgen wache ich früh auf, denn der Anfang eines Gedichts geistert in meinem Kopf herum. Den Text beende ich während der kurzen Zeitspannen, die meine Sitzungen voneinander trennen.

Das Sandkorn

Oh fürchtet nicht den Elefanten,
Den dominanten, imposanten,
Das Weltall tragenden Atlanten
Von der Statur eines Giganten.

...

So langsam gehen seine Glieder
In der Savanne auf und nieder
Dass man ihm, stampft er mal heran,
Leicht aus dem Wege gehen kann.

Fürchtet viel mehr das Körnchen Sand,
Das ihr nicht seht am Straßenrand,
Denn ihm entwachsen Wüsteneien
Wo tausend Täuschungen gedeihen.

Von sich aus ist es klein und schwach,
und schafft doch großes Ungemach,
Sein Wirken übersteigt sein Wesen,
Erdrückend wirkt, was klein gewesen.

Ihr achtet es gering wie Quark,
Doch ist es in der Menge stark,
Denn im Verbund neigt es zum Treiben
Und kann sich alles einverleiben.

Das Sandkorn ist kein Gott, kein Kaiser
Kein Philosoph, Prophet und Weiser,
Und ist doch, mehr als jeder Henker,
Des Menschenschicksals wahrer Lenker.

Eines Abends im November klopft ein Freund an die Tür meiner Verzweiflung.

Er ist ein ewig Suchender, ein unruhiger Geist, ist leicht verletzbar und besorgt, oft mystisch, manchmal zynisch, doch er sagt stets die Wahrheit und hat mir in der Vergangenheit immer wieder seine Loyalität bewiesen.

Ich bin von meinem Arbeitstag erschöpft, der wie üblich von kleinlichen, hinterlistigen Machenschaften durchzogen war, die es nacheinander zu neutralisieren galt und lasse mich wie ein Sack in einen Sessel fallen. Werde ich den Mut und die Geduld haben, den bitteren Worten standzuhalten, die zweifelsohne über seine Lippen kommen werden?

«Hör zu, was er dir zu sagen hat», ermahnt mich meine Frau, «es ist wichtig. Er wollte es schon lange tun, aber die Gelegenheit dazu hat sich nicht ergeben.»

Ich kann mir durchaus vorstellen, dass das, was er zu sagen hat, wichtig ist. Es gibt immer etwas Wichtiges zu besprechen, wenn dieser Freund zu Besuch kommt. Mit einem stummen Blick fordere ich ihn zum Reden auf.

«Wie fühlst du dich?», fragt er mich zuerst.

Was soll ich darauf antworten? Er sieht ja selber, in welchem Zustand ich mich befinde. Also begnüge ich mich mit einem Schulterzucken.

«Wie lange glaubst du, so weitermachen zu können?»

«So lange, wie es sein muss. Ich habe keine Wahl.»

«Man hat immer die Wahl.»

«Was du nicht sagst!»

«Man hat die Wahl, den Ereignissen zuvorzukommen, um sie zu beeinflussen, oder sie zu erleiden. Tu erleidest sie.»

Er geht mir auf die Nerven, weil ich weiss, dass er Recht hat.

«Du erleidest alles, weil du zwischen zwei Fronten geraten bist. Auf der einen Seite gibt es den Staatsrat und deine Arbeit als Regierungsmitglied, die du den abschätzigen Medienberichten zum Trotz gut erledigst. Doch diese Rolle verlangt von dir eine lückenlose Kollegialität, denn nur dank dieses kollegialen Verhaltens ist es dir möglich, alle deine Projekte in der Regierung, vor dem Parlament und dem Volk durchzubringen. Auf der anderen Seite befinden sich deine Mitstreiter, deine eigenen Leute, diejenigen, die dich begleitet und dich von Anfang unterstützt haben. Sie sind frustriert, weil sie den Eindruck haben, dass du dich angepasst hast, dass dich die kleinen Arrangements abgenutzt haben, dass du nicht mehr das Zugpferd bist, das du einst warst. Sie werfen dir deine Kompromisse vor, sie finden dich zu harmoniesüchtig und - sagen wir es klar - zu weich. Um sie zu beruhigen, hast du weiterhin bei einigen heissen Themen der nationalen und internationalen Politik mitgemischt, die nicht in Konflikt mit den von der Kantonsregierung behandelten Themen standen. Nun hast du dich aber in deinem Bemühen, beide Seiten zu befriedigen, beiden Lagern entfremdet und in eine völlig schizophrene Lage hineinmanövriert. Was du betreibst, ist keine Politik mehr, sondern ein Balanceakt. Rechne die dauernden Anfeindungen hinzu, denen du ausgesetzt bist, die Ränkespiele der Medien, die verzerrten Kommentare, kurz das systematische Trommelfeuer, dem deine Positionen ausgesetzt sind, bedenke den übermässigen Umfang deines Departements und den daraus resultierenden riesigen Arbeitsumfang, und du verstehst mühelos, warum du dich am Rande des Zusammenbruchs befindest.»

«Rätst du mir etwa dazu, alles aufzugeben?»

«In keinem Fall. Das wäre das Schlimmste, was du tun könntest. Du würdest deinen Gegnern recht geben und diejenigen verraten, die dir vertrauen.»

«Was dann?»

«Deine Gegner sprechen sich schon lange ab und suchen nach einem Mittel, dich zu schwächen oder gar abzusetzen. Sie werden bis zum Schluss unerbittlich sein, denn du bist zu einem Symbol geworden, das zerstört werden muss. Nicht das, was du tust ist das Problem, sondern das, was du verkörperst: geistige Freiheit, klare Positionierung, Aufrichtigkeit. Für das System stellt deine Person einen Affront dar. Du bist der lebendige Beweis dafür, dass es auch ohne lukrative Verwaltungsratsmandate geht, dass man Politiker sein kann, ohne nach einem Teil des Kuchens zu schielen, ohne sich kaufen zu lassen oder sich aus Profitgier der Korruption hinzugeben. Wenn sie sich zwischen ihrem persönlichen Interesse und dem Allgemeinwohl entscheiden müssen, wählen die meisten Politiker ihr persönliches Interesse und stellen es als Allgemeinwohl dar. Du nicht. Das hast du zur Genüge bewiesen.»

«Meinetwegen, aber zählt das heute noch?»

«Das zählt noch für ganz viele Menschen.»

«Genug, um eine Mehrheit zu bilden?»

«Das werden wir sehen. Du brennst doch darauf, es zu erfahren, oder? Bist du ein Spieler? Also dann: Zurzeit überschätzen deine Gegner deine Stärke, sie fassen die Möglichkeit nicht ins Auge, dass du abgewählt werden könntest. Doch sie werden alles tun, um dich zu schwächen. In der derzeitigen Situation, insbesondere aufgrund der teuflischen Wirksamkeit ihres massiven Trommelfeuers – wenn es darum geht zu schaden, dann tun deine Gegner das sehr gut – kannst du höchstens auf eine mittelässige Wiederwahl hoffen.

Während dieser Legislaturperiode hattest du viel Glück. Ich brauche nicht zu erwähnen, dass es nicht vorgesehen war, dass du die vier Jahre deines Mandats bis zum Ende durchhältst. Pech für deine Feinde, dass keine grössere Krise, kein wirklich gravierendes Problem bei der Führung deines Departements auftrat, das deine Absetzung oder deinen Rücktritt gerechtfertigt hätte, was innerhalb eines so langen Zeitraums recht aussergewöhnlich ist. Da sie keine stinkende Leiche in deinem Keller fanden, um dich zu disqualifizieren, mussten deine Gegner immer wieder Lappalien aufbauschen und damit eine wahre Hexenjagd veranstalten, die daran krankt, dass es ihr an Substanz fehlt, weil sie künstlich ist. Aus diesem Grund sind sie trotz der Hilfe ihrer Netzwerke und der Medien der Ansicht, dass es nicht ausreicht, um deine Wiederwahl zu gefährden. Doch sie wissen, dass dies alles genügt, um dich ernsthaft zu schwächen und dich spätestens vor Ende der zweiten Legislaturperiode zu Fall zu bringen. Sie haben die Überzahl und das Personal dafür. Wenn du nichts tust, wird sich der Druck erhöhen, bis er unerträglich wird. Du wirst unweigerlich zusammenbrechen, sei es körperlich oder moralisch. Ich bin heute hier bei dir, um das zu verhindern. Du musst wieder die Initiative ergreifen, musst zum Gegenschlag ausholen. Du musst sie überraschen, die ausgetretenen Pfade verlassen, neue Spielregeln erfinden. Schau den Dingen ins Gesicht: Was hat dich daran gehindert, während dieser Legislaturperiode über die alltägliche Führung deines Departements hinauszuwachsen? Das bestehende System. Ein in sich abgeschlossenes, hermetisch abgeriegeltes System, das in seinen Gewohnheiten gefangen ist, ein Labyrinth, in dem du dich verloren hast. Mach es wie Ikarus: Erhebe dich über das Labyrinth.»

«Du vergisst, dass er sich die Flügel verbrannte.»

«Weil er der Sonne zu nahekam. Ich rate dir jedoch keineswegs, dich an der Sonne zu reiben. Ich empfehle dir lediglich, das Labyrinth zu analysieren. Du musst eine gewisse Höhe erreichen, um seine Grundlinien besser zu erkennen, um in dder Folge den Weg klarer und transparenter und die Bewegungen einfacher gestalten zu können. Du musst den trägen Apparat wieder zu neuem Leben erwecken, das Schicksal zerschlagen, das ihn in seinen Automatismen erstarren lässt. Hierfür genügt es nicht, ein politisches Programm vorzulegen, was die anderen Parteien ja auch machen, nein, du musst eine Veränderung des Führungssystems vorschlagen. Was dieser Kanton braucht ist eine Führung, die auf Werten beruht, eine Führung, die es den Verwaltungsbeamten nicht mehr ermöglicht, sich auf eine passive, risikolose Haltung zu beschränken, sondern sie dazu zwingt, mutig und im Interesse des Allgemeinwohls zu handeln. Schau, wie die derzeitige Regierung funktioniert, in deren Rängen weitaus ehrlichere Personen zu finden sind als diejenigen, die vor der Türe zur Macht stehen. Deine lieben Kameraden in der Regierung besetzen schamlos jeden Posten mit Gleichgesinnten, und dir wird dann Vetternwirtschaft vorgeworfen, obwohl du in diesen vier Jahren bei mehreren hundert Nominationen lediglich anderthalb SVP-Mitglieder ernannt hast. Die anderen tun, was sie wollen und du bist derjenige, der als unehrlich gilt. Nimm beispielsweise diese wissenschaftliche Mitarbeiterin, die du ernannt hast, weil sie hochqualifiziert war und ganz klar als Beste aus dem Nominierungsverfahren hervorging. Es wurde daraus ein Skandal gemacht, um deine Ehre zu beschmutzen, obwohl es sich um eine untergeordnete Stelle handelte und das Verfahren völlig korrekt ablief. Da man nichts Anderes gegen diese Person fand, warf man ihr vor, ihre Kinder in eine Privatschule zu schicken. Zwei Staatsräte vor ihr haben dasselbe gemacht und niemand hat sich daran gestört. Verständlich, denn sie gehörten ja nicht der SVP an. Das Schlimme daran ist, dass du das nicht ändern kannst, weil du in der Regierung keine Mehrheit hast, die diese Praktiken beenden könnten. Deshalb musst du diese Mehrheit schaffen. Hierfür ist es notwendig, die Majorzwahl in eine Proporzwahl umzudisponieren, in der die Wähler sich für gewisse Inhalte und eine Änderung der Funktionsweise der Institutionen aussprechen können. Präziser formuliert: Du musst den Bürgern die Wahl zwischen zwei Gesellschaftsprojekten, zwischen zwei Geschäftspraktiken geben. Du musst ihnen zu verstehen geben, dass die zukünftigen Herausforderungen nur gelöst werden können, wenn die Führung auf gesicherten und soliden Werten gründet und sich die Personen, die sie einhalten sollen, wirklich daran halten.»

«Was du vorschlägst, scheint mir widersprüchlich. Wenn ich geschwächt bin, wie du sagst – und in diesem Punkt bin ich mit dir einig – dann ist es Wahnsinn, zum Angriff zu blasen.»

«Nicht, wenn du Verbündete hast. Du musst deine Liste öffnen. Nimm vier Personen mit dir, wenn es sein muss und stelle das politische Spiel einmal mehr auf den Kopf.»

«Das könnte einmal zu viel zu sein. Und wo finde ich diese Verbündeten?»

«Vertraue deiner Fantasie. Nimm Kontakte auf. Beweg dich! Wag etwas! In der Politik muss man Risiken eingehen und darf sich nicht mit dem Komfort des Sitzes zufriedengeben, den man innehat. Wenn es in diesem Kanton einen Mann gibt, der mutig genug ist…»

«… oder verrückt genug…»

«… um ein solches Risiko einzugehen, dann bist du es!»

«Was du mir vorschlägst ist ein Spiel um alles oder nichts.»

«Für Ehrenmänner zählt nur das Alles oder Nichts. Zugeständnisse sind ein Verrat und verderben den Charakter.»

«Das stimmt. Doch es wird eine Rosskur, egal wie es ausgeht.»

«Das ist der Preis, den man für die Freiheit bezahlen muss, egal wie es ausgeht.»

Heute Abend herrscht Feststimmung in Naters. Franz Ruppen, mein langjähriger Mitstreiter, ist zum Präsidenten seiner Gemeinde gewählt worden. Vor einigen Wochen wurde die SVP zur stärksten Partei dieses grossen Ortes mit über 10'000 Einwohnern und errang 3 Sitze von 7. Obwohl der Gegner von Franz, ein «Schwarzer», das heisst ein konservativer CVPler, die offizielle Unterstützung der anderen Parteien zugesichert bekommen hatte, erhielt er nur 1'903 Stimmen gegen 2'789 Stimmen für den Sieger.

Gestern Nacht hat mich Franz kurz vor Mitternacht angerufen, um seine Zweifel loszwerden. Ich war im Unterschied zu ihm sehr zuversichtlich.

«Du wirst sehen, dass dein Gegner von seinen falschen gelben Brüdern (Christsoziale) fallen gelassen wird, weil sie keine Lust haben, dich im nächsten März mit mir zusammen auf der Staatsratsliste vorzufinden. Indem sie dich in Naters unterbringen, sichern sie die Wahl ihres Kandidaten in die Walliser Regierung und wischen ihren feindlichen Brüdern risikolos eins aus. So funktioniert die Politik.»

Er scheint nur mässig beruhigt zu sein. Ich muss sagen, dass er seit seiner Krebserkrankung und einer Reihe von Chemo-Therapien vor zwei Jahren etwas unsicher geworden ist und viel öfter einer moralischen Unterstützung bedarf. Zum Glück scheint seine Krankheit in körperlicher Hinsicht nur noch eine böse Erinnerung zu sein.

Doch an diesem Abend wird gefeiert. Franz und ich wenden uns nacheinander an unsere Mitstreiter, die sich im Hotel du Rhône anlässlich der Feier zusammengefunden haben.

Am Rande dieses fröhlichen Anlasses setze ich mich zu Sigrid Fischer-Willa, Gemeinderätin in Brig, die in ihrer Gemeinde soeben wiedergewählt wurde. Sie ist eine elegante, gebildete und sensible, zwar ein wenig schüchterne Frau, die allerdings im politischen Alltag entschlossen vorgeht und ihren Überzeugungen treu bleibt. Zusätzlich zur Politik gibt sie Klavierunterricht. Da sie weiss, wie der Hase läuft, schlage ich ihr kurzerhand vor, mit mir auf der Staatsratsliste zu kandidieren. Sie zögert.

Ich frage sie, was sie zu verlieren hätte. Wenig bis gar nichts. Und ich bin so ehrlich und sage ihr, dass sie nur dann eine Chance hat, wenn der Sprengkandidat des französischen Wallis auf der Liste der Sozialisten seiner sich zur Wiederwahl stellenden Konkurrentin aus dem Oberwallis im ersten Wahlgang den Rang abläuft.

«Da in diesem Fall der zweite Oberwalliser Sitz und zugleich der einzige weiblich besetzte Sitz in der Regierung in Gefahr wäre, hättest du sehr gute Chancen. Es wird schwierig, das gebe ich zu, aber es ist machbar.»

Franz gesellt sich zu uns und hilft mir dabei, sie zu überzeugen. Er selber wurde vor nur anderthalb Jahren in den Nationalrat und an diesem Abend zum Präsidenten von Naters gewählt und kann deshalb nicht auch noch auf meiner Liste kandidieren. Das wäre nicht sehr glaubwürdig und gegenüber den Wählern respektlos.

Sigrid bittet uns um ein paar Tage Bedenkzeit, die wir ihr gerne gewähren. Ich bin recht zuversichtlich, was ihre Antwort angeht.

Während ich nach diesem ereignisreichen Tag, an dem überall im Wallis Kommunalwahlen stattgefunden haben, wieder zurück nach Sitten fahre, erhellt ein zufriedenes Lächeln mein Gesicht. Zusätzlich zur Präsidentschaft in Naters haben wir auch die Präsidentschaft in St. Niklaus errungen, unsere Positionen fast überall gefestigt und rund zehn Gemeinderatssitze dazu gewonnen. Die grösste Glanzleistung besteht aber darin, dass die SVP ein weiteres Mal im Kanton Geschichte schrieb, indem sie einen zweiten Sitz in Savièse errungen hat und somit in der Gemeinde die Vorherrschaft der «Entente» endlich beendet hat, einem Bündnis aus Sozialisten, FDP und Liberalen (so etwas gibt es wohl nur im Wallis!). Diese Koalition hatte seit 1936 die Mehrheit im Rat sowie ununterbrochen die Präsidentschaft inne! Ich ahne dunkel, dass die CVP, die davon profitieren wird, um die Präsidentschaft mit Hilfe der SVP im zweiten Wahlgang anzugreifen, es mir im März nicht vergelten wird, und dass mir die anderen Parteien diese Majestätsbeleidigung in der Gemeinde mit Zins und Zinseszinsen zurückzahlen werden.

Von meinem angeborenen Masochismus getrieben habe ich heute Abend einer humoristischen Vorführung, einer Revue, beigewohnt, die, wie ihr Name schon sagt, die Schwächen und Fehler öffentlicher Personen des Kantons Revue passieren lässt. Ich gebe zu, dass ich viel gelacht habe. Auch über mich selbst, denn es war vorauszusehen, dass der Kabarettist auch mich aufs Korn nehmen würde. Zu meiner grossen Überraschung kam ich aber eher glimpflich davon. Es war, als wäre der Humorist gezwungen, über eine tragische Figur Scherze zu machen, ohne mit vollem Herzen dabei zu sein. Völlig überraschend war, dass mitten in der Vorstellung plötzlich eine Reihe von fremdländischen Gesichtern - eindeutig Migranten - auf der Grossleinwand eingeblendet wurden. Ich fasste es als den Versuch auf, beim Publikum ein schlechtes Gewissen entstehen zu lassen, um es für sein Lachen zu bestrafen, wo es doch so viel Elend in der Welt gibt.

Die Kabarettisten unserer Zeit haben definitiv den Platz der Moralisten eingenommen. Sie pflegen ihr gutes Gewissen dadurch, dass sie bei ihrem Publikum ein schlechtes Gewissen wecken. Das kostet nichts und verleiht ihnen das Gefühl, besser zu sein als die im Schatten des Zuschauerraums hockenden Idioten, die sie amüsieren müssen, um Kohle zu verdienen und nicht dazu gezwungen zu sein, jeden Tag zu malochen wie sie.

Ich könnte sie ernst nehmen, wenn sie einen dieser gebenedeiten Migranten bei sich zu Hause aufnähmen, ihn ernähren und «zähmen» würden – wie der kleine Prinz den Fuchs zähmt – wenn sie ihr Wohnzimmer zwecks Familienzusammenführung zur Verfügung stellen würden, kurz, wenn sie ihren Worten Taten folgen liessen. Aber sie machen den Menschen lieber ein schlechtes Gewissen und lassen ihren Hass – zum Spass, mein Herr, immer nur zum Spass – an den vermeintlich hasserfüllten Faschisten aus, von denen es in ihrer Fantasie umso mehr wimmelt, als es sie in der realen Welt kaum noch gibt. Dabei handelt es sich in Wirklichkeit um die letzten Vertreter der menschlichen Spezies, die noch kritikfähig sind. In ihrer Feigheit begnügen sich die Humoristen damit, die Öffentlichkeit auf politisch korrekte Weise zu belustigen und behalten sich rassistische Witze für private und nächtliche Saufgelage im Schutz diskreter, schalldichter Weinkeller vor, in denen sie ihre Nichtigkeit im Alkohol ertränken. Doch selbst im grössten Rausch wissen sie, dass sie den Humor verraten, indem sie ihn in den Dienst eines Dogmas stellen, das vor lauter

Sentimentalität ebenso leer wie schädlich geworden ist. In Wirklichkeit sind es Heuchler, die vorgeben, der Wahrheit verpflichtet zu sein. Es sind moderne Pharisäer, die um die Gunst der «öffentlichen Meinung» buhlen, welche sie auf präventive Art durch ihre versteckte Demagogie manipuliert haben. Sie wissen genau, wie sie es anstellen müssen, damit die Menge für ihr Evangelium empfänglich ist, das sie mit Gelächter umhüllen wie einen Kadaver mit seinem Totententuch. Soweit ihr Beitrag zur Volksverdummung.

Lächerlich sein oder nicht sein, das ist hier die Frage. Hamlet muss sich bei diesem Trauerspiel im Grab umdrehen.

Wie ich es erwartet hatte stellt sich Sigrid Fischer-Willa für eine Staatsratskandidatur an meiner Seite zur Verfügung. Ich bewundere ihren Mut, denn das, was sie erwartet, wird kein Zuckerschlecken sein. Ausserdem wird sie in ihre eigene Tasche greifen müssen, um das Abenteuer mitzufinanzieren. Dies alles aus Ideal, denn es ist ihr durchaus bewusst, dass ihre Chancen gewählt zu werden eher gering sind. Es gibt in diesem Land also doch noch Menschen, die Zivilcourage besitzen und eines selbstlosen Engagements fähig sind. Es gibt noch Ausnahmen im politischen Betrieb, es gibt noch Menschen, die nicht nur von der Profitsucht und der Suche nach nichtigen Ehrbezeugungen angetrieben werden.

Ich verneige mich vor dem Aufopferungswillen dieser zarten und sensiblen Frau und drücke ihr meine Bewunderung aus, als sie mir ihre Entscheidung telefonisch mitteilt, während ich mich gerade im Jura in einer Sitzung der technischen Fachhochschule befinde, deren Regierungsausschuss ich als Präsident leite.

Die andere gute Nachricht dieser Woche hängt mit meinem Staatsratsmandat zusammen: Die Regierung hat den Kandidaten ernannt, den ich als neuen Chef der Dienststelle für Unterrichtswesen vorgeschlagen habe. Es handelt sich um einen FDPler aus Martigny, dessen Eignung für die Stelle optimal scheint. Natürlich gab es ein grosses Zähneknirschen bei der CVP, doch nach einer lebhaften Diskussion liessen sich meine drei Kollegen von meinen Argumenten überzeugen.

Wie gewohnt wird diese Ernennung in den Medien kaum erwähnt, denn sie zieht einen Schlussstrich unter das unsinnige Spektakel, das rund um den früheren Dienstchef inszeniert wurde, festigt die Dienststelle für Unterrichtswesen und bietet keinerlei Raum für verwertbare Kritik. Wie immer, wenn etwas zu meinen Gunsten ausfällt, wird blitzschnell darüber hinweggegangen.

In wenigen Tagen ist Weihnachten. Wieder einmal präsidiere ich die Vereidigungszeremonie neuer Staatsbürger. Es gibt zwei Zeremonien pro Jahr. Jedes Mal schwören zwischen fünf- und achthundert Personen den Treueeid auf die Schweizer Verfassung. Diese Neu-Schweizer sind faszinierend. Es sind oft überzeugte Patrioten, denn sie wissen, was sie zu verlieren haben, wenn es mit der Schweiz bachab gehen sollte. Die Länder, aus denen sie kommen (in erster Linie Portugal, dann Ex-Jugoslawien und endlich die angrenzenden Länder) haben einen deutlich niedrigeren Lebensstandard als die Schweiz. Die Löhne dort sind miserabel, die Institutionen langsam und wenig effizient. Also sind die Neu-Schweizer ihrem Gastland unendlich dankbar, mit offenen Armen aufgenommen zu werden.

Bei uns dauert der Einbürgerungsprozess ziemlich lang. Man kann sich über die Schweizermacher lustig machen, so viel man will, doch im Grunde ist die Vorgehensweise verständlich. Unsere Staatsbürgerschaft entspringt nicht einer Wundertüte. Was einen Wert hat, hat auch einen Preis. Der Wert der Schweizer Staatsbürgerschaft liegt in den Rechten und Pflichten, die mit ihr einhergehen. Das Besondere am Schweizer Pass ist, dass man zum Souverän wird. Und das ist eine durchaus ernste Sache. Schweizer sein erfordert ein gewisses Mass an Kenntnissen, verlangt die Identifikation mit gewissen Werten und erfordert die aktive und regelmässige Beteiligung am demokratischen Prozess. In der Schweiz ist der Bürger tatsächlich der Souverän. Die Politiker begnügen sich zu dienen - oft indem sie sich zuerst bedienen - und verschwinden. Das Volk und die Institutionen bleiben. Manche würden den Pass am liebsten bedingungslos und breitfächerig austeilen. Was für eine Missachtung der Rolle des Souveräns! Welche Geringschätzung gegenüber unseren Institutionen und den Menschen, die sich im Einbürgerungsprozess befinden. Der Souverän ist nur Souverän, wenn er sich entsprechend verhält. Dies setzt jedoch einiges voraus.

Am Rande der Zeremonie werde ich oft von meinen neuen Landsmännern und Landsmänninnen scharf angesprochen. Sie werfen mir die verantwortungslose Flüchtlingspolitik der politischen Eliten vor, die grosse Nachgiebigkeit bezüglich der damit einhergehenden Kriminalität, die sozialen Missbräuche und so weiter. Sie sind in die Schweiz gekommen, weil dieses Land in ihren Augen ein Ideal darstellt und es tut ihnen weh, wenn sie sehen, wie wenig Wert immer mehr Einheimische auf ihr Vaterland legen. Auch an diesem Tag im Dezember 2016 sprechen mich mehrere Neubürger in diesem Sinn an. Doch erst nach der Vereidigung. Vorher konzentrieren sie sich ausschliesslich auf die Zeremonie, der sie mit erhöhter Aufmerksamkeit folgen, als ob es sich um eine Preisverleihung handelte. Ich finde ihre Begeisterung und ihre Rührung im Augenblick der Vereidigung bewegend. Sie mussten für diesen Pass kämpfen und ihn sich verdienen. Für manche wird heute ein Lebenstraum Wirklichkeit. Darum haben sie keine Lust, das Erreichte aufgrund der Laschheit der Politiker und des wachsenden Desinteresses der eingeborenen Staatsbürger den Bach runter gehen zu sehen.

Dieweil sie mit ihren Familien kerzengerade vor mir stehen nehme ich die Treue, die sie ihrem neuen Vaterland schwören, sehr ernst. Natürlich schleichen sich einige Profiteure unter die Menge, doch es ist wie mit den faulen Äpfeln, es gibt in jeder Kiste einige davon. Die grosse Mehrheit aber meint es ehrlich und glaubt an das, was sie schwört. Die Frauen haben sich fein herausgeputzt, die Männer stecken in ihrem schönsten Anzug, die Kinder sind sauber gekämmt und parfümiert und wie kleine Prinzessinnen und Prinzen gekleidet. Der Souverän muss schliesslich etwas darstellen.

Ich steige unter Begleitung des unvermeidlichen Weibels in Paradeuniform und den drei Grenadieren, die dem Festakt eine besondere Würde verleihen, auf die Bühne.

Die Aufmerksamkeit der Anwesenden und die Stille sind beeindruckend, als ich ihnen von ihrem Leben, von ihrer ergreifenden Menschlichkeit erzähle:

(…)

Liebe neue Mitbürger, (…) ihr habt eure Koffer ausgepackt und habt euch in der Schweiz niedergelassen.

Einige sind sehr bald wieder zurückgefahren, weil sie vom Heimweh geplagt wurden und ihr Koffer kaum schwerer war als bei ihrer Ankunft.

Ihr aber seid geblieben.

Eine weise Entscheidung!

Denn als ihr nach einigen Jahren alles wieder einpacken wolltet, war dies nicht mehr möglich. Ein Haus, eine Familie und ein Unternehmen lassen sich nicht in einen Koffer packen. Eine hart erkämpfte Existenz, ein im Schweisse seines Angesichts aufgebautes Leben packt man nicht in einen Koffer.

Ebenso wenig wie einen Elefanten in einen Fingerhut.

Denn die Hoffnung, die bei der Hinreise so viel Platz in eurem Gepäck einnahm, wurde zur erlebten Wirklichkeit. Sie hat Form angenommen. Indem sie Form annahm, nahm sie Gestalt an. Und als sie Gestalt annahm, wurde sie zum Ehepartner und als sie zum Ehepartner wurde, vervielfachte sie sich in euren Bambini und vosotros pequenos. Diese Hoffnung war es, die euren Wunsch nährte, Schweizer zu werden und so der Gemeinschaft des weissen Kreuzes beizutreten.

Ihr seid geblieben, liebe werdende Mitbürger, weil ihr in den jährlichen Ferien, per esempio in Italia, allmählich als Straniero, als Svizzero angesehen wurdet. Weil ihr mit der Zeit in der Schweiz mehr Freunde und Bekannte hattet als in eurem Herkunftsland.

Weil euch an der Côte d'Azur, in Novi Sad, Dubrovnik, Sarajewo, Porto, Liverpool, Sevilla, in der arabischen Wüste oder im afrikanischen Dschungel plötzlich die Raclette und der Fendant fehlten.

Weil die wahre Heimat des Menschen dort ist, wo seine Liebe ist.

Zwar tragt ihr eure erste Heimat immer noch mit euch, in eurem Herzen.

Dort ist sie schön verpackt in eure Liebe für die Schweiz, die eure Wahlheimat geworden ist.

Es ist wie eine Matrioschka.

C'est comme une poupée Russe..

Or like the yolk in the egg.

Es ist wie die Perle in der Auster.

Come la palla nella rete!

Ô u passeru nu ceou.

Nehmt dem Vogel den Himmel weg und er kann nicht mehr fliegen.

Holt den Vogel vom Himmel herunter und eure Träume verschwinden.

Liebe neue Mitbürger, der kleine Vogel, der in eurem Herzen zwitschert, erhebt sich jeden Tag in den blauen Himmel eurer neuen Heimat.

Das ist seine natürliche Bestimmung.

Denn dieser Himmel ist der gleiche wie jener, der sich über eurer Wiege erstreckte.

Die Erde mag sich zwar um sich selbst und um die Sonne drehen, der Himmel drum herum bleibt wo er ist, ewig und unveränderlich, wie die Liebe, die in euch wohnt.

Liebe Schweizer Mitbürger, ihr habt ein Aufnahmeland gefunden und dabei auch den Himmel erobert. Und der Himmel liegt ganz nah beim Paradies. Und das Paradies liegt genau neben dem Matterhorn, was beweist, dass der liebe Gott ein Walliser ist. Bei jedem Sonnenaufgang zwinkert er uns zu, damit die Trauben besser reifen, denn man muss wissen, dass der Liebe Gott ausschliesslich Fendant trinkt.

(…)

Abend für Abend lese ich in den Augen meiner Frau die immer grösser werdende Tragweite des Desasters. Sie ist es, die bis zum frühen Morgen die schrille und formenreiche Hölle der sozialen Netzwerke durchstöbert, die jede Nacht durch das mediale und digitale Schlachtfeld surft. Bis zum Morgengrauen watet sie knöcheltief in dieser öffentlichen Müllhalde, in der sich perverse Geister nicht die Hände schmutzig zu machen brauchen, um ihre Seele zu beschmutzen.

Meine Ghislaine leidet. Und ich bin der Grund dafür. Diesen ganzen Schlamm, diese Niederträchtigkeit, deren virtuelle Existenz so real erscheint, habe ausschliesslich ich über uns gebracht. Was für eine blöde Idee von mir, den Weltverbesserer, den tapferen Ritter, den Retter in hoffnungslosen Fällen spielen zu wollen wie ein in die moderne Welt verirrter Winkelried, wo doch in Reichweite ein Garten blüht, der in Ruhe und Gelassenheit gepflegt werden will. Was habe ich in all den Jahren des Ringens anderes durchgemacht als einen langen, vom Erfolg übertünchten Todeskampf? Habe ich den Schatten nicht mit der Beute verwechselt? Habe ich mich nicht getäuscht, als ich das Glück einem Hirngespinst geopfert habe? Habe ich nicht das Leben verraten, indem ich in einer Todeslandschaft Krieg geführt habe?

Ich bin wie Orpheus in die Unterwelt hinabgestiegen, während meine Eurydike in der Welt der Lebenden verblieben ist. Schliesslich folgte sie mir in die Unterwelt und läuft nun Gefahr, den Weg zurück nicht mehr zu finden. Sie ist mir auf dem Kriegspfad gefolgt, um mich nicht zu verlieren und läuft nun ihrerseits Gefahr, den Kampf zu verlieren, den sie nur aus Liebe zu mir zu dem ihren gemacht hat. Sie wusste kein anderes Mittel um dem Mann, der seine seltene Anwesenheit mit abwesendem Blick heimsuchte, nahe zu sein. Denn wer sich nur bei Gelegenheit sieht hat kaum die Gelegenheit, sich wirklich zu sehen. Umso mehr, wenn der Blick noch in der Vergangenheit verweilt und bereits in die Zukunft gerichtet ist. Wer schaut dann der Gegenwart ins Gesicht, diesem wundersamen Paradox, das im erlebten Augenblick die Tür zum Unendlichen öffnet?

Wenn ich abends abgekämpft, leer und müde von den unaufhörlichen Angriffen der universellen Toleranz nach Hause komme und Ghislaine mir eine Bemerkung macht, bin ich verärgert. Herbe Worte entströmen meinem Mund und erteilen jenem Menschen eine Abfuhr, den ich am meisten liebe. Dabei ist das, was Ghislaine mir sagt, gut gemeint. Darüber hinaus sieht sie sehr wohl, was um mich herum vor sich geht. Ihre Bemerkungen sind begründet und sollen mir weiterhelfen. Doch im Spannungsfeld unserer Mühsal sind wir nur noch zwei besorgte Seelen, zwei Schatten, die verzweifelt nach der Quelle des Lichts suchen, das sie zum Leben und Lieben brauchen.

Zum ersten Mal spüre ich, dass das Fass voll ist und es nur eines Tropfens bedarf, um es zum Überlaufen zu bringen. Ich weiss auch, dass ich auf meine Gegner zählen kann, um diesen Tropfen beizusteuern. Wobei sie wohl eher einen wahren Tsunami lostreten werden, um sicher zu sein, dass das Gefäss wirklich überläuft. Wieso bin ich so dünnhäutig geworden, wo ich es doch gewöhnt bin, Beleidigungen und Anfeindungen zu ertragen? Das geht doch schon seit zwanzig Jahren so und ich konnte mich bisher immer davor schützen und zwar nicht mit einer Rüstung, durch Flucht oder Verleugnung, sondern durch die Verwirklichung zweier bemerkenswerter Verse aus einem Sonett an Orpheus von Rainer Maria Rilke:

> *Und all die spitzen Steine, die Sie nach dir warfen*
> *Wurden zu sanftem an dir und begabt mit Gehör.*

Doch meine Sanftmut ist am Ende! Aus ist es mit dem Heischen nach Gehör! Mein Herz ist in Stücke zerfetzt. Ich kassiere jeden Schlag wie ein Boxer, der in den Seilen hängt. Mir ist ganz einfach die Kraft ausgegangen, um Rilkes Vers weiterhin im Alltag zu verwirklichen. Ich bin zu schwach geworden, um die negativen Energien umzuwandeln. Es sind im Gegenteil diese schädlichen Energien, die mich nach und nach verwandeln und mich in meinen eigenen Augen fratzenhaft erscheinen lassen.

Die ständige Abnützung ist auf gutem Weg, ihr Werk zu vollenden. Ich habe immer mehr den Eindruck, sowohl Tantalos als auch Sisyphos zu sein und bin scheinbar auf ewige Zeiten dazu verdammt, gegen die Trivialität einer Vielzahl von Sandkörnern anzukämpfen, die mich letztendlich doch unter sich begraben werden. Sosehr ich auch die Unredlichkeit der Medien anzuprangern suche, meine Worte stossen ins Leere. Je mehr Gehör ich finden möchte, desto tauber werden die Ohren. Um Gehör zu finden, muss man sich paradoxerweise in Stille üben, doch wie soll das gelingen, wenn man nur noch ein einziger Schrei ist? Ja, die ständige Abnützung hat ihre Arbeit getan. Es ist ihr gelungen, in die Substanz meines Wesens einzudringen und sie aufzuweichen. Das Wasser bezwingt ja auch den härtesten Stein. Doch was ist, wenn gar Säure heruntertröpfelt? Dann läuft der gleiche Prozess halt viel schneller ab. Und da in der Politik immer alles eilt wird mein Ansehen nicht mit Wasser, sondern mit Vitriol besprengt, bis mein Abbild von der ätzenden Säure zerfressen ist und ich mich selbst nicht mehr erkenne.

Ich bin wie ein trockener, von Efeu umwucherter Baumstamm. Die Blätter scheinen dem Stamm zu entspriessen, doch das erweist sich als Illusion, denn das satte Grün des Efeus lebt nur auf Kosten des Todes, den es umklammert. Schlimmer noch – was den Stamm lebendig aussehen lässt ist genau das, was ihn erstickte.

Viele meiner Gegner haben den Vorteil, neu und unverbraucht zu sein. Ausserdem führen sie rund um die Uhr Wahlkampf und werden von einer Unzahl helfender Hände unterstützt, die auf ihren Anteil des Kuchens hoffen. Derweil verfange ich mich in Fallstricke, kämpfe gegen die Windmühlen der Medien an und setze Berge von Sand um, die mir wie Elefanten vorkommen. Zu allem Unglück kommt noch hinzu, dass mir der Zement fehlt, um daraus Beton herzustellen und eine solide Festung zu bauen. Ich bin die stolze Eringerkuh, die sich in zu vielen Ausscheidungskämpfen verausgabt hat und nun im Final zu erliegen droht. Ich bin der Schlangenbeschwörer, der feststellt, dass seine rhythmischen Bewegungen bei der Kobra keine Wirkung mehr zeigen.

Die Welt kommt mir allmählich vor wie ein Fernsehschirm mit gestörtem Empfang. Das Bild verzerrt sich, verschwindet für einen Moment und erscheint dann seltsam verformt wieder: Der Bildschirm ist manchmal schwarz, manchmal gestreift, es rieselt darin immer öfter in Schwarzweiss. Ich habe den Zugang zur Welt verloren.

Die Wüste wächst,
Weh dem, der Wüsten birgt

... wie Nitzsche schreibt.

Die Fliege
So nah liegt mir die Welt,
doch bleibe ich ihr fremd,
Ich weiß nicht was mich hemmt
Und mich gefangen hält.
...

Ich pralle unverdrossen
Gegen das Unsichtbare,
Wie immer ich verfahre,
Der Durchgang bleibt verschlossen.

Das warme Sonnenlicht
lässt mich noch weiter hoffen,
Der Horizont ist offen …
Und doch bleibt alles dicht.

Was soll der Tanz im Kreise,
Was nützt das wirre Rappeln,
Das Summen und das Zappeln,
Hier endet meine Reise.

Ich mag mich noch so schinden,
Mein Atem geht zur Neige,
Der Knochenmann spielt Geige,
Die letzten Kräfte schwinden.

Da trudelt eine Meise
An mir vorbei ans Licht,
Als gäb's die Scheibe nicht
An der ich endlos kreise.

Das Glas auf dem ich rase
Und mich so schrecklich quäle
Liegt tief in meiner Seele
Und nicht vor meiner Nase.

Die Poesie ist der einzige Ausgleich, der noch wirkt. Das Feilen an der Form zwingt mich, den Inhalt zu verdichten. Das Verdichten des Inhalts verhindert, dass ich mich im Nichts auflöse. Es mag seltsam erscheinen, die Aggressionen der Politik mit Poesie bekämpfen zu wollen, denn es ist fast so, als würde ich einen Brand in New York löschen wollen, indem ich die hängenden Gärten von Babylon begiesse. Und dennoch ist es die Poesie, die mir erlaubt, durchzuhalten. Bei jedem neuen Vers durchdringt mich ein Gefühl der Euphorie. Ich habe den Eindruck, dass mich das geschriebene Wort wiederaufbaut, dass ich dank der strengen formellen Übung, die ich mir auferlege, wiedergeboren werde. Der dunkle Saft, den ich aus meiner Verzweiflung presse, wird zur Götterspeise. Unter Schmerzen gebärt die Schattenwelt gleissendes Licht.

Diese Motivation gleicht jener, die manche Gefangenen in Auschwitz dazu trieb - in einer weitaus schlimmeren Hölle als meiner – wo jede Geste vom Tod begleitet wurde – ihre Gedichte auf winzige und unwahrscheinliche Unterlagen niederzuschreiben. Es ist das, was den Maler Emil Nolde, dem die Nazis das Malen verboten hatten, dazu trieb, im Verborgenen seine *Ungemalten Bilder* zu malen, eine Vorgehensweise, der Siegfried Lenz in seiner *Deutschstunde* ein bemerkenswertes literarisches Asyl gewährte. Im Grunde ist jeder Schaffensakt ein Aufbegehren gegen die Realität. Caspar David Friedrich, ein Maler der Romantik, der am Übergang vom 18. zum 19. Jahrhundert lebte, pflegte eine Art künstlerische Ökologie und korrigierte in seinen Bildern die Verletzungen, die der Mensch der Natur zufügte. Warum sollte ich nicht, in Analogie dazu, auf das Chaos der Welt und die Wirrungen in meiner Seele mit der anspruchsvollen formellen Strenge eines Sonetts antworten? Warum sollte ich das Gestammel der Politik, das Geknurre, die unartikulierten Lauten, das Gekläff, nicht mit der Wucht der Assonanz und der Alliteration beantworten, wieso sollte ich dem heillosen Durcheinander nicht Metrum und Reim entgegensetzen? Dadurch wird das Problem zwar nicht gelöst, aber ich kann mich wenigstens neu ausrichten, um nicht in Verzweiflung zu erstarren. Dazu fallen mir ein paar Verse von Rainer Maria Rilke ein:

> *Ich fürchte mich so vor der Menschen Wort.*
> *Sie sprechen alles so deutlich aus:*
> *Und dieses heißt Hund und jenes heißt Haus,*
> *und hier ist Beginn und das Ende ist dort.*
>
> *Mich bangt auch ihr Sinn, ihr Spiel mit dem Spott,*
> *sie wissen alles, was wird und war;*
> *kein Berg ist ihnen mehr wunderbar;*
> *ihr Garten und Gut grenzt grade an Gott.*
>
> *Ich will immer warnen und wehren: Bleibt fern.*
> *Die Dinge singen hör ich so gern.*
> *Ihr rührt sie an: sie sind starr und stumm.*
> *Ihr bringt mir alle die Dinge um.*

Jeden Abend, wenn ich mich nach Mitternacht in die «Matratzengruft» meiner Schlaflosigkeit lege, zu einer Zeit, in der in den Katzenaugen Sterne tanzen, lerne ich Gedichte auswendig. Den *Albatros* von Baudelaire, *«le poête est semblable au prince des nuées – Der Dichter gleicht dem Wolkenprinzen»*, *Demain dès l'aube* von Hugo mit seinem *«bouquet de houx vert et de bruyère en fleurs» - Strauss grüner Stechpalmen und blühenden Heidekrauts», les conquistadors* von José Maria de Heredia, selbstverständlich die *ballade des pendus, «Prince Jésus qui sur tous as maistrie, garde qu'enfer n'ait de nous seigneurie... - Herr Jesu, der über alles herrscht, lass uns nicht der Hölle erliegen», «Il pleure dans mon coeur – es weint in meinem Herzen»* von Verlaine der nicht weiss, weshalb *«sein Herz ohne Liebe und ohne Hass so schmerzt...»*, dann natürlich die Deutschen, das *Krähengedicht* von *Nietzsche, Rilke, Gottfried Benn, Trakl* und *Celan* und noch viele andere. Wenn man ein Gedicht leise für sich aufsagt, das man sieben Mal vergessen hat, bevor man es wirklich auswendig kann, verbindet man sich mit dem Unsichtbaren. Es ist wie ein Mantra, ein Schlüssel, um die geheimen Tore der Seele zu öffnen. Dank der Poesie erfühle ich die Leiden aus anderen Zeiten, die zugleich die Leiden aller Zeiten und aller Menschen sind. Gedichte helfen mir, die Einsamkeit zu ertragen. Einsamkeit heisst nicht, alleine in der Wüste zu sein, sondern zu spüren, wie die Wüste im Herzen voranschreitet. Wenn in der äusseren Welt alles zur Bedrohung wird, dann nur, weil meine innere Flamme gefährlich flackert und Gefahr läuft, in metaphysischen Sandstürmen zu erlöschen. Der fortschreitenden Finsternis, die sich in meinem Herzen ausbreitet, entspricht eine seltsame Veränderung des Tageslichts, das bereits ab dem Morgengrauen abzunehmen scheint. Die Menschenmenge wird zum Schwall, der mich mitzureissen droht. Jeder Stein ruft nach einer Schleuder. «Paranoia» befindet der Psychiater, «Calimero» heulen die Erinnyen, die in den sozialen Netzwerken umhergeistern und behaupten, «Eumeniden», das heisst »Wohlwollende» zu sein. Doch diese Bezeichnungen sind nichts als Etiketten, die höchstens für ein Marmeladenglas taugen. Leider lässt sich die menschliche Verzweiflung nicht in ein Glas abfüllen und auf ein Regal im Kabinett für hohle Erklärungen abstellen.

De profundis

Und alle Wege münden ins Triviale,
Dort wächst die Wüste wie der wilde Wein,
Der Himmel, eine umgestürzte Schale,
Sperrt Wald und Feld in einen dunklen Schrein.

Die Erde, diese fiese Mausefalle,
Bricht allen Träumen eiskalt das Genick,
Aus starren Mündern sickert schwarze Galle
Und jeder dreht sich selber einen Strick.

Gleich wie an Galgen baumeln an den Bäumen
Die schwarzen Früchte meiner Angst im Wind,
Und hinterm Fensterkreuz seh' ich ihn schäumen,
Den Mörder, der auf meinen Abschuss sinnt.

Doch dann zerreisst ein leichter Flügelschlag
Die Schreckkulisse meiner Fantasie,
Das Nachtgeflunker weicht dem neuen Tag,
Die Welt erscheint so herrlich wie noch nie.

Ein Vogelflug macht mir den Himmel auf,
Was ich erhoffte wird auf einmal wahr,
Ein neuer Sinn stützt meines Lebens Lauf
Und Wallfahrt wird, was nur noch Irrfahrt war.

Die Hölle ist die Angst, die in uns schwärt,
Doch ist die Qual im Brand einmal verglüht,
Der sich von unseren Visionen nährt,
Bleibt eine Asche, aus der Hoffnung sprüht.

Heute Morgen steige ich hinauf nach Longeborgne, zugleich Einsiedelei und Pilgerort. Trotz der eisigen Schatten des Winteranfangs, der sich bald in weiss hüllen wird, ist es nicht kalt. Ich suche einen Ort, der zwar zu dieser Welt gehört und doch nicht von dieser Welt ist. Was ich brauche, ist eine Zufluchtsstätte. Ist Ruhe. Und Frieden. Der Weg ist recht steil. Mein Atem geht schneller. Ich öffne meine Jacke, damit die Hitze entweichen kann. Die Natur um mich herum besteht aus Steilwänden, Felsen und Bäumen, die verzweifelt an jeder Einbuchtung hängen, die es ihnen erlaubt, mit ihren Wurzeln in die fast vertikalen Wände einzudringen. Ausser dem Murmeln der Borgne in der Schlucht unten ist nichts zu hören.

Die Eremitage

Wo in der Schlucht die Klause steht
Lädt eine Glocke zum Gebet,
Du willst entnervt vorüber hasten
Und hältst doch inne, um zu rasten.

Ehrfürchtig faltest du die Hände
Und weißt, dein Irrweg ist zu Ende,
Du bist nicht mehr ein Knecht der Zeit
Sondern ein Kind der Ewigkeit,

Denn hinter dieses Hauses Schwelle
Erwartet dich die wahre Quelle,
Es offenbart sich in der Stille
Der alten Mauern Gottes Wille.

• • •

Bewohnst du dann was dich bewohnt,
hat sich der Weg dorthin gelohnt,
fortan bist du auch ohne Klause
an jedem Ort der Welt zuhause.

Als die Einsiedelei in Sichtweite ist, bleibe ich stehen. Die am Fuss des Felsens kauernden Gebäude öffnen mir ihre Arme. Doch ich widerstehe ihrer Lockung, denn ich stelle betroffen fest, dass ich noch nicht bereit bin einzutreten. Meine Ängste, Hoffnungen und Enttäuschungen, tausend widersprüchliche Gefühle versperren mir den Weg. Meine Seele ist noch nicht leicht genug. Ich muss mich zuerst läutern, bevor ich mit diesem Ort in Einklang sein kann. Darum beschliesse ich wiederzukommen, wenn ich seiner würdig sein werde. Zum jetzigen Zeitpunkt würde sich mir der Geist der ehrwürdigen Gemäuer verschliessen. Um mich für die verpasste Begegnung mit Gott und mir selber zu entschädigen lese ich noch einmal ein Gedicht durch, das ich für Pater François, dem derzeitigen Einsiedler von Longeborgne, verfasst habe. Ich hatte es ihm anlässlich eines Empfangs zu Ehren seiner fünfzigjährigen Priesterschaft in den Gärten des Bistums vorgetragen.

Que sont cinquante années face à l'éternité
Qui transcende les murs du vénérable cloître,
Et qu'importe le temps pour l'homme pacifié
Qui sait que seul le ciel lui permettra de croître.

Nous fêtons mieux, ce jour, que le gardien d'un lieu,
Plus que le temps qui creuse un paysage trop rude
Nous célébrons François qui, habité par Dieu,
Choisit de vivre seul pour fuir la solitude.

Nous célébrons l'esprit qui dort dans les lézardes,
Les chemins escarpés cherchant la vérité
Nous célébrons la vie qui jamais ne s'attarde
Sur les rives piégées de la facilité.

Le Verbe nous unit qui jadis se fit chair
Et dans tout ce qui vit nous offre son message,
Il résonne en François, qui lutte et qui espère
Et prépare à l'accueil les murs de l'ermitage.

Il n'est pas de maison sur cette terre aride
Si l'homme fuit le temps en lui courant après,
Il n'est pas de maison si l'âme reste vide
Et ne célèbre plus tout ce que Dieu a fait.[5]

Was für ein Glück dieser Pater François doch hat, den Frieden gefunden zu haben.

Eine Zeitung verkündete eben die Nachricht, eine einzige Zeitung nur. Dies zeugt davon, dass es sich um einen kontrollierten Ausrutscher handelt. Umso mehr, als besagtes Presseorgan – der Hauptvertreter der schweizerischen Boulevardpresse, gewöhnlich ein

[5] *Übersetzung als Anhang am Ende des Buches.*

gnadenloser Killer – sich im vorliegenden Fall damit begnügt, wie ein friedlicher Kater zu schnurren, obwohl eine derartige Leiche im Keller eines Politikers nur selten aufgestöbert wird. Die Affäre böte genügend Stoff, um eine Wahnsinnsgeschichte daraus zu machen. Was ist geschehen? Mein grösster Gegner, ebenfalls Kandidat, hat hinter dem Rücken seiner Frau seine Geliebte geschwängert. Es ist ihm gelungen, die Affäre bis kurz vor der Entbindung zu vertuschen. Doch dann, peng, kam ein Journalist des berüchtigten Skandalblattes hinter das Geheimnis und stellte ihn zur Rede. In den darauffolgenden Tagen knistert es etwas im medialen Blätterwald - ein laues Lüftchen - und damit hat's sich. Die Berichterstattung wird eingegrenzt, gefiltert, kontrolliert. Wie schön ist es doch, die Medien auf seiner Seite zu haben! Wenn ich dasselbe getan hätte wäre ich bereits öffentlich gevierteilt, gehängt und verbrannt worden. Er jedoch nicht, weil er ein Öltropfen im Getriebe des Systems, eine Ausdünstung des modernen Politsumpfs ist, in dem die Welt allmählich versinkt. Er ist der unheimliche Schein, welcher der Schmiede entströmt, in der der Mensch den neuen Menschen schmiedet, er ist das Grundmuster einer sich ausmusternden Welt.

Er verkörpert den Zeitgeist.

Von ihm geht die sanfte Brise aus, die der öffentlichen Meinung nach dem Mund redet. Er ist windig, aber der Wind, der ihm entströmt, ist erfrischend. Er ist der «Nette», der das gute Gewissen der Ahnungslosen beruhigt. Ihm kann nichts wirklich Böses widerfahren. Seine Schutzengel passen auf ihn auf. Wie ist es ihm gelungen, die Wahrheit so lange zu vertuschen? Wie konnte er diese langen Monate mit dem Damoklesschwert über seinem Kopf durchstehen? Ich weiss es nicht. Wahrscheinlich ist es dem Überlebensinstinkt des Spielers zu verdanken, der alles auf eine Karte gesetzt hat und weiss, dass er verloren ist, wenn er seinen einzigen Trumpf aus der Hand gibt. Wie dem auch sei, die Tatsache ist erwiesen und er begeht den Fehler nicht, sie zu leugnen. Er begnügt sich damit, den Brand einzudämmen, begrenzt die Schäden, sorgt dafür, dass man ihn so lange vergisst, bis Gras über die Sache gewachsen ist, kurz – er macht alles richtig. Er weiss, dass ihm das System gnädig gestimmt ist, weil es keinerlei Interesse daran hat, ihn fallen zu lassen. Im Verborgenen droht er jedem mit einem Prozess, der über die Angelegenheit redet. Es handle sich um sein Privatleben, lässt er verlauten. Ich frage mich jedoch, aus welchem Grund die in den Medien erwähnte Flatterhaftigkeit und Unterlassungslüge eines Politikers nur privaten Charakter haben sollte.

In Wirklichkeit ist er zu bedauern. Er ist ein Opfer. Ein seit jungen Jahren sorgfältig abgerichteter Mann, der die Interessen des Clans und die elterlichen Ambitionen mit Hingabe zu befriedigen hat. Bei einer solchen Bürde landet jeder früher oder später auf der Couch des Psychiaters. Was soll's, die Cousins müssen untergebracht, die Pfründen verteilt werden, Papa und Mama haben noch eine Rechnung zu begleichen. Der Sprössling wurde dazu auserkoren, das Gelbe vom Ei zu sein, gelb wie die Farbe der Christsozialen, jene Weihwassersozialisten, die angesichts der Opferschale in Ekstase geraten und Christi Blut gern durch Eistee ersetzen. Er selbst zählt im Grunde nicht. Er ist nur das Gefäss, in dem die persönliche Identität der kollektiven Illusion gewichen ist, er ist das Füllhorn seiner Sippschaft.

Ich spüre instinktiv, was er an mir hasst: die Fantasie, die Frechheit und die Unabhängigkeit, die mich bei Debatten unvorhersehbar machen. Trotzdem scheine ich ihn zu faszinieren wie ein seltsames Tier aus einer fremden Welt, die ihm verschlossen ist.

In seiner Welt ist alles vorgegeben, alles ist Gemeinplatz, Berechnung, Vorhersehbarkeit und Zynismus. Wir sind wie Feuer und Wasser, Hund und Katze. Unterschiede wirken oft ergänzend, doch gewisse Gegensätze schliessen sich aus.

Falls er zu einem gewissen Zeitpunkt gelitten hat, dann nicht, weil er seine Frau betrogen und seinen Fehltritt vor seiner Partei und seinen Wählern vertuscht hat, sondern weil er befürchtete, das für ihn vorgesehene Programm nicht zu erfüllen.

Er hat eine breite Stirn, die sich früh entwaldete, zur Lichtung und später zur weiten Ebene wurde («die Wüste wächst»). Es ist eine Fläche, die sich der Welt durch Rodung öffnet. Dieser wie der Parkettboden in Versailles glänzende Kahlschlag begnügt sich nicht damit, die ihn umgebende Welt zu widerspiegeln, nein, er verkörpert sie. Daher kann er zu allem ja sagen, ohne dass seine Widersprüche ins Auge fallen. Seine Jasager-Stirn steht jedoch im Wiederspruch zu seinem Blick, der, durch seine nach unten gezogenen Augenwinkel eingerahmt, nein sagt. Die Stirn lacht, das Auge weint. Dieser Eindruck wird hinwiederum durch seine feinen, zarten, von byzantinischer Vornehmheit gekennzeichneten Gesichtszüge gemildert und ausgebügelt.

Seine Figur und seine ewigen Zweireiher verhüllen einen birnenförmigen Körper: schmale Schultern und breites Becken. Es ist die in die Länge gezogene Replik des von Daumier karikierten Louis-Philippe.

Die Reden dieses Mannes sind das Abbild dessen, was er ist: Die Worte reihen sich profillos aneinander, bleiben nicht im Gedächtnis haften, sind wie ein Wein ohne Abgang.

In früheren Zeiten hätte er, um Erfolg zu haben, Berufsspieler, Rosstäuscher, Taschenspieler oder was weiss ich noch sein müssen.

Ohne eine mit Effekthascherei verbundene Tätigkeit wäre er jedenfalls nicht weitergekommen. Heutzutage genügt die Politik, die dies alles beinhaltet, um es scheinbar zu veredeln. Man verlangt von ihm nicht, dass er seine Versprechen hält, er braucht nur angenehme und mehr oder weniger glaubhafte Lügenmärchen zu erzählen.

Ich treffe ihn zweimal, um seine Absichten zu sondieren und eventuell eine Abmachung mit ihm zu treffen. Beim ersten Mal scheint meine Wiederwahl sicher, beim zweiten Mal kommen Zweifel auf. Ich rede mit ihm unter anderem über die Schule, die Pädagogik, ein Bereich, in dem ich mich aufgrund meiner Ausbildung sowie meiner achtundzwanzigjährigen Berufserfahrung als Lehrer bestens auskenne. Ich stecke ihm eine Ausgabe meiner zehn Thesen über die Schule zu. Doch er interessiert sich nur für die Reden vor zahlreichem Publikum, die Diplomverleihungen, die Schuleinweihungen und das Brimborium drum herum.

Am Tag nach unserem ersten Treffen, bei dem wir eine Art Waffenstillstand vereinbart haben und ich ihm erklärt habe, dass ich im Falle einer Wiederwahl am Bildungswesen festzuhalten gedenke, bekundet er in der Presse unverblümt sein Interesse für die Schule. Ich rufe ihn an und frage ihn, was dies zu bedeuten habe und er antwortet mir keck, dass der Journalist seine Worte falsch ausgelegt habe. Von wegen falsch ausgelegt!

Ich habe ein flaues Gefühl im Magen. Ein schier unüberbrückbares Dilemma macht mir zu schaffen. Wie soll ich einem Mann vertrauen, der sich keinen Deut um seine Versprechungen schert, seine Frau betrügt und in der Hoffnung, dass niemand etwas erfährt, der Öffentlichkeit die Wahrheit verschweigt? Es geht mir weniger um den moralischen Aspekt des ausserehelichen Kindes als um das, was diese Episode über den Charakter meines Gegenspielers aussagt. Ausserdem habe ich das dumpfe Gefühl, dass er aufgrund seines Netzwerks, seiner Verbindungen, der vierzig Wählerprozente seiner Partei und der äusserst wirksamen Hetzkampagne, der ich seit dem Beginn meines Mandats ausgeliefert bin, erheblich mehr Stimmen erhalten wird als ich. Und er wird sich wahrscheinlich auf drei von fünf Stimmen in der Regierung stützen können. Das wird es ihm ermöglichen, mir bei der Verteilung der Departemente das Bildungswesen zu entziehen, denn diese Verteilung liegt in der alleinigen Befugnis der Regierung. Ich fürchte, dass ich die Neuorientierung der Schule nicht zu Ende führen kann, dass ich mit einem Rumpfdepartement abgespeist werde und dazu verdammt bin, mich systematisch der Macht der Mehrheit zu beugen sowie die damit einhergehenden Ränkespiele, Sarkasmen und Beleidigungen stumm über mich ergehen zu lassen. Mein Leben war bereits in den letzten Jahren eine Hölle: Was mich erwartet ist noch schlimmer. Machiavelli betritt die Bühne. Falls ich nicht ducke, werde ich vermutlich vor dem Ende meines zweiten Mandats das Handtuch werfen oder dazu herhalten müssen, die undankbare Rolle des finsteren Gegenspielers zu erfüllen, des Kontrastmittels, das meinem Gegner erlaubt, in den Medien in hellem Licht zu erstrahlen. Ich werde nicht einmal der Lichtschalter sein, sondern die Nacht um seinen Heiligenschein.

Der Kerl ist ganz schön gerissen und hat alle Speichellecker auf seiner Seite. Er ist ein Janus, der weiss, wie man die Menschen vor seinen Karren spannt. Solange sie ihm nützen oder gefährlich werden können ist er mit den Leuten sympathisch. Ist dies nicht mehr der Fall wird er anmassend. Wenn ich mit ihm verkehre laufe ich Gefahr, so zu werden wie er. Davor graut mir. Doch will ich ernsthaft etwas gegen ihn unternehmen, muss ich mich paradoxerweise genauso verhalten wie er. Sowas nennt sich «Quadratur des Kreises».

Ich habe definitiv keine Lust zu einem wandelnden Kadaver zu werden, indem ich, nur um einige Stimmen zu sammeln, der Beerdigung mir völlig unbekannter Menschen beiwohne, keine Lust, auf dem oberflächlichen Parkett aller Hochzeiten zu tanzen und nur so zu tun, als ginge ich in die Tiefe, als würde ich mich für die Probleme der einfachen Leute interessieren. Ich habe keine Lust zu drohen, zu versprechen, keine Lust, den staatlichen Kuchen mit vollen Händen an ehrlose Höflinge zu verteilen, keine Lust, Pfründen einzufahren und lukrative Verwaltungsratsmandate anzupeilen, keine Lust, mich der Macht des Geldes zu unterwerfen und so zu tun, als würde ich nur dem Allgemeinwohl dienen.

Ich lehne es ab, den Engel zu markieren, und dem Biest in mir unbemerkt freien Lauf zu lassen.

Angeekelt greife ich zum Stift, um einige Verse zum Ruhm der neuen Herrenrasse à la Macron zu verfassen.

Das Chamäleon

Es weiß was wahr ist und was war
Und sieht auch für die Zukunft klar,
Es färbt sich selbst, wird unfassbar
Und bannt dadurch jede Gefahr,

Das Cha
Das Mä
Das Le
Das On
Das menschliche Chamäleon

Die Politik wird zum Basar
Mit diesem bunten Avatar,
Die Wahrheit scheint ihm viel zu rar,
Drum macht es alle Lügen wahr.

Das Cha
Das Mä
Das Le
Das On
Das menschliche Chamäleon

Sein Büro wird zum Boulevard
Die Farbenkiste zum Glossar,
Zwecks Zunahme der Wählerschar
Paart es sich gern mehr als im Paar

Das Cha
Das Mä
Das Le
Das On
Das menschliche Chamäleon

Seine Moral ist unfassbar,
Für seinen Ablass zahlt es bar,
Drum spendet es, als wär's ein Zar,
Viel Geld an seine Dienerschar.

Das Cha
Das Mä
Das Le
Das On
Das menschliche Chamäleon

Sein Arbeitsraum ist das Boudoir,
Der Wandel ist sein Accessoire,
Es kauft die Wahrheit ein im Spar
Und wirft sie nachher ins Pissoir.

Das Chu
Das Mä
Das Le
Das On
Das menschliche Chamäleon
...

Zum Überleben kann es zwar
Die Farbe ändern bei Gefahr,
Doch immer eine Farbe nur,
Das ist zu fad als Garnitur

Dem Cha
Dem Mä
Dem Le
Dem On
Dem menschlichen Chamäleon

Es möchte ständig und zugleich
Den ganzen Regenbogen spiegeln
Und jedes Lästermaul sogleich
Durch seine Farbenpracht versiegeln

Das Cha
Das Mä
Das Le
Das On
Das menschliche Chamäleon

Nachdem ich beim Verfassen dieser Verse still in mich hineingelacht habe schweifen meine Gedanken ab. Ich denke über den beunruhigenden Gang der Welt nach, über das Gefühl von Endzeitstimmung, das mich quält und die neue, substanzlose Politikerkaste, deren scheinheiligste Vertreter von gefälligen Medien zu Rettern gekürt werden. Die derzeitige Entwicklung läutet das Ende der politischen, kulturellen, ethnischen und nationalen Identitäten ein. Ich sehe darin einen unwiderruflichen Verlust an Vielfältigkeit, Substanz und Charakter. Was hier schleichend entsteht - und was Nietzsche besser als jeder andere kommen sah - liegt jenseits von Gut und Böse. Es ist das Nichts, das viel verhängnisvoller ist als das Böse. Denn das Böse stellt das Gute nicht in Frage, es rechtfertigt dieses durch den Gegensatz. Die tatsächliche Verneinung des Guten ist das Nichts, das Vakuum.

Das Vakuum gefällt sich darin, sich in einem Spiegel zu betrachten, in dem es nichts Anderes sieht, als das, was hinter ihm vorbeizieht. Es erkennt sich in allem, was es nicht ist. Es hat keine ethischen und moralischen Bedenken, hat keine Wurzeln und ist von der Last jeglicher Werte befreit. Es zieht durch die Welt wie ein flüchtiger Schwaden, der sich in jeder erdenklichen Form kurzzeitig zu verdichten vermag – am liebsten in fliessenden Formen – ohne auch nur eine davon zu verantworten.

Der Mann ohne Gesicht ist auch der Mann der tausend Masken.

Das ist der wahre Populismus.

Zudem hat der Spiegel dem Gemälde vor allem eines voraus: Er passt sich an. Er wirft nichtsanderes als das getreue Spiegelbild desjenigen zurück, der sich in ihm betrachtet. Er zwingt nichts auf. Er stellt fest. Das vermittelt Sicherheit.

Ausserdem ist das Nichts so weitläufig, dass für jedermann darin Platz ist. Es sind keinerlei Zurückweisung, Elitismus oder Diskriminierung zu befürchten. Wo nichts Substanz hat ist alles gleichwertig.

Die Situation hat sich in den letzten Jahren noch verschlechtert. Fortan haben wir es mit zwei einander gegenüberstehenden Spiegeln zu tun, die es der Leere erlauben, sich selbst zu widerspiegeln. Dieses Vakuum entschuldigt alles, verzeiht alles, erklärt alles, rechtfertigt alles. Es erlaubt den grössten Verbrechern, sich unschuldig zu fühlen. Sobald sie sich dem Nichts ergeben haben sind sie wie Schlemihle, Menschen, die keinen Schatten werfen, oder wie Vampire, die sich nicht widerspiegeln. Wie will sich einer angeekelt ins Gesicht spucken, wenn er sich im Spiegel gar nicht sehen kann? Ins Leere speien befreit wohl die Kehle, weckt aber noch lange kein verschollenes Gewissen.

Ich habe den Eindruck, dass der letzte Rest politischen Bewusstseins das Prinzip des realen Gegenwerts ebenso aufgegeben hat wie die Finanzwelt, die schon seit langem auf die Golddeckung des virtuellen Geldes verzichtet. Fortan ist es nicht mehr notwendig, die in Ansprachen gepriesenen Werte auch zu verwirklichen. Da sich alles ändert, müssen auch die Werte angepasst werden, selbst wenn sie dadurch jegliche Substanz verlieren. Bei Bedarf kann man ja jederzeit wieder auf sie zurückgreifen, so wie man auf ein altes Bühnenkostüm zurückgreift. Die Fluktuation wird zum Universalprinzip erklärt, die Wetterfahnen verachten jede Form von Stabilität und behaupten, dass nicht sie, sondern der Wind sich drehe. Sokrates muss den Schierlingsbecher nicht mehr trinken, es reicht, wenn er ihn preist. Und was Machiavelli betrifft, so sieht er sich in seinen unerbittlichsten Thesen bestätigt. Politik und Moral dürfen nicht verwechselt werden. Der Prinz muss moralisch scheinen, doch nicht zu sehr. Sonst weckt das bei den Bürgern ein schlechtes Gewissen. Der Macht ziemt ein gewisser Grad an Perversion. Im Brustton der Überzeugung und mit zitternder Stimme muss der Prinz die offizielle Moral verteidigen, darf sich jedoch beim Regieren nie daran halten, sonst läuft er Gefahr, die Macht zu verlieren. Daher reicht es für die Heiligsprechung meines Hauptgegners und seines lüsternen Kameraden aus dem Bundesparlament – zwei ach so katholische Seelen –, eine Pilgerreise nach Lourdes anzukündigen und dabei sorgfältig darauf zu schauen, dort nie anzukommen. Zumindest bleibt der Heiligen Jungfrau dadurch das Schlimmste erspart.

Im Verlauf der Geschichte gab das Volk stets Barabbas den Vorzug. Indem es sich für diesen abscheulichen Menschen entschied konnte es sich grossmütig fühlen und brauchte, sobald es sich mit ihm verglich, kein schlechtes Gewissen zu haben. Während es beim anderen, diesem hoffnungslos Erleuchteten mit seiner Tugendhaftigkeit, seiner Unnachgiebigkeit und seinen absoluten Forderungen ständig mit einem Spiegel konfrontiert gewesen wäre, der das Bild der eigenen Fehler und Versäumnisse aufgezeigt hätte. Was sich seit einiger Zeit geändert hat ist die Tatsache, dass Barabbas nunmehr die Maske des Erlösers trägt. Damit erspart er dem Volk die Qual der Wahl und vermittelt ihm gleichzeitig den Eindruck, sich für das Gute entschieden zu haben. Die Menge weiss sehr wohl, dass sich hinter der Maske Barabbas verbirgt, gibt aber vor zu glauben, dass der Schein das Sein widerspiegle. Gleichzeitig ist das wirtschaftlicher, denn auf diese Weise genügt eine einzige Münze, um beide Seiten derselben Realität in Beschlag zu nehmen. Zwei gute Gewissen zum Preis eines einzigen - wenn das kein Geschäft ist!

Siehe da, es kommt etwas völlig Neues auf mich zu. Seit einigen Tagen bin ich Gegenstand einer Petition im Internet, in der ich dazu aufgefordert werde, mich öffentlich zu entschuldigen, da ich die Absolventen der Fachhochschule im Bereich Gesundheit-Soziales bei der Zeugnisübergabe als Krankheit (sic!) bezeichnet haben soll. Mehrere Tausend Menschen haben die Petition unterzeichnet. (Ich habe seither erfahren, dass man Likes und Kommentare im Internet kaufen und organisieren kann, dass Fachleute zugezogen werden können, um jemanden niederzumachen oder zu pushen. Aus technischer Sicht ist das ein Kinderspiel und kostet nicht viel. Der grosse Vorteil dieses Vorgehens besteht darin, dass die Presse Pseudoinformationen aufschnappen, ihnen ein angeblich massives öffentliches Interesse zubilligen und auf diese Weise aus einem unwichtigen Ereignis einen lauten Skandal machen kann). Ich bin sprachlos, öffne meinen Laptop und lese den Text meiner Rede nochmals durch. Beim besten Willen vermag ich darin nichts Skandalöses zu finden, ganz im Gegenteil. Ausserdem wurde anlässlich der Ansprache viel gelacht und geklatscht. Zahlreiche Menschen gratulierten mir danach für die Feinfühligkeit meiner Rede. Da es mir widerstrebt, mich für einen solchen Blödsinn zu entschuldigen, veröffentliche ich die Rede in voller Länge auf meiner Webseite. Von da an geht der Petition die Luft aus. Immer mehr Kommentare prangern im Internet das Vorgehen meiner Zensoren an. Doch haben meine Gegner trotzdem ihr Ziel erreicht, denn bei der grossen Mehrheit, die sich nicht die Zeit genommen hat, das Original zu lesen, bleibt ein Verdacht bestehen. Ich bin genervt, lese den Text zum x-ten Mal durch und sage mir, dass der Wunsch, mich politisch zu vernichten, übermächtig sein muss, wenn ein solcher Text als Dreckschleuder gegen mich herhalten kann. Falls das alles ist, was meine Verleumder an den zweihundert Ansprachen auszusetzen haben, die ich jährlich halte, dann kann ich über meine Bilanz als Redner beruhigt sein!

Liebe Absolventen,

Erlauben Sie mir zuerst, Ihnen auf scherzhafte Art und Weise zu Ihrem Diplom zu gratulieren, das Sie im sozialen Bereich zu dem macht, was das Pflaster für die Wunde, das Neocitran gegen die Erkältung und das Immodium gegen Durchfall ist.

Sie werden wirken wie ein Arzneimittel.

Manchmal werden Sie auch als Beruhigungsmittel, als Friedenspfeife oder als Rotwein zur Entspannung der Nerven dienen.

Kurz, Sie werden Mechaniker der leidenden Seelen und Klempner der Gesellschaft sein.

Hierfür, liebe Absolventen, werden Sie Ihre Menschlichkeit unter Beweis stellen müssen.

Doch was uns menschlich erscheinen lässt ist weder unsere Intelligenz, noch unser Genie, noch unser Ehrgeiz. Auch unser Wille oder unsere Kraft verleihen uns keine Menschlichkeit.

Was uns über unsere Vorzüge und unsere Fehler hinaus menschlich macht ist unsere Zerbrechlichkeit.

Zerbrechlichkeit angesichts des Daseins, angesichts unseres menschlichen Schicksals. Zerbrechlichkeit des sich ständig in Bewegung befindlichen Geistes, der weiss, dass seine Tage gezählt sind und letztendlich Zerbrechlichkeit eines Körpers, der von Krankheit, Alter und Tod bedroht ist.

Dass diese Zerbrechlichkeit uns so menschlich macht ist darauf zurückzuführen, dass sie eine Quelle der Demut ist und verhindert, dass wir uns für Übermenschen oder Götter halten.

Denn selbst Götter der Stadien und Tennisplätze wie Roger Federer, Cristiano Ronaldo und Usain Bolt enden auf wenig göttliche Art mit kaputten Gelenken.

Diese Zerbrechlichkeit, dieser Riss in unserem Wesen ist aber zugleich das grösste Geschenk, welches uns die menschliche Existenz bietet. Denn aus diesem Riss ist alles geflossen, was die Menschheit an Grossem und Edlem vollbracht hat. Alle unvergesslichen Kunstwerke, ja auch alle wissenschaftlichen Erkenntnisse und Erfindungen sind daraus hervorgegangen.

Aber auch alles Leid, aller Kummer, alle Zweifel, die uns begleiten, bis wir unsere Seele aushauchen.

Diese Zerbrechlichkeit, dieser Riss in unserem Wesen ist ein Geschenk an unsere Menschlichkeit.

Wenn sich der Nächste, unser Menschenbruder, in seiner psychologischen oder physischen Verzweiflung an uns wendet, spiegelt er unser eigenes Schicksal wieder. Wir können uns noch so schützen und bewahren, das, was er erleidet, wird früher oder später auch uns ereilen.

Sein Schicksal ist das unsere. Seine Mühsal, seine Zweifel, seine Hilflosigkeit dem Schicksal gegenüber, sind auch unser Los.

Durch unser Mitgefühl gelingt es uns, das zu erfühlen, was der andere fühlt, und wir kümmern uns um den Menschenbruder mit dem gebrochenen Herzen oder dem geschundenen Körper wie wir es auch von ihm erwarten würden.

Wir müssen dies vor allem für uns selbst tun, denn die Liebe, die wir ihm entgegenbringen, ist das Abbild dessen, was wir sind.

Wenn wir ihm helfen, dann machen nicht wir ihm ein Geschenk, sondern er uns. Er schenkt uns unsere eigene Menschlichkeit, weil er unsere Liebe in jenem Licht erstrahlen lässt, das in seinen Augen aufleuchtet.

Die Liebe, meine Damen und Herren, ist das einzige Kapital das zunimmt, je mehr man es verschenkt.

Wie hätte Christus, der beileibe kein Zauberer war, sondern der Sohn Gottes, fünftausend Personen konkret mit fünf Broten und zwei Fischen ernähren sollen, ich frage Sie?

Ein solches Kunststück hätte übrigens seinem Heilsplan widersprochen.

Nein, die Szene ist symbolisch gemeint. Sie soll zeigen, dass eine auf der Nächstenliebe fussende Wirtschaft allen Menschen genug zu essen verschafft.

Empathie und Nächstenliebe sind auch die Instrumente, die verhindern, dass all die schönen Werte, auf die wir uns berufen, zu herzlosen Dogmen werden und sich in ihr Gegenteil verwandeln.

Selbst vor lauter Missbrauch abgewetzte Begriffe wie Freiheit, Brüderlichkeit und Gleichheit sind kein Ersatz für die vorbehaltlos liebende Seele. Denn Freiheit ohne Nächstenliebe zerstört die Brüderlichkeit durch Isolierung und Materialismus und zersetzt die Gleichheit durch Neid und Eifersucht.

Liebe Absolventen, wie die Frisöre und die Zahnärzte werden auch Sie niemals arbeitslos sein. Denn menschliche Probleme treten mit derselben Regelmässigkeit auf wie Karies und nachwachsende Haare.

Solange es verletzte Seelen und gebeutelte Körper gibt, wird es Menschen wie Sie brauchen. Sie werden wie Sankt Martin anhalten und Ihren Mantel teilen. Oder sogar Ihr Pferd verschenken. Doch in diesem Fall sollten Sie zuerst sichergehen, dass der andere weiss, wie man aufsteigt, damit er sich nicht das Genick bricht, wenn er von Ihrem göttlichen Geschenk herunterfällt.

Hilfe ist gut.

Intelligente Hilfe ist besser.

Letztendlich haben auch Sie, liebe Absolventen, während der langen Vorbereitungsphase auf Ihr Diplom unschätzbare Sozialhilfe erfahren.

Sie genossen die beste Fürsorge, die es gibt: Die Ihrer Eltern und Ihrer Freunde. Deren Unterstützung war ein Vorgeschmack jener Hilfe, die Sie in reichem Masse anderen werden zukommen lassen: ein auf Liebe beruhender Beistand, ein völlig selbstloser Einsatz. Die einzige Kapitalrendite, die diese unersetzlichen Sozialarbeiter, die heute Abend neben Ihnen sitzen und die den Raum ohne Diplom verlassen werden, von Ihnen erwarten, ist der dicke Kuss, den Sie ihnen jetzt sofort auf die Wange drücken und der tosende Beifall, den Sie ihnen spenden werden.

Soviel zur praktischen Übung in Sachen Dankbarkeit und Demut. Ich beende meine Ansprache mit einem Gedicht von Victor Hugo, das Sie, so hoffe ich, bei Ihrer zukünftigen Tätigkeit inspirieren wird:

> **Après la bataille**
> Victor Hugo
>
> *Mon père, ce héros au sourire si doux,*
> *Suivi d'un seul hussard qu'il aimait plus que tout*
> *Pour sa grande bravoure et pour sa haute taille,*
> *Parcourait à cheval, le soir d'une bataille,*
> *Le champ couvert de morts sur qui tombait la nuit.*
> *Il lui sembla dans l'ombre entendre un faible bruit.*
> *C'était un Espagnol de l'armée en déroute*
> *Qui se traînait sanglant sur le bord de la route,*
> *Râlant, brisé, livide, et mort plus qu'à moitié.*
> *Et qui disait : « A boire ! à boire par pitié ! »*
> *Mon père, ému, tendit à son hussard fidèle*
> *Une gourde de rhum qui pendait à sa selle,*
> *Et dit : « Tiens, donne à boire à ce pauvre blessé. »*
> *Tout à coup, au moment où le hussard baissé*
> *Se penchait vers lui, l'homme, une espèce de maure,*
> *Saisit un pistolet qu'il étreignait encore,*
> *Et vise au front mon père en criant : « Caramba ! »*
> *Le coup passa si près que le chapeau tomba*
> *Et que le cheval fit un écart en arrière.*
> *« Donne-lui tout de même à boire », dit mon père.*

Es lebe die Jugend!

Wo führt das alles wohl hin, wenn ein wenig Immodium zu intellektuellem Durchfall führt …

Am Tag vor Weihnachten schreite ich auf dem Mittelgang der Basilika von Saint Maurice in Richtung Altar. Es ist mir schwer ums Herz. Der Trauergottesdienst erweist einem Ordnungshüter, der vom Krebs dahingerafft wurde, die letzte Ehre. Die Führungsspitze der Polizei ist vollzählig anwesend. Die Ergriffenheit dieser Männer, die doch menschliches Leid gewohnt sind, ist hinter der unzureichenden Schutzmauer der Uniformen, der konventionellen Gesten und des religiösen Rituals greifbar. Im Angesicht des Todes verschwimmen die Formen. Das Schweigen, das die Menschen oft voneinander trennt, führt sie hier als Leidensgenossen wieder zusammen.

Der Verstorbene war noch jung. Seine Familie und seine Freundin sitzen würdevoll und gefasst auf der anderen Seite des Mittelgangs. Dort die Intimität des Familienzirkels, hier die Zivilmacht und die Öffentlichkeit. Dort drüben die Liebe, hier die Pflicht. Dort drüben Zärtlichkeit, hier Kameradschaft. Ein Vertreter der Staatsmacht gehört nicht nur seinen Nächsten. Noch weniger gehört er sich selbst. Er hat eine Berufung, trägt seinen Mitbürgern gegenüber eine höhere Verantwortung. Er ist das letzte Bollwerk des Rechtsstaates gegen die blinde Gewalt. Er ist das weisse Blutkörperchen gegen die kriminogenen Keimträger. Ein Arzt rettet den einzelnen Menschen, ein Polizist bewahrt das gesamte Sozialgefüge.

Ich habe meinen Mantel nicht abgelegt, denn es ist kalt in der Kirche. Dazu noch dunkel und dämmerig. Die einzige Trostquelle ist der Schülerchor des Gymnasiums, dessen Gesänge gegen die

Trostlosigkeit der Basilika ankämpfen. Getragen von den kristallklaren Klängen pendle ich zwischen Ergriffenheit und Benommenheit hin und her, als plötzlich die Sonne durch ein längliches Fenster auf der linken Seite der Apsis durchbricht. Die roten und schwarzen Umrisse auf der Scheibe des Spitzbogenfensters sind auf diese Entfernung schlecht zu erkennen, stellen jedoch entweder Luzifers Vertreibung aus dem Himmel oder das Jüngste Gericht dar. Von einem Augenblick auf den anderen wird der sakrale Raum von Licht und Wärme überflutet. In meinem Kopf entzündet sich eine Idee, die sich nach und nach in Bilder kleidet und zu Worten, zu Versfragmenten wird. Ich behalte sie für später zurück, denn ich weiss schon, dass ich während der Rückfahrt versuchen werde, die Verdammung des Fleisches durch die erlösende Kraft des Wortes zu transzendieren.

Das letzte Gericht

Es friert mich im dämmrigen Kirchenraum,
Ich höre die Predigt des Priesters kaum
Und starre entrückt auf ein Kirchenfenster
Als geisterten auf seinem Glas Gespenster.

Ein Drache spuckt wütend sein Höllenfeuer,
Daneben zerstückelt ein Ungeheuer
Die Glieder der Sünder, die es verschlingt,
Geil geifert ein Bock, der ein Weib bespringt.

Doch plötzlich ist es mit dem Spuk vorbei,
Verschwunden sind Folter und Hurerei,
Die Sonne durchbricht diese Schreckparade,

Das Fenster flammt auf und der Raum wird warm
Der Teufel verglüht, es zerstiebt sein Schwarm
Und menschliche Angst weicht vor Gottes Gnade.

Gestern verbrachte ich das Weihnachtsfest wie immer im Familienkreis. Die Stimmung war herzlich aber von Besorgnis getrübt. Über den Lichtern des Christbaums schwebte ein Schatten. Wir machen uns alle Sorgen um René, meinen Schwiegervater. Der Gedanke, dass dieses Weihnachtsfest vielleicht das letzte ist, das wir gemeinsam feiern, geht mir nicht aus dem Kopf. Wie in den vorigen Jahren kommen wir im Haus meines Schwagers und meiner Schwägerin zusammen. Jedes Mal, wenn ich bei ihnen bin, trete ich in eine Art Gemäldegalerie ein, die sich ständig erneuert. Ich bewundere die Bilder, die überall an den Wänden hängen und das Werk der jüngsten Tochter des Hauses sind, einer Sechzehnjährigen, die ein unglaubliches Talent hat. Insbesondere die Aquarellbilder zeugen von grosser Empfindsamkeit und stimmen mich nachdenklich. Sie sind wie stumme Zurufe, Öffnungen in der Wand, die mich ermahnen, die Suche nach dem verlorenen Paradies nicht aufzugeben und weiter nach dem heiligen Gral zu suchen, den die alltägliche Trivialität der politischen Machtspiele unter sich begraben hat. In einer Ecke hängt ein Bild, auf dem ein Schiff auf hoher See dargestellt ist, das sich dem Sturm widersetzt und mich unwillkürlich an die Barke im ersten Teil des Romans *l'homme qui rit* von Victor Hugo erinnert. Es fasziniert mich, dass dieses eher schweigsame Mädchen trotz seines jungen Alters eine derart künstlerische Reife beweist. Was für ein Unterschied zu seinen zahlreichen Altersgenossen, die auf ihren Handys und in den sozialen Netzwerken verblöden. Solange es solche Pinselstriche gibt, ist noch nicht alles verloren.

Heute Morgen bin ich auf die Alm hochgestiegen. An Skiwanderungen ist nicht zu denken. Selbst auf zweitausend Metern Höhe gibt es keinen Schnee mehr. Was soll's, dann begnüge ich mich eben mit Bergwanderungen. Hoffentlich erlaubt mir das, vor dem Endspurt des Wahlkampfs neue Energien aufzutanken. Ich fühle mich nicht gut. Mein Leben gleicht einem lecken Schiff mit gebrochenem Ruder. Wie ein Seemann bin ich damit beschäftigt, die Fluten aus dem Kielraum zu schöpfen, obwohl ich weiss, dass wesentlich mehr Wasser einfliesst als ich ausschöpfen kann. In meiner Seele flattert eine von Sonne, Regen und Abnützung verschlissene Vogelscheuche im Wind.

Ich sitze allein am massiven Lärchentisch, den ich selbst gezimmert habe, als ich noch Zeit hatte, mich handwerklich zu betätigen. Meine Gedanken entgleiten mir und stossen wie Gischt an die Ufer meines Bewusstseins. Seltsamerweise geht mir ein Film nicht aus dem Kopf, den ich letztes Jahr gesehen habe. Eine Art gnadenloser und blutrünstiger Western von Quentin Tarantino. *Django Unchained*, wenn ich mich nicht irre. Es nicht so sehr die Handlung des Films, die mich in ihren Bann zieht, auch nicht das Schicksal der beiden Widersacher – ein ehemaliger Sklave, der seine Geliebte befreien möchte und ein rassistischer, brutaler Südstaaten-Pflanzer, gespielt von Leonardo DiCaprio – nein, was sich meinem Gedächtnis unwiderstehlich eingeprägt hat, ist ein Blick. Ein Blick, der immer noch in mir herumgeistert, weil er bei weitem alles übersteigt, was je an

Hoffnungslosigkeit ausgedrückt worden ist.

Für mich ist die dramatischste Person des Films zweifellos Dr. King Schultz (meisterhaft gespielt von Christoph Waltz), der deutsche Arzt und Revolverheld, dem es im Verlauf der Ereignisse – eines bestialischer als das andere – gelingt, sich durch seinen zynischen Humor vor der Grausamkeit der Welt zu schützen. Dieser dünne Filter erlaubt es ihm, die Realität auf Distanz zu halten. Er tanzt scheinbar unbeteiligt zwischen den Schreckgespenstern herum und treibt mit ihnen allerhand Schabernack. Seine bissigen Bemerkungen und lakonischen Kommentare knallen wie Revolverschüsse. Doch seine Gleichgültigkeit ist nur Schein. Langsam und fast unbemerklich füllt sich das Gefäss. Man spürt regelrecht den Tropfen kommen, der das Fass zum Überlaufen bringen wird. Man muss seinen Blick gesehen haben, als der Damm bricht, als die Grenze erreicht ist, als er seine Knarre zieht, um DiCaprio auszulöschen und dadurch die Hölle lostritt, die ihn mit sich fortreisst. Es ist ein irrer, unglaublich trauriger und zugleich von einer dumpfen Wut geprägter Blick. Krampf, letzte Zuckung und Loslassen in einem. Ich werde diesen Blick nicht mehr los, weil ich ihn immer öfter wiederentdecke, sobald ich in den Spiegel schaue. Es ist der Blick eines gehetzten Tieres… eines von innen gehetzten Tieres.

Ich bin Schultz. Wenn auch in einer zivilisierteren Welt als der seinen, in einer Welt aus psychologischen Aggressionen, in der sich die Gewalt auf die Seele und nicht auf das Fleisch auswirkt. Doch wer wagt zu behaupten, dass Seelenleiden erträglicher sind als körperliche Schmerzen?

Seit einiger Zeit bin ich kaum noch in der Lage, all die abgefeimten Halunken anzulächeln, die nur darauf bedacht sind, sich die Taschen auf Kosten der Allgemeinheit zu füllen, Falschspieler, die sich als Moralapostel aufspielen. Ich ekle mich davor, ihnen artig die Hand zu drücken, wo ich doch weiss, dass sich unter der reinen Haut ihrer ach so geschäftigen Hände der Schmutz ansammelt. Ich habe keine Kraft mehr, Theater zu spielen, keine Lust mehr, mich vor der mich umgebenden Heuchelei und Scheinheiligkeit durch Verzweiflungsscherze zu schützen, mögen sich die Teilnehmer an meinen Sitzungen und Versammlungen noch so darüber krummlachen. Ach, wie sind sie froh, der Öde zu entgehen, die dem Besenstiel entströmt, den sie verschluckt haben. Wenn ich für Unterhaltung sorge, ist das nicht um ihnen zu gefallen, sondern um zu retten, was bei mir an Lebenskraft und Menschlichkeit noch übrig ist. Ich bin wie ein Clown, dem die Lust am Lachen vergangen ist. Das Fest ist aus. Don Quichottes Spiegelritter hat meinen Blick gekreuzt und in meiner Seele einen Sprung hinterlassen. Wie der Panter bei Rilke sehe ich nur noch die Gitterstäbe des Käfigs, in den ich mich selbst eingesperrt habe. Mein Blick dringt nicht mehr nach draussen. Das rastlose Kreisen im Gefängnis kommt einem Dahinsiechen gleich. Ich lese den Text von Rainer Maria Rilke nochmals durch, den ich kürzlich auf Französisch übersetzt habe und verstehe plötzlich, dass die Worte, die das Gefängnis der Seele umschreiben auch diejenigen sind, die sie durch ihre poetische Tiefsinnigkeit zu befreien vermögen.

Der Panther

Im Jardin des Plantes, Paris

Sein Blick ist vom Vorübergehn der Stäbe
so müd geworden, dass er nichts mehr hält.
Ihm ist, als ob es tausend Stäbe gäbe
und hinter tausend Stäben keine Welt.

Der weiche Gang geschmeidig starker Schritte,
der sich im allerkleinsten Kreise dreht,
ist wie ein Tanz von Kraft um eine Mitte,
in der betäubt ein großer Wille steht.

Nur manchmal schiebt der Vorhang der Pupille
sich lautlos auf -. Dann geht ein Bild hinein,
geht durch der Glieder angespannte Stille -
und hört im Herzen auf zu sein.

Bis ins Innerste meines Seins spüre ich, dass ich diese Rosskur vier weitere Jahre nicht überstehen werde. Ich muss etwas unternehmen. Zum ersten Mal alles auf eine Karte setzen. Wie mir mein Freund geraten hat, muss ich die Wahlliste weiter öffnen und versuchen, eine Regierungsmehrheit zu schaffen, damit ich den staatlichen Verwaltungsapparat von Grund auf umkrempeln kann. Falls es mir nicht gelingt, Menschen um mich zu versammeln, die auf solide Werte setzen, wird meine Wiederwahl keine Erneuerung bringen, sondern meinen schnellen Verfall einläuten. In einem Punkt haben meine Gegner bereits gewonnen. Durch den ständigen Kugelhagel ihrer Offensiven haben sie mich gezwungen, die feinfühlige Seite meines Charakters aufs Eis zu legen. Ich habe mich entmenschlicht und bin zum gehetzten Tier geworden. Dies ist, im Prinzip - aber in völlig anderen Proportionen - dasselbe Syndrom, das die Frontsoldaten im Ersten Weltkrieg jeden Morgen marterte, wenn sie mit zusammengeschnürter Kehle und einem Knoten im Magen an die Front mussten. Wie sie verschwende ich die Hälfte meiner Lebenskraft damit, die Ohren zu spitzen, um den Aufschlagpunkt der auf mich zufliegenden Granaten zu erraten. Die andere Hälfte ist damit beschäftigt, die Schäden der bisherigen Einschläge zu beheben.

Zu allem Unglück stehen die Kräfteverhältnisse denkbar ungünstig. Die Zahlen sprechen gegen mich. Da kommt zu viel zusammen, ich brauche Verbündete.

Eben hatte ich ein Telefongespräch mit einem ernstzunehmenden potentiellen Verbündeten. Es handelt sich um einen ehemaligen Grossratspräsidenten, der dieses Amt unter dem Banner der CVP ein Jahr zuvor noch innehatte. Er war ein angesehener und respektierter Präsident, der seine Aufgabe sehr effizient erfüllte. Zu meiner grossen Überraschung lehnt er mein Angebot, mit Sigrid und mir auf die Liste zu gehen, nicht von vornherein ab. Er stellt lediglich die Bedingung, dass die Liste nicht unter der Bezeichnung SVP läuft und bittet mich um ein paar Tage Bedenkzeit. Der Mann ist seriös, ehrlich und direkt und dafür bekannt, dass er zu seinem Wort steht. Ein Ehrenmann, der sich an christlichen Werten orientiert. Wie viele andere auch, fühlt er sich vom Verhalten seines christdemokratischen und nichtsdestotrotz priapisch veranlagten Konkurrenten hereingelegt, der ihn ausgetrickst hat und dessen Name nun auf der offiziellen Liste der CVP prangt. Mit ihm an meiner Seite in der Regierung bestünde eine Chance, dass Antigone die Arbeit von Kreon erledigt, ohne die *ewigen, ehernen, grossen Gesetze* Goethes zu verraten. Noch wage ich es kaum, auf eine positive Antwort zu hoffen, denn die Zivilcourage ist nicht gerade die vorherrschende Eigenschaft der CVP, auch wenn mein Wunschkandidat ihrem konservativen Flügel angehört. Dennoch gibt es eine kleine Chance, dass er zusagt, denn er hat nicht viel zu verlieren und alles zu gewinnen. Nun gehört aber das politische Kalkül zur konventionellen Auffassung der

Politik, wie das Gelbe zum Ei. Denn nur durch Berechnung gelingt es, dauerhaft die Macht zu sichern. Sollte aber der Sprengkandidat den Mut haben, jenseits allen politischen Kalküls zuzusagen, wird er an einem äusserst seltenen Experiment teilnehmen, bei dem ein auf Werten angelegtes Projekt sich der Auffassung entgegenstellt, dass die Macht sich selber zu genügen habe. Können die Werte obsiegen? Dazu noch bei einer Majorzwahl? Mir bleibt nichts Anderes übrig als auf die Weitsicht der Wählerschaft zu hoffen. Ist sie zu einem solchen Paradigmenwechsel bereit?

Wird ihm der Gedanke, die Händler aus dem Tempel zu jagen, die Diebe aus dem Schlaraffenland zu vertreiben und die Karrieristen aus der Politik rauszuwerfen nicht absurd oder gar illusorisch erscheinen? Wird ihm dieses Unterfangen nicht ebenso hoffnungslos vorkommen, wie das Unterfangen, die Wüste von allem Sand zu befreien oder das Meer auszuschöpfen? Wie kann ich in einer Welt, die vorgibt, offen und tolerant zu sein (und dabei fast unbemerkt auf eine «wundervoll freiheitsbedrohende» Zukunft zustrebt), vorschlagen, die Pharisäer und Heuchler auszugrenzen? Die Zeiten stehen nicht auf Ausgrenzung, sondern auf *all inclusive*, selbst wenn die Übung vor allem darin besteht, alles und sein Gegenteil, Krethi und Plethi, Charybdis und Skylla in einen Topf zu werfen.

Man wird mir Diskrimination vorwerfen, wo es doch heutzutage darum geht, mit geringstem Aufwand zu integrieren, einzubinden und zu umarmen. Pflichtbewusstsein und Selbstverantwortung, ohne die alle Wertbezeugungen leeres Stroh sind, sind jedoch zwangsläufig exklusiv, diskriminierend in dem Sinne, als sie gemäss dem Larousse die Möglichkeit bieten, einen Unterschied zwischen Personen oder Dingen zu schaffen und sich dabei auf Unterscheidungskriterien zu stützen. Unterschiede erlauben Identitäten voneinander abzugrenzen und sind demzufolge die Voraussetzung für Vielfalt. Diese bietet eine Auswahl, ohne die es keine Freiheit geben kann. Daher muss ein kohärentes, bewährtes Wertsystem, das sich in den Dienst der Freiheit stellt, in einem undifferenzierten Sammelsurium, in dem alles zugleich wahr und falsch und darüber hinaus gleichwertig ist, zwangsläufig untergehen.

Alea jacta est! Als ich schon nicht mehr daran glaube bekundet der ehemalige Präsident des Grossen Rates seine Bereitschaft, mit Sigrid und mir auf derselben Wahlliste zu kandidieren. Somit wird er in frontale Opposition zum offiziellen Kandidaten seiner Partei treten, der in demselben Bezirk wohnt wie er, weil das Wahlgesetz keine zwei Gewählten im gleichen Bezirk zulässt. Ausserdem riskiert er den Ausschluss aus der Partei und wird die Verachtung der Führungsinstanzen der CVP mit voller Wucht zu spüren bekommen.

Ich gratuliere ihm zu seinem Mut, zeige ihm aber gleichzeitig den zu zahlenden Preis auf, denn ich möchte nicht, dass er sich in dieses Abenteuer stürzt, ohne alle damit verbundenen Unannehmlichkeiten zu kennen. Ich sage ihm, dass sich sein Leben in eine Hölle verwandeln wird, dass die sozialen Netzwerke und die Medien verrücktspielen werden, dass er sich viele Feinde machen wird. Ich frage ihn, ob seine Nerven stark genug sind, um dies alles zu ertragen. Er scheint daran nicht zu zweifeln. Ich frage ihn auch, ob er den konservativen Flügel seiner Partei als solide genug einschätzt, um unsere Initiative wirksam zu unterstützen. Die Strategie liegt nicht darin, die CVP-Wähler abzuschrecken, sondern ihnen eine klare Auswahl und dazu einen originellen Gesellschaftsentwurf anzubieten.

Wenn sie auf ihrer Liste den offiziellen Kandidaten durch den wilden Kandidaten ersetzen, können sie ihren Werten Nachdruck verleihen, ohne ihre Partei in Gefahr zu bringen. Die Frage ist, ob wir dies den Wählern verständlich machen können. Ist die uns verbleibende Zeit nicht zu kurz? Werden die Verdrehungen und Verzerrungen in den Medien nicht zu massiv ausfallen? Die Unsicherheiten sind in der Tat ebenso zahlreich wie das Vorgehen gewagt ist, aber wenn es in diesem Kanton genügend aufrechte Menschen gibt, ist es machbar.

Was mich betrifft, geht es um alles oder nichts: entweder das Konzept überzeugt und ist erfolgreich oder ich bin dazu verdammt, kläglich wiedergewählt oder möglicherweise würde- und glanzlos abgewählt zu werden. Ich lasse es darauf ankommen und gehe aufs Ganze, was es auch koste. Ich habe den feigen Konsens satt, der den Geist lähmt, die Willensstärke abnutzt und das politische Handeln schwächt. Ich will vom Volk ein klares Signal. Wünschen die Bürger wirklich, dass sich die Dinge ändern? Dann sollen sie mir die Mittel dazu in die Hand geben. Ansonsten ist es besser, wir trennen uns gütlich und ich setze meine Energie für etwas Anderes ein. Ich will mich nicht mehr länger damit abplagen, den morschen Balken mit einer Nagelfeile anzugehen, wenn es eine Motorsäge bräuchte, um gute Arbeit zu leisten.

Eine Hölle habe ich bereits hinter mir. Ich brauche keine zweite hoch zehn. Wenn ich nichts tue und ohne Regierungsmehrheit dastehe, also ohne wirklichen Steuerhebel, dann muss ich entweder vier Jahre lang die Klappe halten, um zu überleben – und in diesem Falle ist es besser, ich bleibe zu Hause – oder ich gehe auf Konfrontationskurs und laufe Gefahr, noch vor Ende der Amtszeit auszuscheiden, ohne irgendetwas bewirkt zu haben.

Obwohl ich objektiv gesehen die Wahl habe, habe ich sie aufgrund meines Charakters, meiner Prinzipien und meiner Überzeugungen nicht wirklich, falls ich mir nicht selber untreu werden will. Für mich wiegt nun einmal eine ehrenhafte Niederlage einen ehrlosen Kompromiss hundertmal auf. Ich kann einfach nicht anders. Der Druck auf mein Zwerchfell warnt mich unmissverständlich vor der Gefahr und ich habe schreckliche Angstzustände. Ob die Angst jedoch etwas mehr oder weniger akut ist, was macht das schon aus, ich sitze so oder so in der Klemme. Die Entscheidung, die ich treffen muss, ist so etwas wie mein persönlicher Garten Gethsemane, weil ich die Schrecknisse ahne, die mich erwarten, aber zugleich weiss, dass ich da durchmuss. Was ich nicht weiss ist, ob meine Weigerung, dieses Theater weiterzuspielen, einer Schwäche, dem Irrsinn oder der Unbedachtsamkeit entspringt, oder aber von einem tiefen Gefühl der Auflehnung, von gesundem Menschenverstand und einem tief empfundenen Wertbewusstsein geleitet wird. Vielleicht spielt das alles zusammen.

Sicher scheint, dass der Geist von Lord Clancharlie und Gwynplaine in mir spukt. Dass Hektor sich entschieden hat, die schützenden Mauern Trojas zu verlassen, um sich Achilles im Zweikampf zu stellen.

Zum ersten Mal ziehe ich ernsthaft die Möglichkeit einer Niederlage in Betracht, verdränge diesen Gedanken jedoch gleich wieder mit einer Reihe von Argumenten, die, je zahlreicher sie werden, in Konfrontation mit meinem Unterbewussten völlig an Substanz verlieren, denn eine leise Stimme flüstert mir zu, dass ein Brandherd ab einer gewissen Stärke nicht erlischt, wenn man hineinbläst, sondern heftiger aufflammt. Ich laufe in der Tat Gefahr, den Gegner zu stärken, statt ihn zu schwächen. Wieso dann nicht auf die leise

Stimme hören, die mich inständig warnt? Warum die Gefahr eingehen, den bitteren Kelch bis zur Neige leeren zu müssen? Wieso sich nicht für den Schein, die Halbherzigkeit, den gekauften Frieden dilettantischer Arrangements entscheiden, um dann wie ein Hasenfurz hinter dem Horizont der Kompromisse zu verschwinden? Das ist zwar alles nicht sehr glorreich, aber wesentlich bequemer als der Kampf gegen Windmühlen. Geht es mir nur ums Prinzip? Ach, die lieben Prinzipien … was hindert mich daran, sie über Bord zu werfen? Sie nähren weder ihren Mann, noch stärken sie seine Ambitionen. Ich brauche mir nur einen sehr langen Löffel zu kaufen, um mich, gut abgesichert, mit dem Teufel an den Tisch zu setzen und in seiner Gesellschaft die exquisite Suppe der öffentlichen Anerkennung auszulöffeln, sowie den würzigen Geruch der Macht durch die Nase einzuziehen. Dazu habe ich nur mein Handy in die Hand zu nehmen und die Übung abzublasen. Die Brücken hinter mir sind noch nicht abgebrochen, ich kann mich von der steilen Felswand des gegenüberliegenden Ufers abwenden und auf die sichere Seite der Konventionen und Kompromisse zurückkommen, deren sanfte Hänge mich mit offenen Armen empfangen werden.

Wenn ich mich nicht für diesen ehrlosen Rückzug entscheiden kann liegt es daran, dass sich das Problem schon längst nicht mehr mir gegenüber befindet, sondern in mir drin. Es geht nicht mehr darum, nicht zu **wollen**, sondern nicht zu **können**. Solange die Gegnerschaft mir klar erkennbar als Fremdkörper gegenüberstand, war meine Verteidigung wirksam und verhalf mir zum Überleben. Seitdem der Feind in Form eines trojanischen Pferdes in meine Seele gedrungen ist und seinem hohlen Leib ein verräterischer Drachentöter entstiegen ist, bin ich zwischen zwei Fronten geraten. Doch wer schafft es schon, einen zermürbenden Zweifrontenkrieg zu gewinnen? Also bleibt mir nur die Flucht nach vorne: der Angriff. Längst schon brachte ein Tropfen das Fass in mir zum Überlaufen… oder war es ein Sandkorn?

Ich bin Schultz. Komme was wolle, ich muss die Waffe ziehen.

Fortan bin ich nicht mehr im Auge des Wirbelsturms. Ich stehe ihm im Weg.

Seit der Ankündigung der Liste des «rechtsbürgerlichen Bündnisses» und seiner drei Kandidaten hat sich eine Art Dynamik entwickelt. Die Angelegenheit nährt die närrischsten Gerüchte und ist für die Medien ein gefundenes Fressen. Die Gelegenheit ist zu schön, um Papier zu verkaufen und die Einschaltquoten in die Höhe zu treiben. Für kurze Zeit schweigen die unermüdlich wiederholten Vorwürfe, die an meinem Image und an meiner Ehre kratzen und machen vielfältigen Kommentaren zu meiner innovativen und waghalsigen Strategie Platz, die vom Grossteil der Berichterstatter als «genial» bezeichnet wird. Ich weiss nicht, wie lange das anhalten wird. In meinem Herzen wechseln sich Zweifel und verrückteste Hoffnungen stündlich ab. Es wird mit der Zeit unerträglich, doch was bleibt mir anderes übrig, als das einmal Begonnene bis zum Schluss durchzustehen.

Heute Abend haben sich die Führungsinstanzen der SVP des französischsprachigen Wallis zu einer ausserordentlichen Sitzung getroffen. Ich stelle meine Strategie der offenen Liste zuerst dem

Exekutivkomitee, dann dem Parteirat vor. Der Vorschlag wird mit massvollem Enthusiasmus aufgenommen und bis auf eine Stimme von allen gutgeheissen. Meine Kameraden scheinen sich keine ernsthaften Sorgen zu machen. Dies ist darauf zurückzuführen, dass ich mich bei den Wahlen stets auf eigensinnige Weise durchgeschlagen habe und meine Leute sich mit der Zeit an das Siegen gewöhnt haben. «Schlimmstenfalls», haucht mir einer vertraulich ins Ohr, «scheitert die Strategie und du bist von den Dreien auf der Liste der Einzige, der gewählt wird.» Aufgrund meiner wirksamen Rhetorik, meiner nationalen sowie internationalen Ausstrahlung und meiner Mehrsprachigkeit kann sich niemand vorstellen, dass ich nicht wiedergewählt werde, obwohl es sich um eine Majorzwahl handelt. Ausserdem ist es im Wallis noch nie vorgekommen, dass ein Bisheriger nicht wiedergewählt wurde. Die Leute unterschätzen anscheinend meinen Pioniergeist …

Am Tag vor Neujahr begebe ich mich auf Drängen der Sektion Monthey auf den Silvestermarkt, der sich über den gesamten Stadtkern der Hauptstadt des Chablais hinzieht. Es hat mich eine enorme Überwindung gekostet, den häuslichen Frieden zu verlassen, denn das Gefühl der Einsamkeit, das mich inmitten einer grossen Menschenmenge erfasst, ist allmählich erdrückend geworden. Ich spüre körperlich, dass der Zauber gebrochen ist, schaudere vor dem gekünstelten Lächeln, den schiefen Blicken und dem böswilligen Gemurmel. Ich flüchte mich auf die seltenen Sympathieinseln, die ich noch finden kann, doch das Gefühl der Einsamkeit dauert an. Der Elan und die Begeisterung, die mir vor vier Jahren entgegenschlugen, sind verschwunden. Der Machtverschleiss und die systematische Verleumdung haben ihr Werk getan. Um dem entgegenzuwirken, müsste ich mit jedem der auf diesem Platz Anwesenden Zeit verbringen können, damit er den Abgrund zu erkennen vermag, der sich zwischen dem, was ich scheine und dem, was ich bin, auftut. Doch das ist nicht möglich. Ich sehe mich mit einer kompakten Negativenergie konfrontiert, von der sich nur wenige Wohlgesonnene abheben, die nach einem kurzen Wortwechsel wieder von der anonymen Masse verschluckt werden.

Eine Menschenmenge gleicht dem Meer. Wie auf weiter See wühlen der Seegang und die Wellen, in denen sich die Launen des Wetters wiederspiegeln, ihre Oberfläche auf oder glätten sie. Luft und Wasser bewegen sich in alle Richtungen. Jede Welle birgt Hoffnung und kann den schwächlichen Nachen des Lebens einem rettenden Ufer entgegen spülen, doch birgt sich in ihr auch die Gewalt der Brandung, die das ächzende Boot gegen eine Klippe oder ein Riff wirft, oder es einer Untiefe entgegentreibt, um es auf einer tückischen Sandbank auflaufen zu lassen. Dabei ist die sichtbare Seite der Menge bei Weitem nicht die gefährlichste. Die wahre, tiefe Bedrohung kommt von den unsichtbaren, unterschwelligen Strömungen, die dann am verräterischsten sind, wenn die Oberfläche ruhig scheint. Die Menge ist wie ein tiefes Wasser, nur dass ihre Substanz aus Körpern, Seelen und Emotionen besteht. Vom Ozean hat sie die Unberechenbarkeit, die brutalen Stimmungswechsel zwischen Ruhe und Sturm, die unergründliche Tiefe. Sie ist tragende Oberfläche und alles verschluckender Abgrund, Lebensspender und Todbringer zugleich. Selbst die besten Geräte und Instrumente werden ihrer nicht Herr: Sextant, Kompass und Radar suchen eine Logik, wo es keine gibt, eine Orientierung, wo sich alles widerspricht, eine

Ordnung, wo das Chaos herrscht. Das Meer straft sowohl den Hochmut als auch die Demut ab.

Wer der Menge ausgeliefert ist gleicht dem einsamen Schiffbrüchigen auf hoher See. Er ist in der Weite des Ozeans, in der Unendlichkeit verloren und wird gleichzeitig - eingezwängt in seiner Nussschale - von seiner Einsamkeit erdrückt.

Das Meer besteht aus unendlich vielen Tropfen und Atomen, doch man erkennt nur die Gesamtbewegung, den grossen Wurf, die vorherrschende Strömung. Oft wird der Seemann von unsichtbaren Kräften in die Tiefe gezogen, obwohl er meint, das Ruder fest in der Hand zu haben. Dann wieder fühlt er sich machtlos den Gewalten ausgesetzt und legt dennoch unversehrt am Festland an. Etwaige Verführungsversuche oder rituelle Handlungen, um das Schicksal abzuwenden, haben auf die Menge ebenso wenig Einfluss wie auf das Meer, denn was beide bewegt kommt von der Erde, vom Himmel, vom Universum und nicht vom Menschen. Die Menge ist keine Ansammlung von Individuen, sie entmenschlicht die Menschheit, die sie zusammenführt. Das Meer ist EINS, die Menschenmenge auch. Sobald sich die Menge in ihrer Kompaktheit gebildet hat ist es unmöglich, einzelne Elemente abzusondern, denn in diesem Fall findet man sofort den Menschen wieder, mit allem, was er an Individualität, Besonnenheit und Kritikfähigkeit mit sich bringt und es ist keine Menschenmenge mehr. Die Menge ist eine Illusion von Zusammenhalt, von Gemeinschaft, ist ein vielgestaltiger und schwankender Organismus, ist sowohl ein Wesen, das es nicht gibt, als das materialisierte Nichts. Wie das Meer ist sie zugleich verführerisch und beängstigend. Sowohl die Menge als auch das Meer müssen überwunden werden, soll Festland gefunden werden, um anzulegen. Der erfahrene Seemann mag auf der Brücke seiner

Hoffnungen noch so sicher stehen, er wird niemals auf dem Wasser gehen können.

Obwohl das Meer der Ursprung des Lebens ist, bestraft es den Unvorsichtigen, indem es ihn zu sich ruft. Auf ähnliche Weise haucht die Menge dem Redner Leben ein, um seinen öffentlichen Tod besser vorbereiten zu können. In der Menge ist man alles und nichts. Ihr gegenüber glaubt man alles zu sein und ist dennoch nichts. Um nicht unterzugehen, müsste man sich der Menge entgegenstellen und sie glauben lassen, dass man sich trotzdem in ihrer Mitte befindet, denn die Menge kann ihren eigenen Wesenskern nicht zerstören. Sie zerstört das, was sich loslöst, sich abhebt, sich befreit. Die Menschenmenge ist eine Gottesanbeterin, eine sich unaufhörlich bewegende, lähmende Kraft. Sie verdaut, was sie zu tragen vorgibt, sie ist Wind ohne Sauerstoff, Raserei ohne Wut, Schwung ohne Beständigkeit, bezirzender Sirenengesang, oberflächliche Tiefe und tiefe Oberfläche, alles und doch nichts. Ein Nichts kann dort alles sein und alles zu nichts zusammenschrumpfen, denn das vervielfältigte Wesen ist kein Wesen mehr, sondern eine Strömung, die durch Enteignung Besitz ergreift. Dennoch ist die Menge nicht von Grund auf schlecht. Wie das Meer steht sie jenseits von Gut und Böse.

Ich schreibe diese Zeilen nieder, nachdem ich nach meiner Pflichtanwesenheit recht schnell den Marktplatz verlassen habe und nach Hause zurückgekehrt bin. Nun sitze ich am Tisch im Wohnzimmer und schaue zum Fenster hinaus. Ganz hinten im Val d'Hérens gleitet der karminrote Schein der untergehenden Sonne die Wände der Dent Blanche hoch in Richtung Himmel. Ich werde dieses sich ständig wiederholenden Schauspiels nie überdrüssig und auch des Bergs nicht, der immer derselbe zu sein scheint und sich dennoch verändert, wie ich mich auch.

Ich kehre zu meinem Text zurück. Wo bin ich geblieben? Ach ja, die Menschenmenge, die Kommunikation, der einzelne Mensch in der Masse und ihr gegenüberstehend. Verträumt lasse ich meinen Gedanken freien Lauf. Dabei tauchen viele Bilder aus der Vergangenheit auf. Ich sehe mich mit acht Jahren auf dem Mäuerchen vor unserem damaligen Haus sitzen, der Walliser Brauerei gegenüber. Es ist der erste Augenblick tiefer Erkenntnis in meinem Leben, an den ich mich erinnere. Ich sehe mich noch, wie ich,den Kopf auf die Hände gestützt, nach einer Lösung für mein grösstes Dilemma suche: Wie schaffe ich es, die vielen Menschen zu zähmen, ohne die ich nicht leben kann, obwohl sie mir Angst einflössen? Wie kann ich den Kummer ertragen, den mir meine Spielkameraden bereiten, die sich immer wieder verstecken, wo ich doch mit ihnen spielen möchte? Bisher schrie und weinte ich, wenn dies vorkam, um sie zu erweichen, um sie zu zwingen, das Gefühl der Verlassenheit in mir zu besänftigen, doch blieb ich auf diese Weise weiterhin von ihrem guten Willen abhängig.

Plötzlich machte sich im achtjährigen Jungen, der ich war, eine wilde Entschlossenheit breit. Sie halten mich zum Narren? Sie machen sich über meine Tränen lustig? Ich bin für sie nichts anderes als eine lästige Klette? Das muss sich ändern! Ab heute werde ich sie nie mehr anflehen, mit mir zu spielen. Nie mehr werde ich um die Krümel ihrer ungern gewährten Gesellschaft betteln. Fortan werden sie es sein, die meine Nähe suchen. Ich werde etwas in mir ändern, ich werde mich zu einem Menschen mausern, dessen Gesellschaft ersehnt wird. Hierfür muss ich bis zur letzten Konsequenz weiterentwickeln, was ich bin – meine inneren Werte, die Lebenskraft, die ich in mir spüre – und ich muss lernen, alle Feinheiten der Kommunikation zu beherrschen. Ich werde gefallen, ohne gefallen zu wollen und werde Gehör finden, ohne mich selbst zu verraten. All die Menschen, die ich fürchte und dennoch liebe und die ich zum Leben brauche, werden zu mir kommen, denn sie werden in mir etwas Einzigartiges, Geheimnisvolles finden, etwas, das seinesgleichen sucht und das ich selbst erst entdecken muss. Ich spüre, dass es tief in mir drin bereits besteht und nur darauf wartet, sich zu offenbaren. Diese Arbeit wird mich viel Zeit kosten, aber sie muss gelingen, denn mein ganzes Leben wird davon abhängen.

Nun, das Resultat hat meine wildesten Hoffnungen übertroffen. Aber zu welchem Preis? Es mag dem Dompteur zwar gelingen, seine Löwen zu bändigen, doch sie bleiben trotz allem Raubtiere, und beim Tierbändiger dauert eine latente, wenn auch beherrschte Angst an. Ich habe tatsächlich meine Kommunikationsfähigkeit, meine rednerischen Fähigkeiten und mein Unterhaltungstalent ausgebaut, um für Unterhaltung zu sorgen, Säle zu füllen und Menschenmengen aufzurütteln. In Prosa, mit Versen und Musik. Doch die Menschenmenge ist ein Raubtier geblieben, das ich nur zeitweise bezwingen kann und dessen Fänge mich jeden Augenblick zu zerreissen drohen. Mein ganzes Leben lang habe ich mit dem Monster getanzt, dessen zerstörerische Energien ich unter einer feinen Zivilisationsschicht spürte. Ich habe die Blicke der Menge gleichzeitig gefürchtet und geliebt und habe mich über das definiert, was sie von mir erwartete, während ich gleichzeitig verzweifelt versuchte, mich selbst nicht zu verraten. Wie ein Schlittschuhläufer glitt ich elegant über die Unberechenbarkeit, den irrationalen Charakter der Masse dahin. Mag auch meine Liebe für den Menschen als fragendes, zweifelndes, zerbrechliches, vom Schicksal gebeuteltes Individuum mit dem Alter gewachsen sein, es ist mir nie gelungen, ein Vertrauensverhältnis zur Menschenmenge aufzubauen. Aus den zahlreichen Nachrichten, die ich erhalte, schliesse ich, dass ich trotzdem zu einem «Hoffnungsträger» geworden bin, zu einem Hoffnungsträger, der nach und nach aufgehört hat, er selbst zu sein, weil es ihm nicht mehr gelingt, Sein und Schein zu unterscheiden. Ich bin zwischen dem, was die anderen von mir erwarten und dem, was ich selbst will, hin und her gerissen. Ich weiss nicht mehr wirklich, wer ich bin.

Was ist das aber auch für eine alberne Idee, missfallen zu wollen, um zu gefallen.

Heute Morgen – es ist Anfang Januar und saukalt – fahre ich mit drei ehemaligen Lehrerkollegen und ihren Klassen nach Olten, um eine Vorstellung von *Homo Faber* anzuschauen. Das Stück beruht auf dem gleichnamigen Roman von Max Frisch. Es ist die Geschichte der fortschreitenden Entfremdung eines Mannes, der den Gedanken an den Tod nicht akzeptieren kann und alles auf Abstand hält, was ihn an die vergehende Zeit und seinen schleichenden körperlichen Verfall erinnert. Er hasst seinen Körper und dessen biologische Funktionen, den Schweiss, die Gerüche, alle seine Ausscheidungen und duscht mehrmals pro Tag. Er lebt weitab von der Natur in Städten, Hochhäusern und reist mit der Super *Constellation,* dem schnellsten propellergetriebenen Langstreckenflugzeug der 50er Jahre von einem Kontinent zum anderen. Eine Notlandung in der Wüste und die damit verbundene Wartezeit lösen in ihm einen unwiderruflichen Bewusstwerdungsprozess aus, in dessen Verlauf es ihn von der Wüste in den Dschungel und von den antiken italienischen Städten nach Griechenland verschlägt und er sich gezwungen sieht, sich seiner Vergangenheit, und dadurch seiner Zukunft, zu stellen. Er, der stets die organische Entwicklung der Dinge ablehnte, wird, ohne es zu wissen, mit seiner eigenen Tochter ein Liebesverhältnis beginnen, wird, ohne es zu wollen, deren Tod verursachen und schliesslich an Krebs sterben. Die physische Realität der Natur rächt sich immer an dem, der sie verachtet und zu beherrschen versucht. Je mehr Techniken der Mensch entwickelt, um sich die materielle Welt untertan zu machen und sich von ihr zu befreien, desto mehr wird er zu ihrem Sklaven und entmenschlicht sich. Man braucht nur C. S. Lewis zu lesen, um sich davon zu überzeugen, insbesondere die schonungslose Ausführung im dritten Teil seines Essays *The abolition of man*.

Obwohl etwas langatmig, bringt das Bühnenstück die psychologischen Verirrungen des Helden, der seine Körperlichkeit und die natürlichen Gesetze ablehnt, sehr gut herüber. Dieser Irrweg verleitet so manchen Mann, insbesondere in seiner zweiten Lebenshälfte, zu irrationalen Reaktionen. Er spürt seine Kräfte schwinden und wird vom fieberhaften Zwang ergriffen, die Vergänglichkeit durch die Auswüchse eines kläglichen Jugendwahns zu leugnen. Er schläft mit Frauen, die seine Töchter sein könnten und kompensiert den allmählichen Verlust seiner Potenz durch die Anhäufung von Geld, Macht und Ehren. Doch Frustration und Angst werden in dem Masse, in dem er Güter und Funktionen anhäuft, nur noch stärker, denn je mehr er besitzt, desto mehr hat er in der Todesstunde zu verlieren. Dies verleitet ihn dazu, sich in einen von vornherein verlorenen Kampf gegen die Zeit zu stürzen, wobei er die Ursachen für seine Angst kumuliert, statt sie zu reduzieren. Er häuft Güter und Reichtümer an, als ob der Tod, ein Verdauungsproblem befürchtend, auf das Verschlingen dieses zu grossen Happens verzichten würde. Als gälte am Grab das Prinzip des *too big to fail*! Dieser verzweifelte, irregeleitete Mann sucht sich unverzichtbar zu machen und seinem eigenen Ruhm Denkmäler zu schaffen. Er verkommt schon zu Lebzeiten zur Mumie, denn er ist unfähig, die kleine Stimme in seinem Herzen zu unterdrücken, die ihm ständig den Satz in Erinnerung ruft, der auf der Vorderseite der Beinhäuser prangt: *«Wir waren das, was ihr seid. Ihr werdet zu dem, was wir sind.»*

Beim Verlassen des Theaters werde ich von zwei Lehrern aus Solothurn erkannt. Sie kommen auf mich zu und beginnen ein Gespräch über eines meiner Bücher, das sie mit ihren Schülern gerne durchnehmen möchten. Zum Schluss fragen sie mich, ob ich eventuell dazu bereit wäre, in ihre Klasse zu kommen, um die Fragen der Schüler zu beantworten, wozu ich mich gerne bereit erkläre. Wir müssen nur einen passenden Termin im kommenden Schuljahr finden.

Zurück im Bus lassen meine Walliser Kollegen und ich zahlreiche Erinnerungen aus «der guten alten Zeit» wiederaufleben. Ich habe den Eindruck, einen letzten Blick auf ein Paradies zu werfen, dessen Pforten mir auf immer verschlossen sind. In die Freude, die ich darüber empfinde, mich in einem wohlvertrauten Umfeld wieder zu finden, mischt sich eine gewisse Nostalgie. Wir reden über die Studienreisen, die wir zusammen unternommen haben, über Austauschprogramme mit Deutschland, über tausend kleine Anekdoten, die unseren gemeinsamen Weg gesäumt haben. Ich empfinde diesen Tag wie einen Hauch frischer Luft, der mich die bedrückende Atmosphäre der Politik für kurze Zeit vergessen lässt. Es herrscht ein freundschaftlicher Ton vor, die Stimmung ist ungezwungen und die Freundschaften sind echt.

Die Realität holt mich leider schon bei der Rückreise ein. In einem Dorf im Wallis ist ein siebenjähriges Mädchen von einem Mazedonier missbraucht worden, der illegal in der Schweiz lebt. Nach der Verhaftung des Täters haben der Staatsanwalt und die Polizei ein Kommunikee veröffentlicht, das für die Medien ein gefundenes Fressen ist. Kaum sind wir an Freiburg vorbeigefahren, hört mein Handy nicht mehr auf zu läuten. Statt die illegale Anwesenheit des Täters in der Schweiz zu hinterfragen und die Tatsachen objektiv zu schildern, versuchen einige Journalisten, die Eltern zu belasten. Ich spüre dies am Ton ihrer Stimme und an der Art und Weise, wie sie ihre Fragen formulieren: «Wie kann man ein kleines, siebenjähriges Mädchen ganz allein in eine zweihundert Meter vom Elternhaus entfernte Kirche gehen lassen?» werde ich gefragt und ich antworte, dass ich im gleichen Alter in der Stadt Sitten anderthalb Kilometer allein zu Fuss zur Schule ging wie ein Grosser, und dass in diesem Land etwas faul ist, wenn man Kinder in einem friedlichen Walliser Dorf nicht mehr allein auf die Strasse lassen kann. Ich versuche die Diskussion wieder auf den Kriminellen und die Sicherheitsprobleme zu bringen, die das Fehlen vernünftiger Grenzkontrollen mit sich bringen, doch den Journalisten geht es nur darum, die Familie des Opfers in Verruf zu bringen, weil sie traditionalistisch lebt und ihre Kinder in eine konfessionelle Schule schickt. Für die Zeitungsfritzen ist nicht der Kriminelle problematisch – er ist ein Opfer des Systems – sondern das Glaubensbekenntnis, die Suche nach der Freiheit durch Transzendenz. Die Gefahr liegt in der Weigerung, sich den Gesetzen des dogmatischen Materialismus zu beugen.

Brave new world.

Ich weiss nicht weshalb, aber ich habe den Eindruck, dass der Monat Januar allmählich einer Abschiedstournee gleicht. Bei jeder Rede, jeder Zeremonie scheint es, als würde ich ein letztes Mal zu den Anwesenden sprechen.

Was den Festakt zur endgültigen Schliessung des Militärflugplatzes Sitten betrifft ist dies noch verständlich, denn es geht ein wichtiges Kapitel der Fliegerei im Wallis zu Ende. Doch alle anderen Reden, die ich halte, scheinen auf eine Zukunft ausgerichtet zu sein, der ich nicht mehr angehören werde.

Am Ende einer Ansprache vor den Führungskräften der Polizei kommt ein Mitglied der Stabstelle mit besorgter Miene auf mich zu. «Du hast doch hoffentlich nicht vor, das Ressort für Sicherheit in der nächsten Legislaturperiode abzugeben? Mir kommt es nämlich vor, als hättest du eben eine Abschiedsrede gehalten …». Ich versichere ihm, dass ich nicht vorhabe, die öffentliche Sicherheit abzugeben. Doch die Tatsache, dass er meine Rede auf diese Weise interpretiert hat beweist, dass es in der Tiefe meiner Seele zu bröckeln beginnt und sowohl sein Unterbewusstsein wie auch meines die Nachrichten aus der Hinüberwelt sehr wohl entziffert haben. Wie immer in einem solchen Fall beisse ich die Zähne zusammen und handle nach dem Motto «Augen zu und durch». Ich habe sowieso keine Wahl, komme was wolle. Doch ich muss die indirekten Zeichen der Unsicherheit und Ermattung, die mein Körper und meine Haltung aussenden, besser kontrollieren. Wenn ich gewinnen will, muss ich mich, unabhängig von meinen Zweifeln, wie ein Sieger verhalten.

Auf geht's, ich bin nicht umsonst unter dem Sternzeichen des Zwillings geboren!

Du liebe Zeit, ich habe den Bildband über das Leben von Diego Wellig verlegt. Er hat ihn mir gegeben, damit ich als künftiger Regierungspräsident ein Gedicht für ihn verfasse. Ich soll es im April, bei seinem Empfang als Grossratspräsident, zu seinen Ehren vortragen.

Obwohl ich Himmel und Erde in Bewegung setze kann ich das Buch nicht finden. Ein Zeichen?

Dieses Jahr füge ich meiner Rede anlässlich des Fanfarenkonzerts der Polizei ein Sonett mit dem Titel «Geburt der Musik» hinzu. Diese kleine literarische Einlage geht auf eine Herausforderung zurück, vor die mich ein Französischlehrer und ehemaliger Kollege gestellt hat, der Mitglied des bemerkenswerten A-Capella-Ensembles ist, das zwischen den Fanfarenstücken für Stimmung sorgt. Ich habe gewettet, dass ich ein formvollendetes klassisches Sonett zum Thema Musik in meine Rede einfügen würde. Ergebnis: Er fand in einem der Verse trotzdem zwei Silben zu viel. Selbstverständlich habe ich den Fehler umgehend korrigiert.

Geburt der Musik
In jedem Stein schlief seit den Anfängen der Klang,
Nach tauben Ewigkeiten machte er sich frei,
Das erste Ohr erfuhr die Gegenwart als Schrei
Und lauschte weltentrückt dem kommenden Gesang.

Das Menschherz begann im Sphärenchor zu schwingen
Und schlug der Zeit den Takt, der Klang dehnte sich aus,
Hier ging die Ursache der Wirkung nicht voraus
Und ließ im Augenblick die Ewigkeit erklingen.

Nun legte Orpheus eine Spur ins Jenseits frei,
Aus Tier und Baum und Stein eilte der Klang herbei
Bis dass die Töne sich zu einer Kette reihten,

So fand der Mensch die Leiter zu seinen Gefühlen,
Er spielte zeitentrückt auf Gottes Mühlen
Und wurde ein Gesang im Wechsel der Gezeiten.

Der école Ardévaz gelingt immer wieder ein grosser Coup. Heute wird dort unter dem Vorsitz des Sohns des Schulgründers ein *Claude Nicollier*-Raum eingeweiht. Nach dem Namen des Schweizer Astronauten, der vier Mal mit vier verschiedenen Raumschiffen ins All geflogen ist. Der Sohn des Schulgründers war früher mein Schüler und sitzt mir seit vier Jahren im Parlament als Abgeordneter gegenüber. Nicollier ist bei der Einweihungsfeier anwesend und hält anschliessend zur Krönung des Anlasses einen Vortrag. Es ist mir gelungen, in meinem Terminkalender eine Stunde Zeit zu finden, um diesem Mann, der sich mir gegenüber als warmherzig und wohlwollend erweist, die Hand zu schütteln. Dann richte ich ein paar kurze Worte an die anwesenden Schüler und Lehrer:

Als Kinder haben wir alle davon geträumt, Astronauten zu werden.

Wir haben alle davon geträumt, zum Mond zu fliegen, eine Runde auf dem Mars zu drehen oder an den Sternen zu schnuppern.

Nun sind wir erwachsen. Der Himmel erscheint uns immer noch so riesig und geheimnisvoll, doch wir schauen kaum mehr nach oben, weil der Alltag unsere Rücken beugt.

Dabei könnten wir dort oben jenseits der Angst vor der Unermesslichkeit, der unendlichen Weite des Weltalls, etwas Grundlegendes entdecken: Das Bewusstsein, dass der Makrokosmos nichts anderes als der Abglanz der unermesslichen Tiefen ist, die sich in uns selber eröffnen. Es sind Tiefen, die den Rahmen des Viertels, der Stadt, der Region oder des Landes, in denen wir uns gerade befinden, bei weitem übersteigen. Der geheimnisvolle Makrokosmos, der sich in uns öffnet, ist ein perfektes Abbild desjenigen über unseren Köpfen.

Dieser unendliche Raum besteht aus ungeahnten Welten, in denen alle Feen, Einhörner und Trolle, alle Zauberer, Sirenen und Monster unserer kindlichen Fantasie leben. Es ist eine Dimension, in der alles möglich wird. Und hinter dieser aus Träumen, Irrlichtern und Gefühlen geflochtenen Welt erscheint plötzlich etwas anderes, ein mächtiges und wohltuendes Licht, das dem Licht unserer Tage seinen echten Glanz verleiht, indem es unseren Blick von innen erhellt.

Nur wenige unter uns werden zu Nicolliers, werden Astronauten, Reisende im Weltall, aber wir alle sind Höhlenforscher der Fantasie, Dichter der Anderswelt, Pilger in Seelenwelten.

Wir sind alle durch Klassenräume wie diesen hier gereist. Gereist, ja, denn wir haben dort unsere Gedanken schweifen lassen, sind der Realität entflohen und durch einen einzigen Flügelschlag von der Erinnerung in die Zukunft getragen worden.

Alle sind wir durch die Stimme eines Physiklehrers, der uns das archimedische Prinzip oder Newtons Apfel - einigen wenigen sogar die Quantenphysik - zu erklären versuchte, zur Ordnung und in die Realität zurückgerufen worden.

Wir sind alle von der unbeschwerten Schulzeit, von unseren Astronautenträumen und unserem Wunsch, dem Lauf der Welt von oben zuzuschauen, wieder abgekommen.

Aber wir haben gelernt, die Zeichen und Symbole der Welt zu verstehen, wir haben gelernt, die Navigationsinstrumente unseres geistigen Raumschiffs in den Griff zu bekommen.

Schweigsam, fleissig oder verträumt sind wir jahrelang unbeweglich auf den Schulbänken gesessen, damit unser Geist in Lichtgeschwindigkeit durch den Weltinnenraum und tausend ungeahnte Welten reisen konnte. In diesem Sinne sind wir alle Astronauten.

Wir sind alle Reisende in einem inneren Raum, der nur uns gehört und den wir dennoch so wenig kennen.

Mein Dankeschön an die école Ardévaz für ihre Mitwirkung an diesem aussergewöhnlichen menschlichen Abenteuer, das man Bildung nennt.

Danke dafür, aus dieser Schule eine Startrampe, das Cap Canaveral unserer wissensdurstigen Jugend gemacht zu haben.

Ach, die Phantasie. Die Vorstellungskraft. Das Einzige, was mir diese trostlose Welt erträglich macht. Bevor ich das Schulgebäude verlasse kommt Claude, mit dem ich sofort Freundschaft geschlossen habe, auf mich zu, gibt mir seine Visitenkarte und bittet mich, ihm meinen Text zu schicken.

Trotz meines überfüllten Terminkalenders kommt mir das Warten auf die Einreichung der Wahllisten und die Zeit bis zum Beginn der heissen Phase der Wahlkampagne mit ihren Debatten und zahlreichen öffentlichen Auftritten unendlich lang vor. Um nicht unterzugehen, schaffe ich mir Überlebensräume. Sowohl körperlich, durch Fussmärsche zwischen Sitten und Savièse, als auch intellektuell, indem ich ab und zu ein Gedicht unter der Türe meines erdrückenden Alltags durchschiebe.

Ein Gedicht hat den Vorteil, dass es den Poeten zwingt, sich völlig aus der Realität zurückzuziehen, wenn er die versteckten Welten hinter der Welt erkunden will. Zudem ist es mir angesichts der knappen Zeit, die mir zur Verfügung steht, unmöglich, einen zeitraubenden Text ins Auge zu fassen. Ein Gedicht ist ebenso kurz wie kompakt. Es durchdringt seinen Schöpfer wie ein Blitz, ist wie ein kurzer, befreiender Atemzug, der dem unter Zeitnot Stehenden einen langatmigen Schreibprozess erspart.

An diesem Montag Anfang Februar bietet die CICAD, eine jüdische Organisation, den Lehrern der Walliser Gymnasien einen pädagogischen Weiterbildungskurs über den Holocaust und dessen Behandlung in den Klassen an. Ich habe zum Generalsekretär dieser Organisation ein sehr gutes Verhältnis und erteile den Schuldirektionen ohne zu zögern die Genehmigung, der Organisation ihre Türen zu öffnen. Selbstverständlich bin ich mir bewusst, dass die Geschichte zeigt, dass der Mensch nichts aus der Geschichte gelernt hat, doch ist das kein Grund, aufzugeben. Die Barbarei, die man nicht sehen will, weil man glaubt, sie definitiv überwunden zu haben, knallt der Zivilisation unerwartet und brutal an den Kopf, sobald sich diese Illusionen hingibt und sich in Sicherheit wiegt.

In memoriam

Bei jedem Schritt erbebt die Erde
Vom Echo längst verscharrter Klagen,
Vom Hassgebrüll der Feuerherde,
Von Herzen, die längst nicht mehr schlagen.

Schon lange pflügt unser Gewissen
Die schwere Asche unsrer Schande,
Und wir versuchen stets beflissen
Nicht zu erkalten nach dem Brande.

Die Blumen, derer wir gedenken,
weil sie im Aschegrund gedeihen,
Mögen uns gütig Hoffnung schenken
Und uns ermuntern zu verzeihen.

Die Listen sind abgegeben. Im Gegensatz zu dem, was zu Beginn der Kampagne zu erwarten war - eine ruhige Wahl mit sechs Kandidaten - stehen nun dreizehn Anwärter am Start. Da ist zuerst das sozialistische Zweierteam, das sich auf der Liste der SP wie Hund und Katz zerfleischt. Amüsiert verfolgt der lachende Dritte auf der Liste, der aus meinem Bezirk kommt, um mir Stimmen wegzunehmen, das Gemetzel.

Dann gibt es den angeblich rebellischen Kandidaten, der, obwohl er ein reines Produkt des Systems ist, eine gewisse Anzahl an Proteststimmen erhalten wird, denn er weiss die Leute an der Nase herumzuführen und hat gute Beziehungen zu den Medien. Dann kommen die beiden FDPler dazu, von denen einer offenbar nur darum im allerletzten Moment auf die Liste gesetzt wurde, um den anderen daran zu hindern, auch nur die geringste Wahlchance zu haben. Der Kandidat der Grünen erinnert die Wähler daran, dass sie gegen den blauen Planeten stimmen, wenn sie sich für die Menschen entscheiden. Dann kommen die drei CVPler, solide Produkte des Atavismus und des Herdentriebs. Und schliesslich die drei Kandidaten des rechtsbürgerlichen Bündnisses mit ihrem ungewöhnlichen Vorhaben, die Dinge zu wenden und das völlig Unbekannte zu wagen.

Dieses regelrechte Chaos kommt beim Volk gut an, denn die Wahl scheint für einmal offen zu sein. Das Politkarussell verspricht Dramen und Umwälzungen. Nun, es wird sich bald erweisen, ob aus der ganzen Erregung nicht wieder wie üblich eine hübsche, kleine, ruhige und traditionelle Regierung herausschauen wird, die dem Herdentrieb des Bürgers gerecht wird, der wie ein Tourist zwar geifernd auf die Freudenmädchen in Amsterdams Schaufenstern schielt, dann jedoch brav nach Hause zurückkehrt, um den Geschlechtsakt völlig risikolos in der häuslichen Wärme zu vollziehen.

In meinem Kopf kristallisieren sich drei mögliche Szenarien heraus: Entweder gibt es eine Stimmenzersplitterung, was nicht gut für mich wäre. Oder die Wähler sind vom Überangebot an Kandidaten verwirrt und setzen auf sichere Werte und den Bekanntheitsgrad der Kandidaten. In diesem Fall dürfte ich keine Probleme haben, aber es wäre nicht gut für das rechtsbürgerliche Bündnis. Oder aber die Wähler treten heftig in den Ameisenhaufen und stellen die absolute Regierungsmehrheit der CVP in Frage. Das Spiel folgt aussergewöhnlichen Regeln. Wird auch das Ergebnis aussergewöhnlich sein?

Heute sponsere ich anlässlich eines Wohltätigkeitsessens, das in einem erstklassigen Gasthaus in Siders stattfindet, den «achten Tag der Schöpfung» (so der Titel eines Films über einen geistig Behinderten). Mir gefällt der Gedanke eines Wohltätigkeitsessens zur Unterstützung des «achten Tages»! Der Eigentümer des Restaurants ist grosszügig und berechnet nur den Selbstkostenpreis des

Abendessens. Der Ertrag kommt vollumfänglich Marcel zu Gute, dem Schützling meines Bruders, der in Österreich an der Ski-Weltmeisterschaft für Behinderte teilnehmen wird, denn Marcel hat das Down-Syndrom. Was für eine Freude, ihn aufgeregt und lachend kreuz und quer durch den Raum laufen zu sehen. Als er zum Schluss an der Seite meines Bruders - der seit nahezu zehn Jahren sein Trainer und Freund ist - das Wort ergreift, versetzt er alle Anwesenden mit seiner Begeisterung und seiner Unschuld in gute Laune.

Ich fühle mich in meinen pädagogischen Überzeugungen bestärkt: Egal welche Veranlagung ein Mensch mitbringt, man muss ihm stets ein Maximum abverlangen, denn es gibt immer Spielraum für Fortschritte. Jegliche Nivellierung nach unten ist eine Verletzung der Menschenwürde.

In der letzten Phase der Kampagne ist jeder im Departement angehalten, auf der Hut zu sein. Der Feind schnüffelt herum. Jeder Schritt meiner Dienststellen wird unter die Lupe genommen und bezüglich seines schädigenden Potentials auf der Richterskala der Skandale ausgewertet. Ein Journalist aus dem Oberwallis schreckt nicht davor zurück, eine alte Geschichte bezüglich eines Hoteliers in Zermatt aufzuwärmen. Da sein Artikel völlig aus der Luft gegriffene Behauptungen enthält, verlange ich eine Richtigstellung und erhalte Genugtuung. Als Vergeltung dafür bauscht die Zeitung sofort eine andere Geschichte bezüglich eines italienischen Helikopterunternehmens auf, dessen Eigentümer in Gondo wohnt. Auch da gelingt es mir, die Unwahrheiten richtig zu stellen.

Alles scheint recht und billig, um gegen mich verwendet zu werden, selbst meine erfolgreichsten Handlungen und Entscheidungen. Ich bin wie jener Typ, der ein Kind aus dem Löwenkäfig rettet. Ein herbeigelaufener Journalist will darüber einen Artikel schreiben und erfährt, als er mit dem unerschrockenen Helden spricht, dass dieser Mitglied der SVP ist. Am nächsten Tag lautet der Titel in der Zeitung: «Ein Rassist bringt einen afrikanischen Einwanderer um seine Mahlzeit». Ich übertreibe kaum. Im Falle des Hoteliers in Zermatt habe ich vor Ort innerhalb einer Stunde eine Kontroverse bereinigt, die fünf Jahre lang andauerte. Der Journalist kann mir das schlecht vorwerfen. Dagegen gelingt ihm in einem in doppelter Hinsicht «einseitigen» Artikel das Kunststück, mir vorzuwerfen, «meiner Dienststelle in den Rücken gefallen» zu sein. Diese Behauptung wird durch keinerlei Beweise oder glaubhafte Argumente untermauert. Ich rufe ihn an und setze ihn davon in Kenntnis, dass die beiden Vertreter des Staatsdienstes bei der besagten Sitzung sehr wohl anwesend waren und schicke ihm das Foto, das vor dem Hotel von den zehn Personen gemacht wurde, die zugegen waren, als die Angelegenheit bereinigt wurde. Die Richtigstellung am nächsten Tag ist sehr weit davon, eine Seite auszufüllen. Sie umfasst ein paar Zeilen und ist so gekünstelt formuliert, dass selbst ein Sprachwissenschaftler bei der Lektüre des *corpus delicti* mit seinem Latein bald einmal am Ende sein dürfte.

Ich weiss sehr wohl – und auch der Journalist ist sich dessen sehr völlig bewusst – dass das Ziel dieser unermüdlich wiederholten Scharmützel darin liegt, die Verschleisserscheinungen beim Gegner zu verstärken. Stellen Sie sich einen Menschen vor, der die Ballen eines Schiffes auf ein anderes umladen soll und dabei gezwungen ist, einen nach dem anderen zu öffnen, um die Sprengsätze herauszunehmen, die in der Fracht versteckt wurden. Stellen Sie sich weiter vor, dass er gezwungen ist, die Öffnung eines jeden Ballens sowie die Langsamkeit des Umladens systematisch vor jenen zu rechtfertigen, die die Sprengsätze in der Fracht versteckt haben. Das spiegelt ungefähr die Arbeitsbedingungen wieder, unter denen ich die letzten vier Jahre meine Pflicht erfüllen musste.

Da das Schreiben der einzige Freiraum ist, den mir die Bombenleger lassen, schöpfe ich in meiner Sisyphusarbeit wenigstens die Inspiration für ein weiteres Gedicht.

Die Hirngespinste des Hamsters im Laufrad
Ich laufe mir
Die Füsse wund
Was mach ich hier?
Was läuft nicht rund?

Es dreht sich schnell
Und immer schneller,
Selbst als Rebell
Werd' ich nicht heller.

Ich müh mich frei
In meiner Zelle
Und komm dabei
Nicht von der Stelle.

Das stete Drehn
Ist mir ein Graus,
Doch bleib ich stehn
Ist alles aus.

…

Was treibt mich an?
Das Rad wohl kaum,
Bin ich es dann
Im eignen Traum?

Wer ist der Reiter
Und wer das Ross?
Wer treibt wen weiter,
Wer ist der Boss?

Ich spure stur
Im Ringelreihen,
Ein Sandkorn nur
Kann mich befreien.

Als ich meinen Computer ausschalte wird mir plötzlich klar, dass das Rad eigentlich nur dazu dient, vom Käfig abzulenken, in dem sich der Hamster befindet.

Die Debatten haben nun begonnen und es läuft für mich relativ gut. Leider sind es zu viele und sie finden in einem solchen Rhythmus statt, dass sich mein Terminkalender in einen kraftraubenden Hindernislauf verwandelt. Leider ist das unumgänglich, zumal eine Wahlkampagne für die Medien ein Schlaraffenland und für die Öffentlichkeit so etwas wie der Besuch des Zirkus Knie ist. In Wahrheit ist es grosses Kino mit mickrigen Schauspielern vor einer faden Wirklichkeitskulisse. In drei Wochen ist zum Glück alles vorbei.

Wie immer habe ich mich minutiös vorbereitet, doch verbringe ich dieses Mal die meiste Zeit damit, meine beiden Mitbewerber zu coachen, an ihren Argumenten zu feilen und ihre Notizen für die Debatten zu übersetzen, denn bei uns läuft alles zweisprachig. Wir haben zusammen ein detailliertes und verwegenes politisches Programm erstellt, ein Manifest in zehn Punkten zur Verteidigung der Grundwerte der griechisch-jüdisch-christlichen Welt sowie eine Kommunikationsstrategie, die verhindern soll, dass wir uns aufgrund unserer unterschiedlichen politischen Ausrichtungen widersprechen. Zugleich ermöglicht uns diese Strategie, die Hauptprobleme anzugehen, die unseren Kanton in Zukunft ernsthaft beschäftigen werden: Das Raumplanungsgesetz, die Kontrolle über das Trinkwasser und die Wasserkraft. Unser Vorgehen ist fundiert, unsere Argumente sind ausgefeilt, die Themen sind aktuell und beruhen auf einer soliden kulturellen und philosophischen Grundlage. Das einzige Problem ist, dass dies alles kaum mehr zeitgemäss ist. In der Welt der sozialen Netzwerke wirken oberflächliche Bilder stärker als Grundsatzdebatten. Die Menschen wollen keine unangenehmen Wahrheiten hören, sondern beruhigende Lügenmärchen. Sie lechzen nach einer konventionellen, sinnentleerten Sprache. Dies alles bringt zwar keine Lösungen aber es bestätigt zumindest die schlechte Meinung, die sie von den Politikern haben. Was das Image angeht ist unser Trio nicht sehr attraktiv. Meine Mitbewerber sind trotz ihres guten Willens und ihrer Glaubwürdigkeit als Menschen zu schüchtern, zu zurückhaltend. Es fehlt ihnen an Erfahrung und Durchschlagskraft. Der ehemalige Vorsitzende des Grossen Rats spricht nicht gut Deutsch und nimmt daher an den Debatten im deutschsprachigen Wallis nicht Teil. Die Kandidatin ihrerseits verhält sich bis zum Schluss zögerlich und zaghaft, was in der Höhle des Löwen unverzeihlich ist. Mir wird klar, dass mir diese beiden, unabhängig von ihrem Willen, keine Stimmen einbringen, egal wie gross ihr Mut und ihre Entschlossenheit sein mögen. Ihre Präsenz auf meiner Liste stellt eine Bedrohung für das bestehende Establishment dar und zwingt meine Gegner dazu, eine breite Allianz auf der Grundlage des politisch ernsthaftesten Motivs zu bilden, das es gibt: die Kontrolle über den Kuchen, den es zu verteilen gilt. Ausserdem habe ich sowohl aus Respekt als auch aus Kameradschaft für meine Mitbewerber auf eine individuelle Kampagne verzichtet, was sowohl mein Image als einsamer Rebell als auch meine Durchschlagskraft schwächt.

Wir glauben an eine Politik, die auf erprobten Grundwerten beruht und über den traditionellen politischen Grabenkämpfen steht. Doch wir haben die Kraft der Parteiparolen und politischen Cliquen unterschätzt. Dennoch wären diese ohne eine massive und gezielte Verleumdungsoffensive – der verlängerte Arm der Stammtischintrigen – kaum in der Lage, mir ausreichend zu schaden. Seit dem Beginn der Legislaturperiode ist die systematische Verleumdung mein Los und beruht auf klaren Vorgaben, die über das Internet koordiniert werden.

Die Angriffe sind zahlreich, unberechenbar und zerstörerisch. Einen Shitstorm dieses Ausmasses gab es in der Schweizer Politik bei einer kantonalen Regierungsratswahl noch nie. Die Wucht der Attacken ruft fast überall, ausser natürlich im Wallis, eine allgemeine Verwunderung hervor. Ehemalige Kollegen aus der Bundesversammlung, Deutschschweizer Journalisten und sogar Korrespondenten aus dem Ausland rufen mich an, um zu erfahren, was in meinem Kanton eigentlich los ist.

Ich müsste zwar daran gewöhnt sein und sollte längst Antikörper gegen die Verunglimpfung entwickelt haben. Das Theater dauert ja schon zwanzig Jahre. Doch ich habe den Eindruck, dass das «Besudelt eifrig, etwas wird schon hängenbleiben», dem «Besudelt eifrig, es wird nur noch der Dreck übrig bleiben» gewichen ist.

Dies hat zum Ergebnis, dass die dadurch entfesselte Gewalt surrealistische Züge annimmt.

Ich kenne diesen zerstörerischen Mechanismus nur zu gut: ein ketzerischer Gedanke und schon wird mir ins Gesicht gespuckt. Ein Reim, und mein Haus wird Opfer eines Brandanschlags. Ein Witz löst eine Petition aus. Auf eine Rede folgt eine Hasswelle. Nach einer von der politischen Korrektheit verpönten Begegnung wird mir in einem Umschlag benutztes Toilettenpapier zugeschickt.

Meine Feinde (Gegner wäre ein zu schwacher Begriff, um ihren Hass mir gegenüber zu bezeichnen) machen ihre Sache gut und legen sich mächtig ins Zeug, um mich zu erledigen. Dennoch bilden die sozialen Netzwerke nichts anderes als das Orchester, das die Solistenstimmen mit einer schrillen Geräuschkulisse umgibt, neben der die Trompeten von Jericho sich wie schwindsüchtige Flöten ausnehmen.

Welches sind diese unermüdlichen Solistenstimmen?

Sehen wir einmal von der Internetseite «Oskar dégage» (Oskar, verschwinde!) ab, die sich seit Jahren an meine Fersen heftet und jede Laus auf meinem Kopf anprangert. Lassen wir die systematische Zermürbungsarbeit der Medien sowie die derben und beleidigenden Rubriken in den offiziellen Parteiorganen auf die Seite, denn nun tritt die dicke Bertha in Aktion: Da gibt es zuerst einen Flyer an alle Haushalte mit dem Titel «Rossschwanz ab/bringt ihn zum Schweigen», der vierzigtausend Franken gekostet hat und angeblich mit Hilfe eines Crowdfundings finanziert wurde. Dahinter stehen Personen, von denen mir nur eine bekannt ist: ein zu Depression neigender, ehemaliger Journalist, der ein zweisprachiges Buch verbrochen hat, in dem sage und schreibe nichts Anderes zu finden ist als beleidigende Gedichte zu meiner Person! Doch zurück zum Flyer: Vierzigtausend Franken für einen verlogenen und beleidigenden Schmierzettel, in dem erklärt wird, wie die Menschen wählen sollen, damit sie mich loswerden! Meine Haut wird an der Börse des Gutmenschentums tatsächlich hoch gehandelt! Nach einigen Recherchen finden wir heraus, dass das Glanzwerk vom schweizerischen Think Tank « Foraus » organisiert und, wie es scheint, teilweise finanziert wurde, eine Vereinigung, deren Vizepräsident, ein gewisser Johan Rochel, urbi et orbi für eine stärkere Anbindung der Schweiz an die EU eintritt. Als wir weiterforschen stellen wir fest, dass diese Organisation unter anderem von der Eidgenossenschaft finanziert wird – was an sich schon überraschend ist – insbesondere jedoch von der Stiftung *Open Society* von George Soros, dem Weltverbesserer, der alle Grenzen abschaffen will, alle Identitäten auslöschen möchte und ein uneingeschränktes Einwanderungsrecht nach Europa fordert. Angesichts eines solchen Programms verwundert es mich nicht, dass diese Leute meinen politischen Tod anstreben.

Doch das ist noch nicht alles. Ein Lehrer aus Monthey, der mich – bar jeder Arbeitsethik – zuerst in seiner Schulklasse wegen eines SVP-Inserats (und nicht des «rechtsbürgerlichen Bündnisses») angeprangert und dann eine afrikanische Schülerin rhetorisch vor ihren Mitschülern in Geiselhaft genommen hat, ruft zu einer Kundgebung gegen mich auf. Sie soll eine Woche vor der Wahl auf der *place de la Planta* in Sitten stattfinden. Das ist zu viel der Ehre! Ich wische geistig alle Anfeindungen zur Seite, weil Übertreibungen bedeutungslos sind, und hoffe, dass die Bürger nicht darauf hereinfallen. Es bleibt mir sowieso nichts Anderes übrig als die Augen und die Ohren zu verschliessen, den Arsch zusammen zu kneifen und weiter zu machen. Es ist zu spät, um meine Strategie zu ändern.

Ich beobachte meine Katze und erkenne mich irgendwie in der Art, wie sie die eingegipste linke Hinterpfote, die einfach nicht heilen will, mühsam nach sich zieht. Ich ahne dunkel, dass die Heilung für uns beide erst nach der Wahl erfolgen wird. Noch so ein Symbol!

Da meine Frau von diesem täglichen Müll langsam die Schnauze voll hat, beschliesst sie, ohne jemanden nach seiner Meinung zu fragen, auf Facebook einen Text zu meiner Verteidigung zu veröffentlichen.

Ich bin unfähig, dessen Auswirkungen zu ermessen, aber die Absicht ist löblich und die Geste edel.

Der Mann, mit dem ich zusammenlebe

Schenkt man der Welle an Beleidigungen und Aggressionen Glauben, die meinen Ehemann betreffen und seit mehreren Monaten die sozialen Netzwerke sowie unseren Briefkasten überfluten, dann lebe ich mit einem Monster der übelsten Sorte zusammen, einem Kriminellen, der vor keiner Niedertracht zurückschreckt.

Nun, in den dreissig Jahren (davon achtundzwanzig Ehejahre) während denen ich an seiner Seite gelebt habe erfuhr ich ihn tagtäglich als einen grosszügigen Menschen, der sowohl in der Liebe, als auch seinen Freunden gegenüber treu ist und auf den ich mich bei der Erziehung unserer drei Kinder jederzeit verlassen konnte. Dieser so schändlich in Verruf gebrachte Mann schreckte niemals davor zurück, in unserem Haus bedürftige Menschen aufzunehmen; er kämpfte unerlässlich gegen die Ungerechtigkeit (egal ob gegen Schweizer oder Ausländer) und hat oftmals sein Portemonnaie geöffnet, um Freunden oder Bekannten finanziell unter die Arme zu greifen. Während der langen Jahre im Parlament hat er niemals irgendwelche Pfründen angenommen, liess sich niemals kaufen und hat niemals sich selbst oder seine Ideale verraten. Egal, was die gehässigen Menschen, die ihn belasten, behaupten, Oskar ist ein Mann von beispielhafter intellektueller Ehrlichkeit und Redlichkeit. Ein Mann, der hält, was er verspricht, egal ob es um seine Familie, seine Freunde oder sein Land geht.

In seiner Rolle als Staatsrat suchte er stets nach der besten Lösung für das Gemeinwohl und scherte sich bei den zahlreichen Ernennungen, die er tätigte, nie um die politische Farbe der Kandidaten. Natürlich musste er mit einer schwierigen Realität fertig werden und Probleme angehen, die oft von früheren Legislaturperioden herrührten, aber er fand stets ein Mittel zu ihrer Lösung.

Während er sich mit der Leitung seines Mammut-Departements abrackerte, hagelte es vier Jahre lang nichts als Angriffe, Unterstellungen, verlogene Behauptungen und Beleidigungen. Jeden Tag sagte ich mir, dass er irgendwann zusammenbrechen und das Handtuch werfen würde, um der Familie die Zeit zurückzugeben, die durch sein unermüdliches Engagement verloren ging. Doch er liess sich keineswegs entmutigen und bewahrte seinen Sinn für Humor und Selbstironie, den Respekt vor seinen Gegnern und die bewundernswerte Energie, die ihm eigen ist. Niemals habe ich erlebt, dass er einem Mitarbeiter Vorwürfe machte. Für die in seinem Departement begangenen Fehler übernahm er immer anstandslos die Verantwortung.

Woher kommt also dieser Hass, woher kommen die Häme, die Schadenfreude, ihn herabzuwürdigen, denen er im Vorfeld zu den kantonalen Wahlen mehr denn je ausgesetzt ist?

Eine Journalistin schrieb vor einiger Zeit im «Nouvelliste», dass keineswegs die mehr als korrekte Führung seines Departements Probleme bereite, sondern das, was ihn ausmache, seine Persönlichkeit. Ach so? Dann reden wir doch einmal über seine Persönlichkeit. Hier ist ein Mann, der einen aussergewöhnlichen Mut an den Tag legt, um die Souveränität seines Landes, den Föderalismus, die Neutralität, die direkte Demokratie und den Rechtsstaat zu verteidigen. Ein Mann, der die Gesetze respektiert, ein Bürger, der noch nie von der Justiz belangt wurde. Ein Mann, der das vorlebt, was er predigt. Ein kohärenter, konsequent handelnder Mensch, der unermüdlich für seine Ideale kämpft. Ein freier Mann! Und das soll eine problematische Persönlichkeit sein? Ist er nicht eher ein leuchtendes Beispiel?

Doch genau die Freiheit, die er verkörpert und mit so viel Überzeugung verteidigt, ist denjenigen ein Dorn im Auge, die an nichts glauben, die durch das Chaos herrschen wollen und die Schweiz liebend gern verramschen möchten. Ein freier Mann, der seinen Überzeugungen und seinen Äusserungen getreu lebt, ist für all jene Menschen nicht akzeptierbar, die versuchen, eine Moral ohne Glauben durchzusetzen, eine Moral, die sich bedingungslos der Macht unterwirft, mit der sie sich über andere zu erheben versuchen. Ein freier Mann, der die geistige Dimension des Menschen hervorhebt und das Wort Transzendenz in den Mund nimmt, ein Mann, für den es die Freiheit nur im Verbund mit der individuellen Verantwortung geben kann – so einer könnte den Bürgern, die das System so gerne zu Sklaven machen möchte, Flausen in den Kopf setzen.

Nachdem mir dies klar wurde habe ich mich, wie viele andere auch, an seiner Seite eingesetzt, damit unser Land nicht zum angestammten Revier der Scheinheiligen, der Verräter, der korrupten Politiker und Wetterfahnen wird. Ich teile seine Zweifel und seine Hoffnungen für die Zukunft und kämpfe mit ihm zusammen, um unseren Kindern ein sicheres und wohlhabendes Land zu überlassen. Ich fordere die Walliser auf, am 5. März, ungeachtet der Beleidigungen und trügerischen Beschuldigungen, ihr Vertrauen erneut in einen Ehrenmann, einen Mann mit Herz, einen wahren Staatsmann zu setzen!

Dieser Aufschrei des Herzens berührt mich zutiefst. Mit Tränen in den Augen und vor Rührung sprachlos nehme ich meine Gattin in die Arme. Bewundernswert, dass diese aussergewöhnliche Frau nach fast dreissig Jahren Ehe trotz der erlittenen Anfeindungen und ihrer Verletzlichkeit immer noch felsenfest an meiner Seite steht. Nur wer einen ähnlichen Weg an der Seite einer treuen Frau zurückgelegt hat kann abmessen, welches Glück mir zuteil wurde.

Liebeslied

Du bist der Kompass meines Lebens,
Gibst meiner Irrfahrt einen Sinn,
Du bist der Zielpunkt meines Strebens
Auch wenn ich ferne von Dir bin.

Im Herzen trag ich Deine Spur,
Sie bildet meinen Weg zum Glück,
Drum führt sie mich durch Wald und Flur
Am Ende stets zu Dir zurück.

Die Welt hat sich verändert und ich habe es nicht bemerkt. Oder ich habe den Veränderungen nicht genügend Bedeutung beigemessen. Ist die ganze Erziehung, die ich von meinem Vater genossen habe, gerade noch gut genug, um auf dem Flohmarkt verscherbelt zu werden? Ist Kants kategorischer Imperativ nur noch ein Staubkorn auf den Regalen der Geschichte? Gehören die ewigen, unwandelbaren Gesetze der Antigone in den Müll? Ist Platon reif fürs Museum? Sind wir schon soweit? Ist wirklich die Stunde der neuen Barbaren gekommen, die doch ebenfalls aus dem kulturellen Mutterboden des alten Europa hervorgegangen sind, wenn auch auf seltsame Weise, wie eine dritte Brust am Körper einer griechischen Göttin? Wie ist es möglich, dass die neue Führerklasse jenem kulturellen Erbe entsprungenen ist, dem sich ihr Wesen in jeder Zelle verweigert? Wie konnten wir es zulassen, dass nunmehr der Zwerg auf der Schulter des Riesen das Gewicht des Riesen hat und der Riese das Gewicht des Zwergs?

Sicher ist, dass diese neue Wirklichkeit Menschen wie mich verabscheut. Dass sie ihnen nachsetzt, um sie auszulöschen. Oh, sie sind nicht hinter meinem politischen Handeln her, auch nicht hinter dem Mann, der ich bin – ein solider Familienvater, der ein eher konventionelles Leben führt – nein, das, was sie zu Fall bringen wollen ist ein Symbol. Das Symbol einer nicht vermarktbaren inneren Freiheit, die sie in ihrem modernistischen Wahn nicht kontrollieren können, auch wenn sich Politik und Wirtschaft zusammentun, um den Staat in einen grossen Bazar zu verwandeln. Sie bekämpfen in mir den Fahnenträger gegen die Islamisierung, die unkontrollierte Einwanderung, den Identitätsverlust, die Schengen-Dublin-Vereinbarungen, den Verteidiger der Souveränität, der Unabhängigkeit und der Volksrechte. Latent wird das Prinzip der Vorrangstellung gewisser Werte über die Interessen der Realpolitik bekämpft. Unter den Käuflichen wird derjenige, der sich nicht kaufen lässt, sehr bald zum Staatsfeind Nummer eins. Denn wer sich nicht an der Verteilung der Pfründen beteiligt legt ein verdächtiges, antisoziales und für das Gleichgewicht des Landes gefährliches Verhalten an den Tag! Daher ist alles recht, um den Botschafter zu töten, diesen Spielverderber, der mit dem Beispiel voranzugehen wagt und die Kohärenz zwischen Wort und Tat zur Tugend erklärt. Um mich zur Strecke zu bringen greifen sie paradoxerweise ein Bild an, das meinem Wesen fremd ist. Sie haben das Bild von Dorian Gray vom Speicher geholt und vor ein Erschiessungskommando gestellt. Nur dass dieses Bild von jenen geschaffen wird, die es anschauen. Aufgrund ihrer Projektionen verzerrt es sich auf schreckliche Weise, das Gesicht verwandelt sich in eine furchtbare Maske. Das für mich Unangenehme an dieser Prozedur ist, dass ich das Fleisch gewordene Wesen bin, das die leidvolle Bürde dieses erniedrigenden Prozesses tragen muss. Das Bild selber ist gegen die Schläge unempfindlich. Meine Feinde quälen das Lautbild, um den Begriff zu zerstören. Sie misshandeln das Symbol, doch es ist der echte Mensch, der leidet. Und sein Umfeld mit ihm.

Heckenschützen

Versteckt hinter hohen Hecken
Bewerfen sie mich mit Dreck,
Ich muss wohl darin verrecken
Denn ich finde kein Versteck.

Es fehlen ihnen die Ecken,
Ihre Kanten sind auch weg,
Die Decke hat keinen Fleck
Unter der sie alle stecken.

Sie wollen mich niederstrecken,
Drum wird mein Name befleckt,
Es braucht den gerechten Schrecken,
Damit das Böse verreckt.

Bald bleibe ich auf der Strecke,
Ich kann den Kopf nicht mehr recken,
Zerdrückt ist die böse Zecke
Und niemand hat Dreck am Stecken.

Wen kümmert's, sagt sich das Erschiessungskommando der Humanisten. Hauptsache, das Ziel ist erreicht. Wenn ich fortan zu den Menschen spreche, sehen sie nur noch mein abstossendes, virtuelles Bild und sind derart befremdet und angewidert, dass sie nicht mehr auf das hören, was ich sage. Wie gut ich sie verstehe! Auch ich hasse dieses Bild von mir. Leider ist es zu einer Art aufgezwungener Maske geworden, die ich nicht mehr von meinem Gesicht lösen kann.

Ich habe den Eindruck, mich in ein Ungeziefer zu verwandeln, wie Gregor Samsa, der Protagonist von Kafkas *Verwandlung*. Ich habe den Eindruck, nach und nach zu dem zu werden, was die anderen in mir sehen, und schäme mich immer mehr für das, was ich bin. Ich ertappe mich dabei, den Blicken auszuweichen. Wie ein Einsiedlerkrebs suche ich eine Muschel zum Schutz meiner ungeschützten Stellen. Doch für denjenigen, der den Feind in sich trägt, gibt es keine Muschel. Er wird von innen heraus zerstört. Als Gefangener seiner Muschel ist er zum Erstickungstod verurteilt. Verzweifelt versuche ich, dieser unheilvollen Entwicklung durch Schreiben entgegen zu wirken:

Hass

Schwarze Blicke dringen
Bis in meine Seele vor,
Tausend Ängste singen
In mir einen Trauerchor.

Mich bedrohen Augen,
die das Sein mit Schein verputzen
und nur dazu taugen
meine Ehre zu beschmutzen.

Wie soll ich darin
Wieder zu mir selber finden?
Alles was ich bin
Droht als Trugbild zu verschwinden.

Soll ich mich verkaufen
Und mein wahres Selbst verraten?
Soll ich überlaufen
Zu den Pseudo-Demokraten?

Oder bleibe ich
Meinem echten Wesen treu
Und verpflichte mich
Korn zu sein und nicht nur Spreu?

Mit einem rumänischen Freund reden wir oft über die neuen gesellschaftlichen Vernichtungstechniken, die durch die sozialen Netzwerke noch verstärkt werden. Er sagt mir, dass er die Abläufe – von der modernen Technologie einmal abgesehen – sehr wohl kennt; dass es zu Zeiten Ceausescus in Rumänien etwa gleich funktionierte: Die Menschen wurden vom System nicht erschossen, sondern gesellschaftlich zerstört, indem man ihre Ehre beschmutzte und ihnen den Stempel der Schande aufdrückte, um sie auszugrenzen. Die Folgen waren in der Regel Arbeitslosigkeit, finanzielle Not und schliesslich Alkoholsucht, Depression oder sogar Selbstmord. Sehr selten kam es zu Zeiten des Eisernen Vorhangs zum Exil. Natürlich ist die heutige Ausführung in der Schweiz oder Westeuropa weniger brutal und auf den ersten Blick «menschlicher», doch die Mechanismen sind grundsätzlich dieselben. Der Kommunismus ist nicht wirklich mit dem Mauerfall untergegangen. Einige Aspekte wurden leicht verändert in den Westen exportiert.

Ein weiterer Teilnehmer an der fröhlichen Wahlschlacht, der zurzeit durch den Fleischwolf der Gedankenpolizei gedreht wird ist der Kandidat, den die FDP auf Knien gebeten hat, sich als Topkandidaten zur Verfügung zu stellen. Die Parteioberen setzten jedoch im letzten Augenblick einen Neuling mit ihm auf die Liste, um seine Wahl zu verhindern, denn der grosse Fadenzieher dieser Partei will derzeit keinen Regierungssitz. Er möchte den Platz für seine Tochter freihalten, die erst in vier oder acht Jahren soweit ist.

Als nun dieser brave Kandidat spürte, dass ihm seine Partei nach und nach das Vertrauen entzog, hatte er die unglückliche Idee, im regionalen Radiosender zu verkünden, dass er es sich vorstellen könnte – sollte er beim zweiten Wahlgang noch im Rennen sein – mit dem «rechtsbürgerlichen Bündnis» gemeinsame Sache zu machen.

Augenblicklich erscholl allgemeines Protestgeschrei! Der Mann wird seitdem geschmäht, ausgegrenzt und auf übelste Art und Weise beschimpft. Das wird diesen Flegel lehren, einen Pakt mit dem Teufel einzugehen! Da er von der Heftigkeit dieses Sperrfeuers völlig überrumpelt wird, macht er einen Rückzieher und lässt verlauten, dass man ihn nicht richtig verstanden habe. Dabei verstrickt er sich in unglaubhafte Rechtfertigungen. Ich befürchte, dass er durch sein Handeln nicht nur jegliches Ansehen bei den Jasagern seiner Partei verloren hat, sondern auch die Unterstützung, die er sich aus meinem Umfeld erhoffte.

Manchmal frage ich mich, ob mich nicht ein latenter Masochismus dazu geführt hat, diesen unvernünftigen Weg zu wählen, auf dem ich nun wie ein Schlafwandler voranschreite. Glücklicherweise übernimmt es meine Frau, sich nächtelang die sozialen Netzwerke um die Ohren zu schlagen. Das schützt mich ein wenig und verhindert ein zu schnelles Ausbreiten des Gifts in meiner Psyche. Wenn ich Glück habe, wird es mich nicht vor der Wahl erledigt haben, über deren Ausgang ich mir ebensowenig Illusionen mache wie ein schnaubender, schäumender Stier, auf dessen blutigem Rücken Sträusse von Banderillas blühen. Wie er nehme ich verschwommen wahr, dass mich der Todesstoss erwartet, wie er stürme ich trotzdem vorwärts, denn Angriff ist die beste Verteidigung. Das ist natürlich dumm, aber es ist zumindest ehrlich. Der Prozess, den ich ausgelöst habe, muss zu Ende geführt werden, damit ein Neuanfang möglich wird, der es mir erlaubt, endlich zu leben und zu gesunden. Das erinnert mich an ein Lied aus meinem ersten Musical, *Quesada*, aus dem Jahre 2007, das noch nie so aktuell war wie heute. Ich greife zur Gitarre und singe es leise vor mich hin, wobei ich jede Liedzeile, jedes Bild auskoste, die in meinem Mund zergehen wie eine Götterspeise.

> *(…)*
> *Das Schiff in stille Wasser lenken*
> *Wo Palmen ihre Köpfe schwenken,*
> *Das Leben neu entdecken,*
> *Die Angst ausbrennen, die mich frisst,*
> *Frei von Erbitterung und Zwist*
> *Mich nach den Sternen strecken,*
> *Den alten Leidensweg aufgeben,*
> *Nicht mehr erobernd vorwärtsstreben*
> *Und mich erobern lassen,*
> *Nie mehr in wilde Meere stechen,*
> *Den Widerstand im Herzen brechen,*
> *Das Glück mit Händen fassen.*

Heute ist ein besonderer Tag. Grosszügiges Sonnenlicht wärmt den fröstelnden Februar etwas auf. Zusammen mit Ghislaine und meinem Kommunikationsbeauftragten, der den Anlass organisiert hat, begebe ich mich zum Camping Robinson, wo ich zu einem Nachmittagskonzert erwartet werde. Wieso der Camping Robinson, es ist doch gar nicht Freitag … Ich mache diesen Schritt, weil die Menschen, die hier in ihren Camping Cars, Wohnwagen oder Wohnmobilen wohnen, die Vergessenen unseres ach so sozialen Staates sind. Sie sind halt nicht über das Mittelmeer gekommen. Das einzig Exotische, das ihnen anhaftet, ist, dass sie eine sesshafte Variante der Zigeuner sind. Mit dem Unterschied, dass Zigeuner aus freien Stücken in Häusern auf Rädern wohnen, während die hier mehr schlecht als recht dahinlebenden Menschen keine andere Wahl haben. Ihr Leben gleicht den Rädern ihres Wohnwagens: Es läuft nicht mehr rund. Das Leben läuft für keinen rund, der am Monatsende nicht über die Runden kommt und dessen grösste Angst die nächste Rechnung ist, die er nicht bezahlen kann. Ich bin hier, um die Öffentlichkeit auf die Existenz dieser Menschen aufmerksam zu machen. Um das verborgene Gesicht dieses Landes aufzudecken, das so sauber und gepflegt daherkommt, dass selbst der Staub zögert, sich auf den Möbeln niederzulassen. Viele dieser Menschen arbeiten, können aber aufgrund ihres tiefen Lohns die Miete für eine anständige Wohnung nicht bezahlen. Um nicht als Sozialfall zu enden leben sie am Rande der Gesellschaft in einem Wohnwagen, der wie das Floss Robinsons auf einer Insel gestrandet ist. Für ihren festgefahrenen Wohnwagen werden die Strassen der grossen weiten Welt ein nie erreichbarer Traum bleiben. Ich befürchte, dass diese *working poor* nur die Vorboten der finsteren Zukunft sind, welche die wild gewordenen Pferde der Hochfinanz ankündigen. Ich komme nicht umhin, an die vom System auf Händen getragenen Migranten zu denken, von denen ein Grossteil nur mit dem Ziel kommt, sich am Kadaver des alten Europas satt zu fressen, solange es noch einen Knochen zum Abnagen gibt. Wieso sollten sie sich unsere Sitten und Gebräuche aneignen, die Hand achten, die sie ernährt und sich in unsere Gesellschaft integrieren? Man integriert sich nicht in etwas, das im Sterben liegt. Sobald das Fest zu Ende sein wird, werden sie ohne Bedauern in verheissungsvollere Länder weiterziehen und sich keinen Deut um die Verwüstung scheren, die sie hinter sich lassen. So lautet das grausame Gesetz des Elends. Es handelt sich um eine völlig natürliche Reaktion jedes lebendigen Organismus: Keine Katze wartet lange vor dem leeren Fressnapf! Aber die Menschen auf dem Campingplatz Robinson haben – welch schwacher Trost! – immerhin einen Vorteil gegenüber den Spiessbürgern, die unser Sozialsystem leichtsinnig in Gefahr bringen: Sie haben nicht viel zu verlieren. An dem Tag, an dem das System zusammenbrechen wird, werden sie weniger leiden, denn sie wissen mit der Not umzugehen.

An einem Ort wie diesem können etwas Musik und Poesie nicht schaden. Wenn es schon im Topf nichts aufzuwärmen gibt soll wenigstens den Herzen durch ein paar Klänge Wärme gespendet werden.

> *Les saisons*
> *C'est le ciel*
> *Sur un fond*
> *D'hirondelles*
> *S'envolant*
> *Pour nous prendre*
> *Le temps*
>
> *Les saisons*
> *C'est le temps*
> *Qui se fond*
> *Dans les champs*
> *C'est l'habit*
> *Recouvrant*
> *L'infini*
>
> ...

Les saisons
Papillonnent
Leurs flocons
Tourbillonnent
Et déposent
Leur deuil
Sur mon seuil.

Während ich diesen geselligen Nachmittag voller Poesie und Musik mit ein paar Dutzend Einwohnern des Camping Robinson verbringe – der Name erinnert fast an den «Club Med» und dabei handelt es sich um das Vorzimmer der Verzweiflung – versammelt sich auf der *place du Scex* in Sitten eine Menschenmenge aus Möchtegern-Bohemiens und Politikern, die allesamt vor Wohlstand strotzen, um stillschweigend gegen das widerliche Image zu demonstrieren, welches sich das Gutbürgertum von mir macht. Einmütig und engagiert übt sich die Menge darin, geräuschvoll zu schweigen. Meine vor Kollegialität strotzende Regierungskollegin und Staatsratspräsidentin nimmt auch daran teil. Wie merkwürdig! ich erinnere mich noch, wie sie meine Reise nach Berlin – die mitnichten die Regierung des Wallis betraf – als anti-kollegial bezeichnete. Man frage mich nicht warum. Ihre Teilnahme an einer Demonstration gegen einen Regierungskollegen hingegen, der sich ihr gegenüber stets äusserst kollegial verhalten hat, scheint ihr hochgradig kollegial zu sein. Es stösst sich selbstverständlich kein einziger Medienvertreter daran. So wie auch kein Journalist darüber schockiert ist, dass sich die Dame nie an das Budget ihres Departements hält und dass der Dienststelle für Gesundheit, für die sie zuständig ist, jährlich acht Millionen Franken durch die Lappen gehen, weil viele Patienten kein Vertrauen mehr in das Walliser Gesundheitsnetz haben und sich ausserkantonal pflegen lassen. Aber ich belasse es lieber dabei, denn die Wäsche wird dadurch nicht sauberer, dass man sie in der Öffentlichkeit wäscht. Fazit dieses Befunds ist jedenfalls, dass mir alles verziehen würde, wenn ich mich nur dazu entschliessen könnte, das Geschlecht zu ändern, mir eine Rose ins Knopfloch zu stecken und lauthals und mit erhobener linker Faust die Internationale zu singen.

Der Musiker, den ich mit der Orchestrierung meines Liedes «die Freiheit» beauftragt habe, hat seine Arbeit eben beendet. Ghislaine hat sich die Mühe gemacht, die Tonaufnahme durch einen Videoclip zu untermalen. Das Ergebnis ist recht beeindruckend. Nach wenigen Stunden auf youtube sind wir bereits bei 10'000 Aufrufen und die Anzahl steigt weiter. Dies, obwohl der übliche Fledermausschwarm der Auftragsbeschmutzer seinen sauren Urin über unserer Kreation ausschüttet. Als diese auf dem Gebiet der Informatik bestens bewanderten Kleingeister bemerken, dass das Lied zu einem Hype zu werden droht, sprechen sie sich ab und schicken ein Dutzend gegenstandslose Klagen an den Betreiber, was automatisch zur Sperrung unseres Clips führt. Wir umschiffen die Klippe und schalten das Lied auf daily motion auf, doch der Schaden ist nicht mehr gutzumachen. Meine Feinde haben ihr Ziel erreicht und die Dynamik mit ihrem fiesen Trick gebrochen. Der Clip zieht erneut etwas an, als er einige Tage später aufgrund des dezidierten und hartnäckigen Eingreifens eines befreundeten Rechtsanwalts wieder freigegeben wird. Seither haben wir es trotz der Störaktion auf 20'000 Aufrufe bei youtube und rund 10'000 Aufrufe bei daily motion gebracht. Ohne die Störungsaktion hätten wir ein weitaus besseres Ergebnis erzielt.

Es ist trotzdem erstaunlich, mit welcher Verbissenheit meine Hasser ohne triftigen Grund ein Lied sperren lassen, das sie als Katastrophe bezeichnen. Warum lassen sie das Lied sperren, wenn es tatsächlich ein Flop ist? Sie sollten doch froh sein, dass sich der Urheber damit lächerlich macht. Könnte es sein, dass mein Text doch nicht so mies ist? Ist ihnen möglicherweise die Strophe über den Realkommunismus sauer aufgestossen? Wie dem auch sei, diese Leute bestätigen, was ich schon längst vermutete: Sie lieben die Freiheit nicht. Um mich zu entspannen greife ich zur Gitarre und singe den Song, dass es nur so scheppert. Eine zivilisierte Art, der hinterhältigen Meute der Gutmenschen den Stinkefinger zu zeigen.

Als er allein am Kreuze hing
Und dort den Todessstoss empfing
Hat seine Liebe uns befreit
Und alle Herzen wurden weit

Sie waren drei für einen Schwur
Drei kleine Schweizer Bauern nur
Ihr Durst nach Freiheit war so gross
Er lässt bis heute uns nicht los.

Refrain:
Die Zahl entscheidet nicht
So viele Flammen, stets dasselbe Licht
Und in der Nacht
Versprühn die Funken
Stets die selbe
Sternenpracht.

So mancher Lebenslauf
Und einen jeden mischt das Schicksal auf,
Doch was ihn nährt
Legt in die Herzen
Einen Traum der
Ewig währt.

Dreihundert standen mutig auf
Und hemmten den Geschichtsverlauf
Führt einst nach Sparta dich dein Fuss
Entbiete ihnen meinen Gruss.

Sie waren eine Handvoll nur
Im Kampf gegen die Diktatur
Der Hass hielt über sie Gericht,
Sie beugten ihre Köpfe nicht.

Wie viele waren es in Prag,
an jenem kalten Frühlingstag,
als Kettenlärm die Luft durchdrang
Und mancher vor die Panzer sprang?

Wie viele werden wir noch sein
Bricht über uns die Nacht herein
Wie viele werden aufrecht gehn
Um für die Freiheit einzustehn

Vor ein paar Monaten habe ich einen anderen Videoclip auf youtube aufgeschaltet, der die Kinder in Afrika zum Thema hatte. Das Lied hatte ich für einen Wohltätigkeitsanlass der UNICEF komponiert.

Es handelt von den Plagen, unter denen die Kinder des schwarzen Kontinents zu leiden haben: Hunger, AIDS, Noma, Zwangsrekrutierung als Soldaten. Meine Gegner hüteten sich wohl, diesen Song zu thematisieren. Die Öffentlichkeit hätte ja den albernen Eindruck gewinnen können, dass in der Brust des Monsters ein Herz schlägt.

L'enfant aux yeux de misère
N'a plus de lumière
Pour sauver la terre
Et la terre a trop peu de poussière
Pour sécher les larmes brûlant ses paupières
Et le monde est trop grand
Pour entendre son cri déchirant
Dans le soir qui descend
Et dévore le temps
Et dévore l'enfant à chaque battement
De son cœur [6]

Im Verlauf der Kampagne werden meine Gegner immer fremdenfeindlicher. Im Ernst. Ihre Toleranz, ihre Weltoffenheit zwingt sie dazu, denn sie setzen sich für das Gute ein. Die Fremdenfeindlichkeit ist nur schlecht, wenn sie dem Bösen dient, nicht aber, wenn sie im Dienst des Guten steht.

Es geht mir ähnlich wie den terroristischen Organisationen in Syrien: Dort gibt es die bösen Bösen, das sind diejenigen, die von den Russen und den Iranern unterstützt werden. Dann gibt es die guten Bösen, das sind die Terroristen, die den Amerikanern nutzen

[6] *Übersetzung als Anhang am Ende des Buches.*

und von ihnen unterstützt werden. Al Qaïda zum Beispiel war zur Zeit des militärischen Eingreifens der Russen in Afghanistan ein von den Vereinigten Staaten unterstützter guter Böser. Nach dem 11. September 2001 wurde die Organisation zum bösen Bösen und schliesslich im Rahmen des aktuellen Syrienkonflikts wieder zu einem guten Bösen, den es zu unterstützen gilt.

Ich selber bin ein böser Böser, ausserdem noch Österreicher, wie … sie wissen, wen ich meine. Zahlreiche weltoffene und tolerante Internetsurfer verlangen nun meine Ausweisung nach Österreich, obwohl meine Mutter Schweizerin ist, ich in der Schweiz geboren wurde und meine österreichische Familie zwischen 38 und 45 auf der «falschen» Seite stand, nämlich auf der Seite der Konservativen, also der Schwarzen. Sie erklären sich den Widerspruch dadurch, dass in meinem Fall das Schwarze wohl ein Braun sein muss, das sich falsch einschätzt. Mein Kommunikationsbeauftragter hat das gleiche Problem. Auch er ist ein böser Böser, denn er ist Serbe und weigert sich, den Kosovo als einen triumphalen Höhepunkt des demokratischen Rechtsstaates anzuerkennen. Hinzu kommt sein dreister Versuch, die NATO-Geschichtsschreibung über den Konflikt in Ex-Jugoslawien ein kleines bisschen zu relativieren.

Aufgeschlossenheit scheint für gewisse Leute ein äusserst dehnbarer Begriff zu sein.

Die Wahlkampagne liegt in den letzten Zügen. Die Debatten, die für mich sehr gut liefen, sind beendet. Es bleibt eine Woche bis zur Wahl. Ich steige mit meinen Kindern zu unserer Berghütte hinauf, um Abstand zu gewinnen. Trotz der gemütlichen Atmosphäre, der zahlreichen aufmunternden Anrufe und der optimistischen Prognosen meines Sohnes Yoann, der meinen Sieg so sehr erhofft, dass er felsenfest daran glaubt, schlafe ich schlecht. Ich werde regelmässig von schrecklichen Angstanfällen erfasst. Das Problem liegt darin, dass ich unfähig bin, den Sieg zu visualisieren. Was ich dagegen visualisiere, ist die flächendeckende Kleinarbeit der gegnerischen Truppen, die aufgrund ihrer zahlreichen Netzwerke das Terrain kontrollieren, während sich meine Truppen sagen, dass mir nichts passieren kann, weil ich bekannt bin wie ein bunter Hund.

Im Tal unten läuft die Fassnacht auf Hochtouren. Wohin einer schaut, nur noch Masken. Ich fliehe vor der Welt der Larven und gebe mich der Illusion hin, dass mir das Maskentragen durch meine Abwesenheit erspart bleibt. Denkste! Heutzutage lässt sich mit einer Maske alles machen. Sie kann sogar der Abwesenheit eine Präsenz verleihen. Schliesslich ist, wo selbst die Leere maskiert herumstolziert, auch auf die Abwesenheit kein Verlass mehr. Nur dass sich die Abwesenheit ihre Maske nicht selber aussuchen kann. Ich kann mich verstecken oder abwenden wie ich will, mein Image richtet hinter meinem Rücken unvermindert Schaden an.

Ich mache mir Vorwürfe, weil ich meinen Gegnern erlaube, meine innere Harmonie zu zerstören und nicht stark und locker genug bin, um die Feinseligkeit der Welt mit einer lässigen Handbewegung abzuwehren. Ich bin das Opfer einer Illusion. Ich leide, weil ich den Eindruck habe, ich hätte etwas zu verlieren. Ich leide, weil ich mich an dieses Etwas klammere, das man mir nehmen will und das mir ja gar nicht gehört. Ich bin wütend auf mich, auf meine Unfähigkeit, die niedrigen Instinkte zu bekämpfen, die mich schwächen, weil sie ein Echo in mir finden. Das Chaos, das ich durch mein politisches Handeln verhindern wollte, breitet sich in meinem Herzen aus.

Daher habe ich diese unerträglichen Ängste. Ich bin schwach, weil ich einer Sache Wert beimesse, die überhaupt keinen Wert hat, da sie ja von einem Augenblick auf den andern verloren gehen kann. Dennoch klammere ich mich mit der Kraft der Verzweiflung daran, als würde mein Leben davon abhängen. Ich bin wie ein Mensch, der aus dem Flugzeug fällt und sich an den Wolken festzuhalten versucht, um nicht abzustürzen. Ich bin schon tot, bevor ich auf dem Boden aufschlage, weil ich nach den Wolken greife statt meinen Fallschirm zu öffnen.

Also versuche ich auf andere Gedanken zu kommen, indem ich unruhig über die Almen wandere, für meine Kinder koche und mich der Lektüre hingebe. Doch es hilft alles nichts. Von meinem Zwerchfell steigen regelmässig Angstwellen bis in mein Gehirn und legen es lahm. Um dagegen anzukämpfen, nehme ich ein Blatt Papier und schreibe. Ich versuche, analytisch vorzugehen und mich über das Chaos der von der Wirklichkeit in den Schwitzkasten genommenen Betrachtungen zu erheben. Das erste, was mir dabei in den Sinn kommt, ist der Begriff der Macht, der ich die berauschende Möglichkeit verdanke, in grösserem Mass einen nachhaltigen Einfluss auf die Dinge auszuüben. Ich stelle fest, dass meine Ängste durch den möglichen Verlust dieses Einflusses hervorgerufen werden. Dabei handelt es sich, gemessen am Land, an der Welt und am Universum, um eine recht dürftige Macht. Sie ist auch an meinem inneren Mikrokosmos gemessen äusserst dürftig. Es handelt sich darüber hinaus um eine völlig überschätzte Macht, weil sie in ein Korsett aus Gewohnheiten, Regeln, Konventionen, Automatismen und unterschiedlichen Interessen gezwängt ist. Aber es ist immerhin eine Macht, und sie übt auf denjenigen, der sie innehat, eine seltsame Faszination aus, egal, wie gross sie ist. Beiläufig kommt mir der unheilbringende Ring aus dem Herrn der Ringe in den Sinn. In meinem Fall ist es der Verlust der so schwer erkämpften Macht über die Menge, die mich mit Angst erfüllt. Die Aussicht, sie nicht mehr hinter mir zu wissen und ihrer Rage ohne den Schutz einer demokratischen Legitimität ausgeliefert zu sein, macht mir sehr zu schaffen. Ein ganzes Leben lang habe ich versucht, dieses bedrohliche Monster zu zähmen, das ich zugleich in meiner Eigenschaft als soziales, wärmebedürftiges Wesen so sehr brauchte. Und jetzt laufe ich Gefahr, jede Kontrolle zu verlieren. Wie soll ich ohne Rüstung überleben, falls ich die Wahlen verlieren sollte? Ist der Machtverlust nicht wie ein Dolch, der sich gegen die Hand wendet, die ihn hält? Wird sich die Macht an mir rächen, weil ich ihr nicht genügend gehuldigt habe?

Ich weiss, dass die Macht ein eifersüchtiger Gott ist, der keine anderen Götter neben sich duldet. Die Macht genügt sich selbst und ist der Zweck, der alle Mittel heiligt. Sie ist ein Gott, der gnädig duldet, dass man vorgibt, über und neben ihm Werte zu verteidigen, doch erträgt er es nicht, wenn man dies auch tatsächlich tut und Chimären wie Gemeinwohl, Gemeinnutz, soziale Gerechtigkeit und schlimmer noch, Freiheit, über ihn stellt. Denn die Freiheit, in welcher Form auch immer zu verteidigen, bedeutet am Busen der Macht die einzige Kraft zu nähren, die in der Lage ist, sie in Frage zu stellen. Wer vorgibt, die Freiheit zu verteidigen, um das gutgläubige Volk seinem Willen besser zu unterwerfen, ist dem Gott der Macht genehm. Der echte Freiheitskämpfer hingegen versetzt ihn in Rage. Die Macht ist kein Spielzeug, das man nach Lust und Laune in die Hand nehmen und wieder achtlos liegenlassen kann. Sie ist ein Meister. Ein Beherrscher. Sie besitzt denjenigen, der sie zu beherrschen glaubt. Sie ist nicht nur eifersüchtig, sondern auch eitel, eingebildet, jähzornig, sprunghaft, vergesslich, undankbar wie eine Luxusprostituierte. Sie will umsorgt, gehätschelt, geschmeichelt und bedient werden. Sie liebt unterwürfige, willensschwache, feige, arrogante, von sich selbst eingenommene Kreaturen, die sich ihr bedingungslos unterwerfen. Sie belohnt all jene, die sich ihren Regeln ohne Wenn und Aber unterstellen mit den kostbarsten Schätzen der Erde und stösst diejenigen in den Abgrund, die sie anzweifeln, in Frage stellen, zu beherrschen versuchen, die von anderen Dimensionen träumen und die luxuriöse Pagenuniform zu eng finden, die sie ihnen aufdrängt. Der Macht ordnet man sich nicht nur ein bisschen, zögernd und mit Vorbehalt unter, indem man andere Götter verehrt, nein, man verkauft ihr seine ganze Seele und wirft ihr seine Menschlichkeit zum Frass vor. Die Macht verabscheut den Engel, weil sie das Biest begehrt. Sie duldet es jedoch genussvoll, wenn das Biest zwecks Absolution und Straflosigkeit den Engel vortäuscht. Die Macht steht jenseits von Gut und Böse, sie ist alles zusammen, Epizentrum und Peripherie, Peitsche und Liebkosung, Gesetz und Gesetzlosigkeit, Profit aus dem Verbrechen und Käuflichkeit der Justiz, Form und Inhalt, Missbrauch und Vorwand, Mittel und Zweck. Sie ist das Werkzeug, das den Benutzer beherrscht, die Materie, die vorgibt, geistreich zu sein, sie ist der Egoismus im Kostüm der Solidarität, das Kalkül, das Grosszügigkeit vortäuscht, der Zwang, der sich in die Toga der Freiheit hüllt, sie ist ein Lamm mit Wolfszähnen, eine Prostituierte, die sich als Jungfrau ausgibt, eine Raupe, die den Schmetterling verspricht, aber im Puppenstadium verharrt. Die Macht ist wie das Bildnis des Dorian Gray, denn sie entwürdigt die Seele, je mehr sie die Materie adelt. Die Macht ist ein köstlich verdorbener Traum. Sie ist ein grausamer Köder, der Dank des versteckten Hakens bekommt, was ihm zusteht. Sie ist der hohe Preis, den der Mensch für das angeblich Kostenlose entrichten muss. Macht und Geld sind das inzestuöse Elternpaar aller sozialen Miss- und Totgeburten, sie sind die Hauptglieder der Kette, an der der Teufel die Welt vorführt.

Kommt noch der Sex hinzu, doch das ist eine andere Geschichte.

Dies bringt mich dazu, den Meister der Materie zu ehren. Er soll endlich gestehen, was er mit so viel Geschick verbirgt.

Was der Teufel nie zugeben wird

Ich heiße wie ihr wollt, doch bleib ich anonym,
Der Mensch und seine Gier, das ist mein Domizil,
Ich pflege die Geduld, bin selten ungestüm,
Wo man ein Wort verfälscht, da bin ich schon im Spiel.

Ich kaufe Seelen ein, dazu wahr ich die Form,
Die Maske ist mein Pass und öffnet mir die Herzen,
Ich lüge wie gedruckt, ich sprenge jede Norm
Und sage immer zu, der Preis ist zu verschmerzen.

Wer mich beherrschen will, der wird von mir besessen,
Ich halte niemals ein, was ich geschickt verspreche,
Bei kurzem Löffelstiel lad ich sehr gern zum Essen,
Das Haben will Kredit, das Sein zahlt dann die Zeche.

Ich baue hoch hinauf was jeder sich erträumt,
Die Hoffnung gibt den Schub, das Geld stammt vom Verbrechen,
Doch kommt mich Unlust an, so wird nicht lang gesäumt,
Ich lasse Knall auf Fall das Werk zusammenbrechen.

Den Staub, den ich verkauf, preist man als pures Gold,
Ich dränge mich nicht auf, ich unterbreite nur
Und bin doch sehr erstaunt, wenn so ein Kunde grollt,
Er wurde ohne Zwang zu meiner Kreatur.

Man hängt mir einen Bocksfuss und auch Hörner an
Doch bin ich wie der Mensch, belanglos und banal,
Verlogen, feig und frech, auch böse dann und wann,
Bin käuflich, wenn es lohnt, und meistens nicht loyal.

Die Menschen könnten sich sehr wohl gegen mich wehren,
Die Waffen, die es braucht, sind Demut und Verzicht,
Doch wo ein Menschlein lebt entsteht auch das Begehren,
Drum fürchtet meine Macht die Menschentugend nicht.

Ich sag es grad heraus, der Mensch braucht mich im Stillen,
Ein Engel nur zu sein scheint ihm gar kümmerlich,
Ich gebe ihm die Wahl, das heißt den freien Willen,
Und selbst der liebe Gott wär' hilflos ohne mich.

Ich bin mir bewusst, dass die Macht im Grunde sich selbst genügt, dass sie immer demjenigen zulächelt, der sie am meisten begehrt und ihr am gehorsamsten dient. Ich weiss, dass man sie, um sie nicht zu verlieren, durch die Bildung von Netzwerken, durch die Versprechung von Pfründen, durch die in Aussicht gestellte Teilung des Kuchens stärken und im schlimmsten Fall durch Drohungen untermauern und absichern muss. Alles Vorkehrungen, die zu treffen ich während meines Mandats sträflich vernachlässigt habe. Ich baute meine Amtsausführung nicht zu einer Herrschaft aus. In Wahrheit ist es ganz einfach: Wer an die Macht will, braucht Ideale; wer die Macht erhalten will, muss seine Ideale verraten. Doch macht dieser Verrat nur Sinn, wenn er kollektiv ist.

Was mich betrifft, so war ich immer ein einsamer Wolf. Pfründen und Netzwerke von privaten Interessensgruppen haben mich nie interessiert. Daher lehnte ich Verwaltungsratsmandate systematisch ab, von denen einige sehr lukrativ gewesen wären. Ich zog es vor, meinen Lebensunterhalt als Lehrer zu verdienen, anstatt denjenigen gefügig zu sein, die befehlen, weil sie bezahlen. Ich habe sehr früh verstanden, dass das der Preis der Freiheit, seine *conditio sine qua non* ist. Bestärkt von der moralischen Legitimität dieser Entscheidung und beflügelt von der damit einhergehenden Kohärenz zwischen meinen Worten und meinen Taten startete ich durch, ohne mich darum zu sorgen, ob man mir folgte oder nicht. Ich bin auf den Guerillakrieg zugeschnitten, auf Blitzkampagnen, auf Säbelangriffe der leichten Kavallerie. Konventionelle Grossmanöver öden mich an.

Doch das Unverzeihlichste an meiner Einstellung, das, was meinen Sitz hochgradig gefährdet, ist, dass ich die Macht als eine Energie auffasse, die zum Handeln befähigt, die Dinge vorantreibt, dem Gemeinwohl dient. Ich bin der Überzeugung, dass die Macht kein starrer, festgefahrener Block sein darf, den man sich dauerhaft aneignet. Ganz im Gegenteil: Sie sollte ein Fluss sein, ein Strom, reine Energie, die niemandem gehören darf, denn wenn man sie in Beschlag nimmt, zerstört man ihre Dynamik und entfremdet sie ihrer eigentlichen Bestimmung: der Bewegung. Nur in Freiheit dient die Macht dem Guten.

Ich weiss, dass meine Thesen all dem widersprechen, was Machiavelli diesbezüglich geschrieben hat. Und ich bin mir voll und ganz bewusst, dass er zweifelsohne Recht hat, was den Erhalt der zeitlichen Macht angeht. Doch ich komme nicht umhin, die schädlichen Folgen einer verhaltenen, erzwungenen, kontrollierten und gezähmten Macht im Alltag festzustellen. Daraus ergibt sich eine Reihe von Monopolrenten – ein endemischer Makel aller öffentlichen Dienste –, eine Korruption, die nicht beim Namen genannt werden will und deshalb legalisiert wurde, sowie eine schreckliche Trägheit, die von der Furcht genährt wird, vom Strom der Veränderung fortgerissen zu werden.

Die Ausübung dieser berechnenden, festgefahrenen und steifen Macht, zu der ich mich nie aufraffen konnte, stellt nichts Anderes dar als eine Anwendung des Todesprinzips in der Politik. Ich habe versucht, dieser Starre die lebendige Macht entgegenzusetzen, eine Energie, die sich einbringt und handelt, ohne zu fragen, was dies an Einflussnahme, Sympathie, Geld oder Wählern bringt. Nun flösst aber eine Handlung, die weder dem Ehrgeiz noch dem persönlichen Interesse zuzuschreiben ist – obwohl theoretisch erwünscht – in Wirklichkeit Angst ein, denn eine selbstlose Handlung ermöglicht kein Kalkül, keine Vorhersehbarkeit und keine Stabilität. Sie ist ein Kind der Unmittelbarkeit, sie schmiegt sich der Bewegung des Lebens an, und das verunsichert die Menschen. Als ich den wilden Pferden der Veränderung durch die unkonventionelle Art meines Handelns und meines Wesens die Zügel schiessen liess, erregte ich Besorgnis. Nun hat aber ein Minister gefälligst beruhigend zu wirken. Um zu beruhigen, darf er den Rahmen der bürgerlichen Erwartungen nicht sprengen und muss sich möglichst wenig bewegen, denn Bewegung erzeugt beim Durchschnittsbürger ein Schwindelgefühl. Tabubrüche sind nicht beruhigend. Seinen Arsch nicht stillhalten können und mit dem Finger auf alles zeigen, was falschläuft, beruhigt nicht. Weil die Wahrheit als solche verunsichernd wirkt.

Nur die Lüge ist in der Lage, die Menschen in Sicherheit zu wiegen.

Daher sind erfahrene Minister gute Mikado-Spieler (Der Erste, der Bewegung ins Spiel bringt, hat verloren) und jeder findet das normal.

Ein weiterer Schandfleck meines Vorgehens: Ich eigne mich nicht zum beneidet werden. Wozu soll ein Minister gut sein, der einen gebrauchten Hyundai fährt und sich wie Otto Normalverbraucher kleidet? Was soll ein Magistrat, der sich bei der Pflichterfüllung weigert, wie ein Sonnenkönig zu erstrahlen und der sich zudem allgemeinverständlich ausdrückt? Das alles entzaubert die Macht. Was ist das nur für ein Minister, für den die Macht, die man ihm grosszügig gewährt, keine Droge, kein fantastisches Geschenk, kein Paradies auf Erden ist? Was soll dieser hergelaufene Österreicher, der bei der Ausübung seines Mandats frei bleiben will und sich weigert, den tektonischen Massenbewegungen nach dem Mund zu reden? Das Volk will Minister, die ihm ergeben sind, ihm schmeicheln, sie wollen eine Kitsch-Scheherazade und keinen Don Quichotte, keinen Winkelried, keinen Götz von Berlichingen oder Michael Kohlhaas. Das Volk lechzt nach dem sanften Gift der Lüge, aber unter dem Deckmantel der Wahrheit bitteschön, um ungeachtet der Tatsachen den Anschein wahren zu können. Die Menschen mögen zwar behaupten, dass sie die Wahrheit und nichts als die Wahrheit wollen, sie ertragen sie in Wirklichkeit nicht. Versuchen Sie einmal, den Menschen in ihrer Umgebung die nackte Wahrheit zu sagen: Sie werden sich nur Feinde machen. Schmeicheln Sie ihnen, seien sie ein unverschämter Heuchler: Die Menschen werden Sie in den Himmel loben und Ihnen aus der Hand fressen.

Daher eignen sich Menschen, die zu komplex sind, um sich mit Gemeinplätzen zu begnügen – ausser sie sind im byzantinischen

Sinn verdreht – nicht für die Macht. Statt auf der Oberflächlichkeit der realen Welt zu surfen ohne sich zu viele Fragen zu stellen, verlieren sie sich im Labyrinth ihrer inneren Komplexität und sind untröstlich, weil sie ihr Ideal aufgrund der Relativität der Existenz nicht umzusetzen vermögen. Auch wenn sie in ihrer Pflichterfüllung pragmatisch vorgehen wird sie das System über kurz oder lang rücksichtslos zurückpfeifen. Der Staat ist nicht wirklich dazu da, um Probleme zu lösen, sonst haben die Bürger niemanden mehr, den sie für ihre Frustrationen verantwortlich machen können.

Wenige Tage vor dem Urnengang wird mir endlich vollumfänglich bewusst, wie sehr meine Wahl im Jahr 2013 ein gewaltiger politischer «Unfall» war. Ich wurde eindeutig als der gewählt, der ich nicht war. In wenigen Tagen laufe ich aus genau demselben Grund Gefahr, nicht wiedergewählt zu werden. Ich bin ein Fremdkörper im System, um nicht zu sagen ein Haar in der trüben Suppe, die ich den Leuten nie vorsetzen wollte. Da ich mich immer geweigert habe, beim politischen Lügenpoker zu schummeln bin ich nun allem Anschein nach zum Verlieren verdammt.

Ein Bäumchen

Jüngst stand ein Bäumchen noch am Pfade,
Und schenkte kargen Schatten,
Doch heute Morgen, ach wie schade,
Fehlt es im Grün der Matten.

Es war ein Krüppelpflänzlein nur,
Verschroben und verbogen,
Zu dieser Laune der Natur
Fühlt' ich mich hingezogen.

...

Oft blieb ich vor dem Bäumchen stehn,
Und sann stumm vor mich hin,
Ich spürte kaum die Zeit vergehn,
Mein Kummer schwand dahin.

So wunderlich war seine Form,
So schwer schien mir sein Stand,
Das Pflänzlein sprengte jede Norm
Und übte Widerstand.

Nur weil es aus dem Rahmen fiel
Hat jemand es gefällt,
Ist Ordnungssucht das Lebensziel
Dann wird die Welt entstellt.

Ich schaue ohne Lust umher
Im trostlosen Gelände,
Noch nie war mir das Herz so schwer,
Mein Trauerblick spricht Bände,

Bekümmert schleiche ich mich fort,
Die Welt ist mir zuwider,
Ich finde wohl an keinem Ort
Ein solches Bäumchen wieder.

Nur schon aufgrund der ersten Ergebnisse in den kleinen Oberwalliser Gemeinden wird ersichtlich, dass das «rechtsbürgerliche

Bündnis» nicht hat überzeugen können und sogar eine Stärkung der CVP zur Folge hat. Die drei Kandidaten des Wahl-Kolosses liegen weit vorne, dann folgt die sozialistische Kandidatin, danach komme ich, den zweiten sozialistischen Kandidaten im Nacken. Meine Enttäuschung ist erheblich grösser als meine Überraschung. Was hier geschieht bestätigt nur, was die indirekten Zeichen mir zu sagen versuchten und mein Gehirn nicht wahrhaben wollte.

Der Nachmittag erscheint mir endlos und gleicht einer langen Auszählungsagonie, in deren Verlauf sich meine politische Substanz bei jedem neuen Ergebnis immer mehr auflöst. Am meisten enttäuscht mich das Ergebnis von Savièse, der Gemeinde, in der ich wohne. Mehrere Kandidaten erhalten dort weit mehr Stimmen als ich. Es ist schon so, dass der Prophet im eigenen Land nichts gilt.

Ich lasse überall Federn. Die Journalisten versuchen angestrengt, mein niedergeschlagenes Gesicht durch die Scheibe des *Croix fédérale* hindurch zu filmen, dem Wirtshaus, das uns für diese Wahlschlacht seine Türen geöffnet hat. Um ihnen diese Genugtuung nicht zu verschaffen tun wir im Familienverbund so, als würden wir lachen und uns lustige Geschichten erzählen.

Ich erwarte den Todesstoss in den beiden letzten Gemeinden Sitten und Martigny und werde nicht enttäuscht. Da ich dort ein mittelmässiges Ergebnis erziele rutscht der zweite sozialistische Kandidat an mir vorbei auf den fünften Platz und schlägt mich um Haaresbreite. *Ite missa est.* Ich bin Sechster, also nach derzeitigem Stand nicht wiedergewählt und ich weiss, dass es im Lauf der Walliser Geschichte noch keinem Kandidaten gelungen ist, das Steuer zwischen dem ersten und dem zweiten Wahlgang herum zu reissen. Die dem ersten Urnengang entstiegene Regierung ist mit einem schlappen Zentristen, zwei Christlichsozialen und zwei Sozialisten sehr linkslastig. Ich liege zweitausend Stimmen hinter dem zweiten Sozialisten und meine Mitbewerber sind weit abgeschlagen.

Ausser bei der CVP scheinen sich die Stimmen zerstreut zu haben, insbesondere meine, was wohl auf die hohe Anzahl Kandidaten zurückzuführen ist. Noch scheint alles offen, aber ich habe den dumpfen Eindruck, dass mir eine unsichtbare Wand den Durchgang versperrt. Meine Mitstreiter klopfen mir mit trauriger Mine auf die Schulter, geben sich aber dennoch zuversichtlich. Sie sagen, dass noch nichts verloren ist, dass die Wähler das Ergebnis im zweiten Wahlgang korrigieren werden. Auch ich denke, dass sie das Ergebnis korrigieren werden… um mich definitiv zu erledigen. Das schonungslose Gesetz des Hühnerstalls wird zur Anwendung kommen: Wenn eine Henne verletzt ist, hacken alle anderen mit ihrem Schnabel in die klaffende Wunde, bis das angeschlagene Tier stirbt. Dies ist auch bei den Menschen so, in deren Reptilienhirn die alte Hackordnung immer noch herumgeistert. Da ich nunmehr die verletzte Henne bin, werden die Schnabelstösse unweigerlich auf mich einprasseln. Sie hagelten bereits vorher auf mich nieder, doch auf unkoordinierte Weise, weil die Wunde nicht sichtbar war. Nun, da jeder die klaffende Wunde sieht, ist die Hinrichtung unumgänglich.

Meine Feinde werden mir nichts schenken. Warum sollten sie auch? Die Gelegenheit ist zu schön, um den störenden Symbolträger aus dem Weg zu schaffen, der den Beweis zu erbringen wagte, dass man auch ausserhalb des Systems – ohne sich kaufen zu lassen und jemandem etwas schuldig zu sein – Erfolg haben kann. Wird die Gelegenheit nicht genutzt müsste sich Machiavelli im Grab umdrehen. Das Eisen muss geschmiedet werden, solange es heiss ist, die Früchte müssen gepflückt werden, wenn sie reif sind und die Ernte muss eingefahren werden, bevor es regnet. Es muss

Himmelherrgottnochmal ein Exempel statuiert werden! Es muss wieder einmal aufgezeigt werden, dass sich ehrliche Verbrechen in diesem Land noch lohnen! Keine Nachsicht mit diesem Gegner des Ablasshandels! Auf zur öffentlichen und medialen Kreuzigung! Eine wohlinszenierte Hinrichtung ist etwas Sauberes, hinterlässt nur virtuelle Spuren und regt das Geschäft an. Wenn alle gemeinsam rangehen und etwas guten Willen zeigen, dürfte es ein Kinderspiel sein. Ausserdem ist der Weg schon längst vorgezeichnet, hat doch die Partei mit der getrockneten Rose, – die eine Welt ohne Dornen verspricht – im ersten Wahlgang dazu aufgerufen, für die CVP zu stimmen, die ihrerseits genügend Wasser in ihren Messwein gegossen hat, um SP-kompatibel zu scheinen.

Alles steht für den krönenden Absch(l)uss bereit: Die Messer sind gewetzt, die Bündnisse solide, das Sühneopfer ist bestimmt und die Kabbalistik günstig. Die Nase des Gutmenschentums wird von einer schlimmen Warze befreit werden. Wenn die politische Korrektheit schon ihre Unschuld verloren hat soll ihr wenigstens ein Unschuldsgesicht verschafft werden. Oh Wunder der modernen Demokratie, welche die begangenen Fehler stets elegant korrigiert!

Nachdem die letzten Ergebnisse bekannt gegeben wurden, trage ich meinen nicht sehr gloriosen Gesichtsausdruck zu Markte. Blitzlichter und Kameras ergötzen sich am Blut der verletzten Bestie. Den Bruchteil einer Sekunde erfasst mich die Versuchung, alles hinzuschmeissen. Doch mein Verantwortungsbewusstsein und mein Ehrgefühl hindern mich daran, einfach aufzugeben. Es gehört zur Pflicht eines Ehrenmannes, bis zum bitteren Ende weiterzukämpfen und mit der Waffe in der Hand zu sterben. Wenn es den Siegern daran liegt, ein Exempel zu statuieren, um zu beweisen, dass es ausserhalb ihrer Kapellen kein Heil gibt – *extra ecclesiam nulla salus* – liegt es mir hingegen am Herzen, im Moment meines programmierten politischen Dahinscheidens ein leuchtendes Beispiel zu sein. Zivilcourage, Opfergeist und Gedankenfreiheit sollen in anderen Herzen weiterleben und neue Kräfte dazu animieren, den Kampf weiterzuführen. Ein würdiges Ende war schon immer der beste Garant für einen Neuanfang. Natürlich wanke ich heute und laufe Gefahr, nicht mehr aufzustehen. Natürlich hat die Causa der Souveränität und der Unabhängigkeit durch meine Niederlage einen Dämpfer erhalten, doch meine Partei hat zwei Sitze im Parlament gewonnen, hat sich was die Qualität ihrer Vertreter angeht verstärkt und kann jetzt viel freier agieren, um unsere Wurzeln gegen die Trugbilder der neoliberalen Globalisierung zu verteidigen.

Solange es Menschen gibt, die guten Willens und bereit sind, in meine Fussstapfen zu treten, ist nichts verloren. Es ist meine Aufgabe, ein Beispiel zu setzen und die Schinderei bis zum Ende durchzustehen, egal um welchen Preis. Die einzig wirkliche Niederlage läge darin, die durch Worte vertretenen Prinzipien durch meine Taten Lügen zu strafen.

Abends im Bett tut es mir für meine Freunde und Anhänger leid. Ich selber tue mir nicht so sehr leid, ich bin nur furchtbar besorgt. Werde ich stark genug sein, um die Brandungswelle körperlich und seelisch zu überleben, deren zerstörerischer Höhepunkt mir noch bevorsteht? Werde ich das Ende des Tunnels erreichen, obwohl ich das Licht am andern Ende nicht zu sehen vermag?

Montage machen aus jedem Menschen, der gegen den Strom rudert, einen Galeerensklaven. Doch gibt es Montage, die viel schlimmer sind als alle anderen. Das sind Tage, an denen sich der schiffbrüchige Ruderer, eingeklemmt zwischen dem Wüten der Winde und dem Sog der Strömungen, verzweifelt an sein Wrack klammert und seinen früheren Status als Galeerensträfling bereut.

Meine Kampagne im Hinblick auf den zweiten Wahlgang beginnt auf die schlimmste Weise. Ungeachtet der Tatsache, dass sie von Grund auf angepasst werden muss, da ich von einem gemeinsamen Wahlkampf zu einer persönlichen Kampagne übergehe, dass ich ein erhebliches finanzielles Risiko ohne Erfolgsgarantie auf mich nehmen muss, die Zeit sehr drängt, der Schlafmangel und die nervliche Belastung meine Abwehrkräfte schwächen, schlägt das Leben – grausam, wie es eben sein kann, um den Preis für seine Schönheit einzufordern – unsere Familie mit einem gnadenlosen Schicksalsschlag: Mein Schwiegervater, der Anfang des Jahres schon einmal ins Krankenhaus eingeliefert werden musste, hat einen Rückfall erlitten. Aufgrund der Behandlungen gegen den Krebs sind in seinen Lungen zahlreiche Infektionsherde entstanden, gegen die sich sogar die Antibiotika als machtlos erweisen. Er pendelt zwischen immer kürzeren Zeitspannen, in denen es ihm gut geht und sich verlängernden Krisenphasen, die ihn extrem schwächen, hin und her. Er steht nunmehr an der Schwelle zum Tod. Nach einer gemeinsamen Absprache mit den Ärzten entschliesst sich meine Frau, ihn über seinen schlechten Zustand zu informieren. Als sie geendet hat bittet René seine Tochter, sich zu ihm herunter zu beugen und flüstert ihr ins Ohr, dass er nicht intubiert werden möchte, und dass es sein sehnlichster Wunsch sei, zum Sterben nach Hause zurückzukehren. Meine Schwiegermutter stellt sich zuerst quer, da sie sich der medizinischen Betreuung seines Todeskampfs nicht gewachsen fühlt, gibt aber schliesslich dem Wunsch des Sterbenden nach, den sie über alles liebt. Meine Frau ist nur noch ein Schatten ihrer selbst. Ihre verweinten Augen, ihre Blässe und das verstörte Gesicht drücken tiefen Schmerz aus. Da sie, seitdem ihr Papa im Krankenhaus liegt, fast nichts mehr zu sich genommen hat, besteht sie nur noch aus Haut und Knochen. In ihrem leeren Blick spiegelt sich das ganze Elend der Welt wieder. Ich bin zutiefst erschüttert. Dies umso mehr, als ich parallel dazu durch einen psychologischen und politischen Fleischwolf gedreht werde, der in mir eine ganz besondere Art von Schwermut hervorruft. In meinem wirren Kopf nimmt der bevorstehende Tod meines Schwiegervaters meinen politischen Tod vorweg. Es entsteht eine Art Symbiose zwischen uns. Ich liege mit ihm auf seinem Sterbebett. Ich bin er.

In den letzten Zügen

Mein Körper hängt an ein paar Röhren,
Feucht ist das Bett, an dem ich klebe,
Ein Piepton lässt mich dauernd hören,
Dass ich trotz alledem noch lebe.

Lichtjahre weg und doch ganz nah
Hör ich ein Beten und Gewimmer,
Ich bin schon weg und doch noch da,
Wo ist die Gruft und wo das Zimmer?

Die Laken sind so leicht und schwer,
Sie halten mich im Bett gefangen,
Wie stell ich draus ein Segel her
Um zu den Sternen zu gelangen?

Doch schon erfasst der Schmerz mich wieder,
Er ist der Herr in diesem Haus,
Er drückt mich auf das Lager nieder
Und breitet sich rasch in mir aus.

Ich schaff es nicht, ihn abzulenken,
Kein Morgen folgt auf meine Nacht,
Er wütet in meinen Gelenken
Bis er sie mir zu Feinden macht.

Und doch ist dieser Körper alles,
Was mir verbleibt in meinem Leid,
Ich bettle trotz meines Verfalles
Um ein verhasstes Häufchen Zeit.

Während meine Wahlkampfchefin im schlimmsten Moment der Kampagne ans Sterbebett ihres Vaters gerufen wird und die Politik dem Tod den Vortritt lassen muss, erscheint ein Engel. Als ein solcher kommt mir mein Sohn vor, der nun den Wahlkampf entschlossen und grossherzig in die Hand nimmt und meiner geplagten Seele etwas Hoffnung vermittelt. Er nimmt ohne zu zögern zwei Wochen Urlaub, um mich in der Endphase der Kampagne zu begleiten, und zieht aus dem Nichts eine Strategie, verschiedene Werbeträger und einen befreundeten Informatiker hervor, damit wir endlich mit wirksamen Waffen gegen unsere Gegner kämpfen können.
Nachdem ich am Montag und Dienstag moralisch am Boden zerstört war, ist er in seinem Lichtkleid erschienen, um mich aus der Gruft

zu ziehen, in die ich mich immer tiefer versenkte. Er ist meine letzte Hoffnung gegen die Raserei in den Netzwerken und die Hartnäckigkeit der Medien, die wie Sturmböen zum Angriff blasen, als wären sie darüber erzürnt, dass sie dem angeschlagenen Segelschiff eine Verschnaufpause haben einräumen müssen.

In den ersten Interviews klingt meine Stimme tönern. Meine Wachsamkeit hat nachgelassen. Als ich beim Versuch, die deutschsprachigen Wähler wieder hinter mich zu versammeln, im Oberwalliser Radio erkläre, nur germanisches Blut in den Adern zu haben, (die Oberwalliser stehen mir weniger ablehnend gegenüber als die französischsprachigen Wähler, die fast wie die Franzosen etatistische Nörgler geworden sind) senken sich die Feuerzungen des Heiligen Geistes auf die französischsprachigen Medien herunter, die plötzlich den Oberwalliser Dialekt verstehen und meine Aussage *urbi et orbi* aussenden, um meine Verachtung (sic!) für die frankophone Kultur aufzuzeigen. Als ich im regionalen Fernsehsender Canal 9 verkünde, dass es Vergeudung wäre, einen erfahrenen und kampferprobten Politiker schon mit siebenundfünfzig Jahren in den Ruhestand zu schicken, wirft man mir vor, nur an die Rente zu denken. Ich muss schon sehr staunen!

Vor der ersten Debatte im Radio habe ich mich jedoch wieder gefangen. Mein Sohn und sein Informatiker-Kumpel haben viel dazu beigetragen, aber auch die zahlreichen aufmunternden Anrufe, die ich seit meinem schwarzen Sonntag erhalte. Eine sehr gute Freundin – die Erste, die es gewagt hat, eines meiner Bücher zu veröffentlichen – ruft an und liest mir die Leviten vor. Einer meiner Dienstchefs – übrigens Mitglied einer anderen Partei als der meinen – verlangt mich zu sehen und legt mir im Befehlston eines Offiziers nahe, ich solle mich gefälligst zusammenreissen und bis zum

Schluss weiterkämpfen: «Ich werde mit meinem Bekannten- und Familienkreis alles unternehmen, damit du gewählt wirst, aber es nützt nichts, wenn du den Kopf hängen lässt. Reiss dich um Himmels Willen zusammen!».

Ich gelobe Besserung.

Den schlimmsten Moment erlebe ich am Mittwoch, eine Stunde vor der ersten Debatte auf Radio Chablais. Ich stehe am späten Nachmittag mitten im Büro und ringe nach Luft. Eine unbändige Angst lähmt mich und entzieht mir die Kontrolle über meinen Körper. Alles in mir krampft sich zusammen, ich bin nur mehr ein stummer Schrei, bin gelähmt wie die Maus vor der Schlange, obwohl ich weiss, dass alles, was meine Panik verursacht, nur meiner Vorstellung entspringt. Seltsamerweise funktioniert mein Kopf immer noch. Er registriert mit Erstaunen, dass ich in Abwesenheit jeglicher Bedrohung ausser der Perspektive, ein entmenschlichendes Universum zu verlassen, das auf meinen Geist wie eine Droge wirkt, dieselben Symptome aufweise, wie ein zum Tode Verurteilter auf dem Weg zur Guillotine. Das ist doch lächerlich, sagen mir meine Gedanken und schweben über dem Abgrund, der sich in mir öffnet und mich zu verschlingen droht. Diesen Abgrund gibt es nicht, deine Hölle ist nur Einbildung, du ertrinkst in einem Glas Wasser! Doch es hilft nichts. Ich bin wie in einem Schraubstock eingeklemmt. Mein Körper und mein Geist gehorchen mir nicht mehr. Der Kompass funktioniert zwar noch, doch das Steuer reagiert nicht mehr. Erschrocken über meinen Zustand benachrichtigt meine Sekretärin schliesslich meine Frau, die sich im paramedizinischen Bereich auskennt. Ein kleines Nickerchen während der Fahrt im Auto und eine Dosis Notfalltropfen später bin ich wieder kampfbereit.

Während der Radiodebatte schlage ich einen lässigen, heiteren Ton an, mache Witze, argumentiere völlig sachgemäss und kohärent. Niemand merkt, dass ich ein dem Orkus nur knapp Entronnener bin. Mit dem Vortäuschen von Gelassenheit kenne ich mich aus. Schliesslich mache ich das schon seit zwanzig Jahren.

Am Mittwoch kehrt René nach Hause zurück. Wir wissen alle, dass er zurückkommt, um uns zu verlassen, dass unser Willkommensgruss einem Abschied gleichkommt. Er wirkt klein und verloren in seinem grossen weissen Bett, aber er scheint glücklich zu sein. Er ist in das Haus zurückgekehrt, das er mit seinen eigenen Händen erbaut hat, das Haus, das ihn und seine Familie ein Leben lang beherbergt hat. Er fühlt sich geborgen, weil die Familie alles für ihn ist. Und er ist glücklich, zum Sterben unter den Seinen zu sein. Wir versuchen, sein Glück zu teilen, doch das Herz ist nicht bei der Sache. Wir verlassen einer nach dem anderen das Zimmer, um zu weinen.

Leider kann ich nicht lange bleiben, denn mein politischer Todeskampf duldet keinen Aufschub. Egal wie hoch der körperliche, psychische und finanzielle Preis sein möge, ich habe beschlossen, bis zum Ende durchzuhalten. Aus Prinzip, für meine Kinder und meine Familie, für meinen sterbenden Schwiegervater, der mich in meinem Kampf stets unterstützt hat, aber vor allem für mich selbst. Ich werde kämpfen, damit ich mir am Ende nichts vorzuwerfen habe, ich werde für diejenigen, die an mich und unsere gemeinsamen Ideale glauben, in Ehren untergehen. Das Resultat ist nicht mehr so wichtig. Ich weiss, dass das, was kommen muss, sowieso kommen wird, egal was ich tue, und dass es daher unnötig ist, Luftschlösser zu bauen.

Seltsamerweise denke ich an Schopenhauer, um mir wieder Mut zu machen. Nur so zum Spass reduziere ich seinen Grundgedanken auf folgende Formel: Es ist nutzlos, sich Sorgen zu machen, das Schlimmste kommt ja noch! Diese Aussage ist ein radikales Mittel, um wieder Mut zu fassen! Sie wiegt alle Gebete, alle Zauberformeln und Heilmittel auf. Der pessimistischste aller Philosophen in der Geschichte der Philosophie sagt uns nichts Anderes als das, was wir bereits wissen: Uns erwarten auf jeden Fall Krankheit, Alter und Tod, egal ob wir uns sorgen oder nicht. Lassen wir also die Sorgen sich selber Sorge tragen und bemühen wir uns um die Gegenwart. Übrigens hat mich die Erfahrung gelehrt, dass die Gegenwart oft wesentlich besser ist als das Bild, das ich mir vorher von ihr machte. Im Grunde fürchtet der Mensch irgendein Ende der Welt, das er nie erleben wird, weil er schon vorher das Zeitliche segnen wird. Das einzige Ende der Welt, das er erleiden wird, ist das seines eigenen körperlichen Todes – was im Grunde genommen auf dasselbe herauskommt.

Ach, wie gerne möchte ich meiner Frau in dieser schweren Prüfung zur Seite stehen und meinen grossartigen Schwiegervater in seinen letzten Momenten auf dieser Erde mit meinem ganzen Wesen Trost sprechen. Stattdessen schlage ich mich mit Hyänen und Schakalen herum, deren Geheule die Nacht meiner Verzweiflung erfüllt. Ich besuche den Todkranken zwar regelmässig, brauche aber derart viel Kraft, um nicht selbst unterzugehen, dass es mir schwerfällt, tröstende und helfende Worte für ihn zu finden.

Während eines dieser Besuche fällt mir ein, dass der Anfang von Renés Krankheit mit dem Beginn meines Mandats zusammenfällt und sein Tod mit dessen voraussichtlichem Ende.

Je mehr ich daran glaube, desto mehr Glut fliesst durch meine Adern. Ein wiedergefundener Mut befreit mich aus meiner Erstarrung und lässt mich die positiven Dinge um mich herum wieder deutlicher wahrnehmen. Da ist Marie-Jeanne, meine Schwiegermutter, die über ihren Schmerz hinauswächst und eine bewundernswerte Tapferkeit an den Tag legt. Da sind meine Töchter, die nun ebenfalls die Wahlkampfarena betreten haben und wie Löwinnen meine Ehre im Internet verteidigen, und zwar respektvoll und korrekt. Die Lektion ist bemerkenswert, die sie den bemitleidenswerten Individuen erteilen, die mich als Kind an der Hand Hitlers darstellen oder in Form einer Klobrille, in die jemand uriniert, die einen Film drehen, in dem gezeigt wird, wie eine Maschine meinen Schädel aufbricht, um ein Hakenkreuz aus meinem Kopf zu entfernen und die so weit gehen, abscheuliche rassistische Äusserungen zu veröffentlichen, die sie als meine ausgeben. Die Lektion liegt eher in der respektvollen Art und Weise, mit der meine Töchter diese verachtenswerten Menschen bedenken, als in ihren Argumenten, die kaum mehr Wirkung zeigen als eine brennende Kerze, die man ins Wasser taucht. Sie können nichts dafür: Ein gewisses Mass an Niedertracht schirmt gegen jedes Licht ab.

Im Gegensatz zur Kampagne des ersten Wahlgangs, welche die graue Farbe unserer Plakate widerspiegelte, ist jene des zweiten Wahlgangs lichterfüllt, dynamisch und gewinnend, aber ebenso unnütz, weil sie in den Goldfarben des Spätherbstes gehalten ist, einer Jahreszeit, in der keine Ernte mehr eingefahren werden kann. Auch wenn meine Helfer aus ihrem Dornröschenschlaf aufgewacht sind, endlich Leserbriefe zu meinen Gunsten erscheinen, einflussreiche Abgeordnete der Partei Inserate und Artikel zu meiner Unterstützung veröffentlichen – es ist zu spät. Wäre dieselbe Energie im ersten Wahlgang investiert worden, hätte sie Wunder gewirkt. Jetzt wird ihre einzige Wirkung darin bestehen, mir eine ehrenhafte Niederlage zu bescheren, damit ich die Politarena erhobenen Hauptes verlassen kann. Das ist immerhin besser als nichts, denn der verlorene Kampf, der sich am 19. März abzeichnet, bedeutet noch lange nicht, dass der Krieg zu Ende ist. Nichts wendet sich so schnell wie das Blatt der Politik. Ich bin das beste Beispiel dafür. Und schliesslich sind die Ideale, für die wir stehen, solide, ist unser Programm kohärent und vor allem sind wir die einzigen, die sich wirklich für ein Ideal einsetzen und nicht aus Machtgier oder Gewinnsucht nach Sitzen schielen.

Heute will niemand auf das hören, was ich wirklich zu sagen habe, doch morgen schon werden sich die Menschen an das erinnern, was ich anprangerte, als sie mir nicht zuhörten. Dies war schon der Fall, als ich zur Vorsicht vor dem radikalen Islam aufrief, der seither alles an Schrecken überstieg, was ich mir damals vorstellte. (Dabei meinte die Parteileitung der schweizerischen SVP im Jahre 2005 noch, dass dies kein vorrangiges Thema sei). So war es auch, als ich im selben Jahr voraussagte, dass die Verträge von Schengen-Dublin der ersten grossen Flüchtlingswelle nicht standhalten würden, weil kaum alle Länder das Spiel ehrlich mitspielen würden und die Politik niemals den Willen und die Kraft haben würde, die Aussengrenzen des Schengen-Raums dicht zu machen. Heute wirkt diese Rede überhaupt nicht mehr lächerlich.

Heute wählen die Walliser lieber denjenigen, der teilweise für das misslungene Experiment des Cassis-de-Dijon, für die Lex Weber und das neue Raumplanungsgesetz verantwortlich ist, die den Grund-und Boden-Notgroschen der Walliser zerstören, unseren Kanton allmählich in ein Indianerreservat verwandeln und das Wallis zu einer dauerhaften finanziellen Abhängigkeit vom Finanzausgleich verdammen. Doch morgen schon kann das alles auf den Kopf gestellt werden. Hierfür reicht es, dass die voraussehbaren Krisen, ausgelöst durch die desolate Geschäftsführung der sich derzeit an der Macht befindlichen Welt-Oligarchie, auf die Menschen hereinbrechen. Das mag zwar noch ein Weilchen dauern, ist aber unvermeidlich. An diesem Tag könnte es sehr wohl geschehen, dass das Volk den globalen Marktschreiern, die sein Wohlwollen mit Illusionen genährt und seine Besorgnis mit Lügen abgespeist haben einen Tritt in den Hintern versetzt, um sie zum Teufel zu jagen. Falls jedoch die Menschen zu träge sein werden, um zu reagieren, wird die morsch gewordene abendländische Welt untergehen und dabei werden sowohl diejenigen, die Widerstand übten, als auch diejenigen, die für das Desaster verantwortlich sind, in den Untergang gerissen werden.

Sind heute alle gegen mich? Sei es drum! Lieber allein auf dem steinigen Weg der Wahrheitssuche fortschreiten als sich mit der Masse auf den gemütlichen Wegen der kollektiven Illusion tummeln. Lieber den Höhenpfad wählen als eine Autobahn, die in den Abgrund führt. Und wer weiss, es ist vielleicht trotz allem möglich, in diesem Bergkanton eine Mehrheit zu finden, der die Steilhänge lieber sind als die Ebene.

Mit den anderen Mitgliedern meines kleinen Wahlkomitees (bestehend aus meinem Sohn Yoann, seinem Informatiker-Kumpel und mir selbst) sind wir der Ansicht, dass es für den Sitz in der Regierung rund 38'000 Stimmen bedarf. Um meine Wahl zu sichern, müsste ich gegenüber dem ersten Wahlgang um ungefähr 10'000

Stimmen zulegen. Doch es gibt ein anderes Problem: Ich kann mir zwar durchaus vorstellen, dass die Walliser, die ja nicht vollkommen masochistisch sind, niemals zwei Sozialisten in die Regierung wählen werden, doch es ist hingegen sehr wohl möglich, dass eine Konzentration aller Kräfte auf den Kandidaten der FDP zu seiner Wahl führen könnte, obwohl ich im ersten Wahlgang 8.000 Stimmen vor ihm lag. Der Kampf GEGEN jemanden war immer schon mobilisierender als der Kampf FÜR jemanden. Die Nachrichten auf Facebook sind jedenfalls unmissverständlich. Es wird dort bis zum Überdruss wiederholt, dass es den Kandidaten der FDP zu unterstützen gilt, um mich loszuwerden.

Der Schlafmangel setzt mir massiv zu. Von beängstigenden Träumen geplagt wälze ich mich Nacht für Nacht schwitzend und ächzend in meinem Bett herum wie ein Klumpen nasser Wäsche in der Trommel einer Trockenschleuder.

Trotzdem gelingt es mir, tagsüber eine relativ gute Figur abzugeben. Aufgrund der Ratschläge einiger Freunde rufe ich widerwillig den Parteipräsidenten der CVP und seinen breitstirnig glänzenden Topkandidaten an und erkläre den beiden, um wieviel profitabler es für sie wäre, einen erfahrenen, aber geschwächten Gegner, also mich, in der Regierung zu haben, als einen unerfahrenen Neuling. Ganz zu schweigen davon, dass die CVP ihrem Erzfeind FDP als Steigbügelhalter dienen würde. Als der Präsident als Zeichen meines guten Willens von mir fordert, ihm die Namen der konservativen CVPler zu nennen, die bei der Strategie des rechtsbürgerlichen Bündnisses beteiligt waren, lehne ich ab. Verhandeln ja, aber nicht um den Preis des Verrats, denn ein Sieg um jeden Preis ist stets eine Niederlage. Meine Ehre ist mir mehr wert als eine gekaufte Wahl.

Es ist mir sowieso klar, dass diese Anrufe nichts nützen. Meine Gegner sind zu froh, einen Knochen gefunden zu haben und werden ihn nicht mehr loslassen. Es führt zu nichts, einem auf sein Kotelett konzentrierten Hund zu befehlen, weitsichtig zu sein. Seine Weitsicht beschränkt sich auf den Knochen vor seiner Schnauze.

Dessen ungeachtet durchstreifen wir den Kanton zu dritt oder zu viert mit meiner ältesten Tochter zusammen. Ich schüttle Hände, mache unendlich viele Selfies und erfreue mich auf den Märkten von Visp und Sitten meiner offensichtlich wieder gestiegenen Beliebtheit. Mein Sohn und sein Freund sind verblüfft. «Man könnte meinen, DiCaprio gehe über den Markt». Ich bin selbst überrascht. Wie ist das mickrige Ergebnis der ersten Wahlrunde mit der Begeisterung zu vereinbaren, die mir überall entgegenschlägt? Aufgrund dieses Elans euphorisch gestimmt fange ich fast wieder an zu hoffen, aber worauf? Auf ein Wunder wie vor vier Jahren? Und was würde ich damit anfangen? Wäre ein Sieg nicht ein vergiftetes Geschenk? Immer wieder komme ich auf meine Betrachtungen des letzten Herbstes zurück: Ohne Niederlage keine Erlösung! Diese ernüchternde Feststellung versetzt mich zwar in eine unmögliche und unangenehme Lage, besticht aber durch ihre Logik. Abends beschliesse ich, ein Gedicht, das ich am Morgen des Wahltages vom fünften März begonnen habe, fertigzustellen, denn es könnte ja sein, dass die Inspiration zu diesem Thema nach dem definitiven Volksentscheid vom 19. März ausbleiben wird:

> ***Zweifel***
> *Was hilft's, wenn ich nach vorne schau,*
> *Denn vor mir sprießen tausend Bilder,*
> *Ich werde daraus niemals schlau,*
> *Sie scheinen mir wie Wechselschilder,*

Sie spiegeln einmal Ruhm und Ehre,
Dann wieder Schmach und Niederlagen,
Ich fühle eine große Leere
Wenn sie durch mein Bewusstsein jagen.

Trotz allem such ich darin Halt
Und folge fiebrig jedem Faden,
Die Wolke, die über mir wallt
Scheint jetzt mit Zeichen überladen,

Ein jeder Windhauch wird zum Boten,
Zum Omen keimt der Satz im Tee,
Das Schuhband wird ein Schicksalsknoten
Prophetisch jede Spur im Schnee.

Der Kopf baut ständig Hoffnung auf,
Aber im Bauch sammelt sich Galle,
Ich ahne dumpf des Schicksals Lauf
Und geh der Schwermut in die Falle.

Wann wird das wohl zu Ende sein,
Der Zwiespalt plagt mich schon so lang,
Es liegt die größte Höllenpein
Im Warten, nicht im Untergang.

Mittwochvormittag. Vor der Staatsratssitzung. Ich warte auf den Dienstwagen und nutze die Zeit, um kurz nach René zu schauen, der ganz in der Nähe wohnt. Er ist nicht mehr bei Bewusstsein und atmet nur noch schwach. Ich lege meine Hand auf seine brennendheisse Stirn, als wollte ich eine letzte Erinnerung an sein schwindendes Leben auffangen.

Als wir gestern Abend zusehen mussten, wie er in ein fiebriges Delirium fiel und ihm das Atmen immer schwerer wurde, verabreichten wir ihm eine starke Dosis Morphin, um ihn zu beruhigen und seine Schmerzen zu lindern. Wir spürten alle, dass es dem Ende zuging. Er hatte über vierzig Grad Fieber und schwitzte sich leer, ohne Flüssigkeit aufnehmen zu können. Wir fürchteten, dass er die Nacht nicht überstehen würde.

Auf dem Nachttisch lag sein Glücksbringer, eine kleine Mundharmonika. Ich nahm sie an den Mund und spielte *étoile des neiges*, *Dannyboy* und *Amazing grace*. Die Tränen liefen mir über das Gesicht. Alle weinten. Es war ein schrecklich trauriger Moment und trotzdem erfasste uns alle ein Gefühl des Friedens und der Verbundenheit.

Die Stille, die darauf folgte, gehörte uns nicht mehr.

Heute Morgen um 8.30 Uhr, die Sitzung im Staatsrat hat vor kurzem begonnen – teilt mir meine Frau telefonisch mit, dass ihr Papa eben gestorben sei. Ich breche in Tränen aus. Meine Kollegen drücken mir ihr Mitgefühl aus. Mitgefühl in der Politik ist etwas Schönes …

Der letzte Atemzug des schwindenden Lebens schert sich nicht darum.

Heute Morgen übermittelt mir mein Kommunikationsbeauftragter eine äusserst riskante Einladung. Wenn sich die Hunde vor ihren Kroketten langweilen und Frischfleisch wittern, wird jede noch so unbedeutende Einladung zur Gefahr.

Ich zögere, sie anzunehmen, weil ich weiss, dass dies unweigerlich für Gesprächsstoff sorgen wird. Doch dann beschliesse ich, das Tabu zu brechen. Ein Treffen mit Depardieu, die Möglichkeit eines Austauschs mit dieser lebenden Legende, das kann ich mir nicht entgehen lassen, selbst wenn ich dazu den schandbefleckten Boden des *Château Constellation* betreten muss, dessen ehemaliger Geschäftsleiter ebenfalls zugegen sein wird. Die Anwesenheit dieses Mannes, der wegen Steuerhinterziehung verurteilt wurde, ist mehr als kompromittierend für mich, insbesondere in dieser heissen Wahlphase, wo sich jeder Kiesel am Wegrand in eine aktivierte Granate verwandeln kann. No risk, no fun, sage ich mir und gehe hin. Wir wechseln mit dem grossen Gérard einige Worte über die katastrophale Lage in Frankreich und verleihen unsere gemeinsamen Überzeugung Ausdruck, dass Westeuropa unbedingt seine Zusammenarbeit mit Russland verstärken sollte.

Körperlich geht es Depardieu nicht gut. Er ist viel zu dick und hat mehrere Bypass-Operationen hinter sich. Während unseres Gesprächs schwitzt er wie ein Bär und scheint öfters nach Luft zu schnappen. Wie schade, sich körperlich so zugrunde zu richten. Ansonsten ist er ein mutiger Mensch, der frei von der Leber weg redet und für Schönfärberei nichts übrighat.

Doch das Schicksal hat heute für mich etwas Anderes vorgesehen als eine Begegnung mit Depardieu. Als ich mich nach dem Essen von den Gästen verabschiede, nimmt mich ein Mann zur Seite, der zwischen zwei Gängen eine Arie gesungen hat. Ich denke zuerst, dass ich es mit einem italienischen Opernsänger zu tun habe. Von wegen! Er ist Unternehmer, Galerist in Basel, mit engen Verbindungen nach Russland. Na sowas, schon wieder Russland! Er duzt mich sofort und sagt mir, dass er viel von mir und meinem politischen Engagement halte. «Brauchst du konkrete Hilfe?», fragt er mich. «Los, sag mir, was ich tun kann.» Es widerstrebt mir, von einem Wildfremden finanzielle Hilfe anzunehmen. Doch da fällt mir plötzlich ein, dass er mir auf eine ganz andere Art und Weise helfen könnte. Nach einem kurzen Gespräch und einem Austausch unserer Handynummern verlasse ich den Ort mit einem breiten Lächeln im Gesicht, denn ich habe gerade meinen künftigen Verleger gefunden. Dieser erstaunliche Mensch ist nicht nur Unternehmer, Galerist, Lyriksänger und Mäzen, nein, er besitzt auch einen Verlag, der nur darauf wartet, einem «ehrenhaft verhassten» Namen wie meinem als Abschussrampe zu dienen, um ihn ins literarische Firmament zu katapultieren. Mir bleibt die Spucke weg! Das Schicksal ist doch tatsächlich mit allen Wassern gewaschen! Letztendlich bereue ich es nicht, trotz des Verbots der Gedankenpolizei hierhergekommen zu sein.

Wie nicht anders zu erwarten lässt mich die Medienmaschinerie meinen Besuch einige Tage später teuer zu stehen kommen. Sie wacht Tag und Nacht darauf, dass sich das Krebsgeschwür der alternativen Denkweise nicht verbreitet. Und sie weiss, wie man keimende Widerstandszellen sprengt.

Eine der widerwärtigsten Techniken dieser politisch korrekten Gedankenpolizei besteht darin, nicht das anzuprangern, was jemand selbst gesagt oder getan hat, sondern seine Kontakte anzuprangern, mögen sie noch so flüchtig gewesen sein. Hat die Zielperson jemandem die Hand geschüttelt, der bei dieser oder jener Gelegenheit dies oder das gesagt hat? Schuldig!

War sie bei dieser oder jener Veranstaltung im selben Raum wie eine gewisse Person? Schuldig!

War sie bei der Veranstaltung eingeladen, bei der eine zwielichtige Person auch eingeladen war? Schuldig!

Durch diese perfide Technik geht die Aussage der Person, die man im Visier hat, völlig unter, weil man sie durch ihre vermuteten «Freunde» in Verruf bringt, deren Aussagen oder Ansichten sie gezwungenermassen teilen muss, da sie sich in ihrer Nähe aufgehalten hat. Auf diese Weise schafft es die Gedankenpolizei, die freien Gemüter und kritischen Geister voneinander zu isolieren und sich darüber hinaus jegliche wohlbegründete Argumentation zu sparen, um divergente Meinungen zu widerlegen.

Wie praktisch!

Das ist mir schon oft passiert, wie zum Beispiel bei der Einladung der Zeitschrift « Compact » in Berlin, meiner Teilnahme am Marsch des 9. Mai 2015 in Moskau zu Ehren des Sieges über die Nazis oder meiner Teilnahme an einem von Robert Ménard organisierten Symposium in Béziers und es ist aufgrund meiner Anwesenheit im *Château Constellation* auch heute wieder der Fall.

Jedes Mal, wenn ich irgendwo mit geächteten Personen zusammenkomme, bedeutet dies zwangsläufig, dass ich wie sie denke und handle, auch wenn sie nur Gäste sind, wie ich auch. Das von der Linken so oft bemühte Prinzip, man solle nicht alles über einen Kamm scheren, findet hier keine Anwendung. Nun, als die netten Linken durch die Brutstätten des Realkommunismus tourten, an Indoktrinierungslagern in der DDR teilnahmen, marxistisch-leninistischen Diktatoren, wie beispielsweise Enver Hodja in Albanien, die Hand schüttelten, regte sich darüber niemand über Gebühr auf. Als Jean Ziegler, der grosse Verächter der Schweiz, enge Freundschaften mit Gaddafi, Castro oder Mugabe pflegte, war niemand geschockt, aber wenn sich Freysinger mit einem gewissen Weinproduzenten aus dem Wallis im selben Raum befindet ist das ein furchtbarer Skandal.

Bei der Linken ist nun mal alles entschuldbar und im rechten Lager alles verwerflich, denn jenseits der Mitte beginnt ja bekanntlich der Faschismus.

Dabei sind die Erfinder der «Kontaktschuld», die der neue Linkstotalitarismus so vehement ahndet, ausgerechnet die braunen Kreise der dreissiger Jahre des vorigen Jahrhunderts. In jener Zeit reichte es aus, Umgang mit Juden zu haben, in ihren Geschäften einzukaufen oder ihren Mädchen den Hof zu machen, um als Untermensch zu gelten und den gesellschaftlichen Ausschluss oder gar einen Aufenthalt in Dachau zu riskieren.

Das Dachau der modernen Welt ist zwar weitgehend virtuell, aber auf seine Art ebenso zerstörerisch. Medienstürme, öffentliche Schande und verlorene Ehre dienen ihm als Stacheldrähte.

Es muss einfach hervorgehoben werden, wie gewissenhaft die Post ihre Arbeit erledigt, auch wenn das, was sie einem in den Briefkasten legt, nicht gerade den Geruch der Heiligkeit verströmt. Heute Morgen haben wir ein sorgfältig verschnürtes Paket erhalten. Von einem Absender, der so bescheiden ist, dass er nicht einmal seinen Namen auf die Verpackung geschrieben hat. Schade, wir werden uns nicht bei ihm bedanken können.

Im Paket entdecken wir, von seinem charakteristischen Geruch umnebelt, hübsch geformt und zusammengerollt, einen kompakten Kothaufen, der von der gesunden Darmflora des Subjekts zeugt, das ihn produziert hat. Dies ist eine völlig neue Erfahrung. Bisher schickte man uns (zum Glück nur einseitig) benutztes Toilettenpapier, doch es ist noch nie vorgekommen, dass sich einer die Mühe machte, der Symbolik seines Handelns durch eine derart massive materielle Verdichtung Ausdruck zu verleihen. Was für ein Paradebeispiel eines «sorgfältig geplanten Bedürfnisses»! Der Urheber hat sich, mit sehr viel Respekt für sein Produkt, die Mühe gemacht, ihm eine spiralförmige Gestalt zu verleihen – die ich als geometrisch perfekt bezeichnen würde –, hat dann sein Werk sorgfältig in einen Karton gesetzt, den er mit Liebe verschnürt hat, um uns den reinsten Ausdruck seiner Kreativität zukommen zu lassen. Dieses Produkt macht zweifelsohne der Öffnung alle Ehre, der es entquoll, und charakterisiert das Wesen seines Schöpfers auf eindrückliche Art. Ein Werk ist ja immer das Abbild seines Schöpfers, der mit dem, was er hat, schafft, was er kann, und dabei all seine Leidenschaft und sein ganzes Wesen einbringt. Die Kunst kennt keine ordinären Themen. Wichtig ist die Art und Weise, wie das Thema behandelt wird. Im Falle unseres Kothaufens ist das greifbare Ergebnis von beeindruckender Perfektion, es ist eine bahnbrechende ästhetische Leistung, deren Substanz perfekt mit dem Schaffensakt übereinstimmt, durch den sie zur Vollendung geführt wurde.

Um diesem Werk eine zusätzliche poetische Note zu verleihen, die der extremen Sensibilität des unbekannten Künstlers sicherlich keinen Abbruch tun wird, verteile ich sein Produkt unter unserem schönsten Rosenstrauch und achte darauf, mir die Hände nicht schmutzig zu machen. Die Illusion, man könne ein Stück Kot bei seinem sauberen Ende packen ist mir schon längst vergangen.

17. März. Heute nehmen wir definitiv Abschied von René. Die Kirche von Saint Germain ist zum Bersten voll, denn er war in der Gemeinde Savièse sehr beliebt. Wir bedauern nur, dass die Blasmusik nicht erschienen ist, um diesem Ehrenmitglied, dem sie so viel zu verdanken hat, die letzte Ehre zu erweisen. Doch das lässt sich nun einmal nicht ändern: Fanfaren sind bei uns politisch ausgerichtet. Es wird René nicht verziehen, dass er mein Schwiegervater war und immer hinter mir gestanden ist. Der Familienzusammenhalt ist hierzulande zwar wichtig, doch darf er sich nicht über die Clan-Logik und ihre Parteilichkeit hinwegsetzen.

Da wir also keine Fanfare haben, begleite ich meine beiden Töchter auf der Gitarre, als sie das *Halleluja* von Leonard Cohen singen. Die Emotion im Raum ist spürbar, als ihre herrlichen Stimmen zum Gewölbe emporsteigen. Meine beiden Mädchen setzen sich von ganzem Herzen ein. Ihr Gesang ist so schön, dass ich Gänsehaut kriege. Diese letzte Huldigung wird Renés Seele ganz sicher erreichen, egal, wo sie sich befindet.

Kurz zuvor gab es mehrere ergreifende Würdigungen von seinen Enkelkindern und davor die letzte Liebesbezeugung meiner Frau an ihren Vater. Das Gedicht haben wir zusammen verfasst.

> *(…)*
> *Papa, tu es parti comme tu as vécu,*
> *Nous offrant ton grand cœur sans vouloir de reçu,*
> *Tu es monté là-haut, trouver le créateur*
> *Et sculpter dans le rêve une ultime demeure.*
> *(…)* [7]

[7] *Übersetzung als Anhang am Ende des Buches.*

Der 19. März ist da. Der Gott Mars hat zugeschlagen. Wie der Briefträger läutet er immer zweimal. Vor zwei Jahrtausenden schon führte der Mangel an Frühjahrsideen zu den Iden des März, was allen Meinungsverschiedenheiten ein definitives Ende bereitete.

Auf die Minute genau um 12.30 Uhr lasse ich den Rollladen über meine toten Jahre herunter. Von einem Moment auf den andern bin ich nicht mehr dabei. Es ist, wie wenn einer mit dem Rauchen aufhört: Entweder, er tut es sofort oder überhaupt nicht. Ich habe mich entschlossen, *post mortem* keinen Todeskampf zu inszenieren. Einer genügt.

Das Volk hat entschieden und einen anderen gewählt. Ich nehme es zur Kenntnis und bin ab jetzt von jeglicher Verantwortung gegenüber der Allgemeinheit befreit. Jede Sekunde, die ich noch im Lebensbereich verliere, der mir eben den Abschied erteilt hat, ist eine vergeudete Sekunde. Das Leben ist zu kostbar und zu kurz, um an Verlängerungen verschwendet zu werden. Verlängerungen gibt es im Fussball, nicht im wahren Leben. Im Leben läuft alles während der regulären Spielzeit ab.

Um 12.30 Uhr verlasse ich nicht nur das Spielfeld, sondern auch das Stadion. Ich tue es emotionslos, vorsätzlich und überlegt, ohne das geringste Bedauern zu empfinden. Es ist für mich undenkbar, dem Medienmonster, das sich so lange von meinem Image genährt hat, weiterhin als gefundenes Fressen zu dienen. Im Hinblick auf dieses Majestätsverbrechen habe ich die letzten Tage und am heutigen Morgen jegliche Medienanfragen abgelehnt, die darauf abzielten, für die verschiedenen Fernsehsender Reservebilder zu speichern. Die Journalisten müssen etwas geahnt haben, denn sie liessen nicht locker. Das ist durchaus verständlich. In meiner Abwesenheit wird ihnen ein Stück des Films fehlen. Der wichtigste Teil sogar: das morbide Ende. Ich bin dabei, die Zurschaustellung der Leiche zu sabotieren, die Schlussszene, die den Triumph der Sieger verklären und die Katharsis der Gesellschaft ermöglichen soll, damit sie einer leuchtenden Zukunft entgegenstreben kann. Hierzu brauchen sie meinen Kadaver. Mein abgespanntes Gesicht. Meinen verlorenen Blick. Das blutige Fleisch meiner Bestürzung. Und ich habe die Unverschämtheit und die Vermessenheit, mich nicht an das Drehbuch zu halten! Das ist schlicht und einfach skandalös!

Ununterbrochen läutet das Telefon. Über die Verantwortlichen der Partei, über meine Freunde und die Mitglieder meiner Familie versucht man mich davon zu überzeugen, meinen Kadaver zu Ehren des Einschaltquotengottes zur Schau zu stellen und die niedrigen Instinkte des Pöbels mit Bildern zu füttern.

Aber damit ist Schluss. Aus ist es mit der Selbstentfremdung! Ich kehre zu mir selbst zurück, um wieder ich selber zu werden. Wenn ich den Fehler begehe, in die Verlängerung zu gehen und meine Trauergestalt von einem Fernsehplateau zum anderen schleppe, dann spiele ich weiterhin die Rolle, die man mich will spielen sehen. Dann nähre ich die These, dass ich scheinwerfersüchtig bin und mein Verhalten nur von meinem Ego, von meiner Gier nach öffentlicher Anerkennung diktiert wird.

Mein erster Befreiungsschritt aus dem Medienkarussell besteht in der Erkenntnis, dass ich mich beim Versuch, die Menge in den Griff zu bekommen, letztendlich von ihr konditionieren liess. Der zweite Schritt besteht darin, nach dem Todeskampf und dem politischen Tod den Kadaver umgehend verschwinden zu lassen, um nicht in der Haut eines Untoten zu enden, der bei den Leuten zugleich Mitleid und Abscheu hervorruft. Ich höre in mir drin einen Ruf, der sich nicht unterdrücken lässt und von Stunde zu Stunde dringender wird. Auf die Erniedrigung der Niederlage und die Erleichterung über die Befreiung von meiner öffentlichen Rolle folgt unmittelbar eine faszinierende Aufgabe: Ich muss neu geboren werden und mich über einen Rekonstruktionsprozess wandeln. Hierzu brauche ich meine ganze Energie, hierzu brauche ich Ruhe, Einsamkeit und Besinnung. Ich muss mich völlig neu orientieren, und zwar jetzt sofort, solange der Lauf noch heiss ist und der Pulvergeruch noch an meinen Händen haftet. Am besten, ich fange sofort mit dem an, was mir schon inmitten des Orkans erlaubte, neue Ufer zu erkunden: die Poesie. Sie war vor der Politik schon da, begleitete mich während meiner politischen Karriere und wird auch nach ihr mein Begleiter sein. Wenn das kein Treuebeweis ist! Doch das ist nicht verwunderlich: Die Kraft, die das verkehrte Wesen zu seinem wahren Selbst zurückführt, kennt keinen Verrat.

Schein und Sein

Jahrzehntelang hab' ich das Tier genährt,
Es hat sich maßlos an mir sattgefressen,
Was hinten rauskam war jeweils verkehrt,
Das Publikum war jedoch drauf versessen.

Ich gab ihm jedes faule Ei, das es begehrte,
Draus wurde manch ertragreicher Skandal
Und als sein Kot mich gar zu sehr entehrte
War es zu spät, es blieb mir keine Wahl.

Um in den Medien weiter zu bestehen
Und dort gewisse Werte zu vertreten
Versuchte ich das Übel durchzustehen
Und zählte auf das Glück und auf das Beten.

So fütterte ich denn die Bestie weiter,
Ich gab ihr Spreu zu fressen, Dreck sogar,
Draus bildete das Medienmonster heiter
Den üblen Mistkerl, der ich niemals war.

Das Drecksbild war erlogen und erstunken
Und trotzdem war ich es, der es genährt,
Lässt man sich willig in die Jauche tunken
Bleibt schließlich ein Geruch, der nicht verjährt.

Das Sein verfiel, ich nährte nur den Schein
Und warf mit Inbrunst Perlen vor die Säue,
Doch vor dem Trog blieb Schwein jeweils ein Schwein,
Da half mir weder Konsequenz noch Schläue.

Am Ende brachte mich das Biest zu Fall,
Nun fand ich wieder zu mir selbst zurück,
Ich schleuste meine Leiche aus dem Stall
Und bahnte so den Weg zu neuem Glück.

Das Monster fühlte sich von mir betrogen,
Es suchte krampfhaft nach den Überresten,
Die hatte ich ihm wohlweislich entzogen,
um seine Scheinwelt nicht weiter zu mästen.

Auf seinem Mist züchte ich seither Rosen,
Zu etwas sind auch Ausscheidungen gut,
Es ging ja schon so manches in die Hosen
Drum bin ich nunmehr doppelt auf der Hut.

Trotz der optimistischen Prognosen meines Generalsekretärs, der es sich nicht nehmen lässt meinen knappen Sieg oder meine niederschmetternde Niederlage an meiner Seite zu erleben, habe ich nun seit 12 Uhr 30 die Gewissheit, dass das, was ich befürchtete – aber befürchtete ich es wirklich? – auch wirklich eintreten wird. Obwohl ich überall ein wenig zugelegt habe, wird es nicht reichen, denn mein direkter Gegner erhält im deutschsprachigen Wallis zu viele Stimmen und steigert sich dort von 1000 auf 7500 Stimmen! Nicht schlecht für einen völlig Unbekannten, der kein Deutsch spricht, keinerlei politische Erfahrung hat und erst seit einem Jahr Mitglied seiner Partei ist. Ein Anfänger, dessen Redekunst die französische Grammatik das Fürchten lehrt und dessen Partei im Oberwallis keinen einzigen Grossratssitz innehat! Somit ist die Büchse der Pandora geöffnet und ein klares Signal ausgesandt worden: Die Arbeit als Staatsrat erfordert keinerlei Voraussetzungen, jeder ist für diesen Job gut genug. Die erstbeste graue Maus kann auf den Sockel ihrer Inkompetenz gehievt werden und sich dort halten. Das war zwar schon immer so, kam aber noch nie so deutlich zum Ausdruck.

Dennoch braucht man sich um die Institutionen nicht zu sorgen, denn die Schweizer Demokratie ist so gestaltet, dass die Menschen, die öffentliche Ämter bekleiden, nicht wirklich zählen. Sie besetzen eine Zeitlang eines oder zwei Felder der politischen Spielfläche, danach geben sie ihr Amt ab und sind schon vergessen. Das System hingegen bleibt. Es erneuert sich selbst und ist ausdauernd. Eigentlich trägt es sich umso besser, je mehr das politische Feld von Statisten beherrscht wird, denn die wichtigen Entscheidungen werden anderswo getroffen. Somit wird mein Ausscheiden aus dem politischen Spiel keine grosse Auswirkung auf die Staatsführung haben, dafür aber gravierende Folgen für meine Familie und mich persönlich. Alles im System ist dermassen kontrolliert, kalibriert, durch zahlreiche Schutzmassnahmen untermauert und durch ebenso viele Mechanismen vorgegeben, dass der Einzelne an der Spitze seines Quantums Macht weder das Schlimmste, noch das Beste in die Tat umzusetzen vermag. Darin liegt übrigens das Ziel des schweizerischen Kompromisses, der vor allem darauf hinzielt, Reibereien und Dramen zu verhindern. Sobald ein Kopf die anderen überragt, wird er abgehauen, da er dem wahren Souverän – dem Volk – vor der Sonne steht. Das schweizerische Regierungssystem ist ein Werk der Demut. Und es funktioniert einwandfrei. Seit sehr langer Zeit schon. Die Schweiz wird um die direkte Demokratie und die doppelte Gewaltentrennung beneidet. Hier gibt es nicht nur die Trennung zwischen der Exekutiven, der Legislativen und der Judikativen, sondern zusätzlich eine zweite zwischen Bund (Eidgenossenschaft), Kantonen und Gemeinden auf der Grundlage des Föderalismus. Dass die Schweizer um dieses System beneidet werden, ist nur recht und billig – auch wenn ich persönlich heute den Preis dafür bezahlen muss – denn das Schweizer Modell wendet Leibnitz' Modell von der besten der möglichen Welten auf die Politik an.

Ich stelle fest, dass die heilige Allianz funktioniert hat – oh, nur sehr knapp, meine Ehre ist gerettet! – und dass es gelungen ist, den Spielverderber nach Hause zu schicken. Die Bestie ist endlich tot. Es lebe die brave, neue, von den Netten gestaltete Welt! Wenn meinem Gegner dieses herausragende Husarenstück gelang – Ehre, wem Ehre gebührt! – dann nur, weil er das einzig verfügbare Instrument war, um mich unschädlich zu machen. In seinem Wahlergebnis bündelt sich der ganze Hass meiner Verächter. Die Tricksereien, die kleinen, in Hinterzimmern getroffenen Arrangements und die widernatürlichen Allianzen – die in der Natur der Sache liegen – haben Wunder gewirkt. Die Ohrfeige ist natürlich heftig und die

Demütigung abgrundtief. Aber im Grunde ist es gut so, denn damit die Lektion Früchte trägt und die Heilung dauerhaft ist, muss die Wunde heftig brennen, muss der Absturz schwindelerregend sein. Eine politische Hinrichtung dieses Kalibers – die Art, wie sie vonstatten ging, das Profil des Gegners, das knappe Ergebnis – das alles wird mich Mores lehren…

Die «Kleinkönigsmacher» der CVP haben scharf geschossen und ins Schwarze getroffen. Sie haben schnell gelernt zu teilen, um besser zu hamstern. Statt sich mit einem patentierten Störenfried herumzuplagen, der die hohe Kunst des Kuchenteilens nicht kapieren will, haben sie einen glanzlosen Kandidaten auf den Schild gehoben, der nun in ihrer Schuld steht und sich fügsam zeigen muss, wenn er wiedergewählt werden will. Sollte er auf die dumme Idee kommen, seinen Machern in die Suppe zu spucken, wird ihn das teuer zu stehen kommen. Indem die führende Partei einen Hauch von Macht in Form eines Rumpfdepartements – mit dem ihr niemand den Rang ablaufen kann – in die Hände eines Neulings legt, betreibt sie maximale Risikobeschränkung. Der Gelegenheitsverbündete wird *volens nolens* einem Schrumpfprozess unterzogen, damit man ihn sich besser in die Tasche stecken kann. Das ist Machiavelli in Reinform! Leider mindert dieser Schrumpfprozess zugleich das Format der sich so gross vorkommenden Verkleinerungskünstler, die sich für Könige halten, obwohl die Könige schon längst am Galgen der Geschichte verwest sind.

Habe ich Fehler begangen, die diese Entwicklung zugelassen oder sogar begünstigt haben? Selbstverständlich. Wie jeder, der handelt und Risiken eingeht. Wäre ich besser beraten gewesen, nichts zu tun, um keine Fehler zu machen? Dies hätte in meinem Fall wohl kaum etwas geändert, denn nicht das, was ich mache, stellt ein Problem dar, sondern das, was ich bin. Hätte ich das Prinzip der Gedankenkriminalisierung akzeptieren sollen und meine kritischen, also «widerlichen» Gedanken, meine unkonventionellen, also «unangebrachten» Überlegungen ins innere Exil verbannen sollen? Hätte ich mich der *Doxa* der Toleranz bis zur Prostitution anpassen und mich bis zur Inkontinenz öffnen sollen, um nicht unterzugehen? Hätte ich gegen die Kollegialität verstossen sollen, um den Medien Skandalstoff zu liefern? Hätte ich einen anklägerischen Finger auf meinen Regierungskollegen Tornay richten sollen – obwohl ich von dessen Aufrichtigkeit und Ehrlichkeit überzeugt war – als man ihn als Dieb und Trickser darstellte, um ihn zu zwingen, vor dem vor Ungeduld zappelnden «Kindermacher» das Feld zu räumen? Wäre es da nicht sinnvoller gewesen, sich dem Mob anzuschliessen, mit ihm gegen den trotz seiner Unbescholtenheit an den Pranger gestellten Kollegen zu heulen und mich somit der *vox populi* und den unaufhaltsamen Kräften zu beugen, deren Machtübernahme nur mehr eine Frage der Zeit war? Hätte ich alle meine Prinzipien verraten und mich an ein System verkaufen sollen, welches die Gesinnungsfreiheit immer stärker einschränkt? In keinem Fall! Die auf Zahlen beruhende Niederlage ist erträglich, der Selbstverrat ist es nicht.

In der Liste meiner Fehler ist der grösste sicherlich der, mich an mein Budget gehalten zu haben. Ein jeder wird behaupten, dass eine gute Budgetverwaltung wichtig ist und öffentliche Gelder nicht verschwendet werden dürfen. Aber das ist ein theoretischer und abstrakter Gedanke, dem der Bürger nur solange nachhängt, als er selber nicht betroffen ist. Sobald die Sparmassnahmen seinen Status, seine Privilegien und seine Interessen im weitesten Sinne tangieren, wird er bittere Vorwürfe an Sie richten, weil Sie sich an das Budget halten, und er wird zu ihrem Feind. Der beste Beweis dafür ist die Tatsache, dass meine zukünftige Ex-Kollegin, die ihr Budget innerhalb von vier Jahren nicht ein einziges Mal einhielt, glanzvoll wiedergewählt und derjenige, der verantwortungsbewusst mit dem Budget umging, abgewählt wurde. Das Fazit daraus ist ernüchternd: Die Einhaltung des Budgets und ein wirtschaftlicher Umgang mit den öffentlichen Geldern erfreuen das Parlament, kosten jedoch massiv Stimmen. *Quod erat demonstrandum.*

Ein weiterer, unverzeihlicher Fehler meinerseits, der einen äusserst schweren Verstoss gegen die Thesen Machiavellis darstellt, war meine entschlossene Verteidigung klarer Positionen. Da mir die Vertretung und Durchsetzung einer gewissen Anzahl theoretischer Werte in der konkreten Praxis sowie eine klar erkennbare politische Linie sehr am Herzen lagen gab ich eine zu deutliche, dazu noch fixe Zielscheibe ab. Meine Gegner konnten sich in aller Ruhe einschiessen, um am gegebenen Tag voll ins Schwarze zu treffen. Der Vorteil von Politikern, die sich wie Chamäleons verhalten, liegt darin, dass sie eine verschwommene und bewegliche Zielscheibe darstellen. Versuchen Sie einmal, den Schuss auszurichten, wenn das Ziel nicht gut sichtbar ist und sich ständig bewegt. Kaum glaubt man es im Visier zu haben, ist es schon verschwunden und erscheint anderswo wieder. Wie wollen Sie das Ungefähre oder Abwesende wirksam treffen? So hat denn die Phrasendrescherei der politisch korrekten Politiker kein anderes Ziel, als sie aus dem feindlichen Schussfeld herauszuhalten. Sie ist ein Schutz, ein Überlebensreflex, eine legitime Verteidigungshaltung. Ausserdem haben diese Leute sehr wohl verstanden, dass es unmöglich ist, etwas zu Fall zu bringen, was von Anfang an weder Kopf noch Fuss hatte. Darum kann es ihnen auch nicht daran gelegen sein, etwas Vernünftiges aufzubauen.

Bin ich den Wählern böse? Wieso sollte ich ihnen böse sein? Das Volk braucht Sicherheit, es braucht Führer, die ihm sagen, dass alles zum Besten bestellt ist, dass es sich nicht zu sorgen braucht, dass unter der Rauchwolke kein Feuer brennt. Und überhaupt, wieso sollte ich den Bürgern böse sein, da sie mich ja befreit und mir wahrscheinlich das Leben gerettet haben!

Ich möchte auf keinen Fall ungerecht sein. Schliesslich ist die Operation des zweiten Wahlgangs, auch wenn der Patient tot ist, ein Erfolg, denn das erzielte Ergebnis übersteigt das gesteckte Ziel bei weitem. Eine Steigerung um 12.000 Stimmen, allein gegen alle, um 42.520 Stimmen auf mich zu vereinen, ist eine beachtliche Leistung. Niemals zuvor hat ein Kandidat seine Wiederwahl in den Walliser Staatsrat mit einem solchen Ergebnis verfehlt. Das beste Resultat meines Vorgängers belief sich auf etwas mehr als 30.000 Stimmen. Es bedurfte einer unglaublichen Bündelung gegensätzlicher Energien – Hinz und Kunz mussten zusammengetrommelt werden – um mich zu Fall zu bringen. Ich tröste mich mit dem Satz: Viel Feind, viel Ehr!

Wie dem auch sei, ich bin stolz, bis zum Ende aufrecht gekämpft zu haben. Ich bin stolz auf meine Familie, meine treuen Freunde, meinen Sohn, dessen Tränen der Enttäuschung von seinem riesigen Einsatz zeugen und von der Liebe, die er mir entgegenbringt. Ich sage ihm, dass er keineswegs versagt hat, dass die Niederlage – und sei es nur aufgrund des Wahlmodus – unvermeidlich war. Treten nämlich bei einer Proporzwahl die politischen Lager gegeneinander an – wobei die wahren Kräfteverhältnisse der Parteien und die Beliebtheit ihrer politischen Ausrichtung gemessen werden – begünstigt die Majorzwahl im besten Fall die Entfaltung starker, von parteilichen Zwängen unabhängiger Personen und im schlimmsten Fall die zwangsläufig siegreiche Verbindung konvergenter Niederträchtigkeit gegen den isolierten Wagemut. Dies endet in der Regel mit der Aufteilung des Kuchens unter den Gefrässigsten der Meute.

Durch diesen Mechanismus kann die CVP, die auf eidgenössischer Ebene auf eine fast unbedeutende Wählerstärke (zwischen 11 und 12 %) gesunken ist, eine politisch ebenso grosse Rolle spielen wie die SVP, die fast 30 % der Wählerschaft hinter sich schart. Es ist eine Art Situationsrente, einem verbürgten Privileg ähnlich. Ebenso hat die christlichsoziale Partei des Oberwallis mit 7 bis 8 % Wählerstimmen einen von acht Walliser Nationalratssitzen inne, weil ihre Bündnispartner als Steigbügelhalter fungieren, sowie einen von fünf Sitzen in der Kantonsregierung (und alternativ mit den Schwarzen (CVP) einen der zwei Ständeratssitze). Somit kann diese Rumpfpartei, die systematisch rechts blinkt und nach links abbiegt, an der Verteilung der Pfründen teilnehmen und ihren Leuten dank geheimer Absprachen, die niemanden zu interessieren scheinen, dutzendweise interessante «Staatspöschtli» zuschieben. Die Korruption ist legal, sozusagen institutionalisiert und ruft keinerlei Widerstand hervor, denn jeder erhofft sich einen Anteil vom Kuchen.

So wird die Addierung von Schwächen im Gebiet der Zahlen zur Stärke.

Dann bin ich mir auch schmerzlich bewusst, dass 2013 alles schon vorbestimmt war. Mein damaliges Ergebnis war völlig überzogen. An diesem Tag, dem Tag meines grössten Sieges, begann mir die nackte Angst den Rücken hochzukriechen. In den Interviews dieses Tages stechen vor allem die Blässe meines Gesichts und mein sorgenvoller Blick ins Auge. Meine Panik vor der bevorstehenden Hölle ist fassbar.

Das Ergebnis von 2013 war nichts anderes als eine Strafe, ein als Olymp verkleideter tarpejischer Felsen.

Ich hatte für zwei grosse Frustrationen gesorgt: Die FDP verlor ihren Sitz in der Regierung und die CVP verlor die absolute Mehrheit im Parlament, die sie seit 150 Jahren innehatte. Es war vorhersehbar, dass sich das System bei der ersten Gelegenheit rächen würde. Daher konnte ich bei meiner Amtsausübung weder Objektivität noch Wohlwollen erwarten. Der Fremdkörper musste abgestossen werden. Vom ersten Tag an begannen die Kanonenboote im *Confédéré* und im *peuple valaisan* – die Parteizeitungen der politischen Konkurrenz – mit ihrem Trommelfeuer. Es musste mit allen Mitteln verhindert werden, dass ich Wurzeln schlug, damit die FDP zu ihrem Sitz zurückfinden konnte. Eingeklemmt zwischen der Frustration der Rechten und dem Hass der Linken – meinem ideologischen Feind –, sah ich die Jagdhunde schon von weitem auf mich zustürzen. Hinzu kommt, dass die Linke der SVP das Stagnieren ihrer Wählerzahl nie verziehen hat. Wir haben ihr in der Tat das Monopol der Opposition sowie einen Grossteil der proletarischen Wählerschaft wegstibitzt.

Heutzutage reduziert sich die Politik auf Rufmord und Ehrabschneidung, um Dissidenten einzuschüchtern. Die Fakten sind nicht mehr relevant. Programm und Bilanz spielen keine Rolle mehr. Alles, was die mit audiovisuellen Trugbildern zugetörnte Mehrheit interessiert, ist das groteske Schauspiel, welches ihr die Mächtigen bieten, um sie daran zu hindern, sich zu viele Fragen zu stellen. Es genügt sicherzustellen, dass am Ende des Films auch wirklich der «Böse» stirbt, damit die «Guten» an seine Stelle treten können.

Diese Geschöpfe des Nichts, diese angeblich «Guten» haben ihre eigene Agenda und versprechen mit verführerischem Augenaufschlag, dass sie die öffentlichen Toiletten saubermachen werden. Doch alles, was sie dem Bürger bieten, sind Stehtoiletten, in denen die Notdurft mit dem Arsch in der Luft verrichtet werden muss. Ade Komfort, aber was für eine Einsparung! Denn wo die Schüssel fehlt, braucht sie auch nicht mehr gereinigt zu werden.

Laut Friedrich Dürrenmatt ist eine Geschichte erst dann wirklich fertig, wenn sie ihr schlimmstes Ende gefunden hat. Das schlimmste Ende einer Geschichte ist seiner Ansicht nach das Abschweifen ins Groteske, wie er das im Theaterstück « Der Besuch der alten Dame » glänzend darstellt. Nun stelle ich aber fest, dass der öffentliche Bereich fast überall dem Grotesken verfallen ist, dass zwar immer extravagantere wirtschaftliche und berufliche Aussichten geboten werden aber eine Selbstfindung verunmöglicht wird. Der Mensch wie das System sind nur noch eine Karikatur ihrer selbst und widerspiegeln das, was aus ihnen geworden ist: eine Farce. Im Moment lacht das Volk noch, aber sein Lachen wirkt immer verkrampfter.

Die Zeit scheint reif für die Herrschaft der Hofnarren.

Es stellt sich die Frage, ob es im Privaten noch eine Erlösung geben kann.

Ich nehme die Feder, die mir mein Kommunikationsbeauftragter mit geröteten Augen und vor Ergriffenheit zitterndem Mundwinkel als symbolische Geste schenkt und schreibe einige Versfragmente auf ein Stück Papier. Ich ahne, dass ich das Gedicht sehr schnell beenden werde.

Kaiserschmarren
Es ruft die dichte Menge:
Bring uns zum Lachen, Kaiser,
Der witzelt im Gedränge,
die Menge lacht sich heiser.
...

Er führt sich auf als Tor,
Verbreitet einen Schmarren,
Die Leute sind ganz Ohr
Und küren ihn zum Narren.

Drauf wirft man hochvergnügt
Den alten Narren raus,
Ein Narr allein genügt
Im morschen Kaiserhaus.

Doch wird der Prinz zum Narren
Wird bald der Narr zum Kaiser.
Die Blicke, sie erstarren,
das Lachen wird schon leiser.

Die Lage scheint verdreht,
Der Prinz bleibt unbeschwert:
Wer lacht, wird per Dekret,
Zum Hofnarren erklärt.

Hei, lustig ist die Macht
Und spaßig das Verhängnis,
Denn jeder, der nicht lacht,
Kommt sofort ins Gefängnis.

Bevor ich an diesem Abend einschlafe, versuche ich ein Gedicht von Rilke vor mich hin zu murmeln, das ich auswendig konnte, als ich noch unterrichtete: Der Schauende. Ich kann mich nur noch sehr lückenhaft an den Text erinnern und nehme daher Das Buch der Bilder zu Hand, um meine Gedächtnislücken zu beheben:

> *(…)*
> *Wie ist das klein, womit wir ringen,*
> *was mit uns ringt, wie ist das groß;*
> *ließen wir, ähnlicher den Dingen,*
> *uns so vom großen Sturm bezwingen, -*
> *wir würden weit und namenlos.*
>
> *Was wir besiegen, ist das Kleine,*
> *und der Erfolg selbst macht uns klein.*
> *Das Ewige und Ungemeine*
> *will nicht von uns gebogen sein.*
> *Das ist der Engel, der den Ringern*
> *des Alten Testaments erschien:*
> *wenn seiner Widersacher Sehnen*
> *im Kampfe sich metallen dehnen,*
> *fühlt er sie unter seinen Fingern*
> *wie Saiten tiefer Melodien.*
>
> *Wen dieser Engel überwand,*
> *welcher so oft auf Kampf verzichtet,*
> *der geht gerecht und aufgerichtet*
> *und groß aus jener harten Hand,*
> *die sich, wie formend, an ihn schmiegte.*
> *Die Siege laden ihn nicht ein.*
> *Sein Wachstum ist: der Tiefbesiegte*
> *von immer Größerem zu sein.*

Ich habe mich zu lange auf ein Spiel eingelassen, dessen Würfel gezinkt waren. Dummerweise liess ich mich dazu verleiten, ohne zu Schummeln in einem Spiel mitzuspielen, das nur durch Mogeln zu gewinnen ist. Kann es dennoch sein, dass meine heutige Niederlage auf einer anderen Ebene einen Sieg darstellt? Dass die Enttäuschung ein Geschenk ist? Die Demütigung der fruchtbare Boden für künftiges Glück? Ist es vorstellbar, dass der Hut, den ich nehmen musste, in einer anderen Dimension zur Krone wird? Dass die Ruinen meiner politischen Karriere zum Fundament einer unsichtbaren Kathedrale werden, die in meinem Herzen wiederersteht? Dass ich alles falsch gemacht habe und eben darum alles richtig?

Als Antwort darauf stelle ich mir eine andere, wesentliche Frage: Möchte ich mit meinem hauptsächlichen Widersacher den Platz tauschen? Die Antwort blitzt auf, bevor die Frage überhaupt eine Überlegung auslösen kann: Du lieber Schreck! Um nichts in der Welt! Dabei hat er doch gewonnen! Er ist der neue Zampano des Kantons! Die Frauen himmeln ihn an. Die Männer beneiden ihn. Ihm gebühren Ruhm und Ehre! Woher kommt also diese tief empfundene Abwehr meinerseits? Wahrscheinlich daher, dass ich von diesem «Glück» gekostet habe und weiss, welch hoher Preis dafür bezahlt werden muss. Aber auch, weil sich meine inneren Bestrebungen schon seit einiger Zeit gewandelt haben und ich mich einer «Macht» ganz anderer Art zugewandt habe.

Diese Macht ist nicht von dieser Welt, gehört nicht zum System und stellt deshalb die unendliche Dimension meines Wesenskerns dar. Es geht um die Kraft des Seins. Das Sein, das der Maler Paul Klee als «die absolute Geschwindigkeit» bezeichnete. In der Tat entsteht durch das Verb «haben» eine Distanz zwischen Subjekt und Objekt, zwischen dem Schützen und der Zielscheibe. Das «Sein» hingegen ermöglicht es dem Menschen, sowohl Ausgangspunkt als auch Ziel zu sein. Wenn aber der Schütze und die Scheibe eins sind, kann das Ziel nicht mehr verfehlt werden. Ein begehrtes Objekt kann einem entgehen, doch sich selbst kann man unmöglich entgehen. So sehr man es auch versucht, man wird stets von dem eingeholt, was man ist. Kein Sieg in der realen Welt, keine weltliche Macht, und sei sie noch so überwältigend, kann dies ändern.

Nun bedeutet aber ein Sieg im Rahmen des Systems (innerhalb von Heideggers «Gestell»), dass man sich dessen Regeln aneignet und dadurch akzeptiert, vom System besiegt zu werden, weil man sich dessen entfremdenden Prinzipien unterstellt. Was diese Übung sinnlos macht ist die Tatsache, dass jegliche Gier nach weltlicher Macht entfremdend wirkt und eigentlich nichts Anderes als ein abgeschnittener, zum Austrocknen verurteilter Ast ist. Er grünt zwar noch, ist aber bereits tot, ohne es zu wissen.

Das Leben ist etwas Anderes. Das Leben kann vom Baum der Welt nicht abgetrennt werden, auf dem jedes Lebewesen eine Knospe ist, die zu erblühen bestimmt ist. Gleichzeitig zeigt uns der Werdegang der Knospe, die spriesst, zur Blüte wird und schliesslich verwelkt, um einem neuen Frühling Platz zu machen, den langsamen und schwierigen Prozess des Verzichts auf. Dieser Prozess bringt uns nach und nach dazu, den Sieg auf einer anderen Ebene, in einer anderen Dimension zu suchen und zwar dort, wo der Sieg über sich selbst und die eigenen Schwächen nur über die Niederlage des Egos erreicht werden kann. Rilke drückt das in seinem Gedicht treffend aus: Man muss sich vom Unendlichen besiegen lassen, wenn man über sich selbst triumphieren will. Die Frage ist nur, wie man dies am besten bewerkstelligt.

Nachdem ich am Morgen dieses 20. März 2017 vom Büro aus Geburtstagswünsche an meine Frau geschickt habe – am Abend zuvor war mein politischer Todestag und heute ist ihr Geburtstag (sic!) –leite ich die letzte Arbeitssitzung mit meinen Dienstchefs. Sie scheinen über das Geschehene ehrlich betroffen zu sein. Ich schätze sie mehrheitlich als aufrichtig und redlich ein, denn in den vergangenen vier Jahren sind enge Beziehungen entstanden. Auch war die Zusammenarbeit mit den meisten von ihnen äusserst fruchtbar. Im vertraulichen Gespräch versichern mir einige der Herren, dass ich ein sehr verständnisvoller, menschlicher und pragmatischer Chef gewesen sei. Es tut manchmal gut, so etwas zu hören, insbesondere wenn jeder um Sie herum aus Angst, in die Rubrik «reaktionärer Vollidiot» eingestuft zu werden, darum bemüht ist, ja nichts Positives über Sie zu sagen. Fakt ist, dass ich in den vier Jahren meines Mandats niemals einen Mitarbeiter angeschnauzt habe. Ich vertrete den Standpunkt, dass einer, der einen Fehler begangen hat, zumindest etwas gemacht hat. Bei Fehlleistungen lag es meinem Verständnis nach an mir, die Verantwortung zu übernehmen, die Sache auszubaden und dann eine Richtungskorrektur in die Wege zu leiten.

Ich verlange von niemandem, dass er oder sie keine Fehler macht, denn ich mache selbst auch welche, doch ich verlange von den Mitarbeitern genug Phantasie, damit sie neue Fehler begehen und nicht immer nur dieselben. Ich gehöre zu den Menschen, die für das geradestehen, was unter ihrer Verantwortung passiert und sich nicht mit willigen Sündenböcken umgeben, die man bei der ersten Krise hopsgehen lässt. Meine Mitarbeiter sind Menschen aus Fleisch und

Blut und keine Sicherungen. Ausserdem bin ich davon überzeugt, dass ein wahrer Chef mit dem guten Beispiel vorangehen muss. Dies ist nur bei einer maximalen Kohärenz zwischen Wort und Tat möglich.

Andererseits setzt eine effiziente Führung klare Überlegungen und eindeutige Vorgaben voraus. Wie sollen Ihre Mitarbeiter ein von Ihnen in die Wege geleitetes Projekt verwirklichen, wenn sie Ihre Absichten nicht verstehen? Dies alles mag selbstverständlich und trivial erscheinen, doch habe ich in den letzten Jahren zu viele Führungspersonen gesehen, die sich mit mittelmässigen Mitarbeitern umgeben, um sich selbst brillant vorzukommen, und die sich Sündenböcke halten – wie man sich Hasen hält, die man im Bedarfsfall abstechen kann – um ihre Verantwortung nicht wahrnehmen zu müssen. Ich habe zu oft festgestellt, dass die Wirklichkeit keineswegs der elementarsten Theorie entspricht.

Eine weitere wichtige Eigenschaft eines guten Chefs besteht darin, dass er den Mut haben muss, den Stier bei den Hörnern zu packen, wenn niemand anderes handeln kann oder will. Man wird ihm selbstverständlich vorwerfen, dass er aus der Rolle fällt und sich ins operative Geschehen einmischt. Was soll's, das Wichtigste ist, dass das Problem gelöst wird. Übrigens ist die Lösung die meiste Zeit in Reichweite, doch oft verlieren die Parteien insbesondere aufgrund von Personenkonflikten jeden Sinn für das Allgemeinwohl, hängen den gesunden Menschenverstand an den Haken und verbohren sich lieber in endlose Kleinkriege. Dabei ist es völlig unzumutbar, dass staatliche Kleinkönige Willkür walten lassen, weil sie diesen oder jenen auf dem Kieker haben. Der Staat steht im Dienst der Bürger und nicht umgekehrt!

Auf jeden Fall sorgt etwas Humor zur Entkrampfung gewisser Situationen bei. Er schafft Vertrauen und verhindert, dass sich die Leute für jeden Dreck in die Haare geraten. Ein guter Chef scheut weder die Selbstironie noch Witze über seine Person. Lediglich gewisse Taschendiktatoren, von denen es in den Staatsämtern nur so wimmelt, fürchten den Humor. Das Lachen ist der vollkommenste Ausdruck der Befreiung, denn es lässt alle Illusionen platzen, mit denen die Macht die Menschen ruhigzustellen versucht. Es ist nur in den Augen derjenigen verdächtig, die sich derart wichtig nehmen, dass sie, ohne es zu merken, Karikaturen ihrer selbst werden. Hitler lachte kaum, beschert uns aber in der Gestalt eines Charlie Chaplin wahre Lachkrämpfe. Letztendlich braucht ein echter Chef nicht zu beweisen, dass er der Chef ist. Denn wenn er das Bedürfnis verspürt, dies zu beweisen – vor allem sich selbst – dann nur, weil er nicht das Zeug zum Chef hat und dies instinktiv weiss. Es ist wie in der Liebe: Es gibt Dinge, die sich nicht beweisen lassen. Sie ergeben sich von selbst … oder eben nicht.

Als Leiter eines Departements war es mir wichtig, die Zivilcourage, eine offene Gesprächskultur und die Kritikfähigkeit zu fördern. Es bringt nichts, sich mit Menschen zu umgeben, die Ihnen nur das sagen, was Sie hören wollen und die Ihnen den lieben langen Tag nur schmeicheln. Natürlich gab es im Laufe meines Mandats eine oder zwei Personen, die mich belogen oder verraten haben, aber die überwältigende Mehrheit meiner Mitarbeiter waren des Vertrauens würdig, das ich ihnen entgegenbrachte.

Ich erinnere mich an den Tag, an dem ich meine Dienstchefs fragte, ob der Fall Adeline im Wallis möglich sei. Bei diesem Fall ging es um eine junge Erzieherin aus Genf, die im Rahmen einer Therapie in Begleitung eines gefährlichen Kriminellen das Gefängnis verliess und von ihrem «Patienten» bei dieser Gelegenheit erdolcht wurde. Zuerst versicherte man mir, dass dies bei uns nicht möglich sei. Gutgläubig beantworte ich eine Frage des Parlaments in diesem Sinne. Erst später, als ich einer Gruppe von Gefängnisaufsehern einen Besuch abstattete, die die Pensionierung eines Kollegen feierten, erfuhr ich, dass ein Fall Adeline bei uns sehr wohl möglich sei, denn junge Gefangene der geschlossenen Strafanstalt Pramont gingen manchmal in alleiniger Begleitung einer Erzieherin zum Zahnarzt oder zum Arzt. Wie bitte? Eine Frau ohne Schutzbegleitung mit einem Mörder oder Vergewaltiger auf freier Wildbahn? Ich traute meinen Ohren nicht.

Als ich die zuständigen Dienstchefs zur Rede stellte, gestanden sie mir schliesslich, dass dies aufgrund des Personalmangels vorkommen könne. Ich ordnete sofort an, dass diese Art von Ausgängen stets in Begleitung eines Polizisten zu erfolgen hätten, falls es der Turnus und der Personalmangel unumgänglich machen sollten, einen Gefangenen von einer Frau begleiten zu lassen.

Als ich am Rande einer Staatsratssitzung versuchte, meine Regierungskollegen über diese unerhörte Tatsache zu informieren, wurde ich sofort unterbrochen.

«Das ist dein Problem, wir wollen es gar nicht wissen. Sonst werden wir dafür verantwortlich gemacht, wenn etwas passieren sollte.»

Ich fiel aus allen Wolken, als ich dies hörte. Was ist denn das für eine Haltung? Ich bin doch gewählt worden, um zu entscheiden und Verantwortung zu übernehmen und nicht, um die Dinge geschehen zu lassen und mich feige damit zu begnügen, meinen Hintern trocken zu halten. Ein politisches Mandat ist weder ein Selbstzweck noch eine Ziellinie, sondern ein Ausgangspunkt, eine Startrampe zum Handeln, was zwangsläufig damit verbunden ist, Risiken einzugehen. Doch welcher Politiker geht heutzutage schon Risiken ein? Wer geht die Probleme noch frontal an, anstatt sie unter den Teppich zu kehren? Aber sind hierfür wirklich nur die «Entscheider» verantwortlich? Darf ihnen das Phrasendreschen zur Last gelegt werden, mit dem sie sich abschirmen? Kritisieren ist einfach, aber es muss in Betracht gezogen werden, dass die Welt für jene, die es noch wagen, Verantwortung zu übernehmen, immer gefährlicher wird. Die Brutstätte der sozialen Medien, deren hysterische Ausgeburten von den Medien übernommen und hinaus in die Welt getragen werden, hat sich in einen derart gefährlichen Piranha-Teich verwandelt, dass viele Politiker lieber am schützenden Ufer bleiben.

Leider verschwindet die Hoffnung, Amerika zu entdecken, wenn man aus Angst vor der Gefahr am Ufer bleibt.

An diesem 20. März organisieren wir zum 53. Geburtstag von Ghislaine ein kleines Familienfest. Nach Renés Tod vor fünf Tagen, seiner Beerdigung am Freitag und meiner gestrigen Wahlniederlage – ein Unglück kommt selten allein! – versuchen wir gute Miene zum bösen Spiel zu machen. Den Kindern fällt es schwer, ihre Niedergeschlagenheit zu verbergen. Trotz Ghislaines Bemühungen und ihren lobenswerten Versuchen, die häusliche Stimmung aufzuheitern – die Familie ist ihr höchstes Gut –, gelingt es ihr nicht, ihre Müdigkeit, ihren mitgenommenen Ausdruck, ihren abwesenden Blick und ihre erschreckende Magerkeit zu vertuschen. Wir sind wie Schiffbrüchige, die, kaum an einer unbekannten Insel gestrandet, ihre Verluste und die verbleibenden Ressourcen zählen und sich über die Gefahren Gedanken machen, die im nahegelegenen Dschungel auf sie lauern. Die Einzige, die unbekümmert herumspaziert ist Mulan, unsere Katze, die vollständig geheilt ist und vor Freude an den Vorhängen hochklettert. Gegen Ende des Essens ergreife ich das Wort. Ich bedanke mich bei allen für ihre Unterstützung, für ihre Anwesenheit am heutigen Abend, dafür, dass sie trotz aller Widrigkeiten standhaft geblieben sind und immer noch zusammenhalten und bitte um Verzeihung für meine ständigen Abwesenheiten, meine mangelnde Aufmerksamkeit und meine Reizbarkeit in den letzten Tagen und Wochen. Dann drehe ich mich meiner wunderbaren, unerschrockenen und treuen Frau zu, die sich aus Liebe zu mir einem Kampf verschrieben hat, der nicht wirklich der ihre war, die in den schlimmsten Momenten immer an meiner Seite gestanden ist, mir alles gegeben hat und aufgrund meiner politischen Verbissenheit ihre Gesundheit aufs Spiel gesetzt hat. Ich ziehe, um Vergebung heischend, ein Liebesgedicht aus meiner Tasche. Dieses Gedicht ist aufgrund des Leids, dem es erwachsen ist, sicherlich das wehmutsvollste, das ich je für sie geschrieben habe … und gleichzeitig auch das hoffnungsträchtigste.

Für Ghislaine

Wie kann ich Dir nur in die Augen sehen,
Zu selten hab' ich Dich liebkost,
Du hattest so viel Leid zu überstehen
Und fandest bei mir keinen Trost.

Trotz allem bist Du mir stets beigestanden,
Hast Dich tollkühn für mich geschlagen,
Und selbst als Deine letzten Kräfte schwanden
Vernahm ich von Dir keine Klagen.

…

Zuletzt lag auch Dein Vater noch darnieder
Du gingst mit ihm das letzte Stück,
Kein Morgen bringt Dir je sein Lächeln wieder
Doch heute kehrt Dein Mann zu Dir zurück.

Heute Morgen habe ich meine drei Kinder angerufen, einfach nur um guten Tag zu sagen und mich nach ihrem Befinden zu erkundigen. Gemessen am Grad des Erstaunens in ihren Stimmen und den ängstlichen Fragen nach meinem psychischen Befinden werden sie Tage brauchen, um sich davon zu erholen. Ich erkenne an ihrer Verblüffung das Ausmass meiner jahrelangen Entfremdung. Die Rekonvaleszenz wird schwierig sein, aber ich bin von Hoffnung erfüllt.

Wie paradox doch alles ist, was ich erlebt habe: Zuerst hat es eines Überlebensspezialisten bedurft, um mich von meinem freiwilligen Überlebenskampf abzubringen und mich zu lehren, wirklich zu leben. Dann habe ich hohe Berge bestiegen, um mich dem Himmel zu nähern und habe ihn schliesslich nur dadurch erreicht, dass ich über ein Sandkorn strauchelte. Eigentlich hat für mich alles just in dem Moment gut angefangen, als es böse zu enden drohte.

Auf dem Gipfel

Ich stand einst auf dem Dach der Welt,
Die Luft war dünn, der Kopf so schwer,
Ich wusste, wer nicht steigt, der fällt,
Drum sah ich keinen Ausweg mehr.

An welche Kante ich auch lief,
Es gähnten Schlünde, noch und noch,
Was mich umgab war steil und tief,
Sodass ein Schwindel mich bekroch.

Ich war dem Himmel schmerzlich nah
Und schaute trotzdem nur hinab,
In allen Schluchten, die ich sah,
Grub meine Hoffnung sich das Grab.

Da machte ich die Augen zu
Und sprang und fiel bis auf den Grund,
Und wachte auf am Fuß der Fluh
Und war auf einen Schlag gesund.

Als ich verdutzt nach oben schaute
War nur noch Himmel über mir,
Weil ich mich in die Tiefe traute
Fand ich ein geistiges Revier.

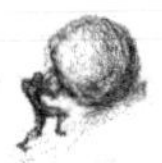

Seit einigen Tagen lege ich mich abends regelmässig auf mein Sofa um zu versuchen, mich wieder zu fassen und Ordnung in meine Gedanken zu bringen. Es ist eine Art Erste-Hilfe-Phase, die dazu dient, mich des befriedigenden Zustands meiner Lebensgeister zu vergewissern. Auch schlafe ich viel, denn ich habe zahlreiche schlaflose Nächte nachzuholen. Ich fühle mich irgendwie von der Welt losgelöst und beantworte verträumt und fast euphorisch hunderte von E-Mails, SMS und Briefen. In der Regel verbirgt sich in all diesen Nachrichten ein verlegenes Lächeln hinter einer ungeschickten Formulierung, ein freundschaftliches Schulterklopfen hinter einem Verb. Die Botschaften gehen von «du wirst neu durchstarten» bis «geniesse das Leben, du hast es verdient». Wie ein Pendel schwinge ich von einem zum anderen. Dazwischen sause ich auch mal wie ein Jo-Jo zwischen Erleichterung und Verbitterung rauf und runter. Ansonsten nimmt meine Agoraphobie zu. Irgendwann muss ich mich davon kurieren. Es ist zwar verständlich, Störenfrieden aus dem Weg zu gehen und ich wäre schön dumm, auf diesen Luxus zu verzichten, den mir mein neuer Status als gefallener Engel ermöglicht. Doch darf ich dabei nicht zum Menschenfeind werden, der allen dauerhaft misstraut und manisch auf Distanz geht.

Was meine angebliche Paranoia angeht, so sehe ich dafür keine Anhaltspunkte, denn der Alltag beweist mir regelmässig, dass die Angriffe weitergehen. Ich bin doch schon tot, verdammt noch mal. Begraben. Man lasse mich endlich in Ruhe!

Ich liege wieder mit hochgelegten Beinen und geschlossenen Augen auf meinem Divan. Wie nach einem Seesturm brechen sich die letzten Wellen an den Ufern meines inneren Meeres und hinterlassen auf dem Sand meines Bewusstseins einige Quallen, Fische, Schalentiere und Muscheln, die von der Sonne getrocknet und gebleicht werden.

Ich bin verletzt, das steht ausser Zweifel. Die Wunde ist noch frisch, doch sie heilt schnell, denn nichts heilt schneller als ein verletztes Ego. Mache ich mir Sorgen um die Institutionen? Überhaupt nicht, denn selbst wenn eine Büchse der Pandora geöffnet wurde weiss ich aufgrund meiner Geschichtskenntnis, dass Wahlen auf dem Ozean des Weltgeschehens höchstens ein leichtes Kräuseln bewirken. Was meine politische Entgiftungskur angeht, so schreitet sie wacker fort. Doch es wird noch einige Anstrengungen und Überlegungen kosten, bevor ich mich als geheilt bezeichnen kann.

Scheinbar wurden Wahlbetrügereien festgestellt. Was soll's. Das System wird sich zu schützen wissen, hat es sich doch eben von einem bösartigen Geschwür befreit. Die Geschäfte können ohne Gefahr wiederaufgenommen werden, es besteht überhaupt kein Grund zur Sorge. Wie immer werden die vollen Hände die hohlen Hände füllen. Wie immer werden auf teuren Plätzen teure Freunde aus dem richtigen Lager Platz nehmen. Ich war so naiv, an das Ende der politischen Techtelmechtel zu glauben, aber ich habe mich getäuscht. Hierzulande teilen sich die Capulets und die Montaigus, die O'Timmins und die O'Haras, obwohl sie sich munter hassen, seit viel zu langer Zeit denselben Fressnapf. Die meisten CVP-Padrini, von denen ich glaubte, dass sie noch an Werten festhalten, haben sich mit den gelben (christlichsozialen) Vettern an einen Tisch gesetzt, die ihrerseits mit den Logenbrüdern verbündet sind, und alle werden ihren Teil vom Kuchen erhalten. Ich hätte es wissen müssen: Geht es darum, zwischen der sich selbst genügenden Macht und Werten zu wählen, entscheidet sich das Volk stets für die Macht, denn das Reptiliengehirn ist stärker als das limbische System des Grosshirns und der Neocortex. Es kann nur durch den Ausdruck einer Kraft ruhiggestellt werden, die hemmungslos ihren eigenen Fortbestand sichert. Das hängt mit unserem Fortpflanzungs- und Bewahrungstrieb zusammen. Seit dem Neolithikum hat noch nie ein Alphamännchen freiwillig auf eine Position verzichtet, die ihm einen uneingeschränkten Zugang zu den um ihn herum kreisenden begattungs- und gebärfreudigen Weibchen gewährleistet. Das liegt in der Natur der Sache.

Da ich ausserdem im ersten Wahlgang die Majorzwahl in eine Proporzwahl umgewandelt hatte war es zu erwarten, dass das beleidigte Majorzsystem im zweiten Wahlgang zurückschlagen würde. Ich hatte der CVP Angst gemacht. Zwar nur für kurze Zeit, aber sie hatte dennoch gezittert. Und das konnte sie mir nicht verzeihen. Da ich mich im ersten Wahlgang mit einem der ihren verbündet hatte, haben sie im zweiten Wahlgang als Vergeltung logischerweise ihren Erbfeind gegen mich unterstützt. Da ist nichts Besonderes dabei. Wieso hätten meine Gegner davon absehen sollen? Majestätsbeleidigungen verdienen es, schwer geahndet zu werden. Umso mehr, als meine Strategie trotz ihres Scheiterns einen kitzekleinen Riss im Prachtgebäude ihrer Macht hinterlassen hat. Nun ist es aber so, dass auch winzige Risse auf die Dauer eine zerstörerische Wirkung haben können. Daher muss ein Exempel statuiert werden, damit sich niemand traut, mit kleinen Hammerschlägen am Riss herum zu werken, um ihn zu vergrössern. Wahrscheinlich wird die CVP jetzt den ehemaligen *Grand Baillif,* der sich unglücklicherweise auf meine Liste verirrt hat, aus der Partei ausschliessen.

Was mich angeht, so habe ich vielleicht beim Verlieren gewonnen, wer weiss? Da mich die poetische Feder juckt ist es wohl das Beste, wenn ich ihr das Wort überlasse:

Ein Traum

Ich steige frisch und munter
Ins Schlangennest hinunter,
Dort lacht mich alles aus,
Ich bin nur eine Maus.

Wär' ich eine Manguste
Und hätte deren Puste,
Wäre es bald vorbei,
Mit dieser Spöttelei,

Ich kämpfte bis aufs Blut
Gegen die Höllenbrut
Und würde souverän
Die Fehde überstehn.

Doch wie komm ich als Maus
Aus diesem Nest heraus?
Da nehm ich mir, ich Tor,
Die größte Schlange vor.

Bald streckt das Biest mich nieder,
Sein Gift lähmt meine Glieder,
Ich zittre und erbebe,
Aber … ich überlebe.

• • •

Mich schmerzt das Eigentor,
Der Kampf, den ich verlor,
Doch wird mir endlich klar,
Was in mir Blendwerk war.

Die Wahrheit, die ich seh,
Tut wie der Biss sehr weh,
Doch braucht es dieses Weh,
Damit ich neu entsteh.

Manche in meiner Partei sind erleichtert. Durch die Wahlen wurde mit einer festgefahrenen Situation aufgeräumt. Meine Parteigenossen werden ihren Übervater, der mit der Zeit zur Last wurde, nicht zu beseitigen haben. Der Wind der Geschichte kann wieder ungehindert im Pfeifensystem ihrer politischen Orgel zirkulieren. Der Eisbrecher hat das Packeis zur Seite geschoben, nun ist der Weg frei für grosse Passagierdampfer, die besser ausgestattet sind für lange Kreuzfahrten auf warmen Meeren. Der Platz, den ich räume, wird künftige Begehrlichkeiten wecken und somit frisches Blut in die Adern der Partei pumpen.

Andere hingegen sind tatsächlich traurig. Sie haben mich derart idealisiert, dass sie das Ergebnis weder verstehen noch akzeptieren können. In ihrer Vorstellung wurde ich zum Opfer einer grossen Ungerechtigkeit, weil sie, wie ich, die politischen Umstände mit dem Massstab der Moral messen. Das beweist zwar ihr Ehrgefühl, ist jedoch irrelevant. Die Politik ist von der Gerechtigkeit ebenso weit entfernt wie die Justiz. Manche Dimensionen schliessen sich von ihrem Wesen her aus und begnügen sich daher mit einem Minimum an Oberflächenkongruenz, um den Abgrund zu überbrücken, der sie voneinander trennt.

Ich bin überzeugt, dass meine Partei einer blühenden Zukunft zustrebt, wenn sie sich geschickt anstellt. Sie kann nun zu ihrer Oppositionsrolle zurückfinden, weil sie nicht mehr durch meine Präsenz in der Regierung behindert wird. Gleichzeitig schliesst sich die Tür für spontane oppositionelle Bewegungen, die immer dann entstehen, wenn die politische Sippschaft in corpore aus demselben Trog frisst.

Wohlgemerkt: Idole mögen fallen, der Trog bleibt.

Heute ist Donnerstag. In meinem Stab herrscht eine trostlose Stimmung vor, wie das immer der Fall ist, wenn eine Ära zu Ende geht. Alle fragen sich, wie ihre Zukunft aussehen wird, wer ihr neuer Chef sein wird, ob sie in der gleichen Abteilung, im gleichen Departement bleiben werden. Es wird zwar nicht offen ausgesprochen, aber ich spüre den stummen Vorwurf wegen meiner Wahlniederlage. Andererseits scheine ich den Leuten auch ein wenig leid zu tun, aber vielleicht täusche ich mich. Wie dem auch sei, die Menschen, die vier Jahre lang mit mir zusammengearbeitet haben, können die grosse Distanz ermessen, die zwischen Realität und Fiktion besteht, denn sie haben mich wirklich im Alltag erlebt. Nun stellen sie erstaunt fest, dass sich ihre Wirklichkeit ändert, sobald die Fiktion wegfällt.

Während dieser Übergangsphase ist es mir wichtig, keine Bananenschalen zurückzulassen, auf denen meine Nachfolger ausrutschen könnten. Diese Art dilettantischer Rache wäre meiner nicht würdig. Einer der ebenfalls scheidenden Regierungskollegen wundert sich darüber. Er fragt mich, warum ich der künftigen Regierung nicht dieses oder jenes ungemütliche Dossier zurücklasse, damit sie sich daran die Zähne ausbeisst. Ich antworte ihm, dass es besser ist, wenn ich die unangenehmen Entscheidungen selber treffe, da ich ja nichts mehr zu verlieren habe. Und schliesslich ist es eine Frage des Prinzips: Wenn man die Küche verlässt, hinterlässt man eine aufgeräumte Arbeitsfläche und ein sauberes Spülbecken.

Am frühen Nachmittag kommen meine älteste Tochter, mein Sohn, sein Informatiker-Kumpel und ich zusammen, um eine kurze zweisprachige Filmsequenz aufzunehmen, die wir auf Facebook aufschalten möchten. Ziel ist es, den 42.520 Wählern zu danken, die mir ihr Vertrauen geschenkt haben. Wir wollen in keinem Fall die Zeitungen mästen, die so eifrig an meinem Stuhl gesägt haben. Auch kommt es angesichts meiner unsicheren Finanzlage nicht in Frage, dass ich mein stark reduziertes Budget dafür einsetze, um meine Henker zu finanzieren. Nachdem ich den Text auf Deutsch und Französisch eingeübt habe, versuche ich für die Aufnahme eine möglichst gefasste Haltung einzunehmen. Mehrere Male müssen wir von vorn anfangen, weil ich mich verspreche. Jeder gibt mir Ratschläge, auch meine Frau schaltet sich ein. Nachdem wir eine gute Stunde lang Korrekturen, Anpassungen und Wiederaufnahmen vorgenommen haben, sind wir endlich mit dem Ergebnis zufrieden.

Eine halbe Stunde später sind die beiden Filme im Netz. Was dann passiert ist völlig verrückt: In wenigen Stunden wird die französische Fassung 70.000 Mal angeklickt, die deutsche 50.000 Mal. Da die Medien aufgrund meines Schweigens keine Informationen mehr von mir erhielten, stürzen sie sich nun auf meine Video-Nachricht, kommentieren und analysieren sie und strahlen sie überall aus. Für einen Einsatz von null Rappen ist die Kapitalrendite gewaltig! Dabei beschränke ich mich in meiner Botschaft damit, denjenigen zu danken, die an mich geglaubt haben. Sie bietet keinen Stoff für einen Reisser und trotzdem dringt das Wort «Danke» hundertmal wirksamer in die Köpfe ein, als wenn ich ein banales Inserat in die Zeitung gesetzt hätte. Für einmal ist die die Schaumschlägerei der Medien zu etwas nütze.

Mein Handy summt. An der Strippe ist der Freund, der mir zu der revolutionären Strategie geraten hat, die mich kopfvoran in den Strassengraben geführt hat. Ich spüre am Zittern seiner Stimme und an seinem zaghaften Ton, dass er sich vor meiner Reaktion fürchtet.

Ohne zu zögern bedanke ich mich bei ihm, denn dadurch, dass seine umsichtigen Ratschläge das Gegenteil von dem bewirkten, was vorgesehen war, wurde ich von einer grossen Last befreit.

Stillschweigen am anderen Ende der Leitung. Greifbare Fassungslosigkeit.

«Nun mal im Ernst: Du bist nicht wütend auf mich?»

«Ebenso wenig wie die Einwohner von Paris 1944 nach der *libération* auf die Amerikaner wütend waren. Das Einzige, was mich etwas beschäftigt ist die Tatsache, dass ich dir geglaubt habe, als Du mir einen hundertprozentigen Erfolg versprochen hast. Ich frage mich, ob du selbst daran glaubtest.»

«Nicht wirklich.»

«Aha? Aber warum…?»

«Hättest Du, wenn ich dir gesagt hätte, wie die Sache möglicherweise ausgehen könnte, das heisse Eisen angefasst?»

Wir belassen es dabei. Ich werde wohl nie die Wahrheit erfahren.

Das Schwert

Zum König kam der Tod
Mit seinem Siegesschwert,
Der Stahl, den er ihm bot
Hatte sich stets bewährt.

Der König war es leid
Die Feinde zu bekriegen,
Er wollte keinen Streit
Und ließ die Klinge liegen.

Den Tod erzürnte dies,
Er schickte ihm den Krieg,
Der flugs zum Angriff blies,
So sicher schien der Sieg.

Der greise König stand
Auf seines Schlosses Zinne
Es ging um Leib und Land,
Um Würde und um Minne.

So griff er denn zum Schwert,
Das keiner je bezwang
Und tat, damit bewehrt,
Den allerletzten Gang.

Als er sein Herz durchstieß,
Wie ihm sein Stolz gebot
Und Leib und Leben ließ,
Bezwang sein Tod den Tod.

Im Grossen und Ganzen hatte ich drei Möglichkeiten, um aus meiner verfahrenen und unerträglichen Situation herauszukommen: Ich hätte meine Ängste nach und nach abbauen können, was einem langsamen und langatmigen Prozess gleichgekommen wäre, für den mir die Zeit fehlte. Ich hätte aufhören können, den Moloch meiner Ängste zu füttern, was ich eine Zeitlang versuchte, ohne dass mir dies gelang. Letztendlich entschied ich mich unbewusst für die dritte Lösung, die qualvollste, aber wirkungsvollste, die darin bestand, rituell zu sterben und aus meiner Asche wieder neu zu erstehen. Ich bin das Risiko eingegangen, alles zu verlieren, um alles zu gewinnen.

Ein bei den Sufisten beliebtes Qudsî Hadith empfiehlt ja auch den Gläubigen zu sterben, bevor der Tod eintritt.

Ohne die Erfahrung der Niederlage, die ich erlitten habe, hätte ich paradoxerweise alles verloren. Jetzt verliere ich höchstens eine Illusion von Macht, eine Illusion, die nur mein Ego nährte, weiter nichts. Im Gegenzug eröffnet sich mir eine völlig neue Dimension, die es mir ermöglicht, ungehindert durch die stillen Lande meiner Seele zu fliegen.

Die überfüllte Galerie der glorreichen Ruinen, die sich aus Lobhudelei, falschen Vorstellungen und Selbstzufriedenheit zusammensetzen lichtet sich wie von Zauberhand und ermöglicht mir den Zugang zum einzigen Schatz, der wirklich zählt: Die geistige Kraft, die es dem Menschen ermöglicht, über seine materielle Existenz hinauszuwachsen.

Im Grunde ist es eine Frage der Perspektiven: Als ich auf dem Gipfel stand, war ich besessen vom Abgrund und sah den Himmel über mir nicht mehr. Jetzt aber, vom tiefen Abgrund aus, sehe ich nur noch den Himmel über mir. Auf dem schwindelerregenden Gipfel stehend sah ich keinen anderen Ausweg als den Verfall oder den Absturz. Seit ich den Tiefpunkt erreicht habe, bedeutet der geringste Anstieg eine Erhöhung, falls es mir gelingt, fortan den Himmel anzustreben und nicht mehr den Gipfel.

Einer mir völlig unbekannten Situation gegenüberstehend ziehe ich die Bilanz der Vor- und Nachteile meiner neuen Situation und begehe noch den Fehler, mich zu fragen, ob das Glas halb voll ist oder halb leer. Ich muss dieses Dilemma unbedingt überwinden, denn die Frage ist falsch gestellt. Es muss mir gelingen, nicht mehr das Glas, die Masseinheit, den Behälter zu sehen, sondern lediglich den Inhalt, den Wesenskern der Dinge. Nur so werde ich erfahren, wer ich wirklich bin, um endlich ich selber zu sein.

Die meisten Briefe, SMS und E-Mails, die ich erhalte, sind sich in einem Punkt einig: Ich stand nicht auf der richtigen Bühne. Man schreibt mir, dass das politische Intrigenspiel zu abgeschmackt für mich gewesen sei, dass das Amt eines Staatsrats etwas für Kleingeister, graue Mäuse und profillose Menschen sei und nichts für Charaktermenschen und Lichtgestalten. Das mag wohl sein, doch welche Bühne soll ich dann wählen, die mir entspräche? Man empfiehlt mir, neu durchzustarten. Neu durchstarten? Wie ein Rennfahrer, der zwar die Rennbahn wechselt, aber ständig ähnliche Runden dreht?

Soll ich es auf die amerikanische Art und Weise machen: Scheitern, um erfolgreich zu sein? Wäre ich in diesem Fall nicht Gefangener derselben Mechanismen wie bisher, würde ich nicht das Problem verlagern, ohne es gelöst zu haben? Denn mein Problem liegt nicht in dem, was ich tue, sondern in der Art, wie ich es tue, in meiner Einstellung dabei. In gewisser Weise haben meine Gegner Recht: Das, was ich bin, ist tatsächlich ein Problem, aber aus einem ganz anderen Grund als sie meinen.

Es ist wirklich verblüffend. Ich werde immer noch von den Medien belästigt. Abwechselnd rufen sie mich an, um mich aus der Reserve zu locken. Sobald meine Nasenspitze irgendwo im Netz erscheint, löst dies zahlreiche Kommentare und Kritiken aus, so, als wäre nichts geschehen, als könnte das üble Spiel ewig weitergehen. Den Medien läuft bei dem Gedanken, ein Exklusivinterview mit dem endlich besiegten Staatsfeind Nr. 1 zu machen das Wasser im Mund zusammen. Ich glaube jedoch nicht, dass Jacques Mesrine noch Interviews gab, nachdem er von Kugeln durchsiebt worden war. Auch mich haben sie sorgfältig durchsiebt, bildlich gesehen. Jahrelang. Wenn sie davon nichts zurückbehalten haben, sind sie selber schuld. Was mich angeht ist vorerst alles gesagt.

Nichtsdestotrotz werden die Angebote immer extravaganter. Man schlägt mir eine einstündige Sendung im französischsprachigen Radio vor, eine Arena-Sendung, einen Auftritt in den Abendnachrichten, zwei ganze Seiten in der Westschweizer Sonntagszeitung usw. Mit welchem Ziel? Die Einschalt- und Leserquote erhöhen?

Das noch offene Kapitel durch die Zurschaustellung des Kadavers schliessen? Das gebührend durch Film, Pixel und Glanzpapier dokumentiert Happy End mit dem Tod des Bösen besiegeln? Meine Güte, ist das morbid. Im Grunde zeigt das Interesse der Medien an meinem Kadaver auf, wie tot sie selbst sind. Ihre Nachrichten riechen nach Aas. Bald wird ihr ganzer Berufsstand ins Grab sinken.

Ich verstehe ja ihre Frustration: Einer ihrer grössten Verkaufsschlager ist aus den Regalen verschwunden. Es bleiben ihnen nur noch die vielen Netten, die zehn Mal den Arsch auf dem Stuhl hin- und herschieben, bis sie zu sagen wagen, dass der Schnee weiss ist, und die sich nur gut verkaufen, wenn ihnen ein Superböser gegenübersitzt, der für Stimmung sorgt. Doch nun gibt es den Superbösen nicht mehr. Es ist, als müsste Das Schweigen der Lämmer ohne Hannibal Lecter gedreht werden.

Seit dem 19. März 2017 habe ich den Medien jedes bildliche Lebenszeichen von mir vorenthalten. Ich gebe zu, dies vorsätzlich getan zu haben. Verstört mussten sie sich auf das Wort stützen, auf das unheilvolle Wort, das viel zu abstrakte Wort, mit dem sich die Fantasie der Opfer der modernen Um-Erziehung nur schwer anregen lässt! Der verwaiste Pranger zwang sie, ihre faulen Eier ins Leere zu werfen. Von meinem Schlupfwinkel aus habe ich mich daran ergötzt, sie um meine Abwesenheit herumtanzen zu sehen, in der sich ihre eigene Nichtigkeit widerspiegelte.

Entschlossen verordnete ich mir selber ein totales mediales Blackout. Schluss mit dem morgendlichen Gequatsche von Radio Phnom Penh! Schluss mit dem Mästen meiner Leichtgläubigkeit durch zusammengebastelte und politisch korrekt zurechtgeschnittene SDA-Kommunikees. Schluss mit den Nachrichten, die der Anklageschrift eines Staatsanwalts näherstehen als der Wahrheit. Die wenigen Informationen, die bis zu mir dringen, kommen von den E-Mails und SMS meiner Freunde und Bekannten. Ich habe auch die Abos zahlreicher Zeitungen und Zeitschriften gekündigt. Fortan bewege ich mich in einer Welt, in der der Himmel, wenn er blau ist, nicht knallrot erscheint, in der das Wasser, den physikalischen Gesetzen folgend, noch abwärts fliesst, das Röhren des Hirsches kein Zeichen von Sexismus ist und der Schnee sich weigert, mitten im Winter zu schmelzen, weil die Meinungsmacher die Abschaffung der Jahreszeiten angeordnet haben. Ich bewege mich endlich in einer Welt, die mir darüber hinaus nur noch ausnahmsweise mein entartetes Abbild an den Kopf wirft.

Trotzdem komme ich nicht umhin, mir ein paar grundlegende Fragen zu stellen: Kann ich wirklich und dauerhaft ohne mein mediales Spiegelbild leben, das in gewisser Weise zu meinem Alter Ego wurde? Kann der vor Wirklichkeit strotzende Doktor Jekyll ohne den digitalen Mister Hyde existieren? Bin ich tatsächlich fähig, mich vom Blick der anderen zu befreien, das unsichtbare Auge mit Nichtbeachtung zu strafen? Wird mich sein inquisitorischer Blick nicht bis in die Einsamkeit verfolgen? Werde ich die unvermeidliche Selbstbetrachtung ertragen, die mich erwartet? Bin ich bereit, das zu akzeptieren, was ich in mir entdecken werde?

Im Moment habe ich keine definitiven Antworten auf diese Fragen. Alles was ich weiss, ist, dass die Anfänge vielversprechend sind.

Abgesehen davon beeindruckt mich das anhaltende Interesse der Journalisten und ihrer rachsüchtigen Pendants in den sozialen Netzwerken für meinen Kadaver und dessen öffentliche Zurschaustellung trotzdem, auch wenn es mich kalt lässt. Ist dieses Interesse tatsächlich nur auf ihre Frustration darüber zurückzuführen, dass sie meine Erniedrigung nicht öffentlich zur Schau stellen konnten?

Handelt es sich wirklich nur um einen Reflex, um die zornige Reaktion auf eine aus der Bahn geratene Gewohnheit? Wäre es möglich, dass es sich um eine unterschwellige, perfide und viel schwerer einzugestehende Motivation handelt, die in den Abwasserkanälen der journalistischen Psyche ihr Unwesen treibt? Wirkt möglicherweise die Tatsache irritierend, dass ich so schnell loslassen konnte? Falls es nämlich so leicht ist, aus dem Medienkarussell auszusteigen, stellt dies die Macht der Massenmedien über den einzelnen Menschen in Frage und hebt die Eitelkeit ihrer Zirkus- und Zaubernummern hervor. Es beweist, dass es ein Leben ausserhalb ihrer virtuellen Wirklichkeit gibt. Und es zeigt auf, dass die wahre Natur der Medienmatrix rein digital ist, dass sie ein Hirngespinst, ein Monster ist, das sich von den Ängsten und Wünschen der Zuschauer nährt, ohne eine eigene Substanz zu haben. In erweitertem Sinne stellt dies den Machtbegriff allgemein in Frage. Den Leuten könnten die Augen aufgehen, wenn die Bühnentechnik des öffentlichen Lebens durch eine Art Verfremdungseffekt zu sichtbar wird und sich niemand mehr von der theatralischen Illusion täuschen lässt.

Die Freiheit stirbt nie mit demjenigen, der für sie stirbt. Der Politiker, der ich bin, ist sicherlich tot und begraben, aber nicht der Mensch und vor allem nicht die Weltanschauung, für die ich stehe. Instinktiv fragt sich das Unterbewusstsein der Sieger, welches wohl die Kraft sein mag, die diesem am Boden liegenden Mann innewohnt, dass er sich so leicht aus ihren Fängen befreien konnte. Man versichert mir, dass dem nicht so ist, dass sie glauben, ich sei niedergeschmettert, psychologisch zerstört und depressiv. Warum dann diese Hartnäckigkeit, mit der sie mich ein zweites Mal umbringen wollen? Haben die etwa Angst davor, dass ich ihnen wie ein Stehaufmännchen ins Gesicht springen könnte?

Oder sollte es einen noch böswilligeren Grund für die Provokationen geben, mit denen mich meine Verächter aus der Reserve zu locken versuchen? Da sie wissen, dass aus zweimal negativ positiv wird, versuchen sie womöglich das unheilvolle Biest in demselben Bereich wie zuvor wieder auferstehen zu lassen – gewissermassen durch einen doppelten Mord erneut zum Leben zu erwecken – damit es in IHREM Spiel weiterspielt. Auf diese Weise könnten sie weiterhin auf den Boten schiessen, um von der Nachricht abzulenken. Sie könnten weiterhin auf ihr Lieblingsziel feuern, statt sich selber in Frage zu stellen. Sie könnten weiterhin das Böse bekämpfen, um sich in ihrem Gutmenschentum zu sonnen, weiterhin den Drachen töten, um heiliggesprochen zu werden.

Eine Woche Prostration genügt. Das Sofa in meinem Wohnzimmer darf nicht zu meinem Grab werden. Es ist Sonntag. Der Sonntag danach, mein persönlicher, leicht verschobener *day after.* Die teilweise Lähmung meines Willens hielt eine Woche an. Ich bin allein zuhause, als ich mich urplötzlich aus meiner Erstarrung löse. Die Kinder sind inzwischen in ihren normalen Alltag zurückgekehrt und Ghislaine macht gerade einen Spaziergang mit ihrer Mutter. Es ist wirklich Zeit, dass ich die Dinge wieder in die Hand nehme und mein Leben neu ausrichte. Ich muss mich der Wirklichkeit stellen, mag sie nun traurig oder erfreulich sein. Als erstes gilt es, das durch den Wahlkampf entstandene Finanzloch zu stopfen. Dann müssen tausend Dinge des täglichen Lebens geregelt werden. Die Bilanz der Wahlkampagne mit meinen Mitstreitern ist zu ziehen, Kontakte müssen geknüpft, Möglichkeiten ausgelotet, Projekte zu neuem

Leben erweckt, Freunde eingeladen werden. Ich muss mich einer völlig neuen Wirklichkeit stellen. Da draussen wartet ein Leben auf mich, das gelebt werden will. Auf geht's, Soldat, die Zukunft beginnt jetzt sofort! Ich ziehe unter Trommelwirbel und Posaunentönen in ein neues Abenteuer.

Heute Abend bin ich ruhig und gelassen. Der Hauptgrund dafür ist, dass mein Aktivismus der letzten Tage von Erfolg gekrönt war. Die Widerstände des tatsächlichen Lebens erwiesen sich als viel weniger drakonisch, als ich es befürchtet hatte und so gelang es mir, einen Berg an Problemen zu bewältigen. Nun sind die Havarien behoben, das Schiff ist auf Kurs, das Wetter hellt sich auf. Es bleibt nur noch das Grosssegel zu setzen, jenes Traumsegel, unter dem das Schiff des Peter Pan, der in mir schlummert, ins Neverland entfliehen kann.

Ich gönne mir einen Cognac und öffne eine Reihe von Briefen, die ich werde beantworten müssen. Einige davon drücken einen grossen Frust aus. Die Schreiber schlagen mir vor, alles daran zu setzen, um mich zu rächen, um den «feigen Halunken» ihre Intrigen heimzuzahlen.

Mich rächen? Wozu? Das wäre doch verlorene Zeit.

Mit der Zeit verflüchtigen sich die Schatten von selbst. Wieso soll ich mich damit abmühen, sie überhastet zum Verschwinden zu bringen? Die Leere lässt sich nicht bekämpfen. Man braucht nur zu warten, bis sie sich soweit ausgebreitet hat, dass sie sich eines Tages wie von Zauberhand von selbst füllt. Und sie wird gefüllt werden, denn die Natur hasst die Leere. Es ist ganz einfach eine Frage des Gleichgewichts, eine Frage sich ausgleichender Wasserschalen wie in C.F.Meyers römischem Brunnen. Doch das braucht Zeit und reicht weit über die persönlichen Schicksale hinaus.

Wieso sollte ich mich übrigens an Menschen rächen, die, indem sie mir Böses wollten, zu meinem Wohl beigetragen haben? Ihnen gehören die schlechten Absichten, mir die positiven Auswirkungen. Wollte ich mich an ihnen rächen, müsste ich mich nicht nur auf ihr Niveau hinunterbegeben, sondern ich wäre auch gezwungen, in den Teufelskreis oder – um ein trivialeres Bild zu benützen – in den Sandkasten zurückzukehren, um zu versuchen, ihnen die Plastikschaufel wegzunehmen, die sie mir stibitzt haben. Das ist nicht der Mühe wert. Denn abseits dieses kindischen Spiels pulsiert das wirkliche Leben. Und hier ist der Verlierer nicht immer derjenige, der als solcher erscheint, denn das Leben geht mit den Tricksern, dem Ego, der Selbstgefälligkeit, den Ehrungen und den materiellen Reichtümern immer schonungsloser um, je mehr Zeit vergeht. Das wahre Mass des Lebens ist die Masslosigkeit des Unendlichen und bedarf meines Armes nicht, um eine Handvoll Sand auf die Seite zu schaufeln.

Unreife Frucht

Ist so ein Obst nicht reif,
Dann spielt es sich gern auf
Und hält sich, grün und steif,
Zu fein für den Verkauf.

Die Frucht bliebe gern sauer,
statt Süßigkeit zu spenden
Und hofft gar auf die Dauer
Als Immergrün zu enden.

...

Doch gibt es, ach wie schade,
Ein Übel, das sie plagt,
Es ist die kleine Made,
Die heimlich an ihr nagt.

Zum letzten Mal präsidiere ich als Sicherheitsminister vor der Kathedrale die Inspektion der Polizisten und Aspiranten. Ich sehe jedem der Männer gerade in die Augen und drücke einem jeden von ihnen über diesen Blickkontakt die grosse Dankbarkeit des Staates aus. Dann treten wir unter den Klängen der Fanfare in die Kathedrale ein. Die Vereidigung neuer Polizisten ist ein emotionsgeladenes Ereignis bei dem mir angesichts des feierlichen Rahmens, der Begeisterung und des Opfersinns dieser jungen Menschen stets die Tränen in die Augen treten.

Dieses Mal habe ich mir zusätzlich zur Rede etwas Besonderes ausgedacht. Als ich mir all die starken Momente vergegenwärtigte, die ich als Verantwortlicher der Walliser Polizei erleben durfte habe ich mich dafür entschieden, einen Hauch Poesie in eine Welt einzubringen, in der sie sonst kaum zu finden ist. Ein Polizist mag zwar eine Uniform tragen, an Gesetze gehalten sein und formellen Vorgaben unterliegen, er (oder sie) ist dennoch ein Mann oder eine Frau mit einem Herzen und jener unerlässlichen Feinfühligkeit, die ihm (oder ihr) in der Ausübung seines (ihres) Amtes ihre Menschlichkeit verleiht. Und so trage ich am Ende meiner Rede als Weltpremiere ein Gedicht zum Ruhme der Polizei vor.

Dass ein Minister Gedichte schreibt ist an sich schon ungewöhnlich. Dass er dies zudem über ein solches Thema macht, das gab es bisher noch nie. Umso besser. Die Walliser Polizisten haben mehr verdient als Gemeinplätze und abgenutzte Formeln, mehr als einen Händedruck. Sie haben es verdient, dass sich die Muse über ihre Opferbereitschaft beugt, über ihre Selbstlosigkeit und ihre Treue Werten gegenüber, die das Rückgrat des Rechtsstaates bilden.

> **Ode an die Polizei**
> *Wagst du dich der blinden Wut zu widersetzen,*
> *Kämpfst Du, ruhig und bedacht, für Deines Nächsten Recht,*
> *Kannst du stets mit Würde klare Grenzen setzen*
> *Und bist niemals feige im Gefecht,*
>
> *Bleibst du Deinem Herzen treu und deinen Pflichten,*
> *Ohne dass die Uniform dein Mitgefühl erdrückt,*
> *Weißt Du ritterlich zu helfen und zu schlichten,*
> *Wenn man gegen dich die Waffe zückt.*
>
> *Bist Du stets bereit, Dein Leben einzusetzen,*
> *Gegen die Gewalt zu kämpfen zu des Schwachen Schutz,*
> *Folgst du großen, ungeschriebenen Gesetzen,*
> *Widerstehst Du Kränkungen und Schmutz,*
>
> *Bleibst Du Deinem Worte treu in schweren Zeiten,*
> *Beugst Du nie den Kopf vor Machtgelüsten und vor Geld,*
> *Lässt Du dich im Dienst niemals vom Hochmut leiten*
> *Bleibst Du im Konflikt ein Friedensheld,*
>
> ...

Lässt Du Gnade rücksichtsvoll vor Recht ergehen,
Hältst Du vor der Schandtat mit dem Urteil Dich zurück,
Lässt Du Dich trotz der Gewohnheit niemals gehen
Und suchst nie im Schlendrian Dein Glück,

Glaubst Du trotz Erniedrigung und Hasstiraden
an den Sieg des Wahren und Gerechten,
Bist du stets bereit, Dein Kreuz auf Dich zu laden
Und siehst auch im Chaos nach dem Rechten,

Dann wird die Gemeinschaft Dir Vertrauen schenken
Und sich um Dich scharen wie um einen hehren Schrein,
Du wirst Dich nicht nur auf das Gesetz beschränken
Und der Hüter Deines Bruders sein.

Nach meiner Rede gehen die Anwärter einer nach dem anderen am Polizeikommandanten und an mir vorbei, um den Eid auf die Walliser Fahne abzulegen. Nach einem Händedruck gebe ich jedem und jeder von ihnen ein signiertes Exemplar des Gedichts. Ich hoffe, dass sie es in Momenten des Zweifels hervorholen werden, um sich Mut anzulesen. Während ich nach der Vereidigung an meinen Platz zurückgehe und die ehrenwerten Politiker vor mir hocken sehe, sage ich mir, dass sich die Botschaft meines Textes ebenso an sie richtet wie an die Polizisten. Nur dass sich die Polizisten wirklich daranhalten werden.

Hundertjährige habe ich während meiner Amtszeit an die zwei Dutzend geehrt und es war immer ein ergreifender Moment, diese verschiedenartigen Schicksale und Lebenswege Revue passieren zu lassen. Die lange Lebensdauer dieser Menschen ermöglichte es ihnen, zahlreiche Epochen und völlig verschiedene Welten zu durchwandern. Einige dieser Hundertjährigen waren in guter Verfassung und voller Energie; andere wiederum waren von Krankheit und Alter gezeichnet und nahmen die Welt um sich herum nicht mehr wirklich wahr.

Die Hundertjährige, die ich heute besuche, macht mich ganz besonders betroffen. Körperlich und geistig ist sie in Hochform. Ihre Sätze sind zusammenhängend und wohlformuliert. Doch als ich mich zu ihr hinunterbeuge, um ihr ein paar Worte zu sagen, lässt man mich wissen, dass sie taub und blind ist. Ich bin erschüttert. Hier sitzt ein in seinem Kopf völlig klarer Mensch, ist körperlich in guter Verfassung und befindet sich trotzdem im Schlimmsten aller Gefängnisse, im Gefängnis des eigenen Körpers. Wie verbringt sie nur ihre Tage, wenn sie mit Blindheit und Taubheit geschlagen ist? Lebt sie nicht wie in einem Grab? Nur schon wenn ich daran denke, stockt mir das Blut in den Adern. Sie sieht jedoch nicht unglücklich aus, wie sie da mit den Händen im Schoss auf ihrem Stuhl sitzt. Ein wenig verloren vielleicht, aber vollkommen präsent. Ich nehme ihre Hände, um einen Kontakt herzustellen. Da fängt sie an, mir Geschichten aus ihrem Alltag und ihrem Leben zu erzählen. Ich bestätige mein aufmerksames Zuhören, indem ich ihre Anekdoten und Kommentare von Zeit zu Zeit durch einen leichten Druck auf den Arm quittiere. Ganz am Ende sagt sie: «Mir geht es gut. Ich bedaure mein Leben in keiner Weise. Aber jetzt wird mir die Zeit zu lang. Ich möchte gerne sterben.» Von ihrer Schicksalsergebenheit zutiefst betroffen verdrücke ich heimlich eine Träne. Heute ist der 1. April. Wie harmlos kommen mir die menschlichen Scherze angesichts der Unbarmherzigkeit des Lebens vor.

Otto Ruppen! Unternehmer. Eine Naturgewalt. Er schaltet und waltet in Stalden, einem kleinen Dorf am Eingang des Saastals und des Mattertals. Ich lerne den Mann kennen, als ich ihm das Autokennzeichen mit der Nummer 1 überreiche, welches er bei einer Versteigerung, die etwas Geld in die Staatskassen spülen sollte, für 161.000 Franken erworben hat. Der Unternehmer hat auf eine Übergabe des Schildes vor seinem Unternehmensgebäude bestanden. Dem habe ich gerne stattgegeben, denn es kommt nicht jeden Tag vor, dass ein Bürger dem Staat 161.000 Franken schenkt.

Als ich dort antreffe wimmelt es nur so von Journalisten, und ich komme mir vor, als würde ich an einer Art individuellen Erhebung der Matze teilnehmen, an einem symbolischen Protestakt des Unternehmers, der sich des Autokennzeichens als Medienträger bedient. Gopferdami, es sieht so aus, als würde ich vermintes Gelände betreten. Doch dann wird mir bewusst, dass ich gar nichts mehr riskiere, weil ich ja schon abgewählt wurde. Ich spiele also mit und schaue mal, was geschieht. Das lenkt mich etwas von der gedrückten Stimmung im Departement ab.

Besagter Unternehmer möchte, dass ich das gesetzeskonform zugelassene Schild nicht an einem Fahrzeug anbringe, sondern an einer Art Mahnmal als Protest gegen die Willkür des Staates, dessen Funktionäre ihm ein Salzsilo vor die Nase pflanzen möchten, und zwar auf einem Streifen Land, das er gerne kaufen würde, nachdem er es lange Zeit besetzt hatte (illegal, wie die Staatsdiener behaupten). Wir nehmen eine Ortsschau vor und ich muss feststellen, dass sich das Gelände, abgesehen vom Rechtsstreit wegen des Grundstücks, überhaupt nicht für die Installation eines Silos eignet, denn die LKWs könnten nicht unter dem Silo durchfahren und ein Stück weiter in gleicher Fahrtrichtung wieder auf die Strasse zurückkehren, sondern sie müssten über eine Haarnadelkurve hinein- und anschliessend rückwärts wieder hinausfahren. Hinzu käme eine Verkehrsbehinderung durch die vierzig Fahrzeuge von Ruppen und die Transportbetonmischer eines anderen Unternehmers, die in rund zehn Metern Entfernung ihre Ladung abholen. Zugegeben, ich bin kein Fachmann in Sachen Raumplanung, Strassenplanung und Salzsilos, doch nur schon der gesunde Menschenverstand verleitet mich zu einem Kopfschütteln. Vorsichtig erkläre ich den Journalisten, dass ich den Fall der Regierung unterbreiten werde, damit eine Lösung gefunden werden kann.

In meinem Leben hat es nie an Salz gemangelt, aber wenn es jetzt siloweise daherkommt kann ich mich ja auf etwas gefasst machen!

Heute begehen die Überbleibsel der christlichen Welt die Auferstehung. Ich bin mit den Kindern für die Osterfeierlichkeiten zu unserem Chalet im Oberwallis hochgestiegen. Ghislaine blieb zuhause, um sich auszuruhen. Diese Alm war schon immer mein bevorzugter Rückzugsort. Hier entstanden fast alle meine Romane, Kurzgeschichten und musikalischen Werke. Als ich nach Weihnachten von der Alpe herunterkam und es mir schlechter ging als zuvor wusste ich, dass ich Anlass zu ernsthafter Besorgnis hatte. Dieser Ort ist für mich normalerweise ein Ort der Selbstfindung. Wahrscheinlich aufgrund seiner positiven Energien. Der Nähe zur Natur und zum Himmel. Der Ruhe. Der Kindheitserinnerungen. Dies alles bildet ein Ganzes und vermittelt mir ein Gefühl von Geborgenheit: Hier ist ein Hort des Friedens in der Welt, der auf einen Hort des Friedens ausserhalb der Welt hinweist und umgekehrt. Da sich der politische Sturm wie eine ferne, schwarze Wolke in der Abenddämmerung aufgelöst hat, wenden wir unsere Blicke und Herzen heute Morgen nach Osten, wo der junge Tag eine strahlende Sonne ankündigt. Ich steige mit meiner Tochter Laura auf die Horlini hinauf. Zwar gibt es auf der Höhe der Alm keinen Schnee mehr, aber die Nordhänge darüber bieten ideale Bedingungen zum Skifahren. Laura rutscht auf einem Plastikteller hinunter und stösst Freudenschreie aus, während sie in atemberaubendem Tempo an mir vorbeisaust. Ich wedle auf den Schiern genussvoll hinter ihr her. Da mich meine künstliche Hüfte dabei überhaupt nicht behindert kann ich jeden Augenblick davon in vollen Zügen geniessen. Ich strahle wie ein Kind auf einer Rutschbahn. Zum ersten Mal seit langer Zeit fühle ich mich grenzenlos glücklich.

Abends essen wir bei unseren Nachbarn: Es sind einfache und herzliche Leute, die während der Mahlzeit ihre Freude darüber ausdrücken, dass ich wieder ins Leben zurückgekommen bin. «Denn, weisst du, seit einiger Zeit warst du nicht mehr wirklich da, du warst immer unruhig und besorgt». Genug, das reicht, ich habe verstanden! Soll doch die Vergangenheit im knisternden Kaminfeuer verbrennen – wir beenden den Abend bei einem guten Cognac und einer Zigarre.

Das Paar hat erst kürzlich geheiratet. Er ist Deutschschweizer, sie stammt aus Albinen. Ich kenne sie seit ihrem achten Lebensjahr. Es ist eine späte Ehe, denn er ist über sechzig und sie etwas über fünfzig. Beide haben zuvor Enttäuschungen erlebt, doch ihre jetzige Beziehung scheint solide zu sein. Sie gleicht dem Bambus vor meinem Haus, der im Frühjahr zerbrechlich, aber im Herbst unglaublich robust ist.

Während des Essens müssen wir heftig lachen, als Yoann auf einen Kiesel beisst und sich fast einen Zahn ruiniert. Kurz darauf passiert mir dasselbe. Da müssen die beiden Turteltäubchen gestehen, dass sich ihr Hund den noch rohen Braten geschnappt hat und sie ihm hinterherrennen mussten, um unser Abendessen zu retten. «Wir haben aber ein Stück abgeschnitten und den Rest sorgfältig gewaschen», sagen sie. Knacks, machen Fannys Zähne dazu.

Eine deutsche Freundin hat mir einen Artikel aus einer grossen deutschen Tageszeitung geschickt. Laut einer Umfrage haben 62 % der in Deutschland lebenden Türen (das sind mehrere Millionen) für die Einführung eines autokratischen Regimes in der Türkei gestimmt, das Erdogan weitreichende Machtbefugnisse zugestehen soll. Er wird über so viel Macht verfügen, dass er die Islamisierung seines Landes weiter vorantreiben und die kemalistischen und liberalen Kreise in den grossen Städten im Westen des Landes noch schneller auflösen kann. Doch ist es vor allem das galoppierende Bevölkerungswachstum der fundamentalistischen Bevölkerung Anatoliens und sonstiger ländlicher Regionen mit ihren acht bis zwölf Kindern pro Paar, welches ihm ermöglicht, alle Wahlen zu gewinnen. Das ist mathematisch unwiderlegbar. Und es wird sich nicht bessern, denn die liberale Bevölkerung kriegt seit langem nicht mehr als ein oder zwei Kinder pro Familie. Besorgniserregend ist die Tatsache, dass

62 % der über fünf Millionen Türken in Deutschland, die angeblich so gut integriert sind, diese Entwicklung unterstützen, während sie selbst vollumfänglich von der Freiheit eines modernen Rechtsstaats profitieren. Das unermüdlich wiederholte Mantra von Toleranz und Aufgeschlossenheit ist keine ausreichende Antwort auf dieses legitime Problem. Es ist lediglich eine Beschwörungsformel, mit der man die «neuen echten Feinde der Freiheit» mundtot zu machen versucht, jene wenigen, welche die Augen offen halten. Seit einiger Zeit versuchen uns unsere Gefängniswärter einzureden, dass nur die drei Affen freie Tiere sind. Adieu Sokrates und Voltaire.

Dabei genügt ein kurzer Blick in die Geschichte um zu begreifen, dass der Islam von seinem Gründer nicht dazu geschaffen wurde, um sich ethnischen, politischen oder Stammesstrukturen zu unterordnen. Er wurde geschaffen, um diese Strukturen zu verbinden, zu vereinigen, um die Grenzen zu überschreiten, damit sich alle Völker ohne Ausnahme seiner eroberungsfreudigen Doktrin unterwerfen. Diese Doktrin, das «ungeschaffene» Wort Gottes, das über den Propheten in die Welt kam, ist nicht dazu bestimmt, sich weiter zu entwickeln und sich dem Lauf der Geschichte anzupassen. Man hadert nicht ungestraft mit dem offenbarten Wort Gottes. Geschichte, Entwicklung oder Fortschritt zählen nicht. Es gibt nur Allahs Wort und das ist unwandelbar, vollkommen und steht wie ein unverrückbarer Fels in den Strömungen der Zeit. Diese starre, unnachgiebige Ideologie hätte gegenüber der flexiblen und vielgestaltigen Modernität keine Chance, wenn sie nicht von einer rasant wachsenden Demografie getragen würde. Denn die Zahl verleiht Kraft und Macht, umso mehr als sie sich intra muros ausbreitet, um die Festung von innen zu erobern. In diesem Sinn ist die Türkei ein idealer Prüfstein. Das, was dort vor sich geht, ist ein Vorgeschmack dessen, was ganz Europa erwartet. Ich befürchte, dass Erdogan zum Totengräber des modernen, wohlhabenden und liberalen türkischen Staates wird und ein blutleeres und aufgespaltenes Land zurücklassen wird. Dreimal dürfen Sie raten, in welche Richtung dann neue Flüchtlingsströme ziehen.

Mir ist völlig bewusst, dass der Islam nur ein Instrument, ein Mittel ist, um das Chaos zu beschleunigen, wie es derzeit im Mittleren Osten der Fall ist. Der Islam an sich ist nicht stark, er ist nur darum gefährlich, weil gewisse Kräfte aus perfiden geopolitischen Kalkulationen heraus seine Verbreitung fördern. Das Risiko bei diesem Chaos könnte sein, dass die Zauberlehrlinge, die es initiiert haben, mit fortgerissen werden und letztendlich unsere Zivilisation in ihren Grundfesten erschüttert wird. Die Geschichte hat die böse Gewohnheit, sich zu wiederholen. Und im Lauf der Geschichte waren es immer wieder fruchtbare Barbaren, die dekadente und kinderarme Zivilisationen zu Fall brachten.

Heute hat unser Freund Marc Bonnant Ghislaine und mich zu einem Schauspiel eingeladen, das er im Gebäude der Forces Motrices in Genf mit dem Schauspieler Jean-François Balmer aufführt. Der Schauspieler liest in Tranchen die Rede, die Robert Badinter 1981 vor der Nationalversammlung in Paris hielt, um die Abschaffung der Todesstrafe zu erwirken und der Rechtsanwalt kommentiert jeweils den Text. Mich beeindrucken nicht nur Marcs Sprachgewalt, sondern auch die Schärfe seiner Überlegungen, die Treffsicherheit seiner Argumente und seine tiefe Menschlichkeit. Es ist eine Ehre, ihn zu meinen Freunden zu zählen.

Als wir das Theater verlassen und im strömenden Regen an der Seite unserer Frauen einem nahegelegenen Restaurant zustreben, erinnert er mich an das Vorwort, das er für *le nez dans le soleil* schrieb, einen Monolog, den ich 2009 veröffentlichte. «Was ich damals für den Autor schrieb, gilt auch für den Politiker». Ich habe einen Teil seines Vorworts noch gut in Erinnerung. Er schrieb: «Sie werden der Überzahl der kleingeistigen Menschen missfallen, die Ihnen nicht verzeihen werden, dass Sie die Kreise der Politik stören (...) Tragen Sie es mit Fassung: Nur glatte, fade, aschgraue, unbedeutende, von der Eintönigkeit abgewetzte Geister finden allgemeine Zustimmung. Und denken Sie daran, dass Missfallen eine aristokratische Freude ist, mit der man sich... abfinden kann.»

Ich finde mich damit ab, dass er Recht hat.

Die Redakteurin der Walliser Lehrerzeitung hat mich gebeten, für ihr Blatt einen Text über Schule und Bildung zu verfassen, eine Art politisches Testament des scheidenden Ministers. Ich nehme das Angebot an, auch wenn ich weiss, dass es nichts mehr bringt und diejenigen, die den Text unbedingt lesen sollten, dies nicht tun werden. «Igitt, wie eklig, ein Text vom Freysinger! Schnell umblättern, bevor er uns mit seiner Prosa das Gehirn vollscheisst.» In der Hoffnung, trotz allem den Blick einiger nicht zu verbissener Leser auf meine Zeilen zu lenken, schlage ich der Redakteurin vor, ein kleines Gedicht hinzuzufügen, dass ich den Walliser Schülern widme. Sie ist überrascht von der Idee, stimmt aber begeistert zu.

Träumender Schüler

Der Schüler sitzt vor dem Diktat
Und schaut in die Natur hinaus,
Die Schule scheint ihm öd und fad,
Die Rechtschreibung ist ihm ein Graus.

Er fährt mit seinem Federstiel
Über die weit entfernten Matten,
Umreißt das irre Wolkenspiel
Und folgt dem schnellen Lauf der Schatten.

Er sieht die bleichen Birkenblätter
Im Windgesäusel silbern glänzen
Und, hocherfreut im Frühlingswetter,
Den Spatz die Vogelschule schwänzen.

Das Prüfungsblatt bleibt jedoch leer,
Trotz Wolkentanz und Sonnenstrahlen,
Dem Schüler wird das Herz so schwer,
Denn was ihm blüht sind Rechtschreibqualen.

Da bricht er aus dem Sonnenlicht
Den allerhellsten Strahl heraus
Und tauscht den alten Federstiel
Gegen dies neue Schreibzeug aus.

Schon malt er sich damit im Nu
Die Biene der geträumten Welten,
Sie trägt ihm Wunderzeichen zu
Die jeden Schreibfehler entgelten.

Einundzwanzig zu sieben! Mein Sohn hat beim ersten Satz im Finale der Walliser Badminton-Meisterschaft in Monthey eine wahre Schlappe eingesteckt. Sein Gegner, seit einem Jahrzehnt der grosse Dominator in diesem Sport, spielt wie auf einer Wolke. Es gibt in seinem Spiel keine Schwäche. Mein Sohn hingegen wirkt angespannt, vom Druck gelähmt, der auf seinen Schultern lastet. Ich kann seine Verzweiflung körperlich spüren, denn vor noch nicht allzu langer Zeit habe ich etwas Ähnliches durchgemacht. Mit der Ausnahme, dass er bei dieser loyalen Begegnung zwischen zwei Sportlern, die mit gleichen Waffen kämpfen, sein Schicksal in der Hand hat.

Ivan (sein Coach) und ich versuchen ihm während der Pause ein paar technische Ratschläge zu erteilen. Doch was er am meisten braucht ist moralische Unterstützung. Wir tun, was wir können und versuchen, die richtigen Worte zu finden. Während er wieder dem Spielfeld zustrebt dreht sich Yoann zu mir um und schaut mich mit einem seltsamen Leuchten in den Augen an.

«Ich werde dieses Spiel gewinnen, du wirst sehen.»

«Wenn das einer kann, dann bist du es.»

Der zweite Satz beginnt und ich stelle erleichtert fest, dass das Spiel jetzt ausgeglichener ist.

Beim Seitenwechsel liegen die beiden Spieler fast gleichauf.

Ich packe Yoann an den Schultern und schaue ihm fest in die Augen.

«Weisst du noch, was du vor drei Tagen am Oberwalliser Fernsehen gesagt hast? Dass du das Spiel verlierst, wenn es über zwei Sätze geht, dass du aber bei drei Sätzen gewinnst?»

«Natürlich erinnere ich mich daran.»

«Also, dann entscheidet sich alles mit den nächsten zehn Punkten. Falls du den zweiten Satz gewinnst, gewinnst du das Spiel.»

«Ich weiss."

«Give me five!"

Wir klatschen uns mit der rechten Handfläche ab und er kehrt zum Anspiel hinter seine Linie zurück.

Die nachfolgenden Punkte sind hart umkämpft. Das Spiel erreich eine ungeheure Intensität. Doch trotz seines Einsatzes liegt Yoann schliesslich mit vierzehn zu sechzehn Punkten hinten. Der Druck in meinem Bauch ist unerträglich. Es sieht nicht gut aus.

Doch dann spielt sich vor den Augen der verblüfften Zuschauer ein Ballaustausch ab, der den Gesetzen der Schwerkraft trotzt. Aufschlag durch den Gegner. Der Ball fällt direkt hinter das Netz herunter. Yoann hechtet, kann ihn gerade noch auffangen und als Stoppball zurückschlagen. Sein Gegner hat antizipiert und führt einen Crossdrop in die andere Ecke aus. Und da gelingt Yoann das Unmögliche. Er hechtet auf die andere Seite und erwischt den Ball, der auf der Gegenseite wieder direkt hinter das Netz herunterfällt. Sein Gegner ist überrascht und muss den Ball als Lupfer nach hinten spielen. Doch er fliegt nicht weit genug, was es Yoann ermöglicht, zurückzukommen und den Ballwechsel mit einem unhaltbaren Sprungsmash zu beenden. Die beiden Spieler stehen nach vorne gebückt da, um wieder zu Atem zu kommen. Sie sind bis an ihre körperlichen Grenzen gegangen. Doch schon geht die Partie weiter. Aber nach diesem entscheidenden Punkt hat die Zuversicht das Lager gewechselt und Yoann gewinnt den zweiten Satz mit 21 zu 18.

Nun weiss ich, dass er das Spiel für sich entscheiden wird. Ich kenne meinen Sohn. Wenn er sich gegen Ende einer Partie in eine Euphorie hineinsteigert ist er nicht mehr zu stoppen. Rund zwanzig

Minuten später gewinnt er tatsächlich den dritten Satz mit einundzwanzig zu dreizehn. Seine Freude ist riesig. Er reisst die Arme hoch, als wäre er von einer enormen Last befreit. Wir fallen uns in die Arme.

«Dieser Sieg ist für dich. Einmal verlieren kann noch angehen, aber nicht zweimal hintereinander», meint er und spielt dabei auf die Wahlen an. Ich bin tief gerührt. Die Charakterstärke und der Edelmut dieses Jungen sind bewundernswert. Ich bin unendlich stolz auf ihn. Stolz darauf bestätigt zu sehen, dass eine durch starke Liebesbande vereinte Familie allem widersteht. Zu wissen, dass er Fleisch von meinem Fleisch ist und dass die Lebenseinstellung, die Ghislaine und ich unseren Kindern vermittelt haben, Früchte trägt. Pa capona (gib nie auf!)! Am heutigen Tag wird diese Formel auf dem Spielfeld Wirklichkeit, nachdem sie sich schon lange in den Herzen eingenistet hat.

Als guter Verlierer kommt der Vater meines Gegners, der beruflich Yoanns Chef ist, auf uns zu und schüttelt uns die Hand.

«Nicht mein Sohn hat dieses Spiel verloren», meint er, « Yoann hat es gewonnen!» Ich bedanke mich für sein Fairplay und füge hinzu:

«Du verstehst sicher, dass wir diesen Sieg nötiger hatten als ihr.»

Lächelnd stimmt er zu.

Heute ist der 25. April. Ein Tag, der im Kalender rot umkreist werden sollte. Seit heute Morgen hört das Telefon nicht auf zu läuten. Plötzlich interessieren sich die Medien für meine Bilanz. Man lässt mich wissen, dass die beiden anderen scheidenden Minister eine Pressekonferenz gegeben hätten, um allen mitzuteilen, was niemanden interessiert. Man sagt mir, dass man aus Gründen der Fairness auch mit mir eine Pressekonferenz abhalten möchte, weil es normal sei, Bilanz zu ziehen, wenn man aus der Regierung ausscheidet. Siehe da! Jetzt, wo meine Bilanz wahltechnisch kein Interesse mehr darstellt, wird sie plötzlich ausserordentlich interessant. Der Haken im Köder ist so gross, dass ich darüber nur lächeln kann. In Wahrheit möchte man über Umwege an das ominöse Exklusivinterview kommen, das ich weder am Abend der Wahlniederlage, noch in den darauffolgenden Tagen gewährt habe. Sicher, das Ganze käme etwas aufgewärmt daher, liesse sich aber immer noch gut verkaufen. Die braven Journalisten wittern die günstige Gelegenheit, um den Kadaver doch noch zu filmen, der natürlich schon etwas stinkt – die Mumie ist auch bei weitem nicht so attraktiv wie das noch warme Fleisch – doch man gibt sich in diesem Beruf mit wenig zufrieden, um die niedrigen kollektiven Instinkte zu befriedigen. Und ausserdem hat die Öffentlichkeit ein Recht auf umfassende Information, die Maden inbegriffen.

Und ich habe das Recht zu schweigen. Jetzt bin ich es, der nicht mehr an der Veröffentlichung meiner Bilanz interessiert ist. Im Übrigen steht sie immer noch im Internet, sorgfältig expliziert, in fünfzig Hauptpunkten sauber aufgelistet und seit rund drei Monaten verfügbar. Die Medien sollen sich gefälligst dort bedienen, die Arbeit ist schon gemacht.

Einer der Journalisten, der ehrlicher oder doofer ist als die anderen, lässt mich wissen, dass er eher an der menschlichen Bilanz interessiert ist, nicht an dem, was ich während meiner Amtszeit geleistet habe. Ach so? Die menschliche Bilanz? Das Ausmass der psychischen und körperlichen Schäden? Die mutmassliche Verzweiflung? Eine sich abzeichnende Depression? Die drohende Scheidung? Die drückende Einsamkeit? Dramatik halt, gewürzt mit etwas zerstückelter Psyche und zerfetzten Hoffnungen.

Da ich nichts dergleichen zu bieten habe möchte ich nicht, dass die Journalisten ihre ebenso wertvolle wie unnütze Zeit mit mir vergeuden. Mein Schweigen ist vielleicht nicht sehr medienwirksam, aber äusserst heilsam!

Bevor ich mein Amt niederlege, erreicht mich noch eine letzte gute Nachricht: Otto Ruppen hat mit dem Staat eine Vereinbarung unterzeichnet. Somit ist der Rechtsstreit rund um das Gelände und das Salzsilo in Stalden definitiv beigelegt. Schau an, die Verwaltung kann auch anders, wenn etwas Druck gemacht wird. Darüber hinaus handelt es sich hier um ein Geschenk von 161'000 CHF an die öffentliche Kasse, denn der Unternehmer hat sich dazu verpflichtet, das Schild kostenlos zurückzugeben, falls eine gütliche Lösung gefunden wird. Nun kann der Staat die Nummer 1 wieder zur Auktion freigeben.

Heute ziehe ich um. Ich räume endgültig die Diele, von der ich am Anfang meines Mandats noch hoffte, dass sie ein paar Jahre länger unter meinen Schritten knarren würde. Ich empfinde nur noch Erleichterung, von einem leichten Anflug von Schwermut durchzogen. Keine Verbitterung, nein, kein Bedauern, denn in diesen vier Jahren konnte ich das Beste und das Schlimmste erleben, zu dem Menschen fähig sind. Durch diese Erfahrung konnte ich auch ungeahnte Facetten meines eigenen Wesens entdecken und dank der Bedrängnis die Widerstandskraft meines Charakters und meine Überlebensfähigkeit im Sturm ermessen. Es kamen auch gewisse Schwächen zum Ausdruck, aber mein innerer Kompass wusste das Schlimmste zu verhindern.

Es war eine brutale, wahnsinnig intensive Zeit, die gleichzeitig schrecklich lang und furchtbar kurz war. Was, vier Jahre sind bereits vergangen und doch kommen sie mir vor wie eine Ewigkeit! Wie bei einem Gewitter scheint der Regen endlos zu sein, doch sind die Wolken einmal verflogen und scheint die Sonne wieder, dann hat man den Eindruck, der Schauer sei ebenso schnell vergangen wie er gekommen ist. Nichts ist subjektiver als die Wahrnehmung der Zeit! Mit Hilfe meiner treuen Sekretärin sortiere ich verschiedene Dinge und packe sie in Kartons. Tonnenweise landet Papierkram im Mülleimer.

Stück für Stück baue ich die stille Kulisse ab, die sich während dieser vier Jahre um mich herum aufgebaut hat. Einige Dinge, die ich in die Hand nehme, sind äussere Zeugen meiner inneren Landschaft. Mehrmals kommt mein Generalsekretär mit traurigem Blick herein und umarmt mich wortlos.

Bevor ich mich kurze Zeit später ans Steuer setze, um eine erste Ladung nach Savièse zu bringen, hauptsächlich ins Chalet, das ich in den nächsten Wochen nutzen möchte, um wieder zu mir selbst zu finden, kritzele ich einige Gedanken auf ein Stück Papier. Mein Auszug aus dem Büro weist ein gewisses literarisches Potential auf.

Inventar

Ich räume heute die vier Wände,
In denen ich so schmerzlich litt
Und nehme ein paar Gegenstände
In die ersehnte Freiheit mit.

Den Luftikus aus Eisenguss,
Der mutig gegen Mühlen ficht
Und dessen Traumvision am Schluss
An der realen Welt zerbricht.

Die golddurchflutete Ikone
Mit der Madonna und dem Kind,
Die ohne Thron und ohne Krone
Des Lebens wahre Herrscher sind.

Das Bauernbildnis an der Wand,
Ein Greis, der aus der Flasche trinkt,
Im Hintergrund das Ernteland
In das er einst hinuntersinkt.

Ich packe auch die Bücher ein,
Die ich nie aufgeschlagen habe,
Werden sie meine Führer sein,
Wenn ich mein blindes Selbst begrabe?

Zuletzt kommt noch ein Kreuz zutage,
Das Heil, das aus der Wunde spriesst,
Zwei Balken, die ich selber trage,
Bis mich der letzte Tag aufspiesst.

Was sollen diese Gegenstände
So kurze Zeit bevor ich gehe?
Wie kommt es, dass ich erst am Ende
Das Wichtigste im Raume sehe?

Da ich schwer an den Dingen trage
Gelob ich sie ins Herz zu fassen
Und bis ans Ende meiner Tage
Nie wieder außer Acht zu lassen.

1. Mai! Der arbeitsfreie Tag der Arbeit. Ein herrliches Paradox. Das erinnert mich daran, dass heute die neue Regierung mit der Arbeit beginnt. Ich mache mir um sie überhaupt keine Sorgen. Die Medien werden sie über alle Massen loben, was sie auch tun mag. Denn nichts ist selbstverständlicher, als das Pferd zu unterstützen, auf welches man gesetzt hat. Es ist beruhigend zu wissen, dass ohne mich alles so viel besser laufen wird. Zumindest auf dem Papier. Es mögen Elefantenherden von Bubenstreichen, Mogeleien und Stümpereien über die Prärie der Wirklichkeit trampeln, die journalistische Fiktion wird daraus Sandkörner machen.

Dies alles erinnert mich an die Bemerkung eines Regierungskollegen, der mir ein paar Monate nach meinem Amtsantritt sagte: «Oski, es ist wunderbar: Seit du da bist, haben wir eine königliche Ruhe. Die Medien konzentrieren sich nur auf dich und wir können machen, was wir wollen.» Und er liess seinen Worten ein wieherndes Gelächter folgen. Der Kollege hatte alles begriffen. Er lachte übrigens gegen Ende der Legislatur noch lauter, als er sah, dass ich wie der blaue Marlin in Hemingways Novelle «Der alte Mann und das Meer» von den Haien gefressen wurde, während er und seine Kumpels unbemerkt ganze Wale durchschleusten.

Zwar wird der Marlin in Zukunft nicht mehr da sein, um die Aufmerksamkeit abzulenken. Da aber die Haie mit den Walfängern ein Abkommen geschlossen haben, hat die Fischerei im Trüben noch schöne Tage vor sich.

Und wenn die Politiker der neuen Generation schön leer bleiben, werden sie problemlos in der Welt der Schatten überleben, mit denen sie sich umgeben. Solange sich im Spiegel ihres Gewissens nichts widerspiegelt, wird ihnen kein Vampir in die Zehen beissen. Es ist nun mal so, dass die Leere der beste Garant für Erfolg geworden ist, denn sie ist das sicherste Mittel, um nicht selber zum Opfer der Jagd zu werden, zu der man geblasen hat. Wenn sich diese neuen Götter innerlich nicht bewegen – und was sollte schon die Leere in Bewegung bringen – wird die Menge ihre Freude daran haben, sie an der Oberfläche strampeln zu sehen und sich dabei keine Sorgen machen, weil sie weiss, dass in der Tiefe alles beim Alten bleiben wird. Nur wenn sich alles bewegt und sich nichts ändert fühlt sich die Menge beruhigt.

Heute Morgen erhalte ich einen mutigen, anonymen Brief. Er beginnt so: «Jetzt, wo Sie niemand mehr sind…». Das ist die einzige philosophische Stelle im Text. Der Rest verwechselt Eschatologie mit Skatologie und zeigt auf, dass sein Verfasser auf dem Niveau seines Gesässes argumentiert. Wie dem auch sei, der Einstieg des ersten Satzes ist faszinierend. Es gibt da also jemanden, der aufgrund seiner

Anonymität niemand ist und einen Brief an jemanden schickt, der niemand mehr ist. Kann aber ein Brief überhaupt existieren, den ein Niemand dem andern zugeschickt hat? Selbstverständlich nicht. Es ist noch nie vorgekommen, dass das Nichts dem Nichts einen Brief schreibt. Denn in diesem Fall hätte es ja nichts an sich selbst geschrieben. Da also weder der Empfänger, noch der Absender, noch der Brief existieren, komme ich zum Schluss, dass meine gute Laune durch nichts getrübt werden kann. Was ich in den Mülleimer werfe, ist nichts als ein leeres Blatt Papier und ich kann mich weiterhin im Unendlichen auflösen wie der Honig im Tee.

Niemand mehr

Niemand mehr sein
Und alles werden,
Sich nicht als Schwein
Im Schlamm gebärden,

Ein Seher sein
Im Unsichtbaren,
Und ohne Schein
Das Sein bewahren,

Mir selbst verzeihn
Und mich ergeben,
Kein Held mehr sein
Und endlich leben.

So, es ist vollbracht. Ich habe mich für das Ende des Frühlings in einem Chalet eingerichtet, das wir von meinem Schwiegervater geerbt haben. Hier, weitab vom Lärm der Stadt werde ich mein neues Leben beginnen. Ghislaine und ich verbringen unsere Tage damit, uns wieder aneinander zu gewöhnen. Es handelt sich um eine Art Feineinstellung. *Wie soll ich meine Seele halten, dass sie nicht an deine rührt?* Immer wieder Rilke. Wie kann der Eindringling, der ich nunmehr im Leben meiner Ehefrau bin, seinen Platz finden, ohne ihren Tagesablauf, ihre Gefühle und ihre Träume zu behindern? Während ich gerührt und bewundernd zusehe, wie sie ihren Beschäftigungen nachgeht, murmle ich die letzte Strophe eines Gedichts von Hugo von Hofmannsthal vor mich hin, welches ich während meiner schlaflosen Nächte im Februar auswendig gelernt habe:

> *Jedoch, wenn er aus ihrer Hand*
> *Den leichten Becher nehmen sollte,*
> *so war es beiden allzu schwer,*
> *denn beide bebten sie so sehr,*
> *dass keine Hand die andre fand*
> *und dunkler Wein am Boden rollte.*

Wie lässt es sich verhindern, dass das Glas zu Boden fällt und sich der dunkle Wein des Unverständnisses, der enttäuschten Hoffnungen und der Bitterkeit auf dem Boden ausbreitet? Der einzige Meister, der uns dies lehren kann ist die Zeit. Die wiedergefundene Zeit, die man verloren glaubte, die Zeit die wir alle beide verlieren werden, um uns wiederzufinden. Jeder von uns ist abwechselnd Fuchs und kleiner Prinz. Wir zähmen uns gegenseitig. Dies erfordert Geduld. Am Anfang sind die Gesten zögerlich, ungeschickt. Wir entdecken uns im Geheimnisvollen wieder. Wir arbeiten zusammen. Ich lichte und stutze die ausladenden Äste eines roten Ahorns und schneide eine Kiefer zurück, die zu viel Schatten wirft. Ghislaine leitet mich mit ihrer Stimme an, reicht mir die Stange mit der Motorsäge, die Baumschere an ihrem langen Stiel. Dann zersägen wir, schweigend nebeneinander arbeitend, die Äste zu Feuerholz. Nach und nach stellt sich Vertrautheit ein, unsere Seelen streifen sich leicht, berühren sich, ohne einander anzurempeln.

Das Leben ist wie ein langsamer Strom, der ruhig durch unsere Tage und Nächte fliesst. Bald wird er durch die heurigen Jahreszeiten fliessen und dann durch die Jahre, die uns noch zum Leben bleiben. Ich ziehe mich an einen ruhigen Ort am Rande eines Abgrunds zurück, der sich am Fuss einer schwindelerregenden Felswand auftut und es ist, als sässe ich der Landschaft meines bisherigen Lebens gegenüber. Die Bäume am Nordhang des Prabé klammern sich, ein prekäres Gleichgewicht zwischen Himmel und Erde suchend, verzweifelt an den steilen und brüchigen Felswänden fest. Ich erkenne in ihnen das Sinnbild des unbeugsamen Lebenswillens, der mich bewohnt. Als Gestrandeter auf einer Art Terrasse, die auf halber Höhe zwischen den Gipfeln und dem in der Tiefe wütenden Wildbach ins Leere herausragt, komme ich mir wie ein Überlebender vor. Ich habe mich hierher zurückgezogen wie sich im Herbst der Pflanzensaft des Baumes in Erwartung eines neuen Frühlings ins Innere des Baumstamms zurückzieht. Schmerzhafte Erinnerungen rollen noch in meinem Kopf, wie das Echo sich entfernender Gewitter. Trotzdem ernte ich in aller Ruhe die Tage, deren friedlicher Verlauf nach und nach die Wellen in meiner Seele glättet.

Bisher wurden die Realität des Todes und das Bewusstsein um die Zerbrechlichkeit des Daseins durch meine Hyperaktivität überdeckt.

Ich richtete meine Aufmerksamkeit auf die Wirkungen, um mich nicht mit den Ursachen beschäftigen zu müssen. Ich polierte die Karosserie meines Lebens auf, um mir keine Sorgen um den verborgenen Rost und den Zustand des Motors machen zu müssen. Als typischer Zwilling versuchte ich die Wirklichkeit auszutricksen. Ein Zwilling stellt seine seelische Not nie in der Öffentlichkeit zur Schau. Er spart sie sich für seine einsamen Stunden auf. Doch da ich, wenn ich allein war, schlaff und beklommen herumlag und mich höchstens damit beschäftigte, das Heu zu wenden, das meine Gegner über meinem Kopf droschen, war es meinem Weltschmerz ein Leichtes, sich dauerhaft in meiner Seele einzunisten.

In der Welt, die mich jetzt umgibt, kann ich meinen Blick endlich nach innen richten, um in mir Klarheit zu schaffen und die Nebel der existentiellen Bitterkeit zu zerstreuen, die mein Leben trübten. Dies ändert meine Beziehung zur Welt und erlaubt mir, die Wichtigkeit des Unbedeutenden wiederzuentdecken. Ich bin wieder fähig, dem anscheinend Belanglosen Bedeutung zu verleihen, der einfachen Geste, die ein Gebet ist und sich harmonisch in die umfassende Bewegung der Welt einfügt. Indem ich mich dem Leben vorbehaltlos anheimgebe ehre ich den Schöpfer und werde vollumfänglich der Bedeutung des Bedeutungslosen gewahr. Nur schon in der Beziehung zu meinen Freunden, die mich ab und zu besuchen, ist die Veränderung deutlich spürbar. Ich höre wirklich zu. Mein Körper und mein Geist sind endlich in Einklang miteinander, während mein Kopf früher meinen Füssen immer um Lichtjahre voraus war. Anstatt mich mit den grossen Problemen kleiner Geister zu beschäftigen, kümmere ich mich nun um die kleinen Probleme grosser Geister. Das ist weitaus befriedigender. Denn während Kleingeister nicht fähig sind, ohne Ehren und Lobhudeleien zu bestehen, existieren grosse Seelen durch sich selbst.

Die ohrenbetäubende Stille meines Handys gleicht dem Frieden, der sich in mir breitmacht. Die Echos der Welt dringen immer gedämpfter bis zu mir. Sie glätten sich allmählich wie die konzentrischen Wellenkreise, die sich vom Aufschlagpunkt des ins Wasser geworfenen Steines entfernen. Ich empfinde eine grosse Erleichterung, wenn ich das Mobiltelefon, nachdem ich es stundenlang irgendwo habe liegen lassen, wieder in die Hand nehme und es keine Nachricht anzeigt. Erleichtert stelle ich fest, dass ich keinerlei Entzugserscheinungen habe. Ich sage mir nicht, mein Gott, sie haben mich alle vergessen, ich zähle nicht mehr, die Welt ist ungerecht. Im Gegenteil, ich bin beruhigt: Gottseidank, keine Störung in Sicht. Der Bedrohungsmesser zeigt auf null.

Bin ich endlich geheilt?

Zwischen zwei Welten

Wie Flügel streift die Hoffnung sacht
Das fahle Morgenlicht,
Es weicht die Bitterkeit der Nacht
Dieweil der Tag anbricht.

Ich bleibe stehn und schau zurück,
Die Angst lässt mich nicht los,
Am andern Ufer winkt das Glück,
Was zögere ich bloß?

Es geistern noch Gewitterschauer
Durch die Erinnerung,
Verhallt ihr Echo auf die Dauer
Dann schaffe ich den Sprung.

Ich lockere mir durch einige Stilübungen die Schreibhand. Als erstes versuche ich die vergangenen Jahre meines Lebens in einen einzigen Satz zu packen. Das Ergebnis hinterlässt einen bittersüssen Geschmack.

Ich wurde von einem Fluss fortgerissen, der, kaum der Quelle entsprungen, seinen Lauf beschleunigte und donnernd in eine Schlucht schoss, in der es mir die Schnelligkeit des Stroms und die immer näher rückenden senkrechten Felswände verunmöglichten, die Welt zu sehen, und der mich dann nach einem schwindelerregenden Sturz am Fuss eines donnernden Wasserfalls in einen Hexenkessel tauchte, aus dem mich eine wohlwollende Strömung befreite, die mich nun träge durch eine Ebene trägt, wo sich die Sonne, die Bäume und die Tiere sorglos in den ruhigen Gewässern widerspiegeln.

In einer zweiten Übung verfasse ich einige Mikro-Fabeln, so etwas wie erzählerische Haikus:

Eine naschhafte Fliege bleibt im Honig stecken, der aus einem Nest wilder Bienen tropft und versucht vergeblich, ihre Flügel aus der süssen Masse zu lösen. «Nun bin ich gefangen», jammert sie. «Keine Sorge, ich befreie dich», sagt ein zufällig vorbeikommendes Chamäleon, und streckt ihr die Zunge heraus.

Oder: *«Man lernt nie aus», sagt die Katze zur Maus und beendet hiermit die Lektion.*

Nun wird es ernst. Seit einigen Tagen sammle ich alles, was ich im vergangenen Jahr getippt, geschrieben oder hingekritzelt habe, um etwas Ordnung hineinzubringen. Am Anfang ist es eine wahre Plackerei. In meinem grossen schwarzen Notizbuch finde ich zahlreiche dichterische Improvisationen, Überlegungen, Notizen und auf meinem Bildschirm erscheinen Dutzende von Gedichten. Die App «Notizen» auf meinem Handy quillt über vor Geistesblitzen, Gedichtfetzen und unausgereiften Versen. Das schwierigste dabei ist, die eilig auf Blätter und verstreute Zettel geschriebenen Notizen überhaupt zu entziffern. Vom Kassenbon über Papierservietten, Bierdeckel und Prospekte bis zu einer abgelaufenen Fahrkarte ist alles vorhanden. Während ich dieses Sammelsurium durchforste fällt es mir wie Schuppen von den Augen: Ich dachte immer, ich würde diese Notizen in einem künftigen Roman verwenden, stelle aber plötzlich fest, dass dieser, während ich Notizen machte, bereits vom Leben selbst geschrieben wurde, und dass die Gedichte, die ich als eigenständige Sammlung veröffentlichen wollte, ein untrennbarer Teil davon sind. Es wird mir auch sofort klar, dass der Text, wie er mir vorschwebt, keiner bestimmten literarischen Gattung angehört. Es ist keine Autobiografie, denn meine Erzählung beschränkt sich auf ein einziges Jahr in meinem Leben, es ist keine Fiktion und aufgrund der einander abwechselnden erzählenden und lyrischen Passagen, die sich stark aufeinander beziehen, keine Erzählung im klassischen Sinn. Man kann auch nicht von «Memoiren» sprechen, denn teilweise erlebe ich noch, was ich beschreibe. Ist es ein «Tagebuch»? Schon eher, aber auch das greift zu kurz. Wie auch immer, den Buchtitel finde ich noch am selben Abend, während ich meinem Kommunikationsbeauftragten, seinem Bruder und einem Kaufmann aus Riddes – dem wir in Würdigung des «Senor de Oliveira de Figuera», den sympathischen portugiesischen Händler bei Tim und Struppi, den Spitznamen «de Oliveira» gegeben haben – das eben beendete Vorwort vorlese. Dabei unterläuft mir ein Versprecher und ich sage «ombre lumineuse/leuchtender Schatten» (herrliches Oxymoron!) statt «onde lumineuse/leuchtende Welle». Das bringt alle zum Lachen und inspiriert mich sofort zum Titel des Buches: «Die dunkle Seite des Lichts».

Zum ersten Mal in meinem Leben schreibe ich ein Buch hauptsächlich für mich selber, ohne mir sonderlich Gedanken über den imaginären Leser zu machen, der daran interessiert sein könnte. Wenn man schreibt, hegt man selbstverständlich immer die Hoffnung, auch gelesen zu werden. Doch was dieses Buch angeht, so ist es mir im Grunde egal, ob es von vielen Menschen gelesen wird oder nicht. Das Wesentliche ist der Schreibprozess selber. Und dabei überfluten mich zu meiner Freude die Gedanken in solchen Mengen, dass ich Mühe habe, sie zu ordnen. Das Schreiben geht flüssig von der Hand, verleitet mich zu überraschenden Analysen und lässt unerwartete Bilder in meinem Kopf entstehen. Die wenigen Gedichte, die fertiggestellt werden müssen, entsprechen meinen Vorstellungen und der Humor dringt trotz der Ernsthaftigkeit des Themas immer wieder durch.

Was mich vor allem überrascht ist mein Gemütszustand während des Schreibens. Niemals zuvor habe ich mich bei der Verfassung eines Textes so glücklich und entspannt gefühlt. Zeit und Raum verdichten sich in jedem Augenblick, im Hervorquellen jedes einzelnen Wortes, auf beeindruckende Weise. Ich schwebe völlig entrückt durch ungeahnte Dimension. Die Macht der Worte trägt mich auf den Flügeln eines Feuervogels davon, der mir magische Gefilde erschliesst. Ich lache während des Schreibens, ich weine, rufe laut aus und fuchtle wild mit den Händeln herum, als klaubte ich in der mit Poesie gesättigten Luft Wörter zusammen.

Was ich gerade erlebe ist eine Art psychoanalytische Schreibtherapie. Ich zensiere nichts, ich vertusche und beschönige nichts, ich lasse die Wörter ihre Botschaft frei ausdrücken und liefere mich ihrem Willen vollständig und vorbehaltlos aus. Ich schreibe, um wieder ich selbst zu werden. Um endlich der zu sein, der ich wirklich bin. Das Schreiben wird zu einem lebensnotwendigen existentiellen Akt. Die Worte sind mein Rettungsring, sie verhindern, dass ich in mir selbst untergehe. Ich bin eine Flasche, die vom Meer ans Ufer gespült wird, um ihre persönlichste Nachricht abzuliefern.

Es rufen mich immer wieder Personen an und geben ihrem Ärger darüber Luft, dass mich der Mann, der in meinem früheren Büro Platz genommen hat, vor dem Parlament kritisiert. Dies wundert mich nicht. Es passt zu ihm. Er spricht von Mankos, die er innerhalb weniger Tage wie durch ein Wunder beseitigt haben will, und vergisst zu erwähnen, dass diese Probleme schon vor neun Monaten mit dem Weggang des ehemaligen Dienststellenleiters gelöst wurden. Zum Glück stellt die wesentlich korrektere Geschäftsprüfungskommission fest, dass die gefundene Lösung die bestmögliche war und spricht mir das Verdienst dafür zu. Er wirft mir vor, ein leeres Büro zurückgelassen zu haben, ohne mit einem Wort zu erwähnen, dass er die schönen Möbel, die sich darin befanden, nicht wollte, und dass sein frisch gewählter Regierungs- und Parteikollege sich nicht zweimal bitten lies, sie für sich abzuholen. Auf diese Weise konnte er in den nicht vorhandenen Schränken wenigstens keine Leichen finden, obwohl er angestrengt danach suchte. Dann gibt er vor, mehrere Male versucht zu haben, mich zu erreichen. In diesem Fall muss er die falsche Nummer gewählt haben. Er beschwert sich auch darüber, keinerlei Dossiers erhalten zu haben, obwohl das Protokoll vorsieht, dass sämtliche Unterlagen eines scheidenden Ministers vernichtet werden, wie dies übrigens mit den Unterlagen meines Vorgängers auch geschehen ist, als ich mein Amt vor vier Jahren angetreten habe. Es wäre mir damals nicht in den Sinn gekommen, daraus ein öffentliches Drama zu machen. Ich sage mir, dass mir durch meine Abwahl das Schlimmste erspart geblieben ist. Wenn ich bedenke, dass ich um ein Haar dazu verdammt gewesen wäre, diesem seltsamen Typen jahrelang kollegial zuzulächeln! Ein Aufenthalt erster Klasse in der Hölle des *Gartens der Lüste* von Hieronymus Bosch! Wenn man es mit jemandem zu tun hat, der den «grossen Peter» mit «Peter dem Grossen» verwechselt, ist man selbst zum Schrumpfen verurteilt.

Besonders ärgerlich ist, dass meine Gedanken gegen meinen Willen weiter um diesen Kerl kreisen. Aber befehlen Sie Ihren Gedanken einmal, manche Sujets zu vermeiden! Bei der ersten Gelegenheit kommen sie mit auserlesenem Sadismus auf das Thema zurück, das Sie zum Tabu erklärt haben. Dann sollen sie doch ihre Botschaft loswerden und mich dann endlich in Ruhe lassen! Da ich es so halte und sie gewähren lasse bläuen sie mir ein, dass der Machtmensch, der meinen Platz eingenommen hat, zu bedauern ist. Während sich meine Gegner im Departement in aller Öffentlichkeit kundtaten und zahlreiche Direktoren, Lehrer und Inspektoren (von denen manche von mir ernannt wurden) nicht davor zurückschreckten, mich in den Medien schlecht zu reden – ein Beweis dafür, dass sie mich nicht fürchteten und wussten, dass sich die Macht des Systems hinter sie stellen würde – kennt er die Gegnerschaft nicht, von der er umgeben ist. Er wird gefürchtet. Seine Feinde verkriechen sich und warten auf eine günstige Gelegenheit, um ihm seine Arroganz heimzuzahlen. Das ist seine Strafe. Er hat auf seinem Weg so viele Leichen hinterlassen, dass er zu jeder Zeit vor jedermann auf der Hut sein muss. Das ist seine Hölle. Hinzu kommt, dass die Ehrlichkeit derjenigen, die ihn umgeben, die seine widerspiegelt. Das will schon etwas heissen.

Ohne sich dessen bewusst zu sein ist er seit dem 1. Mai nicht mehr der Jäger, sondern der Gejagte.

Zwei hereinkommende E-Mails reissen mich aus meinen Gedanken. Eine kommt vom «Blick» und bietet mir eine ganze Seite an, um auf die Angriffe meines früheren Widersachers zu reagieren. Die andere ist vom Westschweizer Radio, welches mir eine Redeplattform in *forums*, der abendlichen prime-time-Nachrichtensendung anbietet, und zwar in Form eines Streitgesprächs oder eines Interviews. Die Journis müssen mich entweder für einen Idioten oder einen verbissenen Polemiker halten, um mir so etwas vorzuschlagen. Das ist doch nur ein fauler Trick von denen. Damit der Laden läuft, versuchen sie einen Sparring Partner für ihren Junghengst zu finden, dem es an medienwirksamen Widersachern fehlt. Ich habe keine Lust, in dieser Irrenrunde die Rolle des Bösen zu spielen und lehne ihre Angebote ab.

Nie wieder werde ich mich solch lächerlichen Szenarien unterwerfen. Ich habe jetzt meine eigene Agenda, die ausserhalb des Zerrspiegels ihrer Böswilligkeit abläuft.

Während ich beim heutigen Morgenkaffee die schwindelerregenden Nordwände des Prabé und die Schlucht darunter betrachte, in die sich die *Morge* in Millionen von Jahren eingegraben hat, geht mir ein Gedanke durch den Kopf: Ich darf mich nicht in einen Dinosaurier verwandeln. Ich muss mich der Fossilisation meines Lebens widersetzen und darf nicht zu einem Grabstein werden, der sich auf Rollen fortbewegt, um sich selbst davon zu überzeugen, dass er noch zur Welt der Lebenden gehört. Ich will nicht wie dieser ehemalige Bundesrat enden, der sich seine mittelmässige Bilanz nicht verzeihen kann und all jene kritisiert, die das tun, was er selber immer hätte tun wollen. Er zieht immer noch die Fäden in seiner Partei, die sich wie er allmählich fossilisiert. Oh, wie gerne hätte er Geschichte geschrieben und die politischen Gleichgewichte des Kantons verschoben, doch ein anderer hat es an seiner Stelle getan, wofür er ihm bis an sein Lebensende gram sein wird. Dieser Intrigant, der stets davon träumte, als Staatsmann wahrgenommen zu werden, hat dazu beigetragen, aus seiner Partei das Schosshündchen der gelben (christsozialen) Gefahr zu machen. Ich erinnere mich noch gut an den Tag, an dem sein Stuhl bei einer Fahnenübergabe leer blieb, obwohl er seine Anwesenheit angekündigt hatte. Als er feststellen musste, dass der Offizier, der mich für die offizielle Rede eingeladen hatte, seinem Druck nicht nachgab und mich nicht wieder auslud, verkroch er sich zuhause, um meiner dreisprachigen Rede nicht beiwohnen zu müssen.

Und was ist von jenem ehemaligen Präsidenten der SP Schweiz zu halten, der es sich nicht verzeihen kann, dass er sich vom System hat kaufen lassen und sowohl seine Ideale als auch seine Wähler verraten hat. Heute schiesst er, wenn er wieder einmal zu tief ins Glas geschaut hat, auf alles, was sich bewegt. Ach, das Schreckgespenst der Reue und der Fluch der dreissig Silberlinge wiegen schwer.

Diese verstaubten Würdenträger erinnern mich an Krabben, die nach einer Brandungswelle in einer Wasserlache liegen bleiben und weiterhin jeden zu zwicken versuchen, der vorbeikommt, als wären sie noch auf dem Meeresboden. Diese Erkenntnis ist wohl einige Verse wert. Von der Sorte, die eher die Seele als die Knochen läutern.

Elefantenfriedhof

Da liegt der Friedhof jener Elefanten,
Die ehrsüchtig hinter der Macht herrannten,
Sie sind zwar tot, aber noch nicht begraben,
Nachts hört man ihre Knochen weiter traben.

Die Wirbel stapeln sich zum Rückgrat auf,
Der bleiche Schädel setzt sich oben drauf,
Schon kommt ein Medienwurm herbeigekrochen,
Doch dem Gerippe fehlt das Fleisch am Knochen.

Da geigt Gevatter Tod das alte Lied
Von der Unsterblichkeit, die aus dem Leben schied,
Von Macht, Kabalen, Pyrrhussiegen,
Von Menschengöttern, die im Staube liegen,

Die Knochen tanzen dazu Ringelreihn,
Sie waren mal und möchten wieder sein,
Der alte Ehrgeiz lässt sich nicht bestatten,
Er strebt ans Licht und spielt doch nur mit Schatten.

Die morschen Knochen leben weiter durch Intrigen,
Ihr Ränkespiel kommt niemals zum Erliegen,
Es schleicht ein fahler Geist durch ihr Skelett
Und legt sich mit der Macht ins Luderbett.

...

Die Elefanten wären wirklich groß
Gäben sie endlich auf und ließen los,
Doch keiner will den Ruhm vergangner Zeiten
Verbleichen lassen und ins Abseits gleiten.

Ich weiss, dass ich eine Wahl treffen muss: Entweder kehre ich auf einer anderen Ebene in den politischen Kampf zurück, auf einem übersichtlichen und klar abgegrenzten Schlachtfeld, ohne Bedauern und nur mit dem Ehrgeiz, die allmähliche Auflösung der Schweiz im Magma der EU zu verhindern, oder ich lasse endgültig die Finger von der Politik, um mich etwas völlig Anderem zu widmen. Es hängt davon ab, was mir das Schicksal auf den Weg legt. Eines ist aber sicher: Ich werde niemals in die alten Gemäuer zurückkehren, um dort in der Hoffnung, die Vergangenheit wieder aufleben zu lassen, als Gespenst durch die Gänge zu huschen.

Glücklicherweise finde ich seit einiger Zeit zu viel Gefallen daran, jeden Augenblick intensiv zu erleben, als dass ich in diese Falle tappen würde.

Je länger ich darüber nachdenke, desto mehr erscheint mir der Tarpejische Felsen als ein Kapitol und das, was ich für das Kapitol hielt, als tarpejischer Felsen der Seele. Das hängt nur vom angestrebten Ziel ab. Will man im Leben etwas erreichen, dann ist das Kapitol ein Olymp und der Tarpejische Felsen eine Schmach. Soll hingegen das Leben als solches bestanden werden, dann ist es das Gegenteil, vorausgesetzt, man lässt sich nicht von seinem tiefen Fall entmutigen und wehrt sich dagegen, im Tarpejischen Felsen das Ende jeglicher Hoffnung zu sehen.

Ich selbst habe die zwanzig Jahre, während denen ich an der Seite der Reichen und Mächtigen durch die prächtigen, reich geschmückten Säle des «Kapitols» wandelte, mit einem immer ärmer werdenden Innenleben bezahlt. Obwohl mein tiefster Wunsch darin bestand, in die Abgründe meiner Seele und der Welt hinunterzutauchen, zwang mich der immer bitterer werdende Überlebenskampf, mich auf dem Niveau einer betrüblichen Oberflächlichkeit zu bewegen. Da die Schinderei, in die ich mich hineinmanövriert hatte, meine ganze Energie erforderte, um den flüchtigen Stürmen an der Oberfläche des Meeres zu trotzen, war ich nicht in der Lage, die geheimnisvolle Stille der Meerestiefe zu erkunden. Als ich endlich auf Tauchgang ging, glich mein Kopfsprung zum Glück eher einem Eintauchen als einem harten Fall. Ich wachte in der Anderwelt auf, wie das junge Mädchen aus «Frau Holle», das in einen tiefen Brunnen springt, um ihre verlorene Spindel wiederzufinden. Während ihres angstvollen Sturzes verliert sie das Bewusstsein. Als sie ihre Augen öffnet, ist sie weder ertrunken, noch hat sie sich etwas gebrochen. Sie befindet sich in einem wunderbaren Garten, den sie nun voller Freude zu erkunden beginnt. Verblüfft fragt sie sich, weshalb sie eine solche Angst vor dem Sprung hatte.

Mir eröffnet sich nach und nach ein ähnlicher Garten. Im Moment bin ich noch in der Checkup-Phase. Ungläubig kontrolliere ich, ob meine Gliedmassen funktionstüchtig sind, ob die Wirbelsäule intakt, der Urin klar und das Rückenmark gesund ist. Habe ich möglicherweise einen bösartigen Tumor entwickelt? Sind in meinem Organismus heimtückische Metastasen am Werk? Ist der Wundbrand in meinem Gewebe soweit fortgeschritten, dass eine Amputation ins Auge gefasst werden muss?

Zu meiner Beruhigung verfüge ich über einen erprobten Scanner: meine Liebsten. In ihren Augen lese ich den Fortschritt meiner

Genesung. Sie sind es, die mir das Fortschreiten des Heilungsprozesses enthüllen, sie sind der Spiegel dessen, was ich wieder geworden bin. Zum Glück ist das Bild, das mir ihr liebevoller Blick zurückwirft weit von dem Gespenst entfernt, das ich war.

Die Forelle

Nie lässt die lebende Forelle
Sich mit dem Strome treiben,
Sie widersteht an Ort und Stelle
Und sucht dort zu verbleiben.

Die Beute schwimmt meistens von oben
Zum flinken Jäger her,
Was sich nach unten hat verschoben
Ernährt den Fisch nicht mehr.

Stromaufwärts liegt die Zukunft brach
Auf die wir alle lauern,
Stromabwärts schwimmt im trüben Bach
Nur noch unser Bedauern.

Dem Abgeflossenen nachstreben
Bringt keinen Vorteil mehr,
Den Augenblick bewusst erleben
Ist köstlicher Verzehr.

Ghislaine kommt wutentbrannt aus unserem Schlafzimmer. Ihre Erregung passt irgendwie schlecht zu dieser frühen Morgenstunde. Die Nacht scheint ihr alles andere als Schlaf gebracht zu haben. «Schau dir das an», sagt sie und hält mir ihr Handy unter die Nase. Ich sehe darauf einen kahlköpfigen Typen im Falsetto-Ton ein völlig idiotisches, rassistisches und bösartiges Gedicht aufsagen, das vollgestopft ist mit Vorurteilen, Klischees und Gemeinplätzen. «Dieser Kerl hat mit der Reimkunst seine liebe Mühe», kommentiere ich die poetische Katastrophe und verstehe nicht, weshalb mir meine Frau das zeigt. «Was du nicht sagst! Hier wird aber behauptet, dass du diesen Text geschrieben hast». «Wie bitte?» «Schau, hier, die fettgedruckte Überschrift: «Ein Text von Oskar Freysinger, gelesen von Narcisse Slam». Ich bin fassungslos. Da ich nichts mehr produziere, das verzerrt und verdreht werden könnte, um «die unermessliche Dummheit der Idioten von der SVP» aufzuzeigen – dem natürlichen Feind jedes guten Gewissens, das etwas auf sich hält – erfinden sich die Medien einen fiktiven Freysinger, der munter von ihnen produzierte Texte schreibt, die sie von einer zerknitterten und wenig erheiternden Vin Diesel-Ausführung vorquaken lassen.

Ist ihnen meine Abwesenheit auf den Bildschirmen wirklich derart unerträglich, dass sie sich zu so etwas herablassen müssen? Aber das ist eigentlich nichts Neues. Im Grunde machen sie weiter wie bisher und pflegen den virtuellen Klon, den sie von mir erstellt haben, nur dass sie jetzt auf die Mitarbeit des Originals verzichten müssen. In gewisser Weise werde ich auf die Rolle des toten Grossvaters reduziert, den man noch von Zeit zu Zeit am Fenster zeigt, um weiterhin seine Altersrente beziehen zu können. Noch besser: ich werde zur Voodoo-Puppe umdisponiert, die in absentia des Menschen aus Fleisch und Blut weiterhin mit Nadeln traktiert werden

kann. Durch einen Anwalt lasse ich umgehend ein Schreiben an das Westschweizer Radio schicken mit der Aufforderung, diese übelriechende Kotze, die schon mehrere tausend Male angeklickt wurde, aus dem Netz zu nehmen.
Einige Tage später antwortet mir die Programmdirektion, dass die Vorgehensweise legitim sei – da humoristisch –, dass zwar die Nennung meines Namens als Autor des Textes etwas übertrieben, aber das Konzept als Ganzes zulässig sei und von der Direktion genehmigt wurde. Man stelle sich einmal vor, ich hätte dasselbe mit irgendeinem Sozialistenbünzli oder einem vor seiner lauwarmen Suppe eingeschlafenen Zentristen angestellt. Ich wette meinen Kopf gegen einen durchlöcherten Hut, dass die Gutmenschen dies überhaupt nicht lustig gefunden und ein Drama draus gemacht hätten. Mit Tränen in den Augen, dem Hand auf dem Herzen und dem Strafgesetzbuch in der Hand hätten sie ihre Würde verteidigt, den Schutz der Persönlichkeit geltend gemacht und den Namensmissbrauch angeprangert. Sie hingegen können sich alles erlauben. Denn im Dienste des Guten riecht selbst die Jauche nach Rosen. Das durch den Dogmatismus des politisch Korrekten umerzogene Gewissen hat in der Tat dieselbe Wirkung wie Deo-Spray auf der Toilette: Es stinkt immer noch, aber es fällt keinem mehr auf.

Unterdessen pflügt Ghislaine weiterhin mit ihrem Radar das Web durch, um die sogenannten Humoristen ausfindig zu machen, die meine Leiche genussvoll in Stücke reissen wie die Geier das Aas. Sie findet einen, der eine Spur lächerlicher ist als die anderen. Dieser Ausbund an Humor macht sich über mich lustig, weil ich in meinem Garten arbeite. Der hat wohl noch nie etwas von Voltaires *Candide* gehört, sonst würde er meinen Garten sehr ernst nehmen. Einen Garten, der noch viel farbiger aufblühen würde und der noch bezaubernder wäre, würden nicht ständig Menschen wie er auf meinen Beeten herumtrampeln und gegen meine Rosenhecken pinkeln. Ja, wir arbeiten in unserem Garten, meine Frau und ich. Denn ein Garten will gehegt und gepflegt sein, so wie man einen Menschen hegt und pflegt, damit er wirklich zum Menschen wird. Das hat nichts mit dem politisch viel medienwirksameren Sandkasten zu tun, der nur eine Wüste in Miniaturform darstellt, in der die Menschheit vertrocknet. Der Garten ist ein Treffpunkt zwischen dem Menschen und seinem Schöpfer, ein Ort, an dem die Fantasie des Menschen mit der Natur den Dialog pflegt. Es ist nicht notwendig, sein Grab zu schaufeln, um einen Garten zu bearbeiten.

Vor fast dreissig Jahren habe ich vor dem Fenster unseres Schlafzimmers eine Rosenstaude gepflanzt. Sie besteht aus einem langen, dünnen Stamm, der im oberen Teil in eine Art reich verästelten Blumenstrauss mündet, der fast das ganze Jahr hindurch blüht. Der Gedanke dahinter war, meiner Frau mit diesem blumigen Ausdruck meiner Liebe das Leben rosig erscheinen zu lassen, wann immer sie die Fensterläden öffnete. Schon lange dünge ich die Wurzeln des Rosenstocks nicht mehr mit Mist. Es ist nicht mehr nötig. Was ihn wachsen und erblühen lässt ist der Blick, den ihm meine Frau schenkt, wenn sie am Morgen zum Fenster hinausschaut. Wie trivial muss dies dem Pulk der vom Zynismus zerfressene Humoristen vorkommen!

Sie wollen nicht verstehen, dass nicht die Welt, sondern ihr Blick trivial ist.

Zum ersten Mal seit ich aus dem Amt ausgeschieden bin, verbringe ich einen Abend mit meinem ehemaligen Generalsekretär. Ein Mann, kaum älter als ich, der sehr unter dem Verlust seiner Frau gelitten hat. Sie verstarb kurz bevor er in mein Departement eintrat. In seinen Worten, in seinem Blick ist seine Frau immer noch präsent. Er sieht sie in den Landschaften, die er durchwandert und in den Sternen, die er nachts betrachtet. Er ist ein gläubiger Mensch. Ein echter Christ. Einer der seltenen Menschen, die das, was sie sagen, auch wirklich vorleben. Er hat drei Kinder, die noch studieren, und ist mit ihnen sehr eng verbunden. Das Leid rückt die Menschen näher zusammen, denn es ist vor dem Tod das einzig wirklich Gemeinsame zwischen ihnen. Es gibt Menschen, die liebesunfähig sind, die keine Freundschaft oder Empathie empfinden, doch früher oder später ist jeder in seinem Leben mit dem Leid konfrontiert. Und das, was wir teilen, bringt uns zwangsläufig zusammen. Erinnerungen verblassen, Güter verlieren ihren Wert, Ehren sind vergänglich, das Leid bleibt und macht uns paradoxerweise zu besseren Menschen.

Während die Nacht hereinbricht sitzen wir, von tiefer Nostalgie erfüllt, in der Gegend des Sanetsch vor meinem Chalet und lassen das gemeinsam Durchstandene wiederaufleben.

Aufgrund einer Art Scheu ist unser Sprachfluss zuerst etwas zögerlich. Die Freundschaft ist immer noch da, die gegenseitige Bewunderung auch, doch die erheblich reduzierten Kontaktmöglichkeiten und die auseinanderdriftenden Beschäftigungen mindern die Vertrautheit, die zwischen uns bestand, als wir uns jeden Tag sahen. Er bedauert meine Nichtwiederwahl. Ich antworte ihm, dass es so besser ist. Er bedauert sie trotzdem. Er sagt, dass wir eine gute Arbeit gemacht haben, dass man mich im Departement vermisst. Das ist nett von ihm, aber ich habe meine Zweifel. Man wird so schnell vergessen, wenn man nicht mehr zum Alltag der Menschen gehört.

Und doch sind die Freunde immer noch da. Sogar Freunde neueren Datums haben sich als treu erwiesen. Ich konnte selbst in dem Moment, als ich sie am meisten brauchte und kein politisches Interesse mehr bestand, mich zu unterstützen, auf ihre Hilfe zählen. Aus dieser Erfahrung schöpfe ich neues Vertrauen in die Menschen. Und aus der Tatsache, dass die meisten langjährigen Freunde ebenso treu geblieben sind wie ich es während meiner Jahre des politischen Erfolgs ihnen gegenüber gewesen bin. Ich war so umsichtig und anständig, meine Freunde während meiner «Glanzzeit» nicht zu vergessen, in meinen Beziehungen wahrhaftig und treu zu bleiben und an meinem bescheidenen Lebenswandel festzuhalten. Daher bin ich jetzt, abgesehen von einer gewissen, selbst verordneten Einsamkeit, die für die Kreativität und das Nachdenken erforderlich ist, nicht allein.

Schon seit Jahren ist mein ehemaliger Generalsekretär – der mein Freund geworden ist – regelmässig dabei, wenn Mama dienstags zu uns in die Sauna kommt. Danach gibt es ein Abendessen, bei dem wir mit ihm und meinem Onkel Franz zusammensitzen, der in den siebziger Jahren «der Pionier des Gasmotors für Autos» war. Als Papa noch lebte, war er natürlich auch dabei. Trotz aller Umstellungen haben wir entschieden, an diesen Treffen auch künftig festzuhalten, und sei es nur zur Erinnerung an diejenigen, die uns verlassen haben.

Höchst ärgerlich! Zwei Anzüge sind verschwunden. Wir können sie einfach nicht mehr wiederfinden. Ich hatte sie auf die Couch im Wohnzimmer gelegt, weil sie in die chemische Reinigung gebracht werden sollten, und sie haben sich in Luft aufgelöst. Jeder davon war immerhin mehrere hundert Franken wert. Meine Frau versteht die Welt nicht mehr. Resigniert nehme ich sie in die Arme und murmle ihr zu, dass sie sich deswegen nicht grämen solle, dass dieser Verlust äussert symbolisch sei. Ich erkläre ihr, dass ich in den verlorenen «Schalen» das Symbol des ominösen «staatsrätlichen Kostüms» sehe, das ich – wie meine Gegner behaupteten, wenn ihnen die Argumente ausgingen – angeblich nie überzogen hatte. Verschmitzt empfehle ich ihr, sich den Karneval von Venedig ohne Kostüme, die vier Musketiere ohne ihr Cape, Batman ohne sein Fledermauskostüm, Don Quichotte ohne seine Rüstung oder Don Camillo ohne seine Soutane vorzustellen. Es wäre das Ende der theatralischen Illusion. Der Tod der szenischen Aufführung. Das Ende der menschlichen Komödie. Ein Kostüm gibt dem Menschen die Würde seines Amtes. Es erlaubt ihm, glaubhaft zu wirken, eine Pose einzunehmen. Das Kostüm klärt das Spiel. Es setzt der Rolle Grenzen. So ist auch ein Regierungsmitglied heutzutage nur mehr ein Tänzer auf einem Kostümball. Mit dem einzigen Unterschied, dass er das Kostüm nicht mehr anzuziehen braucht, da er eins mit ihm ist. Im Grunde würde auch ein leeres Kostüm genügen. Zwei verlorene Anzüge? What the heck! Da ich die Bühne verlassen habe, brauche ich sie nicht mehr.

Die Demonstration endet mit einem leidenschaftlichen Kuss.

Ich lese ein Kommunikee der Walliser SVP auf meinem Computer und stelle fest, dass die beiden Kollegen, die gleichzeitig mit mir aus der Regierung ausgeschieden sind, fleissig Verwaltungsratsmandate sammeln, der eine mehr als der andere. Da ist nichts Besonderes dabei. Es ist der gerechte Lohn des Systems für diejenigen, die ihm brav gedient haben. Denn letztendlich sind Verwaltungsratsmandate für den Menschen, was dem Hund der Knochen ist.

«Um Mandate muss man ersuchen, sie kommen nicht von selbst», sagte mir einer von ihnen, als wir anlässlich des Legislaturausflugs der Regierung auf einer Terrasse in Madrid darüber sprachen.

«Du hast Töne!» antwortete ich ihm, «das gilt für dich, weil du ein Produkt des Systems bist. Doch für den Fremdköper, der ich trotz meiner lückenlosen Kollegialität geblieben bin, ist dies undenkbar. Hinzu kommt, dass die Medien mein Bild derart verzerrt haben, dass ich, selbst wenn ich es wollte, keine Lobby finden könnte, die mich als Trophäe über dem Kamin der Käuflichkeit aufhängen würde. Die Frage stellt sich sowieso nicht, weil ich nicht die geringste Lust verspüre, ihre Jagdstrecke mit meinem Kopf zu bereichern. Bis zum Schluss werde ich private Interessengruppen meiden und der Profitgier widerstehen. Mag sich Machiavelli dabei im Grab umdrehen, ich schränke lieber meinen Lebensstandard ein und bleibe dafür frei.»

Es lässt sich nicht leugnen: Das politische Karussell dreht sich nunmehr ohne mich. Ich gehe zumindest davon aus, dass es sich dreht, denn ich bin ja nicht mehr Zeuge davon. Weder von nah, noch von fern. Es ist wie nach einer durchschlafenen Nacht: Man GEHT DAVON AUS, dass man am Leben war, während man schlief, doch ist dies nur eine Schlussfolgerung, die auf der Lebenserfahrung, der Logik und einer mehr als wahrscheinlichen Hypothese beruht und trotz allem den absoluten Beweis, den des SELBST ERLEBTEN, nicht zu erbringen vermag.

Was ich jedoch ganz sicher weiss ist, dass ich vom Schwindel befreit bin, den ich auf dem immer schneller drehenden Karussell empfand. Doch was ist mit dem Rausch? Wird er mir fehlen? Ängstlich achte ich auf jeden Hinweis, der auf eine Abhängigkeit hindeuten könnte. Da so viele Menschen glauben, ich könne ohne Politik und öffentliche Beachtung nicht leben, bin ich für den Fall, dass sie Recht haben, lieber vorsichtig. Zum Glück erfassen mich manchmal Reste von Scheinängsten. Paradoxerweise beruhigt mich das, denn es beweist meine Abneigung für meine vergangene Entfremdung. Ich bin endgültig nicht dazu bestimmt, ein zweiter Gollum zu werden.

Lichter

Ich schau zurück zum Lichtermeer
Bevor ich in der Nacht verschwinde
Und weiß: zurück kann ich nicht mehr.
Ob ich im Dunkeln zu mir finde?

Die Schatten kreisen ohne mich
Auf dem entseelten Karussell,
Mein Holzpferd drehte sich zu schnell,
Es warf mich ab und ich entwich.

...

Ein letztes Mal packt mich der Wahn,
Die Lust, doch wieder hin zu rennen
Zur Wärme auf der Lichterbahn
Und mir die Flügel zu verbrennen.

Doch plötzlich gehn die Lichter aus,
Weg sind Gebimmel und Gewimmel,
Ich seh das Sternenmeer am Himmel
Und fühl mich endlich wie zu Haus.

Ich erfahre, dass die Schergen meines Nachfolgers damit beschäftigt sind, jegliche Spur auszuradieren, die ich im Departement hinterlassen habe. Es scheint eine regelrechte Hexenjagd abzulaufen, ein wenig sanfter als bei den Kommunisten und den Nazis, aber das Prinzip ist dasselbe. Es gilt etwas auszurotten, das aus irgendeinem Grund nicht ins System passt. Alles muss kompatibel sein, das gesamte Personal muss Treue schwören, es gibt keinen Platz mehr für Untergebene, die den Chef und seine Macht kritisieren. Nicht wie zu Zeiten dieses idiotischen Amtsvorgängers – möge sein Name für immer in Vergessenheit geraten – der munter zuliess, dass Lehrer und Direktoren ihre Galle über ihn ausschütteten, ohne dass er darauf reagierte. Dieser Schwachkopf, der glaubte, dass die Redefreiheit für alle gelte und der sich törichterweise daranhielt, obwohl doch allgemein bekannt ist, dass die Redefreiheit nur für jene gilt, die Lobeshymnen auf die Macht singen. Die anderen haben die Freiheit, zu schweigen, oder sich zum Teufel zu scheren.

Bewegt muss ich an Heinrich Heine – den zum Christentum übergetretenen jüdischen Dichter – denken, dessen berühmter, von

Friedrich Silcher vertonter Text, Die Lorelei, in den Schulbüchern der Nazizeit mit dem Vermerk «Verfasser unbekannt» versehen war (was für ein ausserordentlicher – wenn auch ungewollter – Tribut!). Nichts Neues unter der Sonne. Die Formen können sich zwar ändern, die Mechanismen bleiben sich grundsätzlich gleich.

Eine E-Mail setzt mich davon in Kenntnis, dass ein Mitglied meiner Partei Wahlfälschungen vorgenommen hat – die genaue Zahl kennt man nicht. Er soll Umschläge entwendet und an der Stelle ihrer rechtmässigen Empfänger gestimmt haben. Was für ein Idiot! Abgesehen davon, dass ich Betrüger hasse, ist diese Art von billiger Betrügerei kaum dazu geeignet, das Ergebnis einer Majorzwahl entscheidend zu beeinflussen. Es ist viel wirksamer, Altersheime und ähnliche Sozialeinrichtungen zu kontrollieren, um massenweise Stimmzettel abschöpfen zu können. Eine kleine Sammelaktion bei Nacht und Nebel, und die Sache ist geritzt. Darum hält das System diese Institutionen ja auch fest in seiner Hand.

Abends sitze ich mit meinem Sohn Yoann im Wellness. Unvermittelt sagt er mir, dass ich ein unglaubliches Schwein gehabt habe.

«Wie das?»

«Stell dir vor, wie es um dich stünde, wenn du mit ein paar hundert Stimmen Vorsprung gewählt worden wärst. Du würdest durch die Hölle gehen. Jedenfalls sässest du nicht in aller Ruhe mit mir in diesem Whirlpool. Die Medien würden dich durch den Fleischwolf drehen und so tun, als hättest du persönlich jeden einzelnen Wahlzettel gefälscht. Wetten? Man würde die Wahlen wiederholen lassen und du würdest wahrscheinlich eine massive Schlappe einstecken.

Und gesetzt der Fall, die Wahlen würden nicht wiederholt, dann würdest Du den Druck nicht bis zum Herbst durchhalten, müsstest den Hut nehmen und würdest möglicherweise als Sozialfall enden.»

Mir graut nur schon vor dem Gedanken.

Er ist wahrlich nicht auf den Kopf gefallen, mein Junge.

Heute bin ich mit meinem Schwager auf die Maiensässe von la Dzour hinaufgefahren, um einen Grabstein abzuholen, den meine Schwiegermutter im Wald ausfindig gemacht hat. Sie meint, dass René dieser wilde Granitblock lieber gewesen wäre, als ein glatter Marmorstein aus der Werkstatt. Natürlich muss der Stein etwas bearbeitet werden, doch er kommt aus dem Wald, in dem er oft spazieren ging und alle pilzreichen Orte kannte.

Mein Gott, ist der schwer. Wir haben zwar eine Sackkarre mitgenommen, aber wir werden den Stein damit nicht in den Kofferraum des Hyundai hieven können. Darum beginnen wir, so zu überlegen, wie René es getan hätte. Ich fahre zum Chalet, hole eine Schalungsplatte und stelle das Auto quer, damit der Kofferraum des Wagens in die Nähe des Abhangs rückt. Auf diese Weise sollten wir den Stein auf die Platte kippen können, um ihn dann über diese improvisierte Brücke in den Kofferraum zu schieben. Mein Schwager meint, dass es mit zwei oder drei nicht zu dicken Rundhölzern noch einfacher ginge. Und, oh Wunder, ich finde unterhalb der Böschung genau das, was wir suchen. So gelingt es uns, den riesigen Granitblock ohne grössere Anstrengung in den Kofferraum zu hieven.

Guy und ich sehen uns an und denken dasselbe: René lebt weiter um uns herum und durch uns. Wir sind in **seinem** Wald und es waren **seine** Hände, die die unseren geführt haben.

Ich bin auf einen Comic gestossen, in dem das Leben von Nietzsche geschildert wird. Michel Onfray hat den Text verfasst. Die ergreifenden Zeichnungen von Maximilien Le Roy sind von bemerkenswerter ästhetischer Schärfe und passen bestens zum Thema. Gegen Ende der Geschichte stosse ich auf die folgenden Worte des deutschen Philosophen, die mich sehr nachdenklich stimmen:

«Im Grunde fühlt man jetzt, beim Anblick der Arbeit — man meint immer dabei jene harte Arbeitsamkeit von früh bis spät —, dass eine solche Arbeit die beste Polizei ist, dass sie jeden im Zaume hält und die Entwicklung der Vernunft, der Begehrlichkeit, des Unabhängigkeitsgelüstes kräftig zu hindern versteht. Denn sie verbraucht ausserordentlich viel Nervenkraft und entzieht dieselbe dem Nachdenken, Grübeln, Träumen, Sorgen, Lieben, Hassen, sie stellt ein kleines Ziel immer ins Auge und gewährt leichte und regelmässige Befriedigungen. So wird eine Gesellschaft, in welcher fortwährend hart gearbeitet wird, mehr Sicherheit haben: und die Sicherheit betet man jetzt als die oberste Gottheit an. …».

Es besteht kein Zweifel: Nietzsche gehört zur Moderne, obwohl er schon 1900 starb.

Der lang erwartete Tag ist endlich da. Heute fahren wir im Familienverbund nach Korsika.

Ach, die Fahrten nach Korsika! Es sind alljährliche, magische Momente, wahre kleine Reisefeste. Seit acht Jahren freue ich mich auf jede Abfahrt dorthin... und seit acht Jahren gelingt es den Medien, mir meinen Urlaub zu vermiesen und das Sommerloch auf meine Kosten zu stopfen. Ein Skandal hier, ein Skandal dort und blablabla. Jedes Mal sage ich mir, dass es dieses Jahr gutgehen wird, dass ich endlich Ruhe haben werde und meinen mehr als verdienten Urlaub werde geniessen können, und jedes Mal klebt das Telefon wie ein Saugnapf an meinem Ohr.

Doch dieses Jahr sind die Bedingungen von vornherein anders, da ich mich bei der Abreise nicht völlig abgehetzt und leer fühle. Aufgrund meines Aufenthalts im Chalet bin ich erholt und frisch und werde mich munter meinem neuen Buch widmen können. Es scheint den eher bescheidenen Umfang, den ich mir am Anfang vorgestellt hatte, zu überschreiten und trotzdem habe ich im Sinn, vor meiner Rückkehr damit fertig zu sein. Da ich dieses Jahr nicht wirklich Erholung brauche, werde ich sie für einmal ganz sicher finden! Kunststück, bei meinem neuen Status als schreibender Anachoret.

Wie jedes Jahr hat uns Laura eine CD mit dem Titel «Reisemusik für Korsika» zusammengestellt, die uns während der Fahrt ergötzen soll. Ein Ritual, das uns sehr wichtig ist.

Wir haben gerade den Tunnel des grossen Sankt Bernhard durchfahren, als bereits das Handy klingelt. Am anderen Ende der Leitung ertönt die zögerliche und beunruhigte Stimme eines Abgeordneten und Freundes. Er will wissen, ob es mir gut geht, was ich ihm ohne Umschweife bestätige. «Die Sache ist die», meint er, «dass ich aus unseren Reihen ziemlich viele Gerüchte über dich höre. Das macht mir Sorgen.»

«Ach so? Man sorgt sich in den Reihen des Parlaments um meine Person?»

«Du weisst ja, wie das ist.»

Und wie ich das weiss!

«Was sind das denn für Gerüchte?»

«Manche behaupten aus sicherer Quelle zu wissen, dass du am Rande einer Depression bist.»

«Ach wo, es ist noch schlimmer! Ich habe mich gestern Abend umgebracht und habe es selbst noch nicht bemerkt… nein, im Ernst – vor den Wahlen stand ich in der Tat kurz vor einer Depression, hauptsächlich wegen der rührenden Bemühungen der zahlreichen Freunde, die mir nur Gutes wollten. Aber du kannst beruhigt sein, seither strotze ich nur so vor Gesundheit.»

«Es freut mich sehr, dies zu hören», sagt er mir mit einer Stimme, in der immer noch ein leiser Zweifel mitschwingt.

«Doch da ist noch etwas Anderes. Ein Abgeordneter hat behauptet, er habe mit einem deiner ehemaligen Kollegen gesprochen, der ihm bestätigt habe, dass dir deine Frau die Koffer vor die Tür gestellt habe.»

«Was du nicht sagst!»

«Naja, da habe ich mir gesagt, dass es wohl besser ist, wenn ich mich direkt an die Quelle wende. Du weisst, wenn du irgendetwas brauchst, kannst du stets auf mich zählen.»

Das ist wahr. Ich kenne ihn gut. In seinem Mund sind das nicht nur leere Worte.

«Danke, lieber Freund, aber an der Geschichte ist nichts dran. Um es dir zu beweisen gebe ich dir Ghislaine ans Telefon. Wir fahren gerade in Richtung Savona, um die Fähre nach Korsika zu besteigen. Die Koffer standen in der Tat vor der Tür, aber für den Urlaub.» Ghislaine nimmt das Handy und wechselt ein paar Worte mit ihm. Als ich ihn wieder am Apparat habe ist er beruhigt.

«Es ist doch verrückt, wie sehr es die Neider stört, dass du glücklich sein könntest.»

«Was willst du, das Unglück der anderen lässt einen vergessen, wie tief man selber in der Scheisse steckt. Und du weisst wie ich, dass der älteste Walliser nicht der Föhn ist, sondern der Neid.»

Heute Morgen erfahre ich, dass der Kurzfilm zensiert wurde, den ich zur Unterstützung der Volksinitiative gegen die Burqa auf Facebook aufgeschaltet habe. in wenigen Worten verteidige ich darin die durch den religiösen Fundamentalismus gefährdet Gleichheit von Mann und Frau. Wer sich jedoch für so etwas einsetzt, der fordert in unserem ach so freiheitsliebenden und demokratischen Land die Zensur regelrecht heraus!

Soll sich unsere Zivilisation weiterhin das Gesicht vor der Wahrheit verhüllen, sie wird dabei mehr als ihr Gesicht verlieren.

Der Schleier
Es weht der Wind der Freiheit nicht
Im Dunkelraum der Schleier
Wo Sonne nur durch Gitter bricht
Fehlt jeder Grund zur Feier.

In anonymen Schattenhüllen
Lässt sich kein Schicksal weben,
Die Wünsche, die sich dort erfüllen,
Lassen kein Herz erbeben.

...

Nährt jemand Hass gegen die Formen
Verschließt er sich dem Schönen,
Die Unterwerfung unter Normen
Wird ihn niemals entlöhnen.

Der Mann, der seine Frau versklavt
Sitzt selber im Gefängnis,
Der Frust, mit dem er sich bestraft,
Ist seines Glücks Verhängnis.

Wie ich es erwartet hatte, wird unser Urlaub dieses Jahr zum ersten Mal nicht von nach Aas gierenden Mediengeiern gestört. Jeden Morgen tauche ich ab halb sieben für vier bis fünf Stunden ab, um an meinem Buch zu schreiben, das überraschende Formen annimmt. Ich hätte mir vor einem Jahr nicht träumen lassen, heute hier zu sitzen und in erlesener Seelenruhe an diesem Text zu schreiben. Denn wenn der Hamster träumt, dann träumt er meistens immer nur von einem Rad, weil sich die Bilder in seinem Schlaf weiterdrehen. Ich denke an die gleiche Periode des letzten Jahres zurück, die ich im ersten Teil meines Buches gebührend beschreibe. Damals kam ich mir vor wie ein verwelktes Blatt im Sturm. Die Zukunft war wie eine graue Wand vor meinem Horizont und das wärmende Sonnenlicht nichts als ein frommer Wunsch.

Heuer ist alles anders. Zum ersten Mal habe ich mich beim Sport nicht verletzt. Und dabei treiben wir unter der fachmännischen Anleitung unserer jüngsten Tochter Laura täglich viel Sport. Sie ist Fachfrau für Body Pump, CXWorx, interval circuit und sonstige erfreuliche Muskelquälereien, Fettverbrennungsübungen und «Versteifungsauflösungsverrenkungen». Nach dem stundenlangen Hocken vor meinem Computer ist das mehr als notwendig, ja, es ist fast eine Frage des Überlebens. *Mens sana in corpore sano*! Meine Schwägerin, mein Schwager und ihre Tochter machen auch mit. Wir schwitzen uns durch paramilitärische Folterstrecken aus Crunches, Squats, Burpies und Dips – lauter Übungen, bei denen uns die Zunge bis zu den Knien runterhängt und wir bedauern schmerzerfüllt, einen letzten Rest Muskeln zu haben. Die Nachmittage sind dem Strand und der Lektüre vorbehalten. Ich verschlinge tonnenweise Bücher, hauptsächlich auf Italienisch. Erri de Luca, *E l'echo risponde* von Khaled Husseini, dem afghanischen Autor, dessen Romane ich bisher immer in der italienischen Übersetzung las, ohne zu wissen, weshalb; manchmal einen Krimi auf Englisch, um auf andere Gedanken zu kommen: Zum Beispiel *Gone girl* von Gillian Flynn, dessen Roman *Dark places* ich voriges Jahr verschlungen habe; *The Schopenhauer cure* von Irwin D. Yalom, ein Buch, das mich weniger überzeugt als seine Romane über Nietzsche oder Spinoza. Zusätzlich beschäftige ich mich mit dem Sufismus, ein Heilmittel, das den Islam vor sich selbst retten könnte:

> *Wenn ein Tropfen ins Meer fällt,*
> *so kann dies ein jeder verstehen.*
> *Doch wer kann erfassen,*
> *dass das Meer*
> *im Tropfen enthalten sein soll?*
> **~ Kâbir**

Dieser Text inspiriert mich zu folgenden Versen:

Auflösung
Ich segle wie ein Schiff
An Abgründen vorbei,
Aus Angst vor einem Riff
Sehn' ich es mir herbei.

Ach, in die Tiefe sinken,
Das reine Blau erschauen,
Entrückt darin ertrinken
Und auf das Meer vertrauen.

Ein Teil sein der Gewalten,
In ihrem Sog vergehen,
Den Ozean enthalten
Und ewig neu entstehen.

Als ich weiterlese, stosse ich auf einen weiteren Rohdiamanten:

Die Zweiheit habe ich verworfen,
Ich sah in beiden Welten Eines
Einen such' ich, Einen ruf' ich, Einen kenn' ich, Einen nenn' ich.
~ Rûmi

Die Texte der Sufis sind ebenso mystisch und philosophisch wie poetisch. Schade, dass dieser Islam von den Dogmatikern und Fundamentalisten weggefegt wurde, die alles immer nur wortwörtlich auslegen. Schade, dass sich die *Shari'a,* das äussere Gesetz, nach und nach von der *Tarîqa,* dem geistigen Weg, abgetrennt hat.

Abgesehen von dieser Lektüre entdecke ich das wahre Zusammensein mit meiner Familie und meinen Freunden wieder, von denen ich vor nicht allzu langer Zeit nur noch die flüchtigen Schatten wahrnahm. Die intellektuelle und physische Disziplin, die ich mir durch meine literarische Arbeit und meine körperliche Ertüchtigung auferlege, gibt meinem Alltag eine Struktur und stärkt meinen Geist. Ich nehme das Verstreichen der Tage nicht mehr durch das quälende Prisma meiner schrumpfenden Lebenserwartung wahr. Die Zeit ist nicht mehr mein Feind, sie ist zu meinem Verbündeten geworden. Ich spüre sogar, wie sie dazu neigt, sich aus Respekt vor meiner geballten Gegenwartsbezogenheit allmählich aufzulösen.

Panta rei … oder doch nicht
Was kümmert mich der Lauf Zeit,
Sie ist genauso jung wie alt,
Das Feuer frisst ja auch das Scheit
Und draußen wächst ein neuer Wald.

Das Jahr vergeht, ich gehe mit,
Wer liebt, der zählt die Schritte nicht,
Ein fernes Glück, dem ich entglitt, Erstrahlt in mir in neuem Licht.

Was zählt ist nicht die Welt die zählt,
Die rennt nur vor sich selber her,
Wer rechnet hat sich schon verzählt,
Und bleibt mit vollen Taschen leer.
…

Manch Aktionär fühlt sich erkoren,
Zu Höherem streckt er die Glieder,
Doch wie die Welle, kaum geboren,
Legt er sich schon zum Tode nieder.

Es hofft der Mensch und schlägt sich bieder,
Verliert er, kann er auch gewinnen,
Gewinnt er, dann verliert er wieder
Und zieht als Bettler einst von hinnen.

Enttäuscht vom Fass der Danaiden
Besinne ich mich irgendwann
Und gebe mich mit dem zufrieden
Was ich unmöglich horten kann.

Was wurde nicht schon alles zum Thema Zeit gesagt und geschrieben. Die Zeit, die man sich nimmt. Die Zeit, die man gewinnt. Die Zeit, die man hat. Die Zeit, die vergeht. Die Zeit, die man verliert. Als wäre die Zeit ein Kapital, das man horten könnte. Doch es ist viel komplizierter als man denkt, mit dieser verflixten Zeit. Kaum glaubt man sie zu haben, hat man sie schon verloren, kaum glaubt man sie zu verlieren, hat man sie gewonnen und wenn man glaubt, man könne sie sich nehmen, ist sie schon vergangen. Es ist wahrlich zum Verzweifeln. Als ehemaliger Sklave der Zeit weiss ich ganz genau, wovon ich rede, denn ich kenne die Illusion des zeitlichen Gefängnisses von Innen.

Darum erkenne ich endlich, dass die Ferienzeit des letztjährigen Sommers nur wegen der vom Stress gezeichneten Arbeitszeit wertvoll war, die ich unbedingt kompensieren musste. Doch jede Störung der begrenzten Zeit, die meiner Erholung dienen sollte, schuf wieder Stress. Ich war durch die Tatsache gestresst, dass der Stress die beschränkte Zeit beeinträchtigte, die mich entstressen sollte. Dieses Jahr ist die Zeit ebenso wertvoll. Doch ist sie es in Hinsicht auf sich selber. Der intensiv erlebte Augenblick steht in Bezug zum Unveränderlichen, zum Zeitlosen und ist nicht mehr nur ein Zahn im Rad der Zeit, die mir auf einer parallelen Uhr davonläuft. Nun genügt die Zeit sich selbst und jede «verlorene» Minute erweist sich in Wirklichkeit – trotz einiger Rückfälle – als Gewinn.

Aus Spass sage ich zu meiner Frau, dass wir unendlich reich sind, weil wir viel Zeit haben und Zeit nun einmal Geld ist…

Sie kann diesem Witz wenig abgewinnen.

Letzte Nacht träumte mir von einem Zifferblatt ohne Zahlen und Zeiger. Ich sollte die Uhrzeit mit einem Schraubenzieher einstellen und verzweifelte daran, weil ich nicht wusste, wie ich es anstellen sollte. Als ich mit gezücktem Werkzeug näher heranging, um mich vor dieser Uhr zu schützen, die jegliche Einstellung verweigerte, stellte ich überrascht fest, dass sie sich nach und nach veränderte und letztendlich zu einem bunten und unendlich komplexen Mandala wurde. In dessen Mitte entdeckte ich so etwas wie einen Spiegel, der mir, als ich näher hinsah, ein Gesicht zeigte, in dem ich das meine zu erkennen glaubte und das doch nicht meines war und auf dessen Nase sich zwei Zeiger drehten. Panisch stürzte ich mich auf die Zeiger, um ihren wilden Lauf aufzuhalten, doch ich wachte auf, bevor mir dies gelang. Da mein Kugelschreiber in Reichweite lag, versuchte ich den Amoklauf der Zeit durch einige Verse aufzuhalten:

Die Zeit

Ein welkes Blatt löst sich vom Baum,
Es klagt im Wind, der es zu Grabe trägt,
Die Zeit durchmisst mit ihm den Raum
Bis es sich leise in die Furche legt.

Das Sterben, das vom Himmel schwebt
Versinkt nicht sinnlos in der dunkeln Erde,
Das Blatt belebt den Herbst, der es begräbt,
Auf dass es wieder Frühling werde.

Offensichtlich spukt die Vergangenheit noch in meinem Kopf herum, auch wenn ihr Nachhall sich allmählich verliert. Manchmal ist es die Zukunft, die mich beschäftigt und mich mit Fragen quält, auf die ich keine Antworten habe: Was wird mir in den nächsten Jahren ermöglichen, mich psychisch über Wasser zu halten? Eine neue Aufgabe? Weitere Kämpfe? Und wenn, welche? Meine Kreativität? Wird die Inspiration auf die Dauer meinem ruhiger werdenden Wesen widerstehen? Werde ich womöglich dasselbe Schicksal erleiden, wie jene ostdeutschen Schriftsteller, deren Inspiration versiegte, als sie in den Westen kamen und dort nicht mehr der Feindschaft und der täglichen Frustration ausgesetzt waren, von denen sich ihre Kreativität nährte?

Bis vor kurzem war mein Leben ein klar vorgezeichneter Weg, ein durch Trennmauern eingeschränktes Labyrinth, eng begrenzt durch Gemäuer, die meinen Bewegungen einen Rahmen gaben und den Horizont vor mir verbargen. Es war ein abgeschottetes, vordefiniertes Handlungsfeld, natürlich auch eine Art Gefängnis, aber das Gefängnis hat etwas Beruhigendes. Man weiss dort immer ziemlich genau, wer man ist, warum man dort ist, wohin man geht und warum man dort hingeht. Sollte man es auch nur einen Moment lang vergessen, dann gibt es ganz sicher einen Aufseher, der einem das unverzüglich in Erinnerung ruft.

Jetzt, wo sich der Horizont ins Unendliche ausgeweitet hat und das Handlungsfeld unbegrenzt zu sein scheint, fühle ich mich etwas verloren. Vergeblich suche ich in dieser Grenzenlosigkeit einen Pfad, eine Strasse – es gibt sie nicht, weil dort alles uneingeschränkt Weg und Pfad ist. Mir wird schwindlig davor. Wie ein Gefangener, der nach langer Haft sein Gefängnis verlässt, habe ich Angst vor dem Unbekannten, vor der Vielzahl der Alternativen. Es gibt niemanden mehr, der mir den Weg vorgibt, die Wahl gehört nur mir. Ich brauche unbedingt einen Kompass. Ich muss konkrete Entscheidungen treffen, muss mein Handlungsfeld klar abstecken und mich auf meine Schritte konzentrieren, um weiter zu kommen. Ich bin keine ferngesteuerte Maschine mehr, sondern ein Entdecker und Forscher.

Darbellay

Heute Morgen hat mein ehemaliger Konkurrent und jetziger Nachfolger an der Spitze des Walliser Schulwesens auf Facebook eine Freundschaftsanfrage an meine Frau gestellt. Das verschlägt uns beiden die Stimme (was zu jenen Stimmen hinzukommt, die mir bei den Wahlen gefehlt haben, sic!).

Soviel zum Wert des Begriffs «Freund» im Internet.

Ich kann nicht erkennen, welche Absicht dieser seltsame Mensch damit verfolgt. Vielleicht ist sein unerklärlicher Schritt auf seine

Kontrollsucht zurückzuführen? Will er mich ausspionieren, weil er sich vorstellt, dass ich dabei bin, etwas gegen ihn anzuzetteln? Da kann ich ihn beruhigen. Dadurch, dass ich die Bedeutung des Unbedeutenden erkannt habe, habe ich auch die Bedeutungslosigkeit des Bedeutenden entdeckt.

Es ist Sonntag. In der heutigen Internetzeitung *Antipresse,* einer wöchentlichen Zeitschrift mit interessanten Beiträgen kritischer und unabhängiger Autoren, habe ich einen faszinierenden Artikel gelesen. Es handelt sich um einen Textauszug, der unter der Rubrik *pain de méninges* (so etwas wie *Gedankenkrümel* oder *Brainstorming*) erschienen ist:

«Für die europäischen Eliten läuten angesichts des sinkenden intellektuellen Niveaus, der lakunären sprachlichen und kulturellen Bildung und der stark reduzierten logischen Fähigkeiten der neuen Generation noch lange nicht die Alarmglocken. Sie finden sich im Gegenteil gut damit ab und fördern diese Abwärtsspirale sogar durch demagogische Schulprogramme. Gefügigkeit und Konformismus werden zu unerlässlichen Bedingungen des sozialen Aufstiegs, während eine kritische Haltung und autonomes Denken zunehmend als gesellschaftsfeindliche Haltungen disqualifiziert werden.

Wir beobachten allmählich die konkreten Früchte dieser «Antiselektion» der Eliten am sozialen Erfolg von Abgeordneten, Universitätsforschern, Aktivisten und Journalisten, die auf modern machen und deren aufgeblasene, medienwirksame Auftritte höchstens ihre an Kretinismus grenzende mentale und kulturelle Dürftigkeit ins Licht rücken.»

Dem ist nichts hinzuzufügen.

Nichts ist perfekt im Leben. Die Sonne, das Meer, der Sand und die Kiefern, die dem Gesang der Grillen als natürliche Kathedrale dienen – das alles wird manchmal durch die E-Mail-Nachrichten eines «Freundes» getrübt, dem ich trotz seines zynischen und anklagenden Tons und seiner offensichtlichen Absicht, mir weh zu tun, nicht böse zu sein versuche. Da ich nicht genau weiss, was ich ihm antworten soll, versuche ich in meinen Antworten einen heiteren Ton anzuschlagen, um mir nichts anmerken zu lassen. Doch was er mir schreibt stimmt mich traurig und verdirbt mir den Tag. Wieder einmal finde ich zur Besänftigung meiner Verbitterung nur ein Rezept: die Poesie.

Mein Freund

Der Honig, den mein Freund mir bot
War süß und bitter wie der Tod,
Er hielt mir einen Apfel hin,
Da steckte eine Made drin.

Sein Wein war zwar vom besten Fass
Doch kelterte er ihn mit Hass,
Und das Stück Brot, um das ich bat,
Barg schon den künftigen Verrat.

Ich trank den Wein in arger Not,
Verzehrte Honig, Frucht und Brot,
Mein Magen hat es zwar verdaut,
doch wie mir vor dem Freunde graut.

Was wird aus diesem Buch werden, das ich hier schreibe? Vermutlich dasselbe, was aus allen anderen wurde, die ich davor geschrieben habe. Entweder wird man es nicht wahrnehmen oder man wird daraus einige potentiell skandalöse Elemente herauslösen und sich ausschliesslich darauf beschränken. Im Grunde ist es mir egal: Ich musste es in jedem Fall schreiben, um dann zu etwas Anderem übergehen zu können. Und schliesslich waren diese redaktionellen Monate eine der glücklichsten und bedeutungsvollsten Phasen meines Lebens. Noch nie hat ein Text auf derart imperative Weise von meinem Bildschirm Besitz ergriffen. Werde ich einen Verleger finden, der mutig genug ist, um ihn zu veröffentlichen? Nichts ist weniger sicher, da mir meine Erfahrung in der Vergangenheit die Macht der sozialen und kulturellen Filter aufgezeigt hat, die hässliche kleine Entchen meiner Art daran hindern sollen, die anmutigen Bewegungen der weissen Schwäne auf dem Teich des guten Gewissens zu stören.

Ich denke an die Weigerung des schweizerischen Schriftstellerverbands zurück, mich in ihre Vereinigung aufzunehmen, die mich zum literarischen Exil in Serbien zwang. Ich erinnere mich daran, wie oft meine Agentin auf ein anonym verschicktes Manuskript eine enthusiastische Antwort erhielt und mir in dem Moment, als mein Name fiel, die Tür vor der Nase zugeschlagen wurde. Ich sehe erneut die Szene der Preisverleihung des Rilke-Preises vor mir, bei der sich das mit der Präsentation meines Gedichts beauftragte Jurymitglied beim Publikum dafür entschuldigte, es prämiert zu haben. Der Mann stammelte erklärend, dass der Wettbewerb anonym gewesen sei und die Jury daher nicht wissen konnte, dass der Text von mir stammte. Wie viele kleinliche Racheakte und hinterhältige Messerstiche musste ich in den letzten Jahren seitens einer Gilde über mich ergehen lassen, die sich als die Hüterin von Anstand und Moral betrachtet! Glücklicherweise gab es einige Verleger, die mutig genug waren, um meine Werke zu veröffentlichen: Die Editions de la Matze, Xénia, Attinger, der Weltbild-Verlag und der Werd & Weber-Verlag. Doch ihr Durchdringungsvermögen ist gering und ihr verlegerischer Einfluss marginal. Dies schmälert in keiner Weise ihr Verdienst, erlaubt es mir jedoch nicht, aus dem Ghetto herauszukommen, in das mich meine politische Zugehörigkeit verbannt. Ich erinnere mich auch an den Verleger Favre, der nach der Veröffentlichung von *Oskar et les minarets* vor seinem eigenen Mut Angst bekam und das Marketing des von ihm herausgegebenen und von Slobodan Despot über meine Person verfassten Werks sabotierte: keinerlei Werbung, die diesen Namen verdient hätte, keine öffentliche Lesung, keinerlei Nachfassaktion, nichts als schuldbewusstes Schweigen und gähnende Abwesenheit, um die Verlegenheit zu verschleiern.

Es könnte natürlich sein, dass dem Schriftsteller durch das Ende meiner politischen Karriere der Durchbruch gelingt, aber ich mache mir nicht allzu viele Illusionen, denn das System vergisst nichts, sein Gedächtnis ist beeindruckend, umso mehr, als es mit dem Internet über eine permanente und detaillierte Gedächtnisstütze verfügt. Zudem stellt sich mir jetzt bereits die Frage, wie es nach der Niederschrift von «die dunkle Seite des Lichts» weitergehen soll. Zuerst einmal werde ich ein ungewohntes Experiment mit meinem neuen Verleger aus Luzern wagen, der über beträchtliche Mittel und wichtige Netzwerke verfügt und in wenigen Wochen meinen Roman *Bergfried* veröffentlichen wird. Für meinen anderen, auf Französisch verfassten Roman, hoffe ich, aus dem begrenzten Tummelbecken der französischen Schweiz steigen zu können und einen seriösen Verleger in Frankreich zu finden. Und dann ist da noch mein zweites

Musical, Morphéo, das der Orchestrierung und der Inszenierung harrt. Was die Politik angeht, so zeichnen sich am Horizont erste Optionen ab, die aber noch zu unsicher und verschwommen sind, um mir eine ernsthafte Planung zu ermöglichen. In diesem Bereich bedarf es noch ein wenig Zeit, bevor sich die Dinge klären. Somit befinde ich mich an einer Wegkreuzung und warte auf ein Signal, das mir die Richtung anzeigen wird. Einerseits ist die Lage aufgrund des offenen Horizonts erfreulich, andererseits wirkt sie angesichts ihrer Unsicherheit destabilisierend. Als alter Philosoph sage ich mir, dass mir das Leben auf diese Weise Geduld beibringen will. Der Sprinter muss sich in einen Marathonläufer verwandeln.

Entfernten, gedämpften Stimmen gleich, die sich vermischen und dabei durcheinander geraten, vernehme ich, dass der Abgeordnete der SVP, den ich als «Galileo der Rhone» bezeichnete, vor dem Bundesgericht gewonnen hat (gegen den Kanton, der ihm für die Schäden, die er im Rahmen der dritten Rhonekorrektur erlitten hat, eine Entschädigung zahlen muss), dass die Bilanz der drei neuen Staatsräte hervorragend ausfällt, weil sie gute Freunde sind (sic!), dass sie viele Dossier zu bearbeiten haben (ach so?), dass ich ein Büro hinterlassen hätte (bis repetita!), das ebenso leer gewesen sei wie derjenige, der der es jetzt durch seine Leere füllt, dass auf dem sinkenden Weltschiff alles wunderbar läuft, dass Trump und Kim eine opera buffa mit atomarer Hintergrundmusik geben, dass es sich bei den grossen Pilzen, die an den Mittelmeerstränden wachsen, um aufblasbare Moscheen handelt, dass die Islamisten in den Städten weiterhin blutige Rodeos organisieren und so weiter und so fort.

Von Zeit zu Zeit lehne ich freundlich aber wortkarg eine Einladung des Radios, des Westschweizer Fernsehens und des lokalen Fernsehsenders ab, die sich sehr um mein Schicksal zu sorgen scheinen. Mein Geist nimmt dies alles zur Kenntnis, als handle es sich um Fussnoten. Die Hauptachse meines Lebens verläuft jetzt anderswo. Auch wenn ich zunehmend davon überzeugt bin, dass mein Kampf der letzten Jahre die Mühe wert war, dass meine Weltanschauung überhaupt nichts Verwerfliches hat und eines Tages gewürdigt werden wird – wenn auch mit grosser Wahrscheinlichkeit in einer verwüsteten Welt – so spüre ich doch, dass diese lange Durststrecke in mir tiefe Spuren hinterlassen hat. Ich fühle mich verletzbar wie ein Ritter, der, nachdem er seine Rüstung abgelegt hat, mit seiner neuen Bewegungsfreiheit nicht viel anzufangen weiss. Aber ich bin mir sicher, dass diese Zerbrechlichkeit es mir ermöglichen wird, dem letzten Abschnitt meines Lebens offen entgegenzutreten, ohne Augenwischerei, ohne den Blick abzuwenden, ohne trügerischen Schutz. Steht das Schlimmste wirklich noch aus, dann sehe ich ihm lieber ungerührt entgegen. Das nimmt mir womöglich die Angst vor ihm und mindert hierdurch seinen bedrohlichen Charakter. Vielleicht kann ich es mir sogar zum Freund zu machen, so verrückt dies auch scheinen mag. Denn das Schlimmste gehört genauso zum Leben wie das Beste. Man kann das eine nicht ohne das andere haben. Ich muss unbedingt wieder meine Ruhe und Abgeklärtheit finden, egal welche Prüfungen dieses Leben für mich bereithält, denn die Welt wird sich nicht ändern. Einzig und allein der Blick, den ich auf die Welt richte, kann sich ändern und sie erträglicher, ja sogar zauberhaft machen. Denn ich bin der Widerschein dessen, was ich sehe, die Farbe des Wassers ist die Farbe des Gefässes, in dem es enthalten ist.

Wieso sollte ich meine Brille für die verschwommene Sicht verantwortlich machen, wenn ich sie nur zu putzen oder auszutauschen brauche, um klar zu sehen?

Mehr Licht!

Ich schritt voran durch Sturm und Nacht,
Ein Lichtschein zog mich heftig an,
Sein Schimmer war von großer Macht
Und hielt mich ganz in seinem Bann.

Die Winde peitschten mein Gesicht,
Vom Berge rollten Schlamm und Steine,
Der Nebel raubte mir die Sicht,
Doch fühlte ich mich nicht alleine.

Denn jenes Licht, es widerstand
Der Finsternis, die es umfing
Und schwebte weiter überm Land,
Obwohl die Welt schier unterging.

Als ich den Lichtquell endlich fand
Drang er in mich mit sanftem Scheine,
Ein jeder Zweifel war verbannt
Und ich kam mit mir selbst ins Reine.

Am Abend vor unserer Rückreise: Ich sitze am Strand, eingeschoben zwischen dem akustischen Wüten der Grillen und dem Rauschen der Wellen, zwischen dem Gesang der Erde und dem Ruf des Meeres. Ich feile an den letzten Zeilen meines Buches und werde von einem tiefen Gefühl der Nostalgie ergriffen. Sie werden mir fehlen, die morgendlichen Stunden, die ich auf der Terrasse des Bungalows mit Schreiben verbracht habe. Ich werde sicherlich noch andere Werke verfassen, weitere literarische Horizonte erkunden, doch ich befürchte, nie wieder die schöpferische Intensität dieser letzten Monate zu verspüren. Ich frage mich, ob mir je ein anderer Text einen erlösenden Odem dieser Art bieten wird.

Ein Kapitel meines Lebens ist zu Ende. Ein Kapitel, das für den Politiker, der ich war, ebenso wichtig ist wie für den Schriftsteller, der ich immer noch bin. Ich sitze an derselben Stelle wie vor etwas mehr als einem Jahr, als ich am ersten einer langen Reihe von Gedichten schliff, die mein Ariadnefaden werden sollten, um mich dem Minotaurus der Politik zu entreissen. Ich bin nicht Theseus. Ich habe den Minotaurus nicht getötet. Er befindet sich immer noch irgendwo in seinem Labyrinth und lauert auf Opfer. Mein bescheidenes Verdienst beschränkt sich darauf, den Ausgang aus dem Labyrinth der Illusionen gefunden zu haben. Das war weder glanzvoll noch überwältigend, doch gelang es mir dadurch, eine Dimension wiederzuentdecken, in der die Wahrheit mehr ist als ein Trompe-l'œil in einer Barockkirche. Ich fühle mich wohl. Mein Gemüt ist ruhig und ungetrübt wie die Meeresfläche vor mir.

Es kommt und geht, es geht und kommt
Im ewig gleichen Schritt und Tritt,
Es kommt und geht, es geht und kommt
Es bringt nichts und es nimmt nichts mit.

Eine alte hinduistische Legende kommt mir in den Sinn, in der ein Mann am Ufer eines Flusses den Avatar des Gottes Shiva trifft und ihn darum bittet, ihm den Sinn des Lebens zu offenbaren. Anstatt zu antworten bittet ihn Shiva, ihm doch ein Glas Wasser zu holen. Der Mann geht zum Fluss, um ein wenig Wasser zu schöpfen und trifft dort das schönste Mädchen, das man sich nur vorstellen kann. Er verliebt sich auf der Stelle, umwirbt und heiratet sie, bekommt Kinder mit ihr, wird Dorfchef und durchlebt ein Leben voller Glück und Freude. Eines Tages jedoch wird das Dorf von einem schrecklichen Hochwasser überflutet, das Häuser, Tiere und Einwohner mit sich fortreisst. Der Mann sieht hilflos zu, wie vor seinen Augen alles zerstört wird, was er geschaffen hat und wie seine Frau und seine Kinder ertrinken. Nachdem er selbst knapp dem Tod entronnen ist, kann er sich mit letzter Kraft ans Ufer retten, wo er von Schmerz und Verzweiflung überwältigt liegen bleibt. Als er endlich die Augen öffnet, sieht er vor sich zwei Füsse im Sand. Shiva beugt sich über ihn und fragt ihn mit sanfter und geduldiger Stimme: «Wo ist mein Glas Wasser?»

Ich finde diese Geschichte grausam und ihre Botschaft gnadenlos. Doch ich weiss, dass ich auf meine Art genau wie dieser Mann war und in Zukunft das Wesentliche nicht mehr aus den Augen verlieren darf. Hat man je eine Sonnenblume gesehen, die sich von der Sonne abwendete, um Licht aufzunehmen und zu wachsen? Nachdenklich gestimmt versuche ich meinen Auftrag auf dieser Erde poetisch zu erfassen:

Der Kaktus

Der Kaktus hat es langsam satt
Allein im Wüstensand zu stehn,
Ein Narr, wer nichts als Stacheln hat,
Um auf die Winde los zu gehn.

Was sollen Fehden und Gefechte,
Sie ändern nichts an seiner Lage,
Auf eisig kalte Wüstennächte
Folgen stets glühend heiße Tage.

Ach, kröche doch ein Wandersmann,
Fast blind, am Ende seiner Kräfte,
Bis an sein Stachelkleid heran
Und bettelte um seine Säfte.

Er ließe sich den Bauch aufschneiden
Und brächte seine Wasser dar,
So fände, selig und bescheiden,
Erfüllung, was nur Leere war.

Wenn ich zurückschaue, empfinde ich keinerlei Reue. Alles, was ich in meinem Leben erlebt habe, war es wert, erlebt zu werden, trotz, oder vielmehr wegen des damit verbundenen Leidens. Durch meine abenteuerlichen Erfahrungen konnte ich die Menschen in all ihren Facetten kennenlernen, wurde an die Grenzen des Erträglichen getrieben und schaffte es, über mein «niederes Ich» zu triumphieren. Das, was mich gegen mich selber aufbringt sind nicht die begangenen Fehler – sie haben mich so viel gelehrt! – es ist nicht die Niederlage – alles in allem war sie vorhersehbar – nein, das, was einen schalen Geschmack in mir hinterlässt ist die Tatsache, dass ich der dunklen Seite des öffentlichen Lichts erlaubte, mein inneres Licht zu trüben. Es hätte nicht viel gefehlt und ich wäre vom Nichts verschluckt worden. Ich verstehe noch immer nicht, wie ich es zulassen konnte, dass die zerstörerischen Energien dermassen an meiner Seele nagten, dass ich die Kontrolle über meine Emotionen verlor. Ich hoffe, dass diese Lektion mich zumindest davor bewahrt, in den kommenden Jahren in dieselbe Falle zu tappen. Wie dem auch sei, es ist alles vollbracht, was vollbracht werden musste. Mein Leben nimmt einen völlig neuen Anfang. Der Beweis dafür: Ich bin heuer zum achten Mal auf Korsika. Die Zahl acht ist das Symbol der Unendlichkeit. Der achte Tag ist der Tag nach der göttlichen Schöpfung, der Tag an dem das menschliche Handeln beginnt. Er kommt nach dem Ende eines Zyklus und eröffnet zugleich einen neuen.

Der Vorteil meines abrupten Abgangs von der politischen Bühne liegt darin, dass er mir einen klaren Schnitt ermöglichte, einen sofortigen Abbruch sämtlicher Brücken hinter mir und mich so vor der Versuchung schützte, umzukehren. Ein mit einundsechzig oder fünfundsechzig Jahren erfolgter ordnungsgemässer Abgang wäre von Nostalgie gekennzeichnet gewesen, die Versuchung wäre gross gewesen, den Kontakt mit dem konventionellen politischen Umfeld aufrechtzuerhalten, mit den ergrauten staatlichen Schreibtierhengsten, es wäre verlockend gewesen, auf Verlängerung zu setzen und zu versuchen, durch das Gewesene noch etwas länger zu bestehen. So aber ist alles klar, der Schnitt ist sauber. *Sono fuori gioco*! Ich entgehe dem öden Klub der Ehemaligen, der Mumifizierung der guten alten Zeiten, der Verknöcherung durch den vergangenen Ruhm. Es gibt für mich kein Verharren in der konventionellen Politsphäre, kein kollegiales Beobachten des gegenseitigen Verfalls. Dafür locken entweder faszinierende Entdeckungsreisen in unbekannte Territorien oder neue «politisch inkorrekte» Kämpfe, falls sich die Gelegenheit dazu ergibt. Nur schon aus Prinzip. Nur schon um meiner Rolle als Eisbrecher weiterhin gerecht zu werden. Im Dienst einer anderen Politik. Um bis zum Ende zu widerstehen. Nichts Zaghaftes oder Halbherziges dabei. Sondern Aufregendes. Pulsierendes. Lebendiges. Zumindest, wenn sich eine entsprechende Plattform bietet und wenn die Entwicklung, die in mir stattfindet, bis dahin nicht völlig meinen Blickwinkel verändert hat.

In Wirklichkeit weiss ich nicht, was ich tun werde. Das ist auch nicht so wichtig. Entscheidend ist die Art, wie ich es tun werde. Um nicht mehr irrezugehen gibt es nur einen möglichen Weg: Den inneren Weg, denjenigen, der mich mir selbst näherbringt und es mir endlich ermöglicht, wirklich auf die anderen zuzugehen.

Hierfür darf ich kein entseelter physischer Körper werden, der auf der Flucht vor sich selber trauernd durch die Welt pilgert. Es wäre schade, einer dieser unverbesserlichen Reisenden zu werden, die auf dieser unmöglichen Flucht doch immer wieder von sich selbst eingeholt werden. Was sich bewegen muss ist der Geist, nicht der Körper. Der Dienstwagen erleichterte zwar mein Umherirren im Labyrinth, doch wurde mein existentielles Problem dadurch nur spazieren gefahren und landete dann abends wieder brav im Zentrum des Irrgartens.

Bisher war ich auf dauernden Fortschritt getrimmt, das Wort MEHR bestimmte mein Leben: mehr Bekanntheit, mehr Bedeutung, mehr Geltung, Aktivismus, Einfluss. Ohne dass ich dessen gewahr wurde bescherte mir dieses «immer mehr» immer weniger. Es nützt daher nichts, mich jetzt auf eine andere Tätigkeit zu stürzen, wenn ich mein Handeln auf dasselbe Prinzip stütze wie bisher. Es muss mir gelingen, die Dinge umzukehren. Ich muss mit weniger mehr erreichen können: weniger Stress, weniger Termine, weniger Ehrgeiz, weniger Ängste für mehr Gelassenheit, Aufmerksamkeit, Intensität, Präsenz, Erkenntnis, Freiheit.

Zum Glück habe ich durch den Verlust meiner kleinen Portion zeitlich beschränkter Macht die Macht über mich selbst zurückgewonnen, über jenes Königreich, das sich in mir drin befindet und doch nicht von dieser Welt ist. Ich musste aus dem Scheinwerferlicht heraustreten, um das wahre Licht zu finden.

Der Himmel hat es gut mit mir gemeint, denn ich bin trotz des enormen Drucks nicht krank geworden. Weder Burnout noch Depression haben mich auf meinem langen Weg durch die Hölle begleitet. Ich komme fast unversehrt davon.

Nebenbei habe ich für ein wenig Poesie ein Königreich geopfert. Ich habe sogar den Eindruck, dass mein unglaubliches Abenteuer nur dazu bestimmt war, mich zum Verfassen dieses Textes zu befähigen, dessen letzte Sätze ich eben in den Computer eintippe. Wird er veröffentlicht werden? Wird man ihn lesen? Ich weiss es nicht. Das Wichtigste ist, ihn geschrieben zu haben, und sei es nur für mich und meine Familie. Würde ich, rückblickend, dieses Buch gegen einen Wahlsieg austauschen? Jede Welle, die sich am Ufer bricht, bestätigt mich in meiner Antwort und besiegelt meine Entscheidung.

Wenn mein Körper nicht vorher schlappmacht werde ich in nur dreiundzwanzig Jahren achtzig Jahre alt sein. Es bleibt mir also wenig Zeit für die lange Reise, die mich erwartet.

Eine Reise, bei der ich lernen muss zu sterben, um endlich zu leben.

Es kommt und geht, es geht und kommt,
kein Mensch, der das verstehen kann,
Es kommt und geht, es geht und kommt,
Willst du es fassen, denk nicht dran.

Anhänge

[1] *Eure Seele ist tot und euer Körper fault*
Ihr atmet die Luft ohne sie zu riechen,
Einem faulenden Baumstrunk gleich
Zersetzt ihr eure Erinnerungen.
Wenn das letzte Tier einst erlegt
Und der letzte Baum ausgetrocknet sein wird
Und ihr feststellt, dass ihr euer Gold nicht essen könnt
Wird das das Ende eures Lebens und der Anfang eures Überlebens sein.

[2] *Die Vögel meiner Heimat/fürchten sich nicht/sie erheben sich von meinem Dach/um den Himmel zu bemalen/Sie streichen mit ihren Flügeln/ über meine Tage/ und schicken mich in den ewigen Schnee/ auf die Reise.*

Die Felsen meiner Heimat/klopfen an das Himmelstor/Sie tragen ein Kreuz/und sind honigfarben/Wenn die Nacht/auf ihre schneebedeckte Stirn fällt/bedecken sie sich mit dem Blut/ des gekreuzigten Augenblicks.

Die klaren Wasser meiner Heimat/haben sich tief eingegraben/ich wandere in der Enge/und Vergessenheit ihrer Schluchten/Je tiefer der Abgrund/ im felsigen Grund/desto näher ist der Himmel/wenn ich in die Höhe schaue.

[3] **Ecco**
Die Erschaffung Italiens
Eine kleine Kosmogonie
von Oskar Freysinger

Italien ist der Stiefel Gottes, um auf den Wassern zu gehen.
Italien ist Ein Meisterwerk, das dem Sonnenlicht einen Sinn gibt.

Es ist schließlich besser, ein Paradies zu beleuchten, als die Wüste der Tataren von Dino Buzzatti.
Als Gott seinen italienischen Stiefel geschaffen hatte, um auf dem Mittelmeer zu wandeln, wurde er unter der wohltuenden, aber heißen Sonne extrem durstig.
Unfähig, sich bis zum Wasser unter seinem Stiefel hinunter zu beugen, ohne ins Wasser zu fallen und zu ertrinken, erfand er die Flasche. Um deren Inhalt vor den Sonnenstrahlen zu schützen umgab er sie mit Bast. Das war sehr raffiniert von Gott unserem Herrn.

Und während er dabei war, diesen Schutz zu erschaffen, sagte er sich, dass ein wenig Wasser die Mühe nicht wert sei. Also verwandelte er das Wasser in Chianti, Barbera oder Montepulciano und so fort. Dies mag als Beweis dafür dienen, dass das Blut Christi, das wir in der Kirche trinken, ohne Zweifel ein italienischer Wein ist.
Später, als er sah, wie schön der Stiefel zwischen der blauen Farbe des Himmels und der ähnlichen blauen Farbe des Meeres war, beschloss er, die Leute, die dort lebten, nicht mit derselben Bitterkeit zu belasten wie in anderen Ländern.
Er schuf lediglich eine kleine Bitterkeit mit Mandelgeschmack und nannte sie »Amaretto".
Das Erstaunliche an diesem Getränk ist, dass es sogar die Politik und die Mafia erträglich macht.
Wenn ihr mir nicht glaubt, versucht doch ein Glas Amaretto zu trinken. Nach zwei Flaschen kommt euch Pepe Grillo vor wie der Erzengel Gabriel.
Als Gott aber sah, dass die Mafia und die Politik zusammen ganze Berge von Unrat in seinem Paradies hinterließen, beschloss er, den Fußball zu erfinden.

Wenn also Italien so viele gute Fußballer hat ist das darauf zurückzuführen, das dort Riesenmengen Abfälle mit einem großen Fußtritt auf den Mond geschickt werden müssen, um den Stiefel Gottes sauber zu halten.
Se non è vero è ben trovato!
Als Gott die Italiener erschuf, erschuf er zuerst die Mamma. Nur sehr viel später kamen der Papa und die Bambini hinzu.
Um die Stimmung auf dem Stiefel noch milder zu gestalten, gab er allen eine Sprache, die viel mehr ist als eine Sprache, denn sie ist ein Gesang. Jawohl, ein Gesang. Das ist der Grund dafür, dass sich die Italiener beim Reden mit ihren Händen selbst dirigieren.

Diese Sprache, die ein Gesang ist, ist die einzige auf der Welt, mit der man sagen kann »leck mich am Arsch" oder »das geht mich einen Scheiß an" oder »Arschloch", ohne den Eindruck zu erwecken, Donald Trump zu sein.
Als Gott sah, wie glücklich die Italiener in ihrem kleinen Paradies waren, beschloss er, eine Kopie davon zu schaffen.
Doch dieses Mal misslang ihm alles.
Vor Zorn knüllte er sein Projekt zusammen und warf es ins Wasser.
Nun landete aber dieses misslungene Projekt nicht im Meer, sondern auf dem italienischen Stiefel, wo es sich heute noch befindet.
Dieses zerknüllte Land ist die Schweiz und der am stärksten zerknitterte Teil davon ist das Wallis.
Das ist der Grund, warum die Italiener, die sich im Wallis niedergelassen haben, so glücklich sind, hier zu leben:
Diese Kopie Italiens, mag sie noch so misslungen sein, erinnert sie immer an das ursprüngliche Paradies, aus dem sie gekommen sind.

[4] Heute Abend bin ich Italiener. Alles bestens.

[5] Was zählen fünfzig Jahre vor der Ewigkeit,
welche die Mauern der ehrwürdigen Klause verklärt,
Was schert sich die friedliche Seele um die Zeit,
denn sie weiß, dass nur der Himmel ihr zu wachsen erlaubt.

Wir feiern heute mehr als den Wächter eines Ortes,
mehr als die Zeit, die das wilde Tal zerklüftet hat,
Wir feiern François, der, von Gott erfüllt,
allein lebt, um der Einsamkeit zu entgehen.

Wir feiern jenen Geist, der in den Gemäuern wohnt,
die steilen Pfade, die zur Wahrheit führen,
Wir feiern dieses Leben, das nie innehält
An den tückischen Ufern der Bequemlichkeit.

Das Wort verbindet uns, das einstmals Fleisch geworden,
und in allem was lebt zum Menschen spricht,
Es widerhallt auch in François, der kämpft und hofft,
und seine Klause jedem Pilger offenhält.

Nie findet ein Zuhause auf dieser harten Erde,
Wer vor der Zeit wegrennt indem er ihr nachläuft,
Es bleibt ohne Zuhause die Leere Seele,
die Gottes Schöpfung nicht mehr ehrt.

[6] *Dem Kind mit den todmüden Augen*
fehlt das Licht
Um die Erde zu retten,
Und die Welt hat nicht genug Staub
Um seine Tränen zu trocknen,
Denn sie ist zu groß,
Um im sterbenden Tageslicht
Auf seinen Todesschrei zu hören,
Sie frisst die Zeit
Und das Kind
Mit jedem Herzschlag auf.

[7] *Vati, du bist von uns gegangen, wie Du gelebt hast,*
Ohne eine Quittung zu verlangen hast Du uns Dein Herz geschenkt,
Nun bist Du zu Deinem Schöpfer hochgestiegen
Und baust dort für unsere Träume ein letztes Zuhause.

Bisherige Publikationen von Oskar Freysinger

Brüchige Welten, Kurzgeschichten und Parabeln
Rotten Verlag, Visp, 2004
ISBN 3-907624-60-2

Outre-pensées, Kurzgeschichten
éditions de la Matze, Sion, 2005
ISBN 2-940375-00-3

Die Schachspirale, Roman
éditions de la Matze, Sion, 2006
ISBN 2-940375-02-8

L'évasion de C.B., Roman,
unter dem Pseudonym Janus, éditions Xenia, 2008
ISBN 978-2-88892-053-3

Le nez dans le soleil, Monolog
éditions de la Matze, Sion, 2009
ISBN 978-2-940375-07-3

Schöpfung, Gedichtzyklus von Hans W. Kopp
mit französischer Übersetzung von Oskar Freysinger
éditions Xenia, Sion, 2009
ISBN 978-2-88892-063-2

Canines, Roman, unter dem Pseudonym Janus,
éditions Xenia, 2010
ISBN 2-88892-103-5

Antifa, Satire
éditions Tatamis, Paris, 2011
ISBN 978-2-917617-14-4

I-mages, Gedichte zu Fotos von Slobodan Despot
éditions Xenia, Sion, 2011
ISBN 978-2-88892-118-9

Garce de vie, Roman
éditions Attinger, Neuchâtel, 2012
ISBN 978-2-940418-52-7

Löwenzahn, Monolog
Weltbild-Verlag, Olten, 2012
ISBN 978-3-03812-442-9

Wabers Schwarm, Erzählung
Weltbild-Verlag, Olten, 2012
ISBN 978-3-03812-470-2

De la frontière, Essai
éditions Xenia, Sion, 2012
ISBN 978-2-88892-175-2

Luca, Roman
Werd-und Weber-Verlag, Thun, 2013
ISBN 978-3-03818-002-9

L'essaim, Erzählung
éditions Attinger, Neuchâtel, 2013
ISBN 978-2-940418-66-4

Fabelhaft, Fabeln und Gedichte
mit Zeichnungen von Ted Scapa
Werd- und Weber-Verlag, Thun, 2014
ISBN 978-3-906033-99-0

Le remède suisse, Essai
éditions Xenia, Sion, 2016
ISBN 978-2-88892-203-2

Über Oskar Freysinger: « Oskar et les minarets »
von Slobodan Despot
éditions Favre, Lausanne, 2010
ISBN 978-2-8289-1190-4

Bergfried, Roman
Brinkhausverlag, Horw, 2018
ISBN 978-3-906900-11-7